执手看江山 上

暗香 著

重庆出版集团 重庆出版社

图书在版编目（CIP）数据

执手看江山 / 暗香著. — 重庆：重庆出版社,2015.9
ISBN 978-7-229-08855-2

Ⅰ.①执… Ⅱ.①暗… Ⅲ.①长篇小说–中国–当代 Ⅳ.①I247.5

中国版本图书馆CIP数据核字(2014)第246586号

执手看江山
ZHISHOU KAN JIANGSHAN

暗　香　著

出　版　人：罗小卫
责任编辑：罗玉平　李　雯
责任校对：夏　宇　周太华

重庆出版集团
重庆出版社 出版

重庆市南岸区南滨路 162 号 1 幢　邮政编码：400061　http://www.cqph.com
重庆现代彩色书报印务有限责任公司印刷
重庆出版集团图书发行有限公司发行
E-MAIL:fxchu@cqph.com　　邮购电话：023-61520646

重庆出版社天猫旗舰店
cqcbs.tmall.com

全国新华书店经销
开本：700mm×1000mm　1/16　印张：34　字数：645 千
2015 年 9 月第 1 版　2015 年 9 月第 1 版第 1 次印刷
ISBN 978-7-229-08855-2
定价：56.80 元

如有印装质量问题，请向本集团图书发行有限公司调换：023-61520678

版权所有　侵权必究

目 录

楔　子 1

第一章　不做贤良妇，且看凤飞舞..................3

第二章　纵谋算深深，可谁主乾坤..................25

第三章　良辰美景在，奈何天意难..................47

第四章　风后入江云，长江送流水..................70

第五章　灯会现杀机，夜晚露风华..................93

第六章　飞絮飘无定，同心结未成..................116

第七章　风起入宫闱，杀机隐隐现..................141

第八章　晚来起争执，夫人心不甘..................165

第九章　入宫深似海，步步藏玄机..................188

第十章　鸾凤将初鸣，帝心难猜疑..................210

第十一章　寻春去较迟，惆怅怨芳时.....................231

第十二章　帝心难猜度，百花竞相妍.....................253

楔 子

郦雪是一名梦境分析师,沉迷于各种关于梦境的案例中,试图透过梦境能还原寻找出人性格的缺陷,进而加以治疗。

这日接到一桩奇怪的案子,博物馆忽然请郦雪前去,这让她很是意外,不知道自己有什么地方能帮到博物馆的。怀着好奇之心,她就踏上了这次旅程。

下了飞机之后,博物馆的工作人员早已经在出口等着,热情地帮她拿行李,然后送她上车。

接机的工作人员,很显然也不太知道内情,但是却知道郦雪是国内颇有盛名的梦境分析师兼心理专家,因此也不敢怠慢。

"郦小姐,您是先去酒店还是直接去博物馆?"

郦雪微微一犹豫,就说道:"先去博物馆吧,我对这次的事情还是比较好奇的。"

那工作人员笑了笑:"您真是敬业。"

车子一路到了博物馆,郦雪没想到馆长居然在等着她,不由庆幸自己没有先去酒店。

"欢迎,欢迎,这次真是辛苦郦小姐了,这么老远地让你专门跑一趟。本来应该由我们这边亲自带人过去,但是事情实在是有些复杂,还请见谅。"馆长有些歉意地说道。

因为事情关系到出土文物的安全性,所以才不能直接带着东西去找郦雪。这一

点在电话中已经说明过，她笑了笑："没关系，都是为了工作，能理解。"

一路寒暄到了会议室，分开坐下后，馆长把事情简单地讲了一遍。

"这次出土的文物，有件比较罕见的东西，据说是皇室继后留下的手札。但是其中有很多地方已有破损，而且艰涩难懂，知道郦小姐是有名的心理学家，而且还能通过梦境还原真实情景，这才特意邀请您走这一趟。"

郦雪有些意外，看着馆长说道："我是需要对着人才能进行梦境分析，您让我对着一本手札，这……实在是有些困难。"有点太不可思议了。

"我们知道这有些困难，但还是希望郦小姐能帮帮忙，尽力一试，即便不成功，我们也做了最后的努力了，总比什么都不做的好。"馆长也知道这件事情有点强人所难，不过为了解开手札中的秘密，自然还是要努力劝说的。

不得不说，郦雪自己也十分有兴趣，略一考虑就应了下来："不过咱们提前说好，我只是尽力一试，您知道您让我透过一本手札做这种事情，其实是有些困难的。"

"当然，郦小姐能答应我们博物馆已经是很惊喜了。"馆长站起身来，看着郦雪又道，"还请郦小姐跟我来。东西放置在特殊的环境中保存，因为年代久远，所以不得不放在特制的箱中加以保存。"

郦雪自然是能理解，就起身跟了上去。

走到一个小屋中，玻璃箱中放着一本泛着黄色的书本，她垂目细看，只见上面角落里手书几个小字，郦氏贵女，香雪手书。

郦香雪……

郦雪……

竟跟她的名字有些相同，难怪博物馆能第一时间想到她，真是巧得很。

不知道是不是这本书主人跟她的名字有些相同，还是这本手札有异常的吸引力，郦雪简单读了几页之后，就对馆长说："我想先看会儿，然后咱们再讨论行吗？"

馆长大喜，看着郦雪十分有兴趣这才松了口气，立刻让人将手札小心翼翼地取出来，又叮嘱郦雪翻页之时一定要小心、爱惜，这才带着人走了，给了她一片寂静的空间。

郦雪捧着手札，在一旁的沙发上坐下，慢慢沉入其中，随着手札讲述的故事深入，吸引了她全部的心神，整个人不由沉入到那书中的梦境之中。

第一章
不做贤良妇，
且看凤飞舞

郦香雪的人生很悲哀，宠冠后宫的皇后只是一个挡箭牌。

郦香雪到死都忘记不了甘夫人那张得意张狂的脸，她怎么都想不通，明明是自己跟成睿帝两情相悦，为什么到了最后甘夫人反而成了他的真爱。

她不明白在自己面前一直是温柔笑意的甘夫人，为什么对自己会有那么强烈的仇恨，以至于陷害谋杀自己。

郦香雪想不通，有太多的想不通以至于她坠入地府，都不肯踏上奈何桥，喝下孟婆汤，转世投胎。她不服，凭什么自己恪尽职守做一个好妻子，好皇后，最后却落得一尸两命的下场，是的，被人悬挂上房梁，她的肚子里已经有了一个才刚刚一个半月的孩子。

她的夫君还不知道，在她第一次小产这么多年后，他们终于又有了一个孩子。

她还没告诉他，就已经一尸两命。

这个世上有很多可笑的事情，最可笑的事情，莫过于在她被亲手打入冷宫，废了皇后之位，被他的宠妃甘夫人逼死之后，他居然给了她最大的死后哀荣。

"圣谕，皇后郦氏怀执怨怼，数违教令，心性狭隘，谋害皇嗣，缴其皇后玺绶，迁居沉栖宫，无诏不得外出，钦此！"

"圣谕，废后郦氏于冷宫自缢，朕闻之大恸，数日难眠。思及往昔，与朕识于微时几多辛苦，也曾患难与共性命交付。虽后犯下大错，然功不可没，故复其后位尊称，谥号孝元，葬于帝陵，待朕百年后同椁而葬，钦此！"

当看到这里的时候,郦雪只觉得这个皇帝简直就是人渣中的人渣,郦香雪怎么会爱上这样的男人,真是可悲可叹,又令人觉得不甘悲愤怒。

第一道废后诏书,冰冷无情,让人心寒,十载夫妻一朝纷飞,哪里还有往昔的情义可言,这样残忍的事情,是郦香雪的好夫君亲自下的诏书,当初她听到这诏书时,不知道有多么的无限绝望跟不敢置信。

第二道追封诏书,多么虚伪,为了在天下臣民的面前树立一个深情无限,又宽容大度的君王形象,居然给郦香雪追封谥号为孝元,而且还在天下人前许诺,百年后与之合葬,她只想呸一声。

甘夫人知道后,只怕要撕碎了帕子,砸碎了茶盏,恨不得将郦香雪鞭尸烧骨才能解心头之恨吧。最想跟成睿帝合葬的是她,最想得到元后这个封号的也是她,哈哈哈,只可惜即使郦香雪死了,她也一辈子得不到。夏吟月你算计了这么多,可唯独没有算计到你心心念念的成睿帝,为了自己的帝王威仪,为了天下臣民的归心,为了安抚清平郦家,为了安慰郦香雪的父亲丞相郦茂林,会把这样无限风光的哀荣给了她这个已死的人。

只有原配夫妻,才能用这个"元"字作封号,皇帝以孝治天下,孝元这个谥号,的确是好得不能再好了。可是再好有什么用呢?再好,郦香雪也已经死了。再好,也不能抵消她的仇恨。

郦香雪已经香消玉殒,可郦香雪带着她的记忆,觉得不能这么便宜了这个皇帝,她要在梦境中继续那段历史,寄生于因重病垂危的夜将军的庶女夜晚身上,为郦香雪讨个公道。

而三个月后,便是孝元皇后薨逝三年后第一次选秀。本来孝元皇后死后第二年就是三年一次的选秀,但是成睿帝却因为皇后新丧取消了选秀,又博得天下臣民的无限敬仰跟赞誉。

能把死人也利用得这般彻底,成睿帝果然是一如既往的精明。

郦香雪叹息,只可惜郦香雪以前没看穿他的真面目。所以,三个月后的选秀,她一定要进宫,郦香雪的仇她要为她一点点地讨回来。

夜晚凝神望着漆黑的夜色中,那姜黄色的帐子顶模糊的影子,嘴角露出一个冰冷无情的微笑,慕元澈,你欠郦香雪的我都会替她一一地讨回来,十倍百倍!

当今成睿帝继位已有八年,说起选秀之事却不过只有一回,在历代帝王中实属罕见。

安庆八年,文宪帝驾崩,清陵王慕元澈登基。文宪帝儿子众多,慕元澈并不是其中最受宠的一个,皇子之间党争厉害,到了后期更是凶险异常。郦家乃是清平世家大族,根深叶茂,门生众多,自从郦香雪被指婚给慕元澈,郦家就全力支持慕元澈。

4

据说清陵王跟王妃感情甚是融洽，除了一个正妃，一个侧妃都没有，便是有几个侍妾也基本上是摆设无宠。到了元丰初年清陵王登基，更是直接封郦香雪为皇后，连登基当年的选秀都给推拒了，只有潜邸的几个老人进宫封了嫔妃，然则居高位者不多，对皇后没有一丝威胁。

皇后盛宠，家族荣耀，繁花似锦的表象，郦香雪成为天下女子崇慕的对象。

待到皇帝登基第二年，才有了第一次选秀。再后来，便是到了皇后被废，第二次选秀又被延期，如今数来，这次选秀居然是成睿帝登基八年之久的第二次选秀。

如今后位悬空，后宫之中居高位者又不多，这次选秀整个大夏国都是异常的热闹。京中各世家大族，高官贵胄，更是铆足了全力，盯准了后宫那个悬空的高位。

虽然如今后宫有圣宠不衰的甘夫人，但是甘夫人跟郦皇后一样，已经跟随成睿帝足足有十年了。十年，什么样的新鲜感也没有了，更何况甘夫人膝下也只有一个才四岁的公主，没有儿子的女人想要坐上后位还真不容易。

后位，最后落于谁手，谁又能预料呢？

正是因为这样，这一场还未开始的选秀，就已经在京都暗潮叠涌，不时地听说哪家的姑娘大冬天的落水了，哪家的姑娘参加宴会回去后便高烧不止，又有哪家的姑娘不是碰了这里，就是伤了那里，这样的消息几乎日日不绝。

因为这几日这样的消息比较多，尤其是刚传出来国子监祭酒家的女儿阮明玉参加内阁学士杜家的宴会时，居然伤了脚踝的消息之后，夜家就推辞了京都中好几家的帖子，让待选的几位姑娘专心在家备选，竟是连门都不能出了。

夜晚披散着头发，嘴角勾起一抹冷笑，阮明玉的老爹虽然只是一个从四品的官，但是人家的女儿出色啊，生得那叫一个国色天香，号称京都第一美人。这样的美人自然是所有人的公敌，只是没想到最沉不住气的居然是杜家。

厚厚的绣着鲤鱼戏莲图案的棉帘子被拉了起来，穿着粉色出锋比甲的冬晴，鼻尖冻得红红地快步走了进来。看着神态悠闲的夜晚，焦急地低声说道："我的好姑娘，你怎么还在这里看书，那边都准备出发了，您这是要生生急死奴婢吗？"

夜晚看着冬晴，知道这是一个忠心的，难得露出一个笑脸，道："急什么，这样冷的天出门上香，能晚出去一会儿就晚出去一会儿，这不还没到出发的时辰吗？"

冬晴看着自家姑娘不急不忙的，显然还不知道这个最新的消息，于是弯下身子，在夜晚的耳边低声说道："姑娘，奴婢可是听说今儿个去相国寺烧香是不错，我听大姑娘屋子里的醉柳不小心说漏了嘴，听说好像今儿个皇上要微服到相国寺上香，奴婢能不着急吗？"

夜晚心里咯噔一声，她几乎都忘记了，对啊，每一年的冬至，成睿帝都要去相国寺，而且是微服出巡，这件事情很少人知道，不晓得夜箫怎么得到了消息，居然让

第一章 不做贤良妇，且看凤飞舞

她们今儿个去相国寺，看来是想安排一场偶遇了。

夜箫最钟爱的女儿，嫡长女夜晨可是铆足了劲要进宫的。只是他们千算万算，算漏了一点，那就是在大将军府毫不起眼的庶长女夜晚，却是这个世上最了解成睿帝的人。

夜家精心安排的这一场邂逅，只怕是要便宜了她夜晚了。

也好，她本就是要非进宫不可的，夜晨几次算计她，今儿个她也算回敬一回。

"更衣，梳妆。"夜晚站起身来，重生后，没想到这么快就要与慕元澈见面，她忽然很期待，慕元澈在那个地方见到她会有什么样的反应。

夜箫，从一品大将军衔。近年来边关无战事，武将在朝中的地位就越发的式微。因此夜箫才想着送女儿进宫，以保住荣华富贵。

夜家的情况不算是很复杂，但是也绝对不简单。

大姑娘夜晨、四姑娘夜曦，二少爷夜震跟三少爷夜威都是将军夫人黎氏所出，因此声壮腰直，在将军府的地位稳如磐石。除此之外，二姑娘夜晚跟大少爷夜宁都是萍姨娘所出，三姑娘夜萱是梅姨娘所出。

这其中萍姨娘是夜箫在外任职时纳的妾室，夜晚跟哥哥夜宁也是在外出生。梅姨娘是将军夫人身边的丫头，后来生了三姑娘才被抬升的姨娘。除此之外，将军府诸多的姨娘侍妾居然一无所出，由此可见黎氏的手段多厉害。而且后来夜箫回京任职，萍姨娘随着回来，没过几年就过世了，要说萍姨娘的死跟黎氏一点关系没有，夜晚是不会相信的。

萍姨娘生得极为貌美，只可惜夜晚的容貌并没有随她，但是夜宁生得相貌堂堂，眉眼之间比夜晚还要精致几分。每次夜宁看着妹妹，都要说一句，两人的容貌换一换就好了。每每此时，夜晚就挽着哥哥的臂膀，低声轻喃，若真如此你我兄妹怕也不在人世了。

一个长得极为美貌的庶女，进宫选秀可不是嫡女的绊脚石吗？一个眉眼过于精致的男子，总会给人一种过于衰弱不堪大用的印象，正因为如此，黎氏才能容得下这两兄妹。

只是，黎氏终究是心狠一些，看着夜晚的性子很是沉稳，就怕是个有心计的，这才设计了马车失事，只是黎氏再怎么也想不到，原来的夜晚是真的死了，只是现在活过来的夜晚更为可怕。

夜晚看着镜中的女子，这张脸如今她算是已经瞧着习惯了。初初醒来的时候，好几日都不愿照镜子的。郦香雪很美，便是现如今号称京都第一美人的阮明玉，那也是不及她一半艳色。因此镜中女子的容貌即便是并不庸俗，但是跟郦香雪的容貌比起来，实在是差得太多。

不过现在想想，以色事人，色衰而爱弛。夜晚的容貌虽不是明艳照人的，但是也别有一番柔美温润，见惯了倾国倾城花，这样的温润如玉也许能走出另一条与众不同的路来。

嗯，那盛宠的甘夫人其实也并不多美，至少远不及郦香雪的十分之一。

由此可见，成睿帝慕元澈的口味，其实是有些奇怪的。

看着冬晴拿着的玫紫色遍地洒金出锋袄子欲给自己换上，夜晚摇摇头，神色十分平静地说道："我记得箱子底有件天蓝色白狐毛小出锋的袄子，就穿那件吧。"

"会不会太素淡了？"冬晴有些犹豫，抬眼看向自家姑娘。

夜晚浅笑，郦香雪第一次见到慕元澈，穿的就是一件天蓝色狐裘。地点也是在相国寺，没想到兜兜转转，两人的初见居然还是相国寺。夜晚的心理是极为复杂的，有种说不明白的感觉，对于相国寺她是极熟悉的，因为以前慕元澈每次微服，她这个皇后都是要伴驾的。

郦香雪曾经以为，在慕元澈的心里，原配发妻终究是不一样的，他们也有过花前月下的牵手，也有过如胶似漆的甜蜜，可最后却落得那样的境地。

收敛心神，嘴上却说道："我们今儿个不过是陪客，若是穿得太打眼，只怕又招了夫人忌讳，平白的自己吃苦头，倒不如素淡些。"

同样的地点，同样的衣衫，慕元澈乍见这样的自己，会是怎样的反应，夜晚很是期待。

冬晴看着自家姑娘嘴角的笑容十分古怪，不过姑娘说得有道理，当下也不敢再劝，忙替夜晚装扮起来，然后夜晚才起身往黎氏的院子走去。夜老太太年岁已高，寻常也不爱让夜府众人前去请安，也就是每月的初一十五才见一见人。这次相国寺之行，夜老太太自然也是不去的。

一踏进黎氏的院子，就听到正房里有欢声笑语传来，格外的刺耳。又往前走了两步，就听到一句话轻飘飘地传了出来："娘，做什么还要让夜晚那小蹄子去，每次看到她我都难受得紧。"

夜晚的脚步一顿，面上带了丝丝尴尬，做胆怯状就有些不敢抬脚往前的样子。此时正房帘子后面黎氏的大丫头惜香，正盯着夜晚的脸看，瞧着露出这样的神情，这才掀起帘子带着大大的笑容走了出来，开口说道："二姑娘来了，夫人正念叨您呢，就怕天冷您的身子骨受不住，让奴婢出来接您。"

夜晚看着惜香露出一个感激的笑容，用帕子掩了嘴轻咳一声，这才道："让夫人担忧是夜晚的不是了，夫人昨儿个睡得可好，这天一冷腿还酸痛吗？我正给夫人做软垫，只是手笨人拙，做了这许久还未完成，实在是羞愧得很。"

惜香一听这话，脸上的笑容更盛了，一边引着夜晚往里走，一边说道："夫人

第一章　不做贤良妇，且看凤飞舞

知道二姑娘身子骨弱，寻常也不让您费神，就怕伤了身子，咱们府里有针线房呢。您有这份心，夫人就很开心了，二姑娘晚上可不要熬夜，夫人知道了定是心疼得很呢。"

"不过是我的一片孝心，我别的并不出色，唯有针线还能见人，只盼着夫人别嫌弃。"夜晚又咳一声，抬脚进了内室便不再说这话。

惜香也停住了话头，放下了帘子，这才笑着转过了屏风对坐在上首的黎氏说道："夫人，二姑娘来给您请安了。"

黎氏穿着枣红色泥金刻丝团花纹长袖褙子，青色马面裙，头梳反绾髻，插着赤金嵌宝的大金簪。一双眼睛看向夜晚，神色淡淡的，开口说道："让她进来吧。"

夜晚这才转过屏风，走了进来，先给黎氏行礼："见过夫人，今儿个来晚了，还请夫人责罚。"

黎氏一向不喜欢庶子女称呼她为母亲，因此夜晚一直叫她夫人，所幸她也不愿意对着这个女人喊母亲，这是侮辱了这个词汇。

黎氏瞪了想要说话的夜曦一眼，脸上带了些笑意，看着夜晚说道："听说昨儿个就有些咳嗽，大夫给你开的方子可还用着？本来今儿个免了你请安，让你好生歇着。不过咱们要去相国寺上香祈福，想着这几年你身子骨一直比较孱弱，索性跟着一起去拜拜菩萨，沾沾佛家的香火说不定回来就能好得多了，只好辛苦你了。"

夜晚心里冷笑一声，黎氏最会做表面功夫，从不让人捉到把柄，这话说得真是让人一点错处都找不出来。若是不了解黎氏为人的，只怕真是要被这慈母心肠感动呢。这次去相国寺本就是为了夜晨，只是单单带夜晨一个去，难免会引起慕元澈的怀疑，所以这才兴师动众嫡庶四人一起出门，这才不惹人生疑。夜晚心里嗤笑一声，黎氏还是一如既往的精明，做每件事情都要尽力谋取最大的利益，这不就做了一个体贴善良担忧庶女身体的好主母吗？

"都是老毛病了，劳夫人挂怀，这几日倒是轻快了些。能去相国寺祈福，也是女儿的福分。"母慈女孝什么的，夜晚也会演。

黎氏很是满意夜晚的上道，这才站起身来说道："那就出发吧，天冷路上走不快，早些出门也好早些回来。"

"是。"夜晚低声应道，眼角瞥到夜晨打量自己的目光淡淡的，就像在看一只无足轻重的小老鼠。夜曦的眼神就凶狠得多，这倒是个藏不住的，最下首的夜萱盯着自己的目光十分阴郁，让人很是不舒服，说起来夜家三位待选姑娘中，夜萱中选的可能性最低，难怪瞧着自己不顺眼。

今年选秀，只是夜家就有三个年龄相当的，却只能有一个进宫，不要说夜晚势在必得，便是夜萱，只怕也不是真的无动于衷的。只是梅姨娘毕竟是黎氏的陪嫁丫头，卖身契都在黎氏的手里捏着，因此夜萱做事也是多有顾忌，但是对自己她可没什么顾忌。

"装什么病西施，也不看看自己的德行。"夜曦经过夜晚的身边时，还是忍不住开口讥讽了一句，挑衅的眼神直直对上夜晚的眸子。

夜晚是带着郦香雪记忆的人，以前就是母仪天下的皇后，虽然最后落得那样的下场，但不管是智谋还是眼界，又岂是眼前的小姑娘能比得上的。

夜晚不屑于跟夜曦犯口舌，没必要因此惹得黎氏对自己不满，因此只是轻轻地，淡淡地，用眼角扫了一下夜曦，嘴角带着浅浅的、怯怯的笑容，抬脚缓缓跟了出去。

便是这样的一个眼神，这样的神色，却让夜曦更加愤恨，不敢这个时候惹事，只能狠狠地瞪了夜晚一眼，又推了一把夜萱泄愤，瞧着夜萱跟跟跄跄往后跌了几步，这才出了口气，昂着头大步走了出去。

夜萱站直身子，半垂的头让人瞧不见她的神情的变化，不过是一眨眼的工夫，再抬起头来还是以前那个娇柔的夜三姑娘，委委屈屈地跟在夜曦的身后往外走去。

这一切周围的丫头婆子早已经见惯，丝毫不为夜萱觉得委屈难受，嫡庶从来都是分水岭，天与地的差别。

马车颠簸无比，冬天的路因为下过了雪又上了冻，格外的冷硬，马车行走其上，摇摇晃晃的越发不平。

夜晚靠在软垫上，即便是铺了厚厚的垫子，还是有些难以忍受。郦香雪是郦家合家上下捧在手心里长大的娇娇女，吃穿用度不亚于皇室公主，行走坐卧，言行举止，从小便被严格地教养，她是郦家的女儿，是郦家的脸面，每走一步都要细细衡量。

清平郦家，满天下谁人不知。大夏的士族根深蒂固，便是成睿帝慕元澈上台依旧无法撼动其位置。皇权与士族的矛盾越发的尖锐，上品无寒士，下品无士族，整个大夏的官吏选拔都掌握在世家手里，成睿帝这个皇帝也做得着实有些窝囊。

而郦家，是世家之首。

郦家女，素来是各世家跟皇家抢夺的目标。

可是，郦家到了这一代就只有一个女儿，当年郦香雪也是被众人争相奉迎崇慕的对象，只可惜就是因为相国寺的偶遇，让她对慕元澈一见倾心，爹娘家族拗不过她的任性，终于将她嫁给慕元澈，可最后……却是落得一尸两命的结局。

郦家儿女，少而聪慧，出口成章，才华盖世，能得其一句称赞，便能获众人认可。当年多少京都名媛为了能跟郦香雪说上一句话，得到她一句赞赏，而费尽心思绞尽脑汁。

9

郦，这个姓氏，是权力跟尊贵的象征；郦家，是天下风骨跟风流名士的向往之地。朝中官员十之五六皆出郦家，可见郦氏之权势根基厚重。

否则当年，慕元澈既不是中宫所出嫡长子，又不是先帝最喜爱的儿子，凭什么能打败太子，铲除宠王，最后登上那尊贵的九五之尊的位置。毫不夸张地说，慕元澈的帝位，郦家出力至少有一半。

想到这里，夜晚的心又开始翻滚的绞痛，郦家为慕元澈做了这么多，郦香雪为慕元澈付出那么多，为什么他要骗她？她宁愿一开始就知道慕元澈娶她是为了她身后的郦家的权势，而不是她一直以为的，无限珍惜且深感幸福的爱情。这样至少她死了，她不会去怨恨，不会抱有那些天真的情情爱爱的幻想。

只可惜，她知道得太晚，太晚，太晚。

相国寺依旧香火鼎盛，来往行人熙熙攘攘络绎不绝。

"姑娘，到了。"冬晴的声音隔着马车响起。

夜晚下了车，这里的姑娘出门都不用戴纱帽遮挡玉颜。打眼望去，就看到这肃穆雄壮的寺庙门前，男男女女穿梭而行，五颜六色的衣衫在人海中滑动，不时地能听到清脆的笑声传来。这样的严冬，也无法挡住这些年轻男女的热情。

"阿晚？"一个惊喜的声音从夜晚的身后传来，夜晚听到这声音也是面带喜色，猛地转过身去。

"清姐姐？"夜晚快走几步，迎上了正往她这边走来的司徒冰清。

只见来者一身翠色广袖襦裙，腰系碧绿锦带，越发显得腰若流素，仪态万千，仿若夏夜的盈盈满月，临水的踏波仙子。此人正是右相司徒家的嫡长女司徒冰清，不过月余未见，夜晚打眼瞧去，却觉得司徒冰清越发的如出水芙蓉般清幽。

"没想到你今儿个也来了。"司徒冰清握住夜晚的手，眉眼间全是欢愉的笑容。

夜晚压低声音，悄声说道："我家夫人想要那位提前露个脸，我们只好来陪同了。"

司徒冰清瞬间就明白了，嘴角带着讥讽，眉眼间的柔和转瞬消去："真是有心的，你还是打定主意要进宫？看着这情势，你这条路可不好走。"

司徒冰清跟夜晚素来交好，自然是知道夜家的情况，因此这话说的声音极低，隐含担忧。

"我，别无选择。"夜晚轻叹一声。

司徒冰清明白，也跟着一叹，这时又听到夜晚问道："清姐姐，你既不愿意进宫，今儿个来凑什么热闹？"按照道理来讲，司徒冰清躲避这种场合还来不及呢，这是个打死也不进宫的主。

大夏四大世家，郦傅司容。郦家自然是第一世家，司徒家排第三，司徒冰清正是司徒家的嫡长女，地位在京都可谓是十分的贵重。

此时，夜晨、夜曦还有夜萱都已经下了马车，转头就看到夜晚正跟司徒冰清说话，几个人的眼中都露出羡慕来。司徒这种世家，可不是一个小小的将军府能攀附的。可就是不知道为什么，司徒冰清偏就跟夜晚对上了眼，两人竟做了手帕交，令人羡慕嫉妒得很。

夜晨的神色也不好看，她几次跟司徒冰清交好，都被不咸不淡地躲开了，因此看到这一幕，格外的硌眼，脸色就有些微青。不过，司徒家是她们得罪不起的，因此还是要过来打个招呼。

司徒冰清本要跟夜晚多说几句话，谁知道瞧着那几人都过来了，便有了些不耐烦，低声说道："改日下帖子请你过府一叙，今儿个怕是不能多聚了。"

夜晚顺着司徒冰清的眼神望去，无奈地一笑："你呀，还是眼里不容沙。得，我就不妨碍你这个天仙嫡女扮高贵了，你可记得，过两天一定下帖子，你不下帖子，你司徒家的大门我可进不去。"

司徒冰清无奈一笑，知道夜晚的话不是说笑，慎重地点点头："不是我家势力，实是无奈之举，若是人人皆可随意进我家门，司徒家早无清净了。你且放心，回头我就办此事。"

夜晚自然不会怪司徒冰清，郦香雪是郦家贵女，郦家的规矩可比司徒家还要烦琐几分。

这边夜晨带着夜曦跟夜萱过来，司徒冰清正好跟三人擦肩而过，司徒冰清板着脸跟三人连个招呼也不打，施施然离去。

世家贵女，自有尊贵之处，这般的倨傲，便是将军府的嫡女也不敢指责，只有仰望的份儿，这就是门第身份差距带来的社会地位尊卑的差别。

"母亲已经走了，我们也赶紧过去吧。"夜晨努力压下自己的火气，看着夜晚轻轻一笑，心里想着既然司徒冰清也来了相国寺，又跟夜晚交好，说不得今儿个还要拜托夜晚牵针引线一番，因此态度便格外的柔和。

夜晚心中明白也不戳破，夜晨算是白算计了，司徒家既然今日来上香，这么多的官宦之家，要是每一家都见，也不用拜佛了，司徒家必然是闭门谢客，一门心思只上香的。

各自打着不同的算盘，在知客僧的领路下，一路走进了相国寺。相国寺占地极广，即便是这么多的人也不见丝毫的拥挤。黎氏早就在相国寺预定了厢房歇息，因此今儿个不用在外面挨冻。

夜晚的厢房跟夜家的其余几位姑娘紧挨着，但是夜晨跟夜曦并未回自己的房

间，而是去了黎氏的厢房。因为今儿个烧香的极多，等到夜家要到午后了，因此黎氏发话了，各位姑娘可以带着侍女护卫在相国寺随意走走，用午饭的时候再回院子里。

盼咐下来后，黎氏自行带着夜晨跟夜曦便走了，只剩下夜萱跟夜晚，夜萱看着夜晚，柔柔地笑道："二姐姐，我们结个伴可好？"

夜晚今儿个还有重要的事情去做，怎么可能会带着夜萱，于是浅浅一笑："三妹妹，我还要歇歇脚，你且自去玩耍吧。记得带着丫头跟护卫。"

夜萱无奈，明知道是托词，又不能厚着脸皮强跟着，只得面色一僵缓缓离去。

夜晚回了屋子里，重新梳妆一番，这才推开门，望着相国寺她曾经去过很多次的密地，迈出了第一步路。慕元澈，终于又见了。

相国寺依山而建，山势峰峦雄伟，庙宇精美开阔。若是春夏之际，整座寺庙掩映在崇山峻岭、碧树红花之间，景色最美。

此时，正值冬季，又刚下过雪，满目皆是雪白，枝头也是一片晶莹。置身于这样的景色中，虽然有些寒冷，却是格外地令人心情舒畅。

相国寺后山有座落霞峰，这落霞峰山势陡峭，其实并不太高，只要有耐力，花些时间便能攀爬上去。只是这落霞峰颇为隐蔽，乃是在两座山的隐峰之中穿透出去的一个小山角，若是不加用心，只会当做一个寻常的山峰给忽略过去了。

当初之所以能发现这处所在，还是因为郦香雪贪玩，不小心误进此处，却没想到反而误打误撞救了被追杀重伤的慕元澈。

夜晚已经让冬晴打听过了，黎氏只知道今儿个慕元澈会来，却不知道他会去哪里。因此黎氏带着夜晨跟夜曦，便守在最热闹、最雄伟的大殿处。

夜晚这才轻呼一口气，这落霞峰是郦香雪跟慕元澈的秘密之地，是只有他们两人才知道的所在。断然不会轻易泄露出去，看来只是有人打听到今儿个慕元澈会来相国寺，却探查不到他的具体行踪。

爬到了半山腰，夜晚停下来喘口气，冬晴也跟着停住脚，气喘吁吁地说道："姑娘，这个地方这么偏僻，为什么要到这里来？"

"冬晴，你知道我是一定要进宫的。"夜晚继续往上爬，提着衣角不让它浸湿，边爬边开口说道。

"是，奴婢知道。"冬晴低声应道。姑娘在将军府的日子并不好过，更何况就是为了大少爷以后有个好的前程，姑娘也是一定要进宫的。作孽的，大少爷偏生是个庶长子，夫人心头的一根刺，只有姑娘进了宫，获了圣宠，兴许将军会看在姑娘的面上对大少爷好一些。

夜晚并未回头，仰望着快要到的山峰，低声呢喃："冬晴，今儿个夫人为什么要我们一起来相国寺？"

"听说皇上今儿个会来。"冬晴。

"是啊，人人都知道皇上会来，但是却无人知道皇上究竟会出现在哪里，我不过是在赌。"夜晚浅浅一笑，继续往前走，地上路滑，因此每走一步都格外地当心。

冬晴闻言，皱眉说道："可是姑娘，这个地方如此偏僻，又这样难走，皇上怎么会来这里？"

"所以，才说是赌。"夜晚自然不会告诉冬晴她为什么会知道皇上会来这里，即便是亲密如冬晴，信赖如司徒冰清，她也不会跟郦香雪一样，轻易信赖别人最后搭上的是自己的命。毕竟，甘夫人跟她可是多年的姐妹，郦香雪是真的把甘夫人当姐妹的。

终于爬上了落霞峰，再次站在这里，看着熟悉的地方，眼眶不由得红了。这里有太多美好的回忆，站在这里，她的心情就忍不住地激荡。

慕元澈，郦香雪已经被你杀了，你孤单地站在这里，看着你们厮守过的地方，你的心里就不会愧疚，就不会自责吗？

"姑娘，真的有人来了。"冬晴几步走了过来，神色中满是紧张，抓着衣袖竟不知道该做什么才好。

北风犀利如刀，刮在脸上生疼生疼。夜晚蹲下身子挽起袖子，开始用手捧起雪堆起雪人来。冬晴不知道自家姑娘要做什么，但是还是很机灵地上前帮忙。

白茫茫的天地间，那一抹天蓝色的身影，不停地来回奔跑，嘴角带着大大的笑容，眼睛亮得好像天上的星辰，清脆的笑声仿若银铃，在这孤寂的天地间来回地飘荡。

慕元澈还未登上这落霞峰，便听到了一串串的笑声，眉心一皱，没想到这里居然有了别人，脚步便是一顿。

身旁的严喜一见，忙低声问道："皇上，这落霞峰上似乎有了别人，要不奴才先去驱赶了她们？"

慕元澈十分不喜这里居然有陌生人在，正要点头，忽听到上面有道娇呼声隐隐约约传来："冬晴，哎呀，你真笨，歪了，歪了。"

听到这句话，慕元澈正要说出口的话，生生被噎了回去。脑海中突然也有道声音回响起来，一样是笑得这样的甘甜，也一样是这样的娇憨，那声音几乎夺脑而出："弄箫，你真是笨死了，歪了歪了。"

慕元澈心神一颤，挥挥手说道："不必了。"说着就大步地往上走，很快地就来到山顶，极目望去，便看到宽阔的平地上，有一抹天蓝色的身影，正在雪地上忙碌着。

看到那抹天蓝色，慕元澈觉得呼吸都一下子顿住了，便是旁边的严喜也给唬住

了，傻傻的连一句话也说不出来了，这背影太像一个人了，冷汗顿时都冒了出来，这是要闹鬼了吗？

慕元澈盯着那道身影，如刀削斧砍般十分俊逸的五官，此时冷冷地皱在一起。那黝黑不见底如深潭一般的眼睛，死死地盯着背对着他正在忙碌的身影。

"冬晴，把这个雪人头安上去，咱们就大功告成了。"

"姑娘，好沉啊。哎呀……"冬晴一时没抱住，那雪球就从双手间滑了下来，那雪球咕噜噜地就顺着往后滑。夜晚惊呼一声，转身就欲追。

慕元澈紧盯着这转过身来的女子，只见她眉眼如画，在美女如云的京都实在算不上多么出色。但是此时因为一番忙碌，额头上闪着一层薄薄的汗珠，双颊染了微红好似敷了薄薄的胭脂，那双大眼睛像是黑玉葡萄，亮晶晶地闪着幽光。

慕元澈瞧着眼前的小女子，正歪着头盯着他，她眉心轻蹙，张口便问道："你也是迷了路，才到这里来了？"

"你也是迷了路，才到这里来的？"很多年前，也有这么一个女子同样歪着头，对着他问这样一句话。那时，他身负重伤，却强忍着伤痛，那背对着太阳的女子，让他看得呆住了眼睛忘记了疼痛。那女子很美，光华夺目，那金色的阳光都成了她的陪衬。

那是他第一次见到这样美丽的女子，夺魂摄魄，几乎令人无法呼吸。这么多年了，再也没有一个女子，能让他有这样的惊艳之感。

眼前这小女子，仪容算不上出色，只是这一身天蓝色的衣衫，配着那雪白的狐裘围着的小脸，小脸上那紧盯着自己的一双黑玉眸子，闪啊闪的，无端端地就让他想起了脑海中早已经沉睡在某个角落的佳人。

"你是谁？"慕元澈的声音不由得变得柔和起来，眉眼间带了淡淡的笑意。

"你这人好生奇怪，是我先开口问话，你还未回答我的话，真是不知礼。"夜晚摇摇头，拍拍手对着冬晴说道，"把我的雪人头捡回来。"

"是。"冬晴连声应道，便去捡落在慕元澈身边的雪人头。

谁知道，慕元澈居然弯腰将雪人头捡了起来，亲自抱了过来，走到夜晚跟前，笑着说道："打扰了姑娘雅兴，不知道可否让在下赎罪，亲自替姑娘将这雪人堆完？"

夜晚依旧歪着头，脸上带着笑，可是内心却是在嘶吼着，叫嚣着。

"你这人还算有些良心，好吧，就给你一个赎罪的机会。"夜晚笑了，不甚出色的五官，此时格外的耀眼，正因为那笑太纯，就像这落霞峰上的雪，干干净净的，让人舒心。

她恨极了眼前这个男人，恨不得立刻将他千刀万剐，以泄心头之恨，可她不能。深宫之中还有甘夫人夏吟月，要想彻底地扳倒夏吟月报仇，就只能借助眼前这个男人。

夏吟月不是爱他吗？那她就要从她的手里，把人硬生生地夺过来，让夏吟月也尝一尝，郦香雪曾经受过的痛。还有她的孩子，夺夫杀子之仇，一定要报。

她现在只能忍！

心里越是难过，越是叫嚣，面上却是笑得越开心，瞧着已经堆好的雪人，看着慕元澈说道："没想到你倒是有一手堆雪人的好功夫，好吧，我就不恼你了。"

嘴上这样说，似是很是好奇，但是她心里明白得很，每年他们都会在这落霞峰，在冬至这一日堆上一个雪人。堆了这么多年，手艺自然是娴熟得很。

严喜听着夜晚这话，浑身一个激灵，心里暗暗想到，好在眼前这姑娘不知道皇上的身份，不然的话就凭这句话也能获罪的。

慕元澈也觉得有些新鲜，转头看着夜晚，心情有些疏散，没有了登山之时的难过憋闷。心头一畅快，说起话来就格外的轻松："能让姑娘一笑，便是千金也难换。本是在下扰了姑娘的雅兴，如此做也是应当的。"

"你倒识趣。"夜晚昂着头娇俏十足，眉眼间的光华越发地盛了。其实她一点也不想做这样的姿态，这不是她，但是这又是她，这个世上没有比郦香雪再熟悉再了解慕元澈的，她知道什么时候，说什么话，做什么表情，能讨得慕元澈的欢心。

果然，这话一出口，慕元澈的神情就越发地愉悦了。

这落霞峰并不是光秃秃的山峰，在这山顶的悬崖边上，外壁如山石峭壁天成，山石间横生一树梅花，朵朵梅花傲寒盛开。此时北风一吹，片片花瓣随风飞舞，空中旋转，竟有数片花瓣散落于夜晚的肩头、发梢，平添一股高华气韵。

梅花幽香，令人沉醉。苍茫的雪地里，这红色的梅花衬着白雪，落于夜晚的肩头，却是人比花娇。

慕元澈大约没想到，居然会遇到这样一个心直口快，性情直爽的姑娘。这样的性子，比起后宫里那些说句话都转三转的女子，更是令人心情舒畅，倒也不生气，反而兴致愈浓："姑娘怎么会到这种偏僻所在，实在是危险。"

慕元澈性子多疑，此时瞧着是关心之语，其实也是探听夜晚的底细。

夜晚如何不知道，为了打消慕元澈的疑心，故意做出一副无奈的神色，重重地叹息一声："我也不想啊，我只是跟着夫人来上香。但是要到午后才轮到我家，因此我便带着婢女出来走走，谁知道三走两走居然迷路了。奈何这路认识我，我却不认识这路，偏偏不让我回去，又看着这里的梅花着实引人，这才一路爬了上来。"

这话真真假假掺杂其中，便是慕元澈去调查，也查不出什么来。假话的最高境界，便是九分真一句假，夜晚说的都是实话，便是真的去黎府调查，也查不出什么，

因为的确是黎夫人吩咐她们可以出来玩耍的。

"如此说来倒是这路的不是了？"慕元澈大笑，好一个狡猾如虎，巧言善辩的女子。

"自然是它的不是，难道还是我的不是不成？又不是我自己想要迷路的，分明是这路崎岖弯多，故意为难我呢。"夜晚皱眉，无奈地一叹，好似真的因为这样委屈不已。

慕元澈觉得这小女子很是有趣，一言一语都好像带着孩童的天真，但是又好像精于世故，便好似一个矛盾的结合体，正因为这样反而格外地引人。

夜晚故意穿了郦香雪以前穿过的衣服，用第一眼初相见令人记忆最深刻的因由，让成睿帝想起郦香雪，如果……如果他对郦香雪还有丝丝歉疚，便不会杀了她这个占了落霞峰的人。

果然，夜晚料中了，慕元澈不仅没有生气，反而好像对她还很有兴趣的样子。一颗心，这才重重地落下，后背上贴身的内衫早已经被冷汗浸透。

"你是哪家的姑娘？让我身边的人送你回去，这山路陡峭，你一个人回去危险甚多。"慕元澈十分体贴地说道，眼睛状似深情地望着夜晚。

夜晚等的就是这句话，闻言面上露出一丝惊惧，眼中隐隐带着不安，嘴上快速地说道："那就不用了，在此耽搁时间已久，小女子便先告辞了。"

慕元澈瞧着夜晚的神色不对，心中便起了疑心，十分强势地说道："这不过是君子风度，若是传扬出去我竟然放任一个美人独行如此危险之地，可真要成了天下的笑柄了，还请姑娘定要成全我的一片真心。"

夜晚面上的神情又白了一些，就连微笑都似乎越发地有些勉强。这个世道对于男女之间并不是很苛责，只要不逾矩，守礼就好。因此慕元澈这才觉得自己便是派人送她回去，实在不是什么强人所难的事情。但是瞧着夜晚突变的神情，慕元澈便知道她一定有为难之处，而这个为难之处……似乎并不想被别人知道，所以才会拒绝他。

越是这样，反而越发地激起慕元澈的好奇之心。

"你我不过萍水相逢，偶然在这偏僻之地相遇实属意外。我自是认识回去的路，便不劳烦公子，就此告辞。"夜晚雪白的小脸上强忍着丝丝惊慌，抬脚欲走，忽而又顿住脚，转过身，被雪白的狐裘簇拥着的小脸，只剩下那盈盈大眼紧紧地锁着慕元澈，似乎有些为难地开口，"若是可以的话，希望公子保密在这里遇见我的事情。"

"为何？"慕元澈凝眉问道，瞧着夜晚的神情越发地觉得这事情实在是有些玄乎。且不说他如此出众的仪表，眼前的小女子不动心也就罢了，偏生还这般的稀奇古怪，着实有些意思。

16

"不过是不想惹麻烦而已,希望公子能高抬贵手,与你不过是少说一句话,与我却是一片安稳天空。"夜晚垂着眸,此时她的模样跟方才在雪地上开怀大笑,手脚灵活的她完全不同。文雅娴静得就好像是画册上走下来的窈窕淑女,可这样的她在慕元澈看来,却远不如方才鲜活生动,惹人注目了。

夜晚本就生得不算特出众,这样谦恭有礼倒真是跟京都那些女子没什么两样,慕元澈有些失望地点点头:"好。"

夜晚朝他点点头,不再多话,这才转身下山。恰此时,一阵北风吹来,梅花枝头花瓣飞扬,洋洋洒洒地飘于空中,旋转而下,散落众人一身。

夜晚侧头看着肩上的梅花,柳眉轻蹙:"花落肩头,雪落无声,弦断有谁听……"

慕元澈眼孔一缩,瞧着夜晚的背影消失在山峰口的小路上,看着身边的严喜,沉声说道:"你去查,她是何人,如何到的这里。是真的偶然迷路,还是另有所图。"

"是,奴才这就去。可是,皇上,您一个人在这儿,奴才哪里能离开?"严喜摸一把冷汗,要是皇帝出了什么事情,他就是九个脑袋也不够砍的。

"朕在这里待会儿,你速去速回。"慕元澈背对着严喜声音颇为冷淡,带着一贯的强势,当下严喜再也不敢说什么,忙转身离去,只想着办完事情早些回来。

严喜走后,这偌大的落霞峰就只剩下崖边上正怒放的几株红梅,还有方才那奇怪的姑娘堆起的雪人,这茫茫天地间,就只剩他一个人。负手昂头望着这茫茫大地,慕元澈的眼神逐渐地散去犀利,只剩下淡淡的迷茫。

大雪纷纷扬扬罩头而下,来得又急又快,慕元澈立于雪中,丝毫不为所动。严喜撑着一把伞一溜小跑上来,忙把伞撑在慕元澈的头顶上,这才弯腰说道:"皇上,奴才已经查清楚了。"

严喜看着成睿帝迎风而站并不说话,平视着前方的身姿挺拔如山,一股沉闷的压力罩头而来,当下也不敢耽搁,忙低声回道:"刚才那位姑娘是夜将军府的二姑娘,庶出,生母已逝。还有一位同母的哥哥,是将军府的庶长子名叫夜宁。除了这兄妹二人是妾室所出,将军府里就还有一位三姑娘夜萱也是庶出。剩下的二子二女全是将军夫人黎氏所出,明年的选秀将军府够条件的有三位姑娘,嫡长女夜晨,二姑娘夜晚,三姑娘夜萱。"

严喜说完,看着成睿帝依旧不发一言,额头上隐隐地就有冷汗冒出。心里知道这个答案皇上并不满意,咬咬牙又接着说道:"奴才还打听到,二姑娘的姨娘是夜将军当初在外纳的妾室,后来夜将军回京述职也跟着一起回来,但是没过几年就病死了。而生了三姑娘的姨娘是黎氏的陪嫁丫头,除此之外,将军府里别的姨娘妾室竟是

一无所出。这夜二姑娘虽然貌不惊人，但是她同母的嫡亲哥哥夜宁却是肖似其母貌若谪仙，俊美非凡。但是性子比较软弱，没什么建树，学文不出彩，学武无建树。"

听到这里成睿帝才有了些兴趣："貌若谪仙？"成睿帝实在是无法想象，也无法从夜晚那张并不十分出色的容貌上想象出貌若谪仙的俊美姿容。

"是。"严喜缓缓地松了口气，瞧着成睿帝的神情松缓了些，吸了一口气又道："奴才还打探到，今儿个将军夫人前来上香，是听说了今儿个皇上要来相国寺，想要安排夜家大姑娘跟您偶遇。只是她们守在大殿，并不知道皇上是来这落霞峰的。至于二姑娘应该是误打误撞到这里的，因为二姑娘在将军府并不受宠，很是受排挤，今儿个不过是将军夫人硬扯来做挡箭牌的。"

慕元澈的神情变得很是难看："回宫后，彻查谁将消息透露出来的。"

若无宫里人往外递消息，外面的人如何知道他的行踪？身为九五之尊居然连行踪都能被泄露出来，还有何安全可言？

看着成睿帝冷凝的神色，严喜知道这宫里只怕又有人要倒霉了："是，奴才回宫后一定彻查。皇上，天色不早了，是不是该回宫了？"

"退下。"成睿帝缓步走向崖边的那几株梅花。

严喜心里叹息一声，想着这里是孝元皇后很喜欢的一处地方，只可惜物是人非，只有这梅花依旧。忽而心思又转到了夜晚的身上，难怪方才这位二姑娘会是那样为难，毕竟是庶出。

夜晚回到了院子，黎氏跟夜晨夜曦还没有回来，倒是夜萱回来了。见到夜晚回来便来套话，被夜晚三言两语打发走了，不过半个多时辰黎氏几人也回来了，带上夜晚跟夜萱去大殿烧香。

等到烧完香，坐上回家的马车，夜晚也有些昏昏欲睡了。爬了一趟落霞峰，又在大殿里跪了许久，实在是疲惫不堪。

此时心里还有些惴惴不安的夜晚并不知道，第二日成睿帝便下旨召集各家勋贵子弟进宫，说是要从勋贵子弟中挑选出一批人充作近卫。

一时间，整个京都都沸腾了，天子近卫，这是多么荣耀的位置。按照资格来讲，夜家这样的人家是没资格参加的，但是这是武比挑选近卫，不是文比选状元，因此夜家也有幸被选中。

更令人惊讶的是，成睿帝还下了一道旨意，各家不论嫡庶均可参加选拔。

夜晚被这个消息惊到了，不论嫡庶？那就是她哥哥也能参加了？夜晚顿时兴奋起来，到了夜家，她能利用的资源实在是太少了，如果她哥哥能进入天子近卫的阵营，不管将来能不能进宫，这对夜晚来说都是一件非常有利的事情。

夜宁知道这个消息的时候，第一时间来见妹子。

18

兄妹二人相见，真是有一肚子的话要说。夜晚挥挥手让周围的奴婢退下，只留下冬晴伺候，这才看着夜宁，说道："哥，你打算怎么办？"

"这是个机会。"夜宁沉声说道，带着孤注一掷的决心。

夜晚也知道这的确是个难得的机会，眉头轻蹙："可是那边未必会让哥哥能一帆风顺地参加，只怕哥哥这段日子会有些不太平。"

"自从姨娘过世后，你我兄妹处处藏拙，不就是为了有朝一日能一鸣惊人？阿晚，明年你要参选，哥哥不希望拖你的后腿，如果我能进天子近卫，你多少也有了依靠的资本。"夜宁看着妹妹，他知道妹子一心要进宫，也知道妹子是为了什么，若不是为了自己，希望自己将来能有个好的前程，不被黎氏欺压，他的妹子又怎么会愿意去那虎狼之地。

"哥。"夜晚看着夜宁眼眶微红，这是个好哥哥，只可惜自己却不是他原来的妹子了，但是这并不妨碍夜晚把夜宁当亲哥哥，夜宁为了妹子受的委屈太多了，"哥，你要小心，不如这样，我给冰清写封信，这段日子你就跟冰清的哥哥在一处得了，有司徒大哥在，那边也不敢贸然做什么手脚，只要能挨过这几日就好了。"

"不用了，司徒兄已经邀我去碧月庄，你就安心吧。"夜宁笑着说道。

夜晚这才松了口气，想起司徒镜心里微微有些惆怅，她不是不知道司徒镜对她的心思，只是……就算是她不进宫，她跟司徒镜之间也是不可能的。

司徒镜是右相司徒征的嫡长子，怎么会娶一个庶女呢？若是郦香雪，倒是门当户对。

"有司徒大哥在，我自然是安心多了。"夜晚垂了头，浅浅笑道，"昨天在相国寺我还遇到了冰清，改日她下帖子的时候，我跟她道谢就是了。"

夜宁无可无不可地笑了笑："说起相国寺，昨天那边有没有得逞？"夜宁也是十分关注的，如果自己的妹子失了先机总归不是一件好事。

夜晚抿嘴一笑："竹篮打水而已。"夜晚却并未告诉大哥，她已经接近慕元澈。

"哼，虽然宫里有人故意将皇上的行踪泄露出来，可是未必就会将具体的地方告之，那相国寺占地极广，在这样大的地方找一个人，可真是不容易。这件事情透着古怪，怕是神仙打架，小鬼遭殃。"夜宁眉峰犀利，愣是给那俊美的容貌染了一层刀光。

夜晚下意识地摸摸他的脸，这夜宁实在是太俊美，夜晚对着这张脸，常常也会失神。都说潘安宋玉美貌无双，夜晚常常想兴许还及不上夜宁的一根头发丝呢。

看着夜晚又在看着自己发呆，夜宁伸手揉揉夜晚的头顶，弄乱了一头秀发："发什么呆呢，阿晚？"

"哥哥,你生得实在是太俊美,每每都让我走神。"

夜宁真是哭笑不得,下意识地摸摸脸,叹口气说道:"我是要中武举的人,这容貌倒真是拖了我的后腿了。难不成将来战场打仗,我要跟那兰陵王一样戴个面具不成?"

夜晚被他逗笑了,兄妹二人笑了一阵,夜晚这才正色说道:"哥,你方才的话不无道理。相国寺皇上行踪泄露的事情只怕真的不简单,这一届的秀女不管是姿容还是家世都十分的强劲,怕是宫里有人坐不住了。"

夜宁是个极其聪明的人,要不是为了在自己还没有一鸣惊人的把握之前藏拙,只怕早已经在京都崭头露角了。

"正是,虽然咱们不知道泄露消息的是谁,但是皇上去了一趟相国寺,怕是已经知道京都哪家都在昨日去了相国寺。既然这些人都能得到这个消息,那么定是跟后宫有所牵连。这还未进宫,怕是已经不得皇上欢心了,这幕后的人真是打的好算盘。昨日咱们家也去了相国寺,不知道对你有没有妨害?"夜宁皱眉,将那幕后之人恨得要死。

任凭是哪个皇帝,也绝对不会喜欢后宫跟前朝,跟京都重臣家来往密切。更何况现在成睿帝想要铲除世家还来不及,自然是对这些格外的反感。那幕后操纵的人定是十分了解成睿帝,倒是一出手想让还未进宫的人失宠,这手段也着实厉害。

夜宁这话真是直指要害,夜晚知道自己这个哥哥只要有机会,一定是会大展光华。将来她所有的依仗都要靠这哥哥,因此夜宁如此出色,不管是心性的沉稳,还是智谋的老辣,都让她隐隐安心。

"哥,凡事都有利有弊,瞧着是一桩祸事,说不定柳暗花明又是一桩喜事。不管如何我不过是陪同的,皇上只要不是个昏君,自然会知道这里面的猫腻。而且,世家大族盘根错节,相互之间抵制,又互相联合,便是皇上真的厌恶也绝对不会不让这些女子进宫。皇上的眼睛里从来只有天下,哪里会有儿女私情。"夜晚低声说道。

夜宁听着妹子的话,心头觉得有些怪怪的:"阿晚,这话说得你好像了解皇上似的?"

夜晚心中一惊,居然顺口就说出来了心里对成睿帝的想法。她生怕夜宁看出什么破绽,面上却是挑挑眉,故作轻松地说道:"哥,当今圣上英明神武,怎么会陷于儿女情长中?不过是我自己的猜想罢了。"

"这也未必,听说甘夫人极为受宠,你若真的进了宫也未必是好事,我倒宁愿你不进宫。"夜宁说到这里神色一暗,抬头看着夜晚,"阿晚,如果这次哥哥如愿进了天子近卫,你就不要进宫了好不好?哥哥会努力向上,会给你撑起一片天空,将来你会嫁个好夫婿,和和美美地过一生哥哥才开心呢。"

夜晚十指紧握，她自然是不会答应的，但是这个时候却没必要让哥哥跟着伤心，便道："好啊，哥哥进了天子近卫，我这样的姿容只怕是入不了皇上的眼的，可不就要被刷下来。"

夜宁闻言眼睛一亮，今儿个司徒镜还拐弯抹角地跟自己打听妹子，若是妹子真不用进宫，也是一桩良缘。纵然不能做正妻，做个贵妾也是高攀了。

将军府里格外的安静，自从那天相国寺回来后，夜晨便是一连几日都不出门，整日闷在房里。夜曦更是每日在夜晚给黎氏请安的时候，都会跟以往一样，几次三番挤对她。夜萱也不知道在想什么，这几日也跟以前有些不太一样，格外的安静，也不曾附和夜曦为难夜晚。

"二姐姐。"夜晚的脚步一顿，回过身就看到夜萱追了上来，嘴角带着甜甜的笑容。

"三妹妹。"刚给黎氏请安回来，夜晚没想到夜萱居然会叫住自己，面上带着一如往昔浅浅恬淡的笑，并不先开口说话。她的这位三妹妹瞧着是个好的，可是夜晚几回见到她的手段，对她一直是不远不近地耗着。

深冬天冷，呼出的白气似乎眨眼间就能结成冰。夜萱穿的是上好的灰鼠皮做成的氅衣，毛皮光滑油亮，细密轻柔，一看就是成色极好的皮子。

夜晚穿的也是灰鼠皮的氅衣，但是一看毛色便及不上夜萱。两人虽然都是庶女，但是关系一直不太好，夜萱是靠着黎氏生存的人，当年萍姨娘的美貌实让黎氏很忌惮，即便是萍姨娘死去多年，黎氏对待夜晚兄妹两个从来都是面子情。

在这个将军府里，即便是稍微得脸的奴才都能对着他们兄妹高声说话。

夜晚想起郦香雪做女儿时，从没有在这样的情况下生活过一日，从没见过大家族中这样多的龌龊行径。但是后来郦香雪在后宫过了那么多年，比这更肮脏的都见识过了，因此在这里她还是能忍得下，且让自己尽量活得舒心些。

夜萱眉眼精致，梅姨娘也是个有些姿色的女子，再加上夜箫是个格外有魅力的男人，因此夜家的子女都是十分出色。只有夜晚是一个例外，容貌并不十分出色，少了北方女子的舒爽大气，倒是多了几分南方女子的婉约如画，瞧着并不多么出彩，胜在格外耐看，尤其笑起来的时候就像是三月的春风，让人浑身上下的毛孔都格外的舒展。

走了一段路，看着夜晚并不主动说话，依旧像是个锯嘴葫芦只知道傻笑，夜萱便有些耐不住了，四下看了看，便低声说道："二姐姐，有件事情不知道你听说没有？"

夜晚闻言便带了些不好意思，轻声说道："不知道三妹妹说的什么事情，你知道我素来爱清静一向很少出院子，很多事情并不晓得。"

　　夜萱心里冷哼一声，面上却依旧带着明媚的笑容，故作亲密地说道："听说甘夫人有意宣召几位世家女进宫小住几日，姐姐可曾听说了？"

　　夜晚心里一惊，面上却是无所谓地笑了笑："这跟我有什么关系？我又不会进宫的。"

　　夜萱细细打量着夜晚的神色，看着她并不像说谎，但是想起那日在相国寺夜晚接连一个多时辰不露面，后来自己几番打听也没能探出她究竟去了相国寺什么地方，因此对这位二姐姐便多留了几分心眼。

　　"姐姐可也是够了年龄待选的，怎么能没有机会呢？"夜萱又加了把劲，她就不相信夜晚真的对进宫没有丝毫野心。

　　夜晚浅浅一笑，故作无奈地说道："三妹妹，不要说后宫之中美女如云，就是咱们府里大姐姐跟三妹妹你都比我姿容美艳，我这样的姿色如何能进得了宫？不过是平白的一个够参选的名头而已。"

　　夜萱听着这话心里很是舒服，心里想这倒也是实话，后宫选妃容貌是最紧要的，夜晚也的确不甚出色。看来自己是多担心了，于是笑得更甜了："二姐姐可不能这样说，兴许命中注定会有大造化呢。"

　　夜晚摇摇头："人贵有自知之明，进宫我是不想的，如不是官府中有每家待选女子的备案，便是选秀我都不想参加呢，平白地去丢人。"

　　话说到这份上，又瞧着夜晚无奈的神色，夜萱是彻底地放心了，忽而又低声说道："若是二姐姐能出手助我，日后我总不会忘记二姐姐的恩惠，便是大哥哥年纪也不小了，不是吗？"

　　夜晚没想到夜萱居然会找上她，想了想也对，夜晨是黎氏的亲生女儿，将军府最后进宫的就只能有一个，若是夜晨进宫还有夜萱什么事情，再加上夜萱母女这么多年来都是在黎氏的淫威下生活。只怕是早就不耐了吧，如今有个更好的前程，夜萱自然是想要争一争的。

　　在夜萱看来，夜晚容貌不出色进宫基本无望，更何况夜晚还有个哥哥，黎氏不待见他们兄妹，若是为了哥哥的前程，只要她肯出手帮助自己，将来自己要真能获得荣宠，夜晚跟夜宁自然能得到好处的，这是各有所取不是正好吗？

　　"只是姐姐愚钝，怕是帮不上三妹妹什么。"夜晚露出一种很心动这个提议，但是自己又没本事帮不上忙的无奈。

　　"眼前也不让二姐姐做什么，只要二姐姐知道是帮我就成。以后若是用到二姐姐的地方，还希望二姐姐不要推辞才是。"夜萱低声笑了，眉眼间带着势在必得的锐利。

　　夜晚只是点点头，此时到了分叉口，两人便分开了。刚回到了院子，冬晴便迎了上来:"姑娘,司徒家送帖子来了。"

夜晚松了口气,这几日都在等司徒冰清的帖子,迟迟不来,夜晚便想到肯定是司徒家遇到事情了,今儿个送了帖子来,恰逢又听到了甘夫人要召世家女子进宫小住的消息,只怕这里面有些联系。

说起来,邀请世家女子提前进宫小住是惯例,并不是什么值得惊讶的事情,这是对于世家的一种恩宠,一种尊荣。夜家算不上世家自然是不在这次进宫的名单中,但是司徒家却是板上钉钉的。

夜晚先去了黎氏那里说了司徒家下帖子的事情,黎氏的脸色很不好看,司徒家每次下帖子只给夜晚,便是她的亲生女儿都得不到司徒家的青睐。每每让黎氏心中恼火,可也正是因为夜晚跟司徒冰清交好,时隔不久便下帖子相见,因此黎氏对待夜晚兄妹便不敢太过分,万一要是流传出她虐待庶子女的事情,以后还如何见人?

正因为被人掣肘,因此黎氏越发地瞧着夜晚不顺眼,但是又不能明晃晃地整治。这会儿又正值甘夫人宣召世家女进宫小住,偏生夜家够不上格,黎氏心情正不好,夜晚倒霉便碰上了。

夜晚拿着司徒冰清送来的帖子递给黎氏查看,瞧着黎氏脸色不好,越发地将头垂了几分,她才不会上赶着让黎氏找茬泻火呢。

黎氏的五官拆开来看一点都不显眼,也无出彩之处,但是就这么组合在一起,却有一种别样的妩媚。因此这多年以来,夜箫跟黎氏之间的感情还算不错,也不算是只有实权没有宠爱的正妻,不然的话也不会生下四个子女。当然更重要的是,黎氏的手段也的确厉害,这么多年能让夜箫离不开她。

此时,黎氏那一双犀利如刀的眼神落在夜晚的身上,只见夜晚温顺柔和垂着头坐在那里,浑身上下也看不出有什么出彩的地方,当然也找不到犯错的地方。一时间黎氏满腔的怒火无处发泄,只得十分僵硬地笑道:"既然下了帖子就去吧,早些回来,如今跟平常不一样,选秀的日子越来越近,京中出了好几桩事情。"

这话倒像是黎氏有多关怀夜晚一样,只有夜晚知道,黎氏是不想她跟司徒冰清待的时间过久。"是,夫人的话夜晚记住了,一定会早些回来的。"说到这里一顿,有些难堪地说道,"我既没有出众的才华,也没有倾国的样貌,进宫的事情是轮不到我的,想来安全得很。"

自嘲的一句话,却让黎氏紧绷的心松缓了几分,瞧着夜晚也没那么讨厌了,挥挥手让她走了。

门口早就准备好了马车,当然出行的马车还算是比较威武豪华的,毕竟夜晚出门挂着的也是将军府的颜面,而且做客的地方又是司徒家,黎氏丝毫不敢怠慢。像是司徒家那样几百年的大族,规矩礼仪多如牛毛,就怕被人诟病。

马车摇摇晃晃地行走在大街上,此时已经是巳时初刻,熙熙攘攘的街上人潮如织来回穿梭。夜晚素手掀起帘子,呆呆地望着外面,瞧着满大街的姑娘花红柳绿闲庭散步,遇到自己心仪的美男还会主动上前搭讪,这样的场景忽然让她回想起以前。

慕元澈的容貌是极出色的,像是最出色的刀斧手雕刻出来的,每次行走在街上,都会有好多的小姑娘大声地喊着五郎、五郎……

那时候,慕元澈已经跟郦香雪定亲,站在慕元澈的身边,看着那些爱慕他的女子望向自己的眼神中满是羡慕,现在回想起来,当时郦香雪是欣喜得很,这样出色的男人是她的丈夫,这是多么令人开心的事情。

彼时,他不是太子,她还不是他的王妃,但是幸福得就像是拥有了全世界。那种立在云端飘飘然的感觉,即便是现在,依旧在心头记忆如新,那是郦香雪用自己的生命去爱过的男人啊。

马车猛地停住了,夜晚的身子一震,隔着帘子问道:"怎么回事?"

冬晴的声音就在外面响了起来:"姑娘,咱们的马车刮到了一个人。"

夜晚皱眉:"立刻去看看伤到人没有,好好跟人家道歉,赔人家汤药费,莫要失了礼数。"

行走在外,名声是最重要的事情,在这个世家横行的世道,不知礼仪没有规矩最是令人鄙夷的。夜晚现在不是郦家的人,以前只要往那里一站,便有无数的光环堆砌在你的头上,你只需要一个微笑,一句温柔的话,便能解决很多的事情。

她现在是夜晚,因此需要付出更多,才能得到别人的认可。夜晚轻轻地揉着眉头,真是出门不吉,居然遇上这种事情。

夜晚正烦心,忽然听到冬晴惊喜地喊了一声:"居然是你?"

第二章
纵谋算深深，
可谁主乾坤

听到冬晴的声音，夜晚不由得伸手掀起了帘子，却不想正对上一双再熟悉不过的眸子。

人流中，他广袖玄袍立在街中，头顶玉冠，腰束刻丝云纹锦带。身姿潇洒，玉树临风，引起无数行人驻足观望。剑眉狭长入鬓，一双黝黑如墨晶的眸子一如既往的深不可测，双唇此时紧抿，面带严肃，毫无笑意，冷峻的威势扑面迎来，便是夜晚安坐于车中，也能感受到那令人颤抖的风涌。

两人隔着马车对望，夜晚首先回过神来，浅浅一笑："家仆莽撞，还请公子多多见谅。"

夜晚的声音温柔有礼，却听得慕元澈眉峰一扬，本来毫无波澜的眸子忽然变得粼光闪闪，嘴角噙着令人不安的笑意。就见慕元澈忽然大步走了过来，透过窗子看着夜晚："真是好巧。"

夜晚的心口猛地钝痛一下，一扯回她失神的思绪，半垂了头，声音里带了丝丝嘲弄说道："正是如此呢，没想到短短数日竟能两度遇到，还真是好巧。"

慕元澈一愣，没想到这个小女子居然敢嘲弄自己，这话的意思就好像自己上赶着与她偶遇一般。顿时眉峰紧皱，正欲说话，却又听夜晚说道："瞧着公子并无大碍，想来不过是虚惊一场，小女子还有事在身就此告辞了。"说到这里一顿，又看着慕元澈最后加了一句："天地之大，希望不要再碰巧遇上。"

马车扬长而去，扬起一片尘埃，严喜抹一把冷汗，看着自家主子那铁青的脸

色，心里暗暗想到，跟了皇上这么多年，还是第一次见皇上在一个女子手里吃了亏，居然被人嫌弃了！

真是没天理啊，皇上要容貌有容貌，要风采有风采，那夜晚一定是眼睛有毛病，不然的话怎么会这样对待自家主子呢？

"主子，该走了，司徒丞相正等着您呢。"严喜吞了下口水，大着胆子上前说道。

慕元澈这才收回目光，脸色又恢复一如既往的冷峻，两边无数热切的目光，无数充满爱慕的呼唤于不顾，翻身上马，快速地离开，眨眼间就消失在这人潮中。

夜晚坐在马车中扶着额头，方才那讥讽的话不受控制般地脱口而出，其实她应该抓住机会好好地在慕元澈跟前表现一番，让他记住夜家的小庶女夜晚，只要皇帝有了印象，入宫的可能性就大了许多，可是一切都被自己搞砸了。

心情平静下来，这才开始想慕元澈为什么会突然出现在这里，这个时候他应该在明光殿批阅奏折，接见朝臣，怎么会在这里呢？

马车在司徒府前停了下来，司徒家占了一整条街的一大半，整座府邸甚是广阔，那府门更是建造得恢宏大气。

夜晚的马车自然是不能从正门而入的，而是从角门缓缓驶入，一直过了三道月洞门这才停了下来。一下了马车就看到司徒冰清已经在等待了，忙快步走了下来："外面天寒，怎地等在这里，若是惹你生病，伯母定将我打了出去。"

司徒冰清却顾不得跟夜晚说笑，一把拉过她，低声说道："你的机会来了，今儿个皇上要来我家呢。"

夜晚的笑容一下子僵在嘴角，慕元澈会来司徒府？怪不得，怪不得会在街上偶遇。

但是此时，夜晚却不能告诉司徒冰清自己见过慕元澈的，她要怎么解释自己是认识慕元澈的？解释不清楚，因为夜晚的身份注定她是无缘得见皇帝的。

所以，她两次跟慕元澈见面，都不能告诉司徒冰清。便是今儿个遇到了慕元澈也就得假装震惊，自己不知道他的皇帝身份，如此才是合理的。

司徒冰清跟夜晚并肩往里走，瞧着夜晚僵硬的神情一点也不觉得奇怪，毕竟在司徒冰清看来，夜晚觉会在这里遇到慕元澈，的确是一件令人无法相信的事情，这样的表情恰如其分，夜晚倒是误打误撞。

"难道你知道今儿个皇上会来，所以才让我来的？"夜晚看着司徒冰清问道，她觉得这事有点不太可能，如果真的是这样的话，便是司徒征那一关就过不了。

天子降临，司徒征这样讲规矩的人，自然不会允许旁人污了他的名声，怎么能私底下安排别家女子与皇帝见面呢？所以说，如果司徒征知道这件事情，他是绝对不会让司徒冰清今儿个请夜晚过府的。

但是今儿个夜晚的行程并没有得到改变，司徒家没有指挥她改日再来，最有可能的就是司徒家也是才知道慕元澈会大驾光临，根本就来不及让她改日再来。再加上司徒冰清有意帮助自己，更不会错过这样的好机会了。

夜晚一双眉毛紧紧地蹙在一起，这些日子以来，她跟慕元澈见面的机会似乎格外的多。

司徒冰清给夜晚斟了茶，低声说道："不是我没有提前知会你，而是我家也才在一个时辰前接到旨意。"

果然被自己猜中了，夜晚想道。

心里这么想，嘴上却不得不说道："若是知道这样，我今儿宁肯不来了。"

司徒冰清横了她一眼，不悦地说道："别人找这样的机会还找不到，你倒好，急着往外推。阿晚，若不是知道你一定要进宫，我是不主张你跟皇上私下见面的。但是……京都美女众多，若不能在皇上的心里留下一个极深的印象，便是你顺利进了宫，想要出头也是千难万难。"

夜晚感激地看着司徒冰清："我知道，只是我怕你家因为我而受牵连。若是真的这般倒是我的不是了，我宁可不跟皇上见面，也不能让你们跟着获罪。"

"瞧你说的，我又不是那傻的，难道就这样把你推出去？自然是要找个恰当的机会。"司徒冰清雪白如鹅脂的面上带着浅笑，看着好友在这样难得的机会面前，还能为她家考虑，心里暗暗点头，这个朋友总算是没有交错。

夜晚摸着心口，叹息一声："早知道这样，我就好好地打扮一番了。"

司徒冰清捂着嘴笑了起来："我早就为你准备好了，安心就是。我既然要让你扬名，自然是准备得妥妥当当。"

夜晚听到这话，脸色忽地一变，顿时想起她刚在大街上嘲弄了慕元澈，要是再见面自己却是焕然一新的打扮，慕元澈那样精明的人，自然是能猜想得出这里面的缘故。她得说服司徒冰清放弃这个想法。

夜晚的心里快速地旋转，抬眼看着司徒冰清说道："不妥，你却是关心则乱了。"

司徒冰清一愣，秀眉微拧，不悦地看着夜晚："这话怎么说的，倒是我多事了？"

"你莫生气，听我慢慢说来，你的一番好意我自然是清楚明白也感激的，可是你也得想想我的身份跟今日的时机。"夜晚轻叹一声，"冰清，我今天是来做客的，你我是好友多有走动，因此每次来见你我的衣着并不是十分的隆重。可是今儿个若是因为见到皇帝便盛装打扮，不要说皇上会不会怀疑，便是司徒夫人跟司徒大人也是要怀疑的。我们两个交好是我们的事情，但是若是事关司徒府，我想我可能以后都不能进你家大门了，自自然然的岂不是更好？越是纯然自如，反倒越能给人深刻的印象。冰清你要相信，我从不是认命的人，我能做到最好。"

夜晚进府的穿着很多下人都看到了，这样的事情自然瞒不过大家，司徒冰清想到这里也明白了，无奈地一笑："你说得对，我可真是关心则乱了。幸好你没有被喜悦冲昏头脑，不然今儿个可真是要惨兮兮的了。"

"你是为了我好，为了我铺路，这份情我记心里了。"夜晚道，她没想到能跟司徒冰清做成朋友，司徒家跟郦家并不怎么和睦，因此郦香雪跟司徒冰清的交往并不深，再加上她的年岁要比司徒冰清大很多，交集更是少得可怜。几次见面的机会还是在举行宴会的时候，只是她是高高在上的皇后，司徒冰清是官宦之女，也只是远远地看一眼而已。

"大少爷。"

门外齐刷刷地传来行礼声，夜晚没想到司徒镜居然会在这个时候过来，按理说他应该在接驾吧。抬眼望了司徒冰清一眼，只见司徒冰清也有些迷茫，显然她也并不知道她哥哥这个时候怎么会过来。

两人忙站起身来，就看到司徒镜已经大步走了进来。

迎着阳光，司徒镜一袭白衣飘然若尘，乌黑的发并没有绾成髻束在头顶，而是随意地披在身后，从鬓边各拢了两绺头发将散落的头发拢住散于肩上。司徒镜跟司徒家别的男子有些不同，他就好像是出世的谪仙，举止间就带着出尘的味道，好似这凡间的事情没什么能引起他的关注。

偏偏这样心性淡然的男子，不仅有着出众的容貌，更是少有的天才。他过目不忘，满腹诗书，少时便扬名天下，更是大夏国最年轻的状元，是被世人追捧的天之骄子，这人生来就是被人仰慕的，崇敬的。

此时，这如此出色的男子，立在夜晚面前，眉眼间散着柔和的笑容，轻轻地喊了一声："晚妹妹。"

夜晚的心即便是已经饱经风霜，看到这样干净透彻的笑容，也是禁不住心神一动，这样的男子真是世间最令人无法抗住的绝色。不仅身份高贵，更是对自己一往情深，而她注定不能回应这份感情的。

这样身份高贵又才华横溢的男子，难怪哥哥也认为自己便是嫁给他做贵妾也是高攀了。

事实，也的确如此。她的身份低微，配不上他的正妻之位。

只可惜，夜晚是绝对不会做人妾室。

心中怅然，脸上却挂满了甜甜的笑容，清脆地喊了一声："司徒大哥。"

司徒冰清在一旁瞧着，只觉得替哥哥心疼，又看着夜晚也觉得难受，不得不打起精神笑着说道："别哥哥妹妹的，坐下说话吧，哥，你是无事不登三宝殿，可是有什么事情，便是有什么急事，也不值得你亲自跑一趟吧？"

京都街头巷尾皆传颂，娶妻当娶郦香雪，嫁人就嫁司徒镜。如此可见司徒镜的清名有多高。这个男子总是带着浅浅的笑，言语机智温和，从不会令人难堪，即便面对着他的敌人，他也是温文儒雅的，所以被人称之为玉公子。可是京都之中能做玉公子朋友的，一个巴掌伸出来都数不满。靠近他的身边容易，走进他的心里极难。

有着无人匹敌的家世，有着满腹诗书的才华，有着横扫香闺的容貌，这男人生来就是该放在神台上被人敬仰的，哪怕是只呼吸一口人间的气息也仿佛是一种玷污。

每次面对着司徒镜，夜晚心里都有一种无法言说的感觉。这男人就像是一抹阳光，能照亮这世上所有的肮脏，能温暖所有人的心肠。

现如今的夜晚虽然是夜家的小庶女，但是记忆里她是郦家女，享受着世间最锦绣的荣华富贵，融会贯通世家所有的礼仪跟姿态。即使夜晚已经尽力收敛自身的光华，但是那不经意间流露出的微光，也足以令人侧目。

所以骄傲如司徒冰清也愿意纡尊降贵跟夜晚做朋友：夜晚身上那不经意间就有的风姿。所以高贵睿智如司徒镜，也收敛自身的光华，愿意对着这么一个小女子微笑。

有风吹过，暗香浮动。

夜晚装作并不知道司徒镜心思的纯真模样，看着司徒镜说道："是啊司徒大哥，你可是有事情要跟我们说？我听冰清说皇上来了，想必你忙得很。"

司徒镜看着夜晚，她的眉眼依旧如往昔般温润无瑕，那一双眸子星光点点，嘴角扬着小小的弧度，让他的心不由得跟着弯了起来，时间宝贵，也不敢继续耽搁，说道："皇上突然驾临司徒府，父亲的意思是女眷不要冲撞了圣驾才好。"

这话有些伤人，司徒镜看着夜晚想要解释几句，便听到夜晚说道："正是如此，司徒大人最是清正，还请司徒大哥转告司徒大人夜晚知道大人的苦心，请大人放心就是。"

"晚妹妹……"司徒镜那辩倒无数名儒的利嘴，这时竟不知道该如何把事情说得更完美一些，所谓关心则乱，乱了思绪，哪有清晰的头脑可言。

夜晚看着司徒镜微蹙的容颜，"扑哧"一笑，看了司徒冰清一眼，又看着司徒镜说道："司徒大哥，你莫担心，我是真的没关系。司徒大人高瞻远瞩，睿智非凡，此次不让小女在司徒府与圣驾相遇，为的不过是小女的名声跟前途，小女感激不尽呢。"

其实司徒征没有夜晚说的这样的胸怀广阔，作为一个大家主，司徒征首先考虑

的是家族的利益。司徒征是怕夜晚在司徒府与圣驾相遇，日后夜晚进了宫，慕元澈回想起来这件事情，疑心生暗鬼，以为是司徒家左右皇帝的选秀就不好了。

夜晚记忆中的郦香雪是从后宫中拼杀过来的，也是见识过帝位争夺最惨烈的时光的人，不敢说能洞察所有人的心思，但是因为司徒征跟郦茂林一样都是大家主，所以他们行事的方向都是差不多的。夜晚了解郦相的行事准则，也能猜想到司徒征的心思，不过是以己度人罢了。

司徒冰清俏脸铁青，看着夜晚的神色带着愧疚，没想到自己老爹这样的绝情。

司徒镜心里说不出来的滋味，既不希望夜晚真的进宫去在这里上演与皇上的偶遇，也不希望他老爹做事这样的决绝伤了彼此的感情，两为难间夜晚却是三言两语就解了尴尬，越是这样这兄妹二人越发地觉得不好意思了。

司徒镜还要侍驾不敢多耽搁，临走前深深地望了夜晚一眼："晚妹妹，我只盼你这一生平安喜乐，进宫……也许并不是幸事。"

夜晚心里微苦，淡淡地发涩，面上却是眉眼弯弯："司徒大哥，就我这样的容貌，想要进宫怕人家也不要呢，你就别担心了。"

司徒镜觉得自己又说错了话，挠挠头尴尬地走了，金色的阳光下那广袖翩翩，如蝶舞翻飞。岁月静好，却抵不过流光残酷。

夜晚仰头，眼眶酸涩，她跟他注定如同焚散了的烟，散了纵横的牵绊，人归人，土归土，毫无交集。

"阿晚……"司徒冰清终于忍不住，想要开口劝说夜晚放弃进宫，她哥哥一腔痴情，她怎么能视若无睹。

"司徒家不会允许一个庶女做正妻，而我绝对不会做妾，我们之间注定没有结局，所以……冰清，没有结局的爱情，就不要让它开始了。"夜晚垂了头，不是她心硬，而是被爱情伤过的人，已经失去了再度爱人的勇气。

司徒冰清哑口无言，夜晚说得对，她爹爹绝对不会允许一个庶女做她哥哥的妻子的，司徒家嫡子嫡妻的位置注定是身份相当的人坐的。

司徒冰清拉着夜晚坐下，两人喝茶谈天，都避开了皇帝这个话题，因为有些底线就是司徒冰清也不敢不能去碰触的。

"你嫡母对你还跟以前一样？"

"还是那样，眼前还是不好不坏，不过等翻过年可就未必了。夜家不能跟司徒家这样的世家大族媲美，但是也不是一个小的家族。夜家送女进宫参选，也是整个家族的大事，并不是我嫡母一个人就能把持得了的。"

夜晚浅笑，之所以她还能稳住，在夜萱面前也丝毫不露声色，正是因为还有族长这一关要过。

"正是，我是怕你心急乱了方寸，看你这样稳住我也就放心了。"司徒冰清笑，夜晚的处境很危险，一个嫡母要打罚一个庶女再正常不过的，就怕夜晚心急被黎氏捉住把柄不肯罢休。

"你放心，我还有哥哥，便是为了我哥哥，我也不会莽撞的。"

两人相视一笑，尽在无言中。司徒家的院子很大，前院的声响根本就传不到后院来，既然司徒征让司徒镜亲自来传话，想必还会有别的措施。

夜晚不会回应司徒镜的感情，也绝对不会做对司徒兄妹不利的事情，这个世上对她好的人实在不多，她很珍惜。但是夜晚也不是轻易放弃机会的人，不能在司徒家做什么，就只能在司徒家外做了。

夜晚心里想着从司徒家到皇宫的路线，又想起来的路上跟慕元澈偶遇的地方，不由得心里一笑。偶遇这一招在来的路上，上天已经恩赐给她了，这回要用什么方式跟慕元澈见面呢？

一天之内，在同一个地方，遇到同一个人，发生不同的事情，这才能让人记得深刻。

她要让慕元澈记住夜晚这个名字，要让慕元澈知道夜家的女儿不只是有夜晨这一个。如果她能得到夜家族长的青睐，真的得到进宫参选的名额，也希望有朝一日她进宫之后慕元澈在众多的美色当中，还记得一个叫做夜晚的女子。

只有让帝王记住这么一个名字，才能在后宫有一席之地。

夜晚不奢求慕元澈的爱，她求的是慕元澈能让她在后宫站住脚，能得到让她对抗甘夫人的权势，让她报得大仇。

从司徒府出来时，日光西移，坐在马车上夜晚的心情还有些不安，想着司徒冰清送她出门时候那一声轻叹："阿晚，执着有的时候并不是一件好事，你要是想要为你兄长谋一个前程，未必要进宫呢，那可是吃人不吐骨头的地方。更何况有一个甘夫人在，想要得到帝王的宠爱并不是易事呢，你还是再好好想想。"

夜晚没说什么，正因为后宫里有甘夫人在，所以她才一定要去，非去不可。

轻轻地掀起帘子，冬晴的声音就响了起来："姑娘，前面就到宝银楼了，还要去吗？"

"去。"夜晚的声音坚定不移，宝银楼这个地方也是她跟慕元澈去过的地方，百年字号，手工精致，这里做出来的钗环最是令人喜欢。

夜晚想，也许慕元澈会在宝银楼停一停，为他的甘夫人选一支钗。自己兴许能在这里再度遇上他，不过是一个假设，只是夜晚没想到才踏进宝银楼，居然真的看到了那一抹再熟悉不过的身影。

他，不是还在司徒府吗？

慕元澈背对着夜晚，并没有看到夜晚进来，他正在看着什么，神情专注，脊背挺直。

但是慕元澈身边的严喜看到夜晚走进来，神情便是一僵。心里也有种很古怪的感觉，怎么总是在最不可能的地方遇到这位姑娘呢？

夜晚抬起头来正对上严喜的目光，面上立即做出一副惊讶而且矛盾的神情。似乎想要转身离开，但是却又觉得自己为什么要离开，因此又倔强地走了进来，丝毫不弱气势。

这样的神情跟举动落在严喜的眼睛里，便让严喜觉得最是恰当不过。夜晚的惊讶是在表现出在这里又遇到慕元澈的事情，矛盾则是在纠结怎么就接二连三地遇到这个人呢？

夜晚看着严喜的神情，便知道自己这样的表现刚刚好，当下僵着脸淡淡地朝着严喜点点头，便转身去了跟慕元澈相距最远的柜台前。

好像是迫不及待地划清距离，这样的举动让严喜有些惊讶，总觉得夜晚真是一个独特的人。他家主子相貌英俊，风姿潇洒，不知道多少家的姑娘都想着找尽借口靠近，可是这个小姑娘似乎总是疏远着，真是奇了怪了。

夜晚背对着慕元澈主仆，细细地打量着柜台里面的首饰，然后指着一支孔雀衔珠的步摇对着店小二说道："这支钗拿出来给我看看。"

"好嘞，姑娘您可真有眼光，这是鄙店才出的新鲜样子，您瞧这孔雀是不是活灵活现，这可是我们店里手艺最好的师傅打制的。"店小二瞧着夜晚穿着富贵，因此格外热情地介绍。

夜晚伸手接过来，细细地打量，这步摇很是精致，雀尾上的各色宝石熠熠生辉，孔雀的眼睛是难得的黑宝石镶嵌，足有小指甲盖大小，口中衔着细金链子，链子尾上缀着金色的珍珠。珍珠常见，但是金珍珠却不常见。

这步摇的确精美，便是她见惯了稀奇珍宝，还是被这支步摇吸引住了，笑着问道："多少银子？"

伙计正要答话，夜晚只听到身后有个声音传来："我出双倍的价格买下。"

夜晚听到这声音猛地转过身去，一双眼睛带着怒火，紧紧地盯着慕元澈的眸子。她不知道他何时来到自己身后的，想来是自己实在是喜欢这支步摇，居然忘记了这店里还有个慕元澈。

若是别的东西也就罢了，偏偏这步摇是自己真心喜欢的，而且更重要的是这步摇如果被慕元澈买走了，很有可能是被他送给夏吟月，想到这里夜晚心里便是一阵阵的压抑的难受。

"这是我先看中的，凡事都有个先来后到不是吗？"夜晚努力压制自己的怒火，她不能让人知道她的真性情，尤其是眼前这个男人，因此夜晚努力装出委屈的模样，只可惜因为愤怒还是有些狰狞。

慕元澈看着夜晚露出的愤怒，忽而又想起了今天在马车外看到的那张面孔，倒是跟眼前有些相像呢。据说夜晚性子温婉，没想到也有如此锋利的一面。

慕元澈的眉峰便是一挑："在下也瞧中了这支步摇，真是好巧。姑娘的眼光倒是跟在下相似，更没想到短短一日会两次遇见姑娘，天下之大，果然是太巧才能有这样的相遇。"

夜晚的心神在这一刻缓过神来，指甲深深地陷进掌心中，让自己迅速冷静下来。她知道自己方才有些失态了，引起了慕元澈的怀疑，眼前要赶紧打消这种疑虑才是。

这世上所有的爱情都是来得猛烈，去得艰难。

夜晚此时面对着慕元澈，这个让郦香雪爱得刻骨铭心，也恨得排山倒海的男人，心里若是没有丝毫起伏，怎么可能呢？

缓缓地压抑了自己的心情，夜晚的眸子又变得清亮起来，她没有忘记，自己的目的是什么。眉眼间带着淡淡的嘲弄，扫了一眼眼前的男子，故作骄傲地说道："京都之大，能与公子两次相遇在这茫茫人海还真是一种缘分。"

严喜听着这话明明是句好话，怎么就是觉得有些不对劲呢？不由得抬眼去看这个就连他也不得不记住的小女子，就听她嘴里说的话十分的温婉可人，但是那眉眼间的讥讽嘲弄却是无论如何都掩盖不去的。

难怪他觉得不对劲，这口气跟表情可真是……

慕元澈只是深深地看了一眼夜晚，然后依旧说道："这步摇我要了！"

多么强势的男人！夜晚怎么会眼看着慕元澈将自己看中的东西拿回去送给夏吟月，她绝对不允许，现在夏吟月再也不能从她这里抢走任何的东西！

夜晚轻柔地一笑，无奈地叹口气："好吧，我家中自幼教导我要谦恭行事，温婉有礼，如此便让给你就是了。"

慕元澈听到夜晚肯让步了，冰冷的神情有了些缓和，伸手出去接那步摇。虽然夜晚的话里讥讽自己行事嚣张，毫无礼数，但他也不想去计较了，不过一个小女子。

夜晚玉手轻抬，皓腕悬空，将那支孔雀步摇递了过去，只是夜晚手松得太早了些，慕元澈还没拿到，就见那步摇一下子掉落在地上，发出了清脆的碰撞声，那孔雀尾上的五彩宝石洒落一地。

整个屋子里顿时静谧无声。

慕元澈的脸好似万年寒冰铸成。

夜晚唇角紧抿，面带怒火地看着慕元澈，咬着牙说道："这位公子既然一心跟我抢夺，如何又不珍惜？难不成你连个东西都拿不住？看来公子是有意为难于我，是故意针对我吗？"

严喜的大脑顿时不够用了，这……这究竟是怎么回事？？难道不是夜晚故意松手，而是自家主子使坏？

瞧着自家主子的神情不像是作伪，又看着夜晚的神情也不像假的，可是步摇是真的摔坏了，严喜这个见惯风浪的主，居然也看呆了眼。

"哎呦，这可怎么办？你们两位可不能撒手不管，你们要赔，要赔，掌柜的回来一定会打死我的……"店小二急得都要哭出来了，蹲下身子将支离破碎的步摇捡了起来，又把散落一地的宝石一颗颗地放进手心，这少一颗宝石，他一年就白干了。

慕元澈根本就没想到夜晚居然敢倒打一耙，狠狠地瞪着她，正要说话，却又听夜晚说道："小二，莫担心，不会牵连你的。这步摇若是这位公子不肯赔付，你便拿着这步摇去将军府，我自会买下来。"

夜晚说完，看也不看慕元澈一眼，拂袖而去。

严喜再度傻眼了，他就觉得自家主子跟这位夜晚姑娘真是犯煞，怎么每回见面都要出点事情呢？

"爷，这步摇……"严喜抹一把冷汗，不得不出声询问，那夜晚临走前说的那句，分明就是恶心自家主子呢，这姑娘的胆子实在是太大了些，居然将自家主子那杀伤力极强的冰脸视若无睹，委实好胆量。

似此星辰非昨夜，为谁风露立中宵。

慕元澈坐在宽广的明光殿，桌上放着一个极其华丽的锦盒，锦盒的盖子打开着，里面放着的正是那支支离破碎的孔雀五彩宝石步摇。

严喜垂头站在一旁，使劲地降低存在感。自从回了宫，皇上已经看着这残了的步摇一个时辰了，瞧着那眼神，实在是太恐怖了。作为御前第一得宠的大太监，他还是很会趋吉避凶的。

"严喜。"

"奴才在。"严喜下意识地将头垂得更低了，几乎都耷拉在胸前了，但是回话的声音还是很响亮的。

"朕记得再过三日便是御前近卫选拔？"

"是。"

"朕还记得，这次选拔的名单上有夜晚的哥哥夜宁？"

"……是。"严喜又道，忽然有种不好的预感。

"很好。"慕元澈笑了，那笑容里满是冰冷的碎渣，就像是冰雪融后的残峰，泛着冰冷的厉光。

"你说什么？"夜宁似乎没听明白自己妹妹的话，那张几近妖孽般俊美的脸上满是惊愕，好像白日见了鬼。

夜晚看着自己哥哥的模样，知道自己的话有些匪夷所思，但是还是说道："哥，我猜的不会错，你这次御前侍卫的选拔一定会遭到各种刁难，所以不管遇到什么事情，尤其是在皇上的面前，还请哥哥一定要拼尽全力不要放弃。"

夜宁不明白妹子怎么会这样笃定："小晚，你是怎么知道的？"

夜晚自然不会把自己今天故意得罪慕元澈的事情说出来，根据郦香雪跟慕元澈十年夫妻的相处，有一点还是能肯定的，慕元澈这个人是最讨厌没有本事的人，所以她哥哥要想得到慕元澈的青睐，一定要有出色的表现。但是这些话是万万不能说的，不然的话夜宁要是问她如何得知的，她该怎么回答？

"哥，我不是见过冰清了吗？是冰清偷偷告诉我的。"夜晚只好将事情推在司徒冰清的身上，毕竟夜宁绝对不会找冰清对质的。

夜宁点点头："司徒家也的确能探听到一些皇宫秘事，你放心，便是你不说我也会拼尽全力的。"

夜晚自然知道这一点，想了想又说道："哥，我指的是如果在校场上出现什么意外的话，你要记住你不会有生命危险，只要表现你的忠心就好了。"

妹妹奇怪的话，还是让夜宁有些不懂，看着妹子的眼神就充满了好奇："小晚，你是不是知道了什么？"

"哥，你别问了，只要记住我的话就好了。"夜晚解释不清楚，好在把事情推在司徒冰清的身上，即便是夜宁有些怀疑，但是也会想着是司徒冰清故意帮助自己妹妹。更何况这样的消息，便是司徒家也不会轻易外泄的，想必是司徒冰清瞒着司徒家把消息说给夜晚的，因此夜晚才会不肯说个明白，想到这里反而释然了，也不为难妹子，爽快地应了。

夜晚跟夜宁并不晓得，正因为这一场谈话，才有了后来的风光。

金羽卫并不是每一年都会扩充，而且能入得天子近卫的人都是要有些真本事，真正的世家大族，像是郦家、司徒家之流是不会参加这些事情的。毕竟皇上对世家已经很忌惮，世家也是会看眼色的，绝对不会这个时候跟皇帝添堵。

参选金羽卫的大多都是官宦子弟，而且官位不是很高，家中无人担当要职的。

夜箫虽然是将军，但是边关安宁多年，无仗可打，地位岌岌可危，像是夜宁、夜震跟夜威都是要参选的。毕竟能进金羽卫便能日日得见圣颜，若是能得到皇上重用，飞黄腾达自然是不在话下。

夜宁一直在夜家表现得很平庸，因此这回参选黎氏虽然不喜欢夜宁也跟着掺和，但是既然夜箫开口让三个儿子都去，她也不好阻拦，只得笑着应了，还为夜宁准备了铠甲马匹弓箭等物，又得到夜箫一番夸赞。

黎氏想得很简单，夜宁是个不中用的，自己犯不着因为一个无用的人跟自己丈夫翻脸。更何况还有个夜晚在自己手里，也不怕夜宁翻过天去。

到了选拔这日，黎氏带着夜晚姐妹几个亲自将夜震等三人送出门去，又说了好一番鼓励的话，自然是希望自己儿子能扬名入选，她的脸上自然是增了光彩，儿子的前程也能更稳妥一些。

武将跟文臣不一样，夜家三子都是自少习武，夜震跟夜威也都不是软脚虾，黎氏在教导儿子上还是很用心的，至少比管教女儿严厉多了。所以这回黎氏很放心也很有信心，相比之下对夜宁的忌惮就少一些。

夜晚默默地站在最后，看着三人的背影渐去渐远，瞧着哥哥跟夜威夜震相比之下比较瘦弱的身躯，心里也不是不担忧的。但是她也愿意相信自己哥哥是个有分寸的人，这一回这样千载难得的机会一定不会错过。

夜家跟郦家不一样，郦家的孩子一生下来就注定是万丈光辉笼罩于身，郦这个姓氏从他们的孩子一出生，就注定已经拥有了很多别人一辈子努力也未必得到的东西。

夜家不一样，夜家只是一个小家族，夜箫虽然是个从一品的将军，但是整个家族没什么根基。所以即便夜威夜震是嫡子，也得从小夏练三伏冬练三九，这也是夜晚佩服黎氏的地方，对于自己的孩子绝对不溺爱。

"二姐姐，你在担心大哥哥吗？"夜曦似笑非笑地看着夜晚，眉眼间全是得意跟嘲弄，"你放心好了，大哥哥虽然武艺不出众，但也不会真的丧命在校场上的。"

"四妹！"夜晨瞪了夜曦一眼，转头看着夜晚的神情依旧是高高在上的不屑一顾，"跟我回去。"

夜曦还要说什么，看着夜晨的眼神没敢多说，走过夜晚的身边时不经意地撞了她一下，皱着眉头说道："二姐姐连站个地方都能挡人路，真是讨厌得很。"

夜晚也不生气，抬眼看向夜曦，却不想正对上夜晨看着她的眼神充满探究，心中一凛，知道夜晨是个心思极深的，也不敢怠慢，浅浅一笑，柔声说道："四妹妹，这路就这么窄，我可是无路可去呢。我先回去了，四妹妹仔细脚下，雪大路滑，别摔了跤才是……"

夜晚话没说完，就听到一声惊慌大叫声传来，紧接着衣摆被什么重重地扯了一下，整个人往后倒去。倒下的时候，还听到了夜晨的痛呼声，还有夜萱的大叫声，耳边回荡的是夜曦那讨厌的哭泣声："二姐姐，你便是看我不顺眼，也不该伸脚绊倒我，我要去跟母亲告状！"

夜宁去参选金羽卫的这一日，夜晚被禁足了。虽然没有挨罚，但是距离过年也没几日居然被禁足，也就意味着年后亲戚好友之间的走动她是不用出门了。

黎氏这是变相地雪藏夜晚，尽量地让夜晚在京都没有丝毫的名气。须知道凡是有才名美名的，一进宫获封的位置也是较高的。

夜晚待在自己的屋子里，屋里只有一个火盆，有些冷，只能穿得厚厚的坐在临窗的大榻上。冬晴在一旁满是担忧，一张脸几乎挤成了小包子。

夜晚看了冬晴一眼，眉眼淡淡的没什么笑意。她身边现在有两个大丫头，两个二等丫头。两个大丫头一个是冬晴，另一个是似雪。冬晴是跟着夜晚从小长起来的，情分深厚。似雪却是黎氏后来给夜晚的，因此夜晚并不相信似雪，很多事情多依仗冬晴。但是为了不引起黎氏的疑心，对似雪也是一样的厚待。

正因为这般，便是在这个小院子里，夜晚也得时时地小心。

似雪长得很白净，眉眼弯弯，并不十分出挑但是也是一树梨花别有芳华。此时似雪掀起帘子走了进来，肩上还有雪花，开口说道："这鬼天气居然下起雪来了，姑娘午饭已经得了，现在要用吗？"

"端上来吧。"夜晚柔柔地笑道，抬眼看着似雪，似是不经意地说道，"也不知道现在比试场上是个什么情况，听说好些世家大族的女儿是能去观看的。"

"是啊，可惜咱们家不得去。"似雪也有些羡慕，谁愿意整日困在院子里头，也想着出去看看风景呢。

冬晴听到似雪的话，脸上挤出一丝笑容，低声说道："这话可不好乱说，这回能去的也就那么几家，而且听说还有几家是没有合适的待选的秀女。"

"所以说傅太傅家跟司徒家的两位姑娘真是好福气，说不定今儿个还能得见天颜。"似雪垂眸说道，也不知道在想什么神情淡淡的夹着些不耐。

冬晴是个聪慧的，瞧着似雪的神情便笑道："似雪姐姐，今儿个你当差也累了，便去歇歇吧，姑娘这边有我伺候着。所幸也不出门，没多少事儿。"

屋子里有些冷，似雪也实在不想应付在这里，便抬头看向了夜晚。

夜晚更不愿意瞧着似雪，便一如既往地温柔笑道："你且去吧，虽说你们是我跟前的丫头，但是自己身子也是重要的。你本就体弱，好好的养着，晚上的时候再过来当值。"

似雪谢过了便欢天喜地地走了，冬晴的一张脸这才拉了下来："瞧那张狂的样儿，真把自己当成主子一样。"

夜晚眉头紧皱，只有司徒冰清跟傅芷兰能去校场吗？司徒家不用说了，地位超然，傅芷兰的爷爷是太子太傅，她爹又是吏部尚书，而且也是显赫的世家，能去自是应当。没想到阮家跟杜家也不能去，那么还能去的就是郦家、容家，可惜这两家都没有合适的女儿参选。

夜晚一颗心怎么也安定不下来，看着冬晴说道："你去三姑娘那里问问，今儿个夫人可有特别的吩咐？"

这边冬晴刚走，夜晚已经散了头发等着听消息呢，就听到一阵急促的脚步声传来，冬晴急匆匆地走了进来："姑娘，姑娘，夫人那边的惜香姐姐传话来，让您赶紧地过去呢。"

夜晚正在梳头的手不由得顿了一下："可有说是何事？"

"听说是皇上下了旨意，允京都三品之上的官员家眷前去观战。"冬晴不由得有些兴奋起来，这样的盛事就算不能靠近皇上，便是看看比赛也是极好的，岂能不兴奋。

夜晚一直惶惶不定的心慢慢地镇定下来，她就说慕元澈那样的人怎么也不是遵守常规的，果然便有了动作。

冬晴正要给夜晚梳妆，这时似雪掀起帘子进来了，便道："我来给姑娘梳头吧。"

冬晴没想到似雪这个时候会过来了，当下便说道："似雪姐姐不是歇了，怎地过来了？"

"还没躺下呢，听说要出门，我哪里还能偷懒。便是姑娘寻常多有体恤，做奴婢的也得知道规矩。"似雪就从冬晴手里拿过梳子，给夜晚梳起头来，"姑娘，梳个繁花髻怎么样？"

夜晚总觉得似雪有些不妥当，眼角看着似雪的衣裳已经换过了，鲜艳又漂亮，脸上也是重新敷了粉，倒是格外的鲜亮。心里隐隐明白了几分，嘴上却说道："我不爱这些烦琐的东西，你给我梳个简单的流苏髻就可以了。本不想去又怕抗旨获罪，这样的天气怎好出门呢。"

听着夜晚的低喃声，似雪的身体微僵，挤出一个笑容说道："姑娘，这可是天大的好事，多少人家想要去都不得去的。姑娘被禁了足，可是夫人还记得姑娘，委实心善呢。"

"夫人自然是极好的。"夜晚嘴角微勾着带着浅浅的笑容，眉目柔和，看不出丝毫的异样。

似雪瞅了一眼，眼睛立刻撇开，手里忙起来。冬晴打开橱柜给夜晚找衣裳，便问夜晚穿哪一件。

夜晚自己的事情自己知道，既然自己三番两次遇上慕元澈，自然在慕元澈的心里挂了号。今儿个武场上必然是花团锦簇，自己又何必招惹黎氏跟夜晨的猜忌，还有夜萱的防备。只要在慕元澈心里挂了号，他只要想看你，便是自己只穿着粗衣布裳，自然会看到你的。

于是，夜晚柔声说道："你拣出那件藕荷色灰鼠皮袄裙就可以了，外面披上一件秋香色的氅衣。"

冬晴一呆："姑娘，这也太素淡了，您要是不喜欢太鲜艳的，不如就穿这件银紫色的？"

"不必，今儿个大家是去看比试的，又不是选美的。外面冰天雪地的，保暖为重。"夜晚似乎在说一件很不重要的事情，透过铜镜就看到了似雪的神情带着疑惑，然后又松了口气的感觉。

夜晚冷笑一声，黎氏的这双眼睛可也真是尽责，便是自己挑了鲜艳的耀眼的衣裳，只怕似雪也会找各种理由劝说自己换掉的，就算是她貌不出众，穿着打扮也是不能跟夜晨争锋的。

厚厚的刘海遮盖住了眉眼，两边辫成小辫的头发弯了一个弧度搭在肩上，发髻上只是简简单单地戴了几根珊瑚珠子做成的珠钗，便是耳坠也不戴，就这样走了出去。

冬晴和似雪跟在夜晚的身后到了黎氏的院子，夜晚来得刚刚好，正好跟夜萱在门外碰了面。夜萱一身鲜亮的行头几乎耀花人的眼，在看到夜晚如此素淡的打扮，呆了一呆："二姐姐，你这也太素淡了。"

"无碍，我本不喜欢那些烦琐的东西，免得坠得头沉。"夜晚道，抬脚迈进了门。

夜萱看着夜晚的背影，眉心舒缓，看来夜晚是真的没有进宫的心，不然的话定然不会如此不注重仪表。今儿个这样的场合，若是能得见圣驾……那便圆满了。

夜萱想着自己姨娘花了重金从夫人身边的人口中得到的消息，不由得笑弯了眉，今儿个她是不会错过机会的。

比武的地方在西郊大营专门辟出来的一块场地上，场地宽阔，四周都是高台，人环坐其上，能一眼望尽场中所有的情形，视野极好。

若是春光明媚，百花盛开时，头顶撑着油纸伞，手里捏着绢丝帕，嘴角带着含蓄而又柔和的笑容，这才是京中贵女们的得体派头，妖娆又清媚。可是眼下正值寒冬，天空又飘着雪花，即便是头顶上搭了棚子，依旧是寒气侵体，手中暖炉也早已经没有了温度，一个个冻得如风中柳絮，抖得差点成了筛子。

夜晚早就料到会是这样的情形，所以出来的时候穿得格外的厚实，才不会去管好看不好看，臃肿不臃肿。瞧着自己周围那些女子，一个个打扮得花枝招展，柳腰纤细，此时却是冻得唇白脸青，好不可怜。

早有各家的仆役飞马回去取得上好的银霜炭回来，加在手炉中取暖。黎氏自然也这般做了，夜晨几个的手炉中新加了炭火，又开始暖了起来，脸色这才稍微好看了点。

夜晨的眼睛落在裹得厚厚实实的夜晚身上，只见夜晚的眼睛盯着场中，眉眼含笑，丝毫不见任何的窘迫之态。方才她们这些人冻得瑟瑟发抖，可是夜晚却是穿得厚厚实实，唇红齿白的令人艳羡。

夜晚感受到夜晨的目光，回过头来，对着她一笑："大姐姐你快看，二哥哥出来了，好威风呢。"

夜晨看着夜晚的笑容，没来由地心里就有些厌烦，只是冷冷地点点头，而后似有些不甘心，终于还是说了一句："二妹妹，今儿个穿得倒是挺厚实。"

"嗯，我怕冷呢。"夜晚甜甜一笑，又道，"因此便很是羡慕大姐姐这样不怕冷的。"

夜晨的嘴角抽了抽，她就想不明白夜晚是真的大智若愚还是蠢得无可救药，又或者其实就是个天然呆的。今儿个这样的好日子，谁不想在皇上的面前留下个好印象，偏偏夜晚似乎是没想到这一点，一点也没有做即将进宫选秀的秀女的自觉，居然穿得跟狗熊似的，眉头又锁了下来。

她们哪里是不怕冷，不过是硬扛着，想要给那高高在上的君王一个好印象罢了。

夜晚似乎没看到夜晨有些僵硬的嘴角，回过头又看着场中的情形，自顾自地说道："也不知道大哥哥跑哪去了，怎生还不见人影？人家都出来了呢！"

夜晨的脸色越发地沉了下来，没再理会夜晚。现在还不急，若是夜晚有心进宫，早晚会露出马脚的。更何况她不过是一个庶女，家中族老只怕也不会同意一个庶女进宫选秀的，若是夜晚颜色出众也就罢了，偏生夜晚没有这个福气，倒是夜宁那样貌时时让人瞧着心颤。

夜晨常常想，如果夜晚跟夜宁的脸换一下，她是绝对不会允许夜晚活到今日的。

下面诸女心思各异，而此时最高的看台上，慕元澈的脸色乌黑如锅底。一旁的严喜大气也不敢出，瞧着裹得跟狗熊一样的夜晚正手舞足蹈地对着场中的一个男子用力挥手。他很想问一句，姑娘，你出门带脑子了吗？

严喜这辈子见过很多的人，后宫之中什么样的美人没有，但是像是夜晚这样的真是没见过。先前几次见面，夜晚并不晓得皇上的身份，言行举止多有不妥也就算了，不知者不罪。

可是今儿个，是皇上亲自下旨让各家待选秀女前来观赛，夜晚这样的打扮实在是……严喜很费劲地也没找到一个合适的形容词，形容他此刻的郁闷心情。

今天这样的日子，谁不想在皇上面前留下一个好的印象，偏生这个夜晚不知道是迟钝少根筋，还是根本无意进宫，穿成这样……也实在是……

严喜的眼角又悄悄地打量着皇上的神色，其实他严重怀疑，今儿个这样大冷的天儿，把各家的闺秀宣来，其实皇上就是想要看看夜晚的吧。

严喜心里这样猜度，面上可不敢形于色，妄自揣度圣意可是大罪。

慕元澈的眼睛望着场上正激烈追逐的矫健男儿的身影，今年的选拔倒是出现了几个好苗子，他很是满意，心里正想着，忽然只见一匹毛色有些混杂的马横冲入马群中，马上的男子身穿一袭雪白的盔甲，手提长枪，枪头的红缨颤动在这漫天白雪中让人移不开眼睛。

那马横冲直撞的毫无章法，瞧着像是不受控制一般，周围的人似乎是感受到了危险，居然齐齐地躲开那匹有些发疯的马，此时马上的男子已经俯身紧贴着马背，双手死命地拉着缰绳，想要让马停下来。长枪背于背上，鲜红的红缨穗子在漫天白雪中飞扬，只见马上的男子忽然身影极其优美的一个侧身吊悬于马腹一侧，手中银光一闪，马背上的马鞍已经颠落到地上，周围人不晓得发生了什么事情，不少女眷早已经惊恐出声，紧张地看着这一幕，手心的帕子已经被捏得不成样子。

夜晚浑身僵硬不已，死盯着自己哥哥，她知道一定是有人在马匹上做了手脚。郦家贵女，幼习骑射，精通于马道。而如今又在夜家，夜家是武将，规矩不似文臣家呆板，夜家的几个女儿也是会骑马拉弓的，方才那马横冲直撞时她就知道有些不好。

只是夜家女儿练习骑射不过是当成一种玩意，不管是夜晨还是夜曦夜萱，都不曾好好地学习过，因此骑术算不上好，勉强比一般文臣家的女儿稍好一些。

可是夜晚不一样，郦香雪是郦丞相的掌中宝，是曾经跟着慕元澈出征过的巾帼王妃，是曾经京中多少想学习马术的女子的榜样。曾经的孝元郦皇后，是所有女子心中的一座山，仰望崇敬。

因为太紧张自家哥哥，夜晚不知不觉地就已经奔下高台，死死地盯着还在试图让马儿安静下来的哥哥。指甲深陷肉中，因为太过于紧张，夜晚丝毫没有发现慕元澈的眼神自从方才她奔下高台就一直锁住她。

夜宁手心里全是汗，这样突发的情况实在是令人措手不及，他知道自己一定被人给暗算了。眼下在校场上出了丑，只有用自己精良的马术为自己挽回一些颜面，因此格外的紧张，一时大意，竟没有发现高台边不知何时突然发生一阵小骚乱，一个七八岁的小男孩忽然间就滚落下来，而此时他的马前蹄已经高高抬起，眼看着那孩子就要丧命于马蹄下。

谁也没想到会出现这种情况，此时高台上人群已经是混乱不堪，大家身影互相叠涌着看着场中的情形。女子的惊呼声不绝于耳，而此时夜晚看着那身影只觉得呼吸一下子就要断掉了。

第二章 纵谋算深深，可谁主乾坤

那小小的身影她再熟悉不过了，郦熙羽，郦家这一辈一脉单传的嫡子！

"不要！"夜晚不能看着惊马踏死熙羽，那是郦香雪捧在手心，放在心口疼着的亲弟弟。

夜晚就像一只猎豹，猛地就窜了出去，整个人扑在了郦熙羽的身上。

此时高台之上，慕元澈正飞身直下，他已经看清楚那小孩正是郦熙羽，心口不由一紧。从高台奔下的途中，只看到一抹秋香色的身影扑向了那小小的人儿，紧紧地护住了他。

也许，熙羽能保住命了，这是慕元澈映在脑中的第一个念头。

只是好像那抹秋香色的身影有些熟悉……

高高扬起危险的马蹄下，众人只看到有个女子紧紧地护住了那孩童，护得那样紧，毫不在乎自己的后背随时都会被踏成碎骨，血溅当场。

惊愕、不信，充斥于全场。

司徒冰清看着这一幕，差点晕厥过去，这个傻子！

夜晨惊呆地看着那身影："夜晚……"

夜曦完全傻了，丝毫也想不到这个时候夜晚居然会做出这样的事情，下意识地就捂上了眼睛，毕竟年岁还小，见不得血腥的场面，一下子藏在了傻眼的黎氏怀中。

夜萱浑身僵硬地看着夜晚，紧咬着唇，对着夜晨低声说了一句："她倒是会找机会邀宠。"语中带着愤愤。

夜晨先是一愣，随即又是恍然，侧头看了夜萱一眼，眼中有些意味不明的神色。夜晨想不到，夜萱首先想到的会是夜晚拿着命博宠，不过这种可能性并不是没有。如果真的是这样……夜晚就是太可怕了，心神这一刻便高度地警戒起来。

与此同时，夜晚身下的郦熙羽也是完全傻眼了，不知道这个豁出命救自己的傻姑娘哪里来的。正呆愣的时候，就听到这女子说道："莫怕，莫怕，我会护着你，不会让你伤到分毫。"

郦熙羽向来倔强，此时听到这话，忽而红了眼眶。依稀记得阿姐以前还在的时候，每当自己有了危险，她总是把自己抱进怀里，柔声说着这句话，语气也是这般的温柔，神情一下子变得迷蒙起来。

"阿姐……"郦熙羽呢喃出声，"我好想你，我好想你……你终于肯回来看我了，我夜夜做梦都想见你……"

夜晚的泪珠团团滚下，紧紧地抱着怀中的小儿扑在地上，只感觉到后背一阵撕裂的疼痛袭来，眼前一阵阵的黑影晃过。熙羽的话让她恨不得立刻就对他说，姐姐一直都在，一直都在。可她不能，这一世他是众星捧月的郦家嫡长子，唯一的传人，皇帝的小舅子。而她，不过是滚滚红尘中的沧海一粟，毫不起眼的存在。

云泥的差别，注定的宿命，再也不会有任何的交集。

夜晚再也听不到看不到，剧烈的疼痛，让她陷入半昏迷中，只是双臂依旧紧紧地抱着郦熙羽再也不肯松开。

"阿晚！"

是哥哥的声音，夜晚好想睁开眼睛，可是她用尽力气也睁不开，她想告诉哥哥不要担心。哥哥还能呼唤她的名字，可见是无事的，心里紧绷的那根弦，也跟着松了。

"咦？是你！"

慕元澈的声音，夜晚死也不会忘记的。夜晚想，这个时候自己就是能睁开眼睛也断然不能睁眼的，她不想在这个时候看见他，如果她睁开眼睛，她不知道自己会不会拼尽全身的力气，咬住他的喉咙，与他同归于尽。

若不是他，她何苦跟家人相见不能相认。

"回皇上的话，马匹已经被制服，已无危险。"

这个声音也好熟悉，夜晚记得，这是王子墨。慕元澈最信任的武将之一，能力堪比夜箫，笑如狐，黑如墨，谈笑间便是翻云覆雨。当初跟随慕元澈出生入死多年，慕元澈能顺利登基，此人也是功臣之一。

一个个熟悉的声音在耳边响起，真的是恍如隔世啊。

"皇上，这姑娘实在是抱得太紧，微臣掰不开她的手指，无法给小世子诊治。"

夜晚的神智已经散了，此时陷入昏迷中，哪里还能顾得了其他。她之所以昏迷过去依旧死死地抱着郦熙羽，不过是人的执念，这残存的执念，让她一定要护着他的安全。

郦香雪的弟弟，亲弟弟，捧在手心里疼着长大的弟弟，怎么舍得下，舍得让他有危险。

实在是太痛，痛得忍不住泪水横流。

因为曾经得到过最大的幸福，所以当灾难来临的时候，才会觉得格外的无力承受。

夜晚不明白，怎么也想不明白，慕元澈怎么就变心了呢？作为他的妻子，郦香雪作为他的皇后，她从没有想过要他椒房专宠她一人。她给他选貌美的嫔妃充斥后宫，将后宫打理得井井有条不给他增加困扰。对待夏吟月就像是亲生的妹妹，可就是这样的两个人，造就了她的悲剧。

这些痛苦的记忆折磨得夜晚即便是在昏迷中，也是不安地皱着眉头，嘴唇微张低声呻吟，额头的冷汗一层层的，枕头上都已经浸湿了一片。

"怎么样？"

"回皇上的话，幸好王将军及时将马给斩杀，因此夜姑娘背上的伤并不致命，但是毕竟是伤了筋骨，震了内腑，怕是要休养一两个月。"太医垂头说道，大冬天的额角愣是吓出了汗珠。

慕元澈皱眉看着昏迷不醒的夜晚，平静的脸上瞧不出任何的情绪波动，听着太医的话也只是轻轻地点点头，而后又道："你暂且随着夜将军回府，等到夜二姑娘的伤势稳定再回太医院述职。"

"微臣遵旨。"太医先是愣一下，随后才反应过来接旨。

满屋子的人都吓了一跳，大家看向夜萧跟黎氏的眼神可就不一样了，谁又能想到最后得皇帝青睐的竟是这么一个相貌不过中上之姿的庶女。说来也是，这位夜二姑娘真是好胆色，所救之人是已故孝元皇后的亲弟弟。孝元皇后活着的时候对这位弟弟就是极尽宠爱，孝元皇后死后，成睿帝也经常宣郦熙羽进宫伴驾。

成睿帝对孝元皇后情根深种，对这位小舅子可谓是极为喜欢，夜晚救了郦熙羽一命，可不是有了大造化了。

众人的心思各自流转，黎氏的脸色最是难看，还要强笑着跟周围的各位官家夫人打太极，心里都要怄死了。夜晚得了皇帝的青睐，她的女儿怎么办？

这事绝对不行！

慕元澈吩咐过后，便直接带着郦熙羽回宫，郦熙羽虽然并未受伤，却是受了惊吓，人也昏昏沉沉的，嘴里不停地念着姐姐。郦丞相本是想带着儿子回家，可是看着成睿帝那如黑炭的脸，愣是把话咽了回去，脸色平静地瞧着成睿帝带走了儿子。

丞相夫人今日未来，若是来了只怕是吓也吓死过去，已经失去了女儿，若是再没有了儿子……郦丞相知道自己妻子一定得到消息了，挂念着妻子也尽快地赶了回去。

比武场上的事情自有王子墨跟溯光接手，夜宁挂念着自己妹子以至于比赛半途而废，看着昏迷不醒的妹子，杀自己的心都有了，懊悔得恨不能给自己两巴掌。

慕元澈出来的时候，远远地就看到夜宁白衣白盔立在风中，衣衫猎猎，黑发飞扬。那精致的五官此时微拧，惆怅之容便是男人见了也要心软两分。

不知怎地，慕元澈透过这张脸，反而想到了夜晚。眉心皱得越发厉害，看着夜宁说道："随驾！"

金羽卫的比试因为出了郦熙羽的事情，整个京都都变得诡异起来，尤其是郦熙羽今年也不过才八岁，遭受了这样的事情，当晚回到皇宫后便是高烧不退，丞相夫人几次要把儿子接回去，都被成睿帝拒绝了。

听说，成睿帝除了早朝时分，便是批改折子都要在小国舅的身边守着。

听说，小国舅醒了，但精神不振十分萎靡，帝，大怒，大斥御医。

听说……

各种传闻在夜晚苏醒后的几天内不停地在耳边流传着，留在夜府的御医韩普林听着宫里的各种传闻，反而觉得自己留在夜府是件很舒心的事情。

韩普林，出身御医世家，祖上曾经出过大夏第一国手，被敕封为院正。只可惜后来子孙不肖，名声渐落。直到韩普林的父亲重新进入太医院，韩家又才开始兴旺，只可惜韩父早逝，只落得韩普林鼎立门庭。

因为有韩普林在夜家，所以黎氏以及夜晨诸人都不敢有大的动作，整日的母女情深，姐妹和谐。夜晚也只笑不语，但是却没有错过韩普林眼角的嘲弄。对于韩普林这个人，郦香雪还是知道一些的，毕竟在后宫那么多年。

这个韩普林算得上是少年才俊，只可惜仕途波折。韩普林的父亲在太医院时也算得上是风光，医术高超颇受慕元澈看重，正所谓一山容不下二虎，韩普林的父亲得重用，另一个跟他差不多资历的杨成便是屈居其下。后来韩父过世，杨成在夏吟月的帮衬下在太医院很是得脸，这样一来韩普林便被其多番打压，郁郁不得志。

夜晚知道，韩普林是个医术高超的人，若是能收为己用，将来入宫便是如同胁生双翼。只是韩普林这个人很是谨慎，夜晚几次试探都被他挡了回来。越是这样夜晚反而越觉得，这样的人不用则已，若是收归旗下，将来自是有大大的好处，因此越发地坚定了决心。

知道韩普林是不见兔子不撒鹰，自己现在能不能入宫还是未知数，别人怎么会在你身上下注。所以夜晚对韩普林很是有礼，也让冬晴对他多有关照，一切衣食住行多番打点，韩普林虽然不曾松口，但是对夜晚的态度也是温和了许多。

"……姑娘的伤势已经稳住，只要按照方子持续用药，想来再有半月便能下床，翻过了年便能走动了。"韩普林给夜晚把过脉后轻声说道，韩普林的声音很好听，柔柔的如三月春风，人长得也白俊，倒是一个俏郎君，难怪韩普林在夜府大受欢迎，整日的荷包扇子收到手软。

夜晚的脸色还有些苍白，整个人靠着软枕半躺在床上，隔着纱帘看着韩普林，想了想缓缓地说道："韩大人，我自幼身子虚弱，多年来一直是小心休养……"

夜晚说了这句便没有继续说下去，韩普林是个聪明的，自然知道该怎么做。夜晚是无论如何不能这么快就养好伤的，一来在慕元澈的心里会把这件事情很快地忘之脑后，二来夜家族中长辈已经到了半路，很快就会进京，进京后也就意味着夜府参选的秀女究竟是哪个会被定下来。

如果夜晚的伤势还未好转，在皇帝那里还挂着号，夜家的族长一定会加重夜晚这边的砝码，夜晚不能放弃任何一个机会。黎氏一定不会善罢甘休，夜晨也一定会出手,再加上还有一个夜萱虎视眈眈,因此夜晚需要韩普林在夜家多住些日子,也不想自己的伤好得过快。

夜晚的话让韩普林微微皱眉,隔着纱帐瞧了夜晚一眼,心里暗暗想到这小姑娘好深的心机,居然能想得这般周到。又想到这些日子,不管是哪个院子的丫头跟自己套近乎,都能被夜晚身边的冬晴不露声色地挡了回去,真可谓是有其主便有其仆。

夜晚为了救郦熙羽受伤,在皇上的心里肯定是有了印象的。眼前这位能不能进宫不说,但是肯定是不能得罪的。不进宫也就罢了,万一进了宫……韩普林本就举步维艰,自然不会给自己树立一个敌人。

想到这里,韩普林故意扬高了声音,缓缓说道:"二姑娘脏腑受震,外伤易好,内伤难愈,还是要卧床静养,不得大意。"

夜晚笑了,韩普林知道这个院子里耳目众多,这样提高声音,不过就是告诉别人她的伤势就是了。自己果然没看错人,韩普林狡猾又聪慧,这样的人只要使用得当,的确是最好的助力。

"那不知道什么时候夜晚才能下床走动?"夜晚的声音娇娇弱弱中带着焦急,隔着帐子透了出来,好像身体虚弱至极但是又不想错过年下各家走动扬名的时机,因此格外的焦虑一般。

第三章
良辰美景在，奈何天意难

韩普林心里对夜晚又多加了几分的顾忌，这女娃年纪这般小，却如此的老谋深算，演起戏来简直就是信手拈来。不过也对，能够狠得下心用自己的生命救下郦熙羽邀宠，自然不是平凡之辈。

当下收敛心神，正正经经地说道："姑娘不必忧心，再过一月有余自然是妥妥当当的。"

再过一月有余，可就是选秀要开始的日子了，从初选到殿选耗时良久，等到真的入住后宫早已经是春暖花开的时节了。彼时，刚好，人比花娇，满园争春。

夜晚对这个回答很是满意，这一月有余自己需要卧床，不能随意走动，一则避免了黎氏跟夜晨夜萱的暗害，二则也能趁机博得族长的首肯，正是一举两得。

夜晚叹息一声，这个韩普林太聪慧了，聪慧得让她用着都有些心惊。不过韩普林这般地配合，怕是也因为自己的表现让他震惊。韩普林需要韩家在太医院重振威风，夜晚需要一个得力的助手。

夜晚敢肯定，只要自己能顺利入宫，韩普林自然知道该作何选择的。

有了韩普林的话，夜晚依旧卧床静养，便是来探望的人数次数也得到控制，免得让她伤神。只是慕元澈那边似乎是一点动静也没有，夜晚救了郦熙羽的事情，就好像是一块石头沉入了水中，再也没有丝毫的波澜。

随着日子渐长，大家看着成睿帝并没有下一步的动作，便想着大约是夜晚的姿色在诸多的秀女中实在是算不上出类拔萃，因此即便是救了小国舅，也并不能让皇帝起了怜惜之心收进后宫。正因为有了这样的传言，黎氏的心反而安定了些。这几日是族中长辈进京的日子，她忙得是鞋打脚后跟，便是夜晨也得帮着黎氏理事，夜萱因为乖巧，也被黎氏指着给夜晨帮忙。夜曦依旧是三不五时地就到夜晚的屋子里吵闹一番，说些难听的话，做些不是很出格又硌硬人的事情。

夜晚也不急，也不闹，每次都是好声好气地把夜曦给送走。夜晨听说后却是皱起了眉头，把妹妹喊到了自己屋子里，劈头训道："以后不要去夜晚的屋子里无事生非。"

"夜晚跟你告状？我就知道这小蹄子不安分，看我不去骂她一顿。"夜曦本就因为传言说夜晚舍身救小国舅乃是为了在皇帝面前邀宠露脸，怕夜晚挡了自己姐姐的路，因此看着夜晚格外的不顺眼，再加上夜萱总是在她耳边说些似是而非的话，夜曦又是个急脾气，做事情莽撞得很，当然是做了枪头。

"你让我说你什么好。"夜晨气得胸口直颤，但是又强压下心头的怒火，细细地解释给妹妹听，"现在族中长辈都已经到京，母亲便有很多事情也不能自己做主，如今又是面临着选秀，族长的话分量十足，夜晚现在立了功，族中人正是看中的时候，你这个时候寻夜晚的晦气，岂不是更让人觉得咱们姐妹不能容人？阿妹，以后做事情要多动动脑子。还有，以后不要跟夜萱走得太近，听到没有？"

夜曦便有些不服气："夜萱又碍你什么事情了，我又不是小孩子，知道该做什么不该做什么。我就是瞧不得夜晚那狐媚样，你看那韩太医整日地围着她转，她有什么好的。"

夜曦年龄虽不大，但是也并不是不知男女之事，夜晨听着这口气便有些心惊，看着妹子试探地说道："韩太医是皇上亲自指派照看夜晚的，是他的职责，你切莫这样说，传扬出去不是好事，便是你我的闺誉也有损。"

夜曦咬咬牙，想要说什么又咽了下去，只是轻哼一声，眼中的神色却是稍稍舒缓了一些。

夜晨瞧着心里有些担心，正要再说几句，却听到夜曦说道："我走了，韩太医那里少一味药材，我已经让初芹去母亲那里讨了，也该拿回来了，我回去看看。"

夜曦风风火火地跑了，只留下夜晨眉心紧缩，猛地拍了一下桌子："思菱！"

"姑娘，有什么吩咐？"思菱慌慌忙忙地走了进来应道。

"你去查查，最近四姑娘是不是跟三姑娘在一起的时间多些。"夜晨的情绪已经冷静下来，说话的腔调又恢复了以往的平静，如果真是夜萱蛊惑了夜曦什么……别怪她心狠手辣。

入睡前还是一片安静，谁知道半夜却忽然刮起了北风，风吹窗棂，哗哗直响，惊人思绪，难以入眠。夜晚披衣起身，立在窗前，久久不发一语。身后传来脚步声，今晚本来是似雪值夜，但是似雪跟冬晴换了班，因此一听到有声响冬晴立刻起身，掀起帘子走了进来："姑娘，您怎么起来了？这么冷的天屋子里火盆已经熄了，还是上床吧。"

冬晴满是担忧，夜晚并未转身，只是道："无碍，并不怎么痛了，韩太医的医术非常好。"

"那也不能大意了去。"冬晴拿了银鼠皮的大氅给夜晚披上，随着夜晚的目光看向窗外，其实外面黑乎乎的什么也看不清楚，除了呼呼的北风清晰可闻。

夜晚静静地站着，冬晴就在一边陪着，也不晓得站了多久，只觉得手脚冰冷这才转过身来爬上床去。冬晴忙换过了汤婆子给夜晚放在脚下取暖，又给她盖好棉被，便听到夜晚问道："事情进行得可顺利？"

"您就放心吧，三姑娘不消停，处处挑唆四姑娘跟您为难。今儿个听说大姑娘找了四姑娘说话，但是四姑娘从大姑娘那里出来的时候脸色并不很好呢。"冬晴低声回道。

夜晚点点头："四姑娘性子莽撞，三姑娘心机深沉手段激进，但是大姑娘却是沉着稳重的。既然大姑娘已经知道了三姑娘的小动作，接下来就没咱们什么事情了。似雪那边你注意一点，不要露了痕迹。"

似雪是黎氏安插进来的眼线，虽然对夜晚很不利，但是夜晚同样可以通过似雪的嘴巴说出一些她想让黎氏跟夜晨知道的事情。就比如说夜萱最近很是令人讨厌，夜晚又不能直接跟她对上，但是却可以借刀杀人，夜晨就是一把挺不错的尖刀。

"是，奴婢知道。"冬晴应道，伸手放下帘子，"奴婢今儿个还听说一件事情，年关将近，族中人差不多也安顿下来了。明后日可能族长跟族长夫人就要过府，到时候怕是要见一见姑娘呢。"

黎氏这几日都在忙着这件事情，夜家的祖宅并不在京都，但是在京都除了现在的夜府还有另外一处宅子。族中人来京都便住在那里，那里的地段虽不如将军府，却也不是太坏的地方。

黎氏想着夜晨要进宫选秀离不开族中诸人的支持，因此今年格外用心地布置另一处宅子，所以才忙得整日不见人影，便是将军府里的中馈都交给夜晨打理。

庶女并不是没有进宫的例子，庶女获宠得高位的也不是没有。前朝的贵妃便是庶女出身，一朝得侍君王侧，麻雀飞上凤凰枝。

但是像是这样的例子并不多，一朝也难得出现一个庶女出身的贵妃。而且选秀有个不成文的规定，一家不管有几个女儿参选，最后能进宫的只有一个。数百年下来，各家都已经有了默契，自己家族参选的也就只有一个女儿。

夜家的情况本来不用多想的，夜晨生得貌美，虽然在京都及不上第一美女阮明玉的名头，却也是薄有美名。再加上夜晨是嫡女，综合各方面的较量，夜晨都是夜家这一代进宫的最佳苗子。

然而，世事都有例外，偏生选秀前夕有了夜晚勇救小国舅这事，在皇帝面前露了脸，还指派了太医诊治。这就不得不令人多加想想，是把夜晨送进宫好些，还是夜晚好些。

正因为有了这个变数，黎氏才会格外地卖力跟族中人打交道，为女儿铺路。

夜晨有黎氏为其打点，但是夜晚却是只能靠自己。唯一的亲哥哥自从那天被皇帝带进宫，就一直没有消息传来。金羽卫的入选名单还没有公布于众，夜威跟夜震这几日也是四处打点，希望能得偿所愿。

府中人各忙各的，再加上有韩普林在夜府，因此夜晚的日子虽然暗涌不断，但是至少表面上还是清清静静的。但是很快的韩普林就要回宫交差，自己的命算是保住了，韩普林也就不能继续待在这里了。

韩普林一走，夜晚便知道自己的好日子也算是到头了。不过她也不是吃素的，因此在韩普林临走之前，这才给夜萱挖了一个好大的坑。

良辰美景奈何天，赏心乐事谁家院。夜家的院子也的确要热闹热闹才好，太冷清了哪里有年味。

夜萱跟夜晨斗将起来，她才好见缝插针。

第二日一大早，果然就传来了好消息，夜晚看着正在给自己扶脉的韩普林问道："韩太医今儿就要回宫了吧？只是不知道韩太医如何回禀我的病情？"

韩普林正在整理医箱，听到夜晚的话手指微顿，思量再三，这才说道："夜二姑娘的外伤已是好得七七八八，只是脏腑之伤还是要好好养养，微臣会如实禀报圣上。"

夜晚就笑了，果然是个有意思的人，做的也是有意思的事。

"这些日子有劳韩太医费心了，夜晚心中铭记。"

"姑娘言重了，在下也是奉命行事。"韩普林一板一眼地说道。

夜晚笑笑，韩普林这个人实在是谨慎，不管什么时候也不会给别人留下把柄。即便是现在，他给了自己极大的便利，但是绝对不会让别人以为他有别的图谋，好像真的是与人方便而已。

正是这种谨慎小心，才是夜晚最终下定决心的原因，她相信这个韩普林一定不会让她失望的。他们两个人有种共通性，都是善于忍耐，善于隐藏的人。这样的人太孤独，但是一旦决定了事情，便是十头牛也拉不回来的。

若不是夜晚对这个人还有些了解，怕也是被他如此淡然的外表给骗了的。

话不用多说，一句足够，两人心中都已经了然，只是时机未到，便不能说破罢了。

韩普林终于离开夜府,他前脚刚走,后脚夜曦就来了,劈头就问:"韩太医呢?"

夜晚正斜倚在桃红色遍地桃花的软枕上,抬起头看着神情有些着急紧张夹着失落的夜曦,目光一如既往的安静,带着跟平常一样的笑容:"韩太医已经回宫复命了,我这伤也好得七七八八,自然是不能让人长时间地待在这里。"

夜曦很是失落,一张俏脸上满是不悦:"你怎么不多留他一会儿,若不是大姐姐把我叫去,我早就过来了。"声音中还带着怨念,夜曦只比夜晚小一岁,很多事情并不是不懂的。

夜晚脸上依然带着浅笑,嘴上却说道:"四妹妹,韩太医赶着回宫复命,谁又敢阻拦?我是不敢的。"

夜曦轻叹一声,神情忽然有些扭捏起来,很是别扭地背对着夜晚:"那……那他可有提起我?"

夜晚看着夜曦的背影,她应该实话实说的,可是她的嘴巴比她的脑子要快,脱口说道:"有问过一两句。"

夜曦猛地回过身来,直直地盯着夜晚:"二姐姐,他问的什么?"

居然都开口叫了二姐姐,夜晚心里叹息一声,爱情真是令人盲了眼睛,蒙了心智。看着夜曦忽然就像是看着以前的郦香雪,一样的傻。

"也没什么,不过就是随口聊了一两句,韩太医说四妹妹是个活泼可爱的性子。"夜晚四两拨千斤地轻轻带过,如风过水面毫无痕迹,但是涟漪却荡进了夜曦的心里去。

夜曦的神情又是喜又是羞,但是又想到以后可能再也见不到韩普林,又觉得满心的失落,喃喃自语地说道:"想要再见也是千难万难了,也不知道他娶妻没有……"

这话夜晚并没有接过来,这可不是一个好的话头,有可能一句话就惹祸上身。但是夜晚知道只要有了韩普林这个人,她就能紧紧拴住夜曦了。这样以后至少夜曦不会跟自己明目张胆地作对了,也算是一件好事。

心里失笑一声,倒是没想到韩普林人都走了,居然还给自己留下了这么大的一个益处。果然像韩普林这种容貌俊秀,性情柔和,使人如沐春风的男人,不管走到哪里都是受欢迎的。

夜曦神情怏怏,夜晚便转了话题,因为韩普林的关系,夜曦这个时候不愿意跟夜晚为难,毕竟韩普林是照看夜晚身体康健的人,以后说不定还真有求到夜晚的一天,因此夜曦对夜晚的态度倒是难得的和煦了些。夜曦不如夜萱会伪装,这转变也有些生硬，夜晚自然是瞧得一清二楚。

两人说着说着就说到了这回的金羽卫的事情上去，只听夜曦说道："……结果还没出来，也不知道二哥三哥有没有希望，夜……大哥进了宫就没出来过，谁也不知道消息，只听说是跟在王子墨大将军身边的。大哥好运气，王大人可是天子近臣，若是真的入了王大人的眼，以后总是能多些益处的。"

夜晚听到这里，心里也有些不安，这个慕元澈究竟要做什么，为什么还不放大哥回家。心里这样想，嘴上却说道："大哥能有这样的造化，也多亏了母亲平日对他的照顾。"

夜曦便有些尴尬，黎氏可没有照顾夜宁，但是夜晚这样说总是令人舒服些，夜曦也觉得夜晚没以前那么讨厌了。

"二姐姐，韩太医还会回来给你复诊吗？"夜曦眼巴巴地问道，有些很害怕夜晚不说实话，又害怕自己以前得罪夜晚太厉害了，她会捂着消息不告诉自己，心里真是忐忑极了。

夜晚看着夜曦这模样，扑哧一笑："四妹妹放心，若是韩太医来，我便让似雪给你送信过去，我也定会努力拖住他，你看可使得？"

"如此甚好，先谢过二姐姐了。"夜曦终于松了口气，眉眼间全是欢喜，就在这个时候，冬晴急急地打起帘子进来了。"姑娘，前头大管事递进来消息，皇上派王大人来看您了，大姑娘请您准备好，一会儿王大人就到了。"

王子墨？夜晚便有些失神，当时校场上她昏迷过去并没有见到他，只是一晃已是再世为人，也觉得王子墨真是许久未见了。

夜曦自然知道这位王大人是何许人物，没想到成睿帝居然还会派人另外探望夜晚，她的心里就有些不是滋味了，那自己的姐姐怎么办？

夜晚自然是看到了夜曦的眼神，但是该高调的时候是绝对不能降低存在感的。慕元澈不管派王子墨来干什么，但是这对于夜晚来说都是一件好事，这证明那位高高在上的皇帝并没有忘记她，这样一来夜家在选择上更会谨慎一些。当然这里面黎氏跟夜晨自然是不高兴的，可是夜晚不是神仙，不能让每一个人都满意。

"似雪，架上屏风，冬晴替我到门口迎客人。"夜晚吩咐完，转过头又看着夜曦说道："四妹妹正好在这里给我壮壮胆，你看可好？"

有夜曦在场，黎氏跟夜晨那边也能省去夜晚很多口舌，更何况按照郦香雪对慕元澈的了解，这个王子墨怕是来者不善呢。慕元澈生性多疑，现在小国舅已经转危为安，他怕是又把事情重新想了一遍，心里有些疑点要借着王子墨的口探询，如此也好，夜晚觉得真是天赐良机，这个疑惑若是不能消去，以后也是个隐患。

夜曦本就不想走，此时听到夜晚的话自然是高兴得很："好吧，二姐姐说了我就勉为其难地答应了。"

夜晚笑着谢过了，毕竟自己还在伤中，所以为了不让人怀疑，还是要靠着软垫。夜曦坐在夜晚旁边，心里也有些好奇这位天子近臣声名远播的将军，那日在校场上因为实在是太害怕并没有瞧得清楚。

"王大人请，我家姑娘已在内室等候。"

冬晴的声音在门外响起，然后是打起了帘子的声音，紧接着坐在四扇花鸟山水屏风后面的夜晚跟夜曦便看到了一个颀长的身影走了进来。屏风是绢纱绣成，因此看人也是朦朦胧胧，倒是凭空多了几分神秘。

"夜二姑娘。"王子墨的声音隔着屏风响起，声音低沉有力，像是个杀伐果断的人才有的作派。

"臣女见过王大人，有伤在身，失礼之处还请大人海涵。"夜晚微微欠身以尽礼节，声音中还带着丝丝孱弱之感，娇娇怯怯的倒似菟丝花。

王子墨听着这声音便有些怀疑，这人真的是那天勇救小国舅的女子？眉心便是有些微蹙，口中却道："无妨，姑娘以一己孱弱之身英雄之胆救了小国舅，带伤之身，这些礼节尽可免去。"

夜晚心中轻哼一声，老狐狸，说话还是这样拐弯抹角。这话听着可真是漂亮，但是细细想来却是别有味道。先是点名一孱弱之身救人，这就表明王子墨对这一点是有些不解甚至于怀疑夜晚的动机的。再者，因为救了小国舅这礼节才可免去，若不是这样夜晚的身份可不能这样托大，这又是点名身份之间的差距。

夜曦倒是难得聪明一回，这个时候只听着不说话，大约知道自己这个时候不能也不敢开口，毕竟王子墨是代天子探视，她也不敢造次的。

夜晚心念一转，知道一定要打消眼前这人的疑虑，不然的话只怕自己是永不能进宫。王子墨把慕元澈的事情瞧得比自己的生命还重要，怎么可能允许有一点点的危险存在。更何况，夜晚还要打消黎氏的顾虑，因此也是要说给身边的夜曦听。因为自己的话是当着王子墨说的，可信度就比较大，黎氏也比较容易接纳，撇清楚了自己，更方便她行事。

夜晚本就步履艰难，这个时候更是不能有一点的差错，最重要的是夜宁还在慕元澈那厮的手心里，夜晚无论如何也不敢托大的。

想到这里，夜晚轻叹一声，幽幽说道："真是让大人笑话了，小女子自幼体弱，生性胆小，哪里来的英雄之胆。如今回想起那一幕，竟也是噩梦不断，无法安眠。"

王子墨那双利剑般的浓眉此时微挑，显然很意外夜晚的回答，一时间倒是有了些好奇，轻轻一笑，尽量让自己显得温和些，缓缓说道："姑娘不必自谦，姑娘救了

53

小国舅便是大功一件。小国舅是皇上最重视的人之一，能保全他的性命，姑娘也算是有了大造化。如今小国舅已然苏醒，身体也大好，皇上便让微臣前来探视姑娘，这也是姑娘的福气。"

这话可真是无限诱惑了，王子墨想夜晚区区一个小庶女，想来也没什么大眼界，只要自己诱之以利，想来是能瞧出些端倪的。

夜晚心里直咬牙，若是换做别人，听到这话还真是会感到惊喜。但是夜晚对于王子墨可是有深刻认识的，这男人狡猾如狐，谈笑间就能狠狠地给你一刀子，信了他的话，便是送了自己的命。

"王大人怕是误会了，当时夜晚并不知道那人是小国舅。"夜晚道，她当然是知道的，但是夜晚的身份是不能知道的，真话打死也不能说的。

王子墨嘴角微勾，哟，还是个谨慎的，有意思。

"哦？姑娘不知道那人的身份还能舍出命去救，可见是个有慈悲之心的人。"再探，他就不信自己探不出这个姑娘的底细。

"说起来更是羞愧，夜晚没有这样的胸怀。"小样，跟我斗，你是狐狸，我却是狐狸他祖宗！

"……"王子墨这回还真有些傻眼，这姑娘被马踢坏脑子了，还是本身就是个傻的，这样的话也能说。她难道不知道自己这些话是要回禀皇上的？要是皇上听到这话，只怕是对她可没有一丝好感了。"姑娘终是救了人，这点无可否认。当时那么多人，只有姑娘反应敏捷，果然是虎父无犬女。"

夜曦此时心情有点微妙，觉得夜晚真是傻透了，这么好的一个邀功的机会，她居然白白地浪费了。要是装傻可有点过头了，看来平常就有些傻头傻脑的，也是一点不假的，不要说别人，就是她也比夜晚回答得更好。但是很显然的，夜曦宁愿夜晚这样回答，这样的话她的姐姐才有更大的机会进宫。

夜晚捏着衣角，垂头做羞怯状，良久不语。

王子墨隔着屏风看着夜晚的姿态，心里想着这姑娘还真有些傻，瞧这模样大约是不知道怎么说话了吧，正要再加把劲问一句，却听到夜晚的声音如蚊蚁般传来："我最是胆小的，当时也没看清楚那孩子是谁，但是我知道那马上是我哥哥。若是我哥哥在校场上踏伤了人……我不愿意我哥哥出事。"

王子墨想要说的话顿时噎了回去，没想到夜晚拼命救人不是为了邀宠，也不是为了什么"救人一命胜造七级浮屠"这样的金光闪闪的伟大借口，居然只是怕自己哥哥踏伤了人毁了前程。

所以她宁愿被踏伤甚至被踏死的是自己……

王子墨来之前是调查过夜宁兄妹的，知道他们的基本情况。

"姑娘倒是敢直言。"王子墨透过屏风瞧着夜晚依旧低垂的头颅，轻声说道，只是这声音里终究夹了一点点的怜惜。

夜晚自是听了出来，这才微微松了口气，但是依旧不敢有丝毫的大意，谁要小看了王子墨，最后是一定会倒霉的，说不定此时话里的怜惜是另一场陷阱，让自己松懈后露出马脚。

"让大人笑话了，臣女卑微，没什么远大志向，也不过是希望亲人平安喜乐而已。"

王子墨耳尖，听到了夜晚说的是亲人并不是家人，又想起他们兄妹在夜家的日子。若是夜宁真的踏伤了小国舅，这辈子算是完了，夜晚的心里最在乎的怕就是夜宁这个哥哥，所以宁愿拿性命去拼。又想起这几日夜宁身在宫中，却是每日愁眉不展，时时望着夜家的方向……

王子墨能听得出来里面的区别，但是夜曦却是听不出来的，所以这个时候她想的却是，夜晚去拼命只怕是不希望夜府获罪，毕竟那是小国舅啊，如果夜宁真的踏伤了小国舅最后倒霉的还不是夜家？

夜晚也想不到，夜曦此时已经把她升华到一个高度了。

王子墨最后又说了几句话，转达了皇帝陛下的关切，又送上了皇帝的赏赐，这才施施然离开了。

"你是说她也不过是问了夜宁的情况，问他什么时候回家？"慕元澈坐在龙案后皱眉看着王子墨，沉声问道。

一旁严喜面带惊愕，早就说夜晚这姑娘是个脑袋抽风的，这是多么好的在皇上跟前露脸扬名的机会，硬生生地把自己伟大辉煌的形象给贬到尘埃里了。

唉，果然是个傻的！这要是换了别人，一定会大义凛然地说一番大道理，什么身怀仁心不能见死不救了，什么当时只顾着救人没想到自身安危了，什么救人一命胜造七级浮屠啦……总之是个带脑子的，是个有心计的就绝对不会办出夜晚这样的糟心事。

严喜想，大约此时最受打击的是皇帝陛下。偷偷抬起眼角，果然瞧见了伟大的皇帝陛下微微抽搐的嘴角。

想起方才王子墨的话，什么夜家姑娘胆小怯懦，胡说八道，几次顶撞他给他使眼色的难道是空气吗？什么夜家姑娘天真率直，见鬼去吧！什么夜家姑娘手足情深，心底宽厚，他的耳朵一定出毛病了，为什么王子墨说的那个夜晚，跟自己见到的简直就是天地之别。

"王爱卿啊……"相当郁闷的慕元澈一双大眼夹着风暴死死地盯着王子墨，偏生那语气温柔得能滴水。

王子墨只觉得后槽牙酸得厉害，却依旧板着脸硬生生地回道："微臣在。"

"你确定你这双火眼金睛没有看错人？"慕元澈越发地肯定这个夜晚绝对不简单，居然能哄骗得了王子墨，要知道王子墨这双眼可不好骗。人前人后两副样子，如今还做出一副这种样子，分明就是急急地削弱她的形象，让自己对这个人失去兴趣啊。

可是这个夜晚白白聪明了一回，却不知道他早就见过她的另一面！

嗯，那天夜晚昏倒过去，因此并没有看到自己的脸，还不知道她心中的皇帝陛下正是跟她几次偶遇，她还狗胆包天地摔碎了那孔雀步摇，处处针对的人是同一个人呢。

王子墨心里有些奇怪，觉得今儿个皇帝陛下有些不对劲啊。于是很认真地检讨是不是自己哪里给忽略了。但是想了好久也没找到被忽略的地方，于是摇摇头："回皇上的话，微臣敢担保并未看错，这夜二姑娘的确是个……过于天真的人。"

严喜顿时有些风中凌乱，心中好似一万头草泥马呼啸奔过，千言万语只汇成一句话，二姑娘真威猛，连王大人都给糊弄了！

慕元澈现在反而平静下来，细细地看了一眼王子墨，忽而就笑了："王爱卿，最近你好似很清闲。"

"回皇上的话，金羽卫的甄选已经完毕，微臣能好好过个年了。"王子墨只觉得后背生凉，立刻地提醒皇帝陛下，我已经很多年没好好地在家过个年了，您老高抬贵手吧。

可惜，尊贵的皇帝陛下并不打算高抬贵手，他决定给王子墨一个洗清双眼的机会，夜晚会是那种菟丝花？做梦去吧！

"王子墨，听旨！"慕元澈开口，落在王子墨身上的眼神夹着浅浅的、淡淡的，让人一眼看不太懂的深意。

王子墨咬牙，皇帝陛下，臣会恨你的！我只想过安静祥和的大年夜，怎么就这么遥不可及呢？皇帝陛下，你不能因为你一个人大年夜不开心，就让微臣也跟着烦躁郁闷，这不人道啊不人道，我真会恨你的！

夜府变得热闹起来，因为族中人进京，来来往往的客人便多了许多，连带着夜晚即便是在养病中，也不得不应付前来探视的人。

今儿个来的不是别人正是族长夫人，黎氏亲自陪着过来的。本来夜晚一个小辈怎么能劳长辈纡尊。但是既然皇帝陛下亲派的太医都说了，夜晚的病需要静养，不能随意挪动，因此族长夫人带着族长的嘱托，决定好好地看一看这个夜晚究竟是个什么样的姑娘。

族长夫人是个挺雅致的人，宝蓝色锦边弹墨藤纹云锦大袖衣，湖碧色刻丝福纹软缎马面裙，头梳大圆髻，载着洒金珠蕊牡丹翠凤钗。圆圆的脸盘如满月，瞧着格外的和蔼，脸上的笑容让人看着很是舒服，没有丝毫盛气凌人的架势，说话的声音也是柔柔的，如春风拂面令人舒爽。

夜晚瞧着这样的族长夫人反而越发地谨慎起来，须知道越是不形于色的人，越是要难缠，而且更难以琢磨，做事情常常是手段百出防不胜防。

"难为你这么小的年纪，居然敢救了那孩子，是个心善的。"族长夫人拍着夜晚的手带着怜惜地说道，眼神也柔柔的，嘴角还带着慈和的笑容，眼眸深深瞧不出什么情绪。

夜晚垂头不好意思地说道："大祖母过奖了，夜晚当时其实没想那么多，只是害怕哥哥真的踏伤了人会祸及自身及家族，这才不管不顾地奔了出去。"

"哦？难得你在那样的时候居然会想着家族。"族长夫人笑眯眯地说道，拍着夜晚的手越发地柔和。

夜晚哪里不知道族长夫人正在探她的话，族长最看重的便是能为家族谋福利的人，所以夜晚说话也是处处言及家族。想到这里，夜晚接着说道："夫人寻常教导我们做事先做人，我们皆是夜家的儿女，一举一动不仅要考虑到自身的祸福，还要念及家族数百口人，夜晚实不敢忘。"

夜晚这话说得巧妙，既表明了自己对家族的忠诚跟守护的决心，又顺便夸赞了黎氏，给黎氏脸上添了光，想必黎氏也不会明着为难她。最重要的，夜晚还挖了一个坑，夜晨、夜曦若是一点不出错也就罢了，只要出一点错，有损家族名誉，夜晚今日对黎氏的夸赞立刻就会成为一个笑话。届时，族长跟族长夫人两相比较，自然会觉得夜晚一个庶女反而比嫡女更能维护家族，这种观念更深，到时候她被家族支持进宫的可能性就更大。

要想在宫中生活下去，万万少不得家族的支持。

黎氏听到这话脸色果然很柔和，笑着接口说道："二姑娘素来是懂事，行事大方，我也喜欢得紧呢。"

族长夫人又跟夜晚说了会儿话，这才在黎氏的引路下欲回正院，偏在这个时候，便有家奴急匆匆地来回报："喜报，喜报，夫人，大少爷得选金羽卫，王大人亲自来宣旨了！"

不要说黎氏，便是族长夫人也一愣，随即族长夫人满面含笑地问道："王大人可是王子墨大人？"

"正是，已经在前院了。老爷不在，所以请族长夫人跟夫人前去接旨。"家奴的声音里带着兴奋，金羽卫啊，大少爷居然进了金羽卫！想到这里看着夜晚的屋子，心里想着二姑娘正得圣上看中，大少爷又入选金羽卫，看来以后这府里是要变天了。

黎氏挤出丝丝笑容，问道："可有二少爷跟三少爷的喜报？"

"还并未听到。"那家奴的声音就小了些。

族长夫人神色有些复杂地瞧了夜晚一眼，昨儿个王子墨才替天子探视过，今儿个又亲自来宣旨……不过总归是一件好事，笑着说道："既然将军不在，我们也不好让王大人久等，这便就去吧。"说着还垂头看着夜晚笑道："你好生养着，回头你哥哥回来了，便让他来看你。"

夜晚点点头，脸上带着喜悦，夜宁能入选金羽卫当然是一件喜事，夜晚如何能不喜呢。

夜宁得选金羽卫，又是天子近臣王子墨大人亲自来宣旨，而后夜晚才知道夜宁居然是第一个入选金羽卫的人。而能得到王子墨亲自宣旨荣耀的也只有他一个，此时夜晚紧皱着眉头，慕元澈如此大张旗鼓地对着天下臣民展示对夜宁的看重，对夜晚的恩宠，一时间夜晚兄妹便被推上了风口浪尖。

慕元澈每做一件事情，都是带着目的的。夜晚细细地思索，如此高调的背后究竟有什么动机？

一家欢喜一家愁，夜晚这边喜事连连，黎氏那边可是摔了茶盏，阴沉着脸坐在榻上。夜晨坐在黎氏的对面，柔声细语地说道："母亲何须着急，两位哥哥不能入选金羽卫也许不是坏事，须知道就算是进了金羽卫，那金羽卫成千上万人，难不成人人都能在皇上跟前伺候？更何况天子近臣固然荣耀，但是祸福也是旦夕之间，有得必有失，您何苦为了这事气坏了身子。"

听到女儿这样说，黎氏这才脸色缓和了些，仍旧愤愤："如今族长在京都，这两兄妹如此风光，我怕是到时候你们选秀进宫他们会支持那贱丫头而放弃你。"

夜晨微微沉默，良久才说道："母亲，不急一时，距离选秀可还有数月的时光，这些日子里想要对付一个足不出户的小庶女足够了。便是夜宁入了金羽卫，难不成能日日守着妹子？"

黎氏揉揉额头："此时怕是不容易，暗中下手也行不通。夜晚的身体是由韩太医诊治过的，若是咱们动了手脚，等到韩太医复诊一定会发现端倪，不可莽撞。"

"我晓得，我并不打算用这种手段，您放心就是了。"

随着夜宁成功入选金羽卫，夜晨也已经感受到了巨大的威胁，看来是要动手了。

王子墨大人最近很忧郁，因为尊贵的皇帝陛下居然让他跟着夜宁一起回夜家二探夜二姑娘。

王子墨大人最近很悲愤，因为尊贵的皇帝陛下居然选了一个比女人还美的男人进近卫，他的金羽卫是保护皇帝陛下安全的所在，不是皇帝陛下争奇夺艳的后宫。

所以，郁闷加悲愤之下，王子墨大人那张本就喜怒不形于色的臭脸，从踏进夜家开始就格外的冷漠，跟一旁满脸带笑，美色倾城的夜宁形成鲜明的对比。

王子墨眉眼之间棱角分明，很有种锐利的气势。往那里一站，旁人看着这张脸只觉得手脚微僵，恨不能后退三尺以避其锋。

夜宁的五官柔和，便是轻轻一笑，也能令人瞬间失神，刹那间严冬仿若春风。

两人一同回了夜府，因为事情比较突然没有提前传过消息，今儿个正是夜府家族欢聚的日子，族长以及各分支全都聚在将军府举杯痛饮。听到王子墨跟夜宁一起回来的消息，大厅里顿时安静了下来。方才还面带笑容的夜威跟夜震的脸色瞬间冷淡了下来，握着酒杯的手指不由得收紧了些。

前厅的男人们忙迎了出去，王子墨虽然跟夜箫同是从一品将军，但是明显地比夜箫受看重多了，便是夜箫对着王子墨也不敢怠慢。

消息很快地就传到了后院，黎氏正在宴请同族的亲友，听到这个消息也是愣了一愣。一旁的族长夫人倒是首先回过神来，笑着说道："看来宁哥儿跟他的上司处得不错，居然还能把人请回家中。"

前来传话的家奴听到这话，忙弯腰回道："回老夫人的话，王大人前来是替陛下探望二姑娘的，礼物都堆了一马车呢。"

族长夫人听到此话又是一愣，不是才探视过，怎么又来了？但是不管怎么样都是好事，便笑着说道："赶紧去通知二姑娘做准备。"

黎氏被夜晨轻轻地拽了一下这才回过神来，强忍着心酸嫉妒正要说几句场面话，夜晨却怕母亲失态被人捉住把柄，抢先站起身来说道："我亲自去跟二妹妹说一声，母亲让厨房给二妹妹炖了燕窝粥补身子，我正好一起给她送过去。"

族长夫人笑眯眯地点点头："正该如此，你们姐妹亲亲热热的才是福气。"

听着族长夫人话里有话，夜晨即便是修养再好，这个时候心口也是翻腾得要命，面上却依旧要强颜欢笑："大祖母说得是，母亲也常常教导我们兄妹家和万事兴的道理，晨儿不敢忘却。"

族长夫人闻言就看着黎氏说道："你做得很好，这才是齐家之福。"

黎氏忙谦逊两声，让夜晨赶紧去，自己则招呼着众人用饭，心里却是想着再这样下去是真的不可以了，自己再也不能顺其自然。夜晚的运道也实在是太好了些，得想些办法。

这边黎氏心里存了别的想法，那边夜晨也是打着自己的主意。上回虽然说有夜曦在旁，但是夜曦是个任性又不会拐弯的，这回自己一定要亲自在一旁听着王子墨跟夜晚交谈。如果夜晚真的有什么不妥当的，自己一定能发现其中的端倪。

想到这里，用大红填漆的食盒装了燕窝粥，这才大步地往夜晚的院子走去。也恰在这个时候，王子墨一行人也到了，因为今儿个王子墨大人的心情很不好，因此并未在前院多待，没想到反而跟夜晨在夜晚的门前偶遇。

夜箫虽然是个将军，是个武将，但是骨子里还是有点小小的柔情，因此整座将军府的布置都是偏带南方园林精致跟幽静的特点。

夜晨亲自提着食盒，并未带侍女，一个人穿花拂柳缓步走来。一身粉色衣衫衬着周围的碧绿，好似遗落人间的仙子，衣袂飘飘，黑发飞扬。

王子墨此时正立在夜晚的院门前，因听到有脚步声传来，回头一看，便正看到了美人徐来的景色。

夜晨也没想到会在这里遇到生人，此时看着前方不远处的王子墨，心口不由得震了一下。夜家的子女都是容貌佼佼，但是眼前的男子另有一番味道，就像是随时会出鞘的宝剑。

这一刻夜晨便知道眼前的男子是谁了，脚步未停，盈盈走过去，蹲身施礼，动作优雅，音如莺啼："小女夜晨见过王大人。"

王子墨身子微侧，只受了半礼，神色一如既往的冷淡，只是点点头："夜姑娘有礼。"

果然如传闻中一样，这个王子墨的确是一个不好接近的人。夜晨站直身子，浅浅一笑，精致的容颜上迎着阳光格外的妩媚："小女本是来给二妹妹送信，好迎接大人，没想到倒是我脚步慢了。"

一句话就点明了自己的来意，夜晨知道在这样的时候，不要在王子墨这样的男子跟前耍心眼，有什么说什么就好，实话反而更不容易令人怀疑。

"因公务在身，不敢耽搁。"王子墨道，浅浅地解释了下，抬脚便往里面走，因为是第二次来，倒是轻车熟路得很。

看着王子墨大大咧咧的行为夜晨微微皱眉，不过很快就跟了上去，并没有再说话。反倒是一进院子就碰上了似雪，夜晨忙说道："去回禀二妹妹，王大人来访。"

似雪很显然有些吃惊，但是倒也反应机敏，先是给王子墨行了礼，这才弯腰退下，进去禀报了。

王子墨立在门前的台阶处等着丫头回来，夜晨就在一旁陪着，浅笑道："请大人稍候，我二妹妹素来是知礼的人，怕是要收拾一下。不如大人移步花厅稍候？"

王子墨听着夜晨的话心里暗暗想到，夜家虽是武将出身，规矩倒是不差。因为大夏朝男女之防并不苛刻，此时两人相对谈话倒也不会令人觉得突兀和失礼。

"不用。"

夜晨听到王子墨干脆利落的拒绝，心里有些失望，这位王大人还真是油盐不进的主，正想着要不着痕迹地拉近些关系，冬晴打起帘子出来了，见了二人便蹲身行礼，又道："我们姑娘请大人跟大姑娘进去，不能亲自相迎，我们姑娘说请大人勿怪。"

"二姑娘有伤在身，不用拘礼。"王子墨依旧神色清冷，语调平缓，没有丝毫的波澜。

冬晴引着二人进去，屋子里已经架好屏风，只是这回却是换了一座两扇的山水小插屏，这插屏乃是丝线绣成，绣工精巧，惹人注目。王子墨不太关注这些俗物，但是眼睛扫过这插屏的时候，还是眼尖地在屏风的右下角看到了一个小小的晚字。

没想到竟是夜晚亲手所绣，听说夜二姑娘琴棋书画样样不通，唯独针黹女红极为出色，看来真是一点也不假。

想起皇帝陛下的探望礼中居然有一大匣子宫中绣娘所用的最上等的丝线，王子墨忽然感觉，今天这一趟慰问怕是不会顺遂了。

夜晨提着食盒绕过屏风走了进去，王子墨神色不变、八风不动地坐在外面，耳朵却是听着里面的动静，周围是侍候的侍女，一个个低头敛眉很是安静。

冬晴奉上茶来，低声说道："大人，请喝茶。"

王子墨轻轻颔首，里面此时也有声音传来，正听到夜晨对着夜晚说道："……本来是想提前通知你王大人来的事情，谁知道我去厨房绕了一圈，顺便提了母亲吩咐厨上的人给你熬的燕窝粥，不承想倒是晚了些，正在门口碰上了王大人。"

夜晨的话不多，却是把事情里里外外都解释清楚了，顺带着还点出了黎氏的慈母之心，这个夜晨也是个心思灵透的，王子墨心里暗想。

"大姐姐替我谢过母亲，母亲这般忙碌还记得我的身子，年下忙碌，又逢族里在京相聚，万请母亲多多保重。夜晚不孝不能亲自侍奉跟前，心中常有不安。"夜晚的声音带着感动又夹着愧疚，身子一颤一颤的。

王子墨隔着屏风想，这二姑娘还是心善柔弱的啊，为什么皇帝陛下的神情有些怪怪的？为了证实一下，王子墨可谓是十分专注地听着二人的谈话，还透过屏风隐隐约约地看着姐妹二人的动作。

"你有这份心，母亲就很开心了，你养好身子她也能安心。"夜晨低声说道，而后又说了一句话王子墨听不清楚，但是紧接着夜晚的话就透过屏风传了过来："不晓得王大人这次来是为了何事？年节下事多人繁，烦您又走一趟，夜晚很是不安。"

王子墨就明白了，方才定是夜晨提醒夜晚自己还在，所以夜晚这就跟自己寒暄上了。

"下圣谕，是为臣的本分，不敢言辛苦。"王子墨中规中矩地回答，或许是成睿帝的神情，外加严喜当时扭曲的脸盘给王子墨的印象太深，以至于王子墨跟夜晚谈话越发地谨慎了。

第三章 良辰美景在，奈何天意难

难道自己真的阴沟里翻了船？为了证实一下，王子墨决定主动出击！

夜晚心里觉得奇怪，以前王子墨就已经是呆板得令人忧伤，今儿个听着这口气，这行为，比之前更严谨，更呆板了。难道出了什么自己不知道的事情？

按照道理来讲，这是绝对不可能发生的事情啊，自己上次在王子墨跟前的表现，是绝对不会露出马脚的。王子墨这个人，虽然有些呆板但是不迂腐，眼神锐利如剑，反应极其快速，这样的对手是令人不敢有丝毫的放松的。

正因为太了解，所以王子墨今儿个的表现便令夜晚心里有些疑惑。有了疑惑，夜晚就更加小心了，想来想去也不知道哪里出了差错，只能步步谨慎了。

听着王子墨的官方回答，夜晚也垂眸轻声说道："大人为君分忧，为民请命，乃是国之重臣，民之幸事。"

王子墨觉得夜晚真是一个好姑娘，瞧这话说的，他这样一个人也觉得很是开心，重要的是夜晚话里的诚意十足，绝对没有别人话里的巴结逢迎的感觉。小心肝被拍得十分的舒服，口气就松缓了一些："二姑娘过奖。我这次来是奉皇上的旨意，一来探视姑娘，二来送皇上的赏赐。"

虽然被拍得很舒服，但是他还是没有忘记使命，继续探！

夜晚忙起身朝着皇宫的方向谢了恩，这才低声十分羞怯地说道："夜晚并无做什么大事，不敢让圣上几番赏赐，还请大人回禀圣上，臣女感戴圣恩，然臣女救人实属意外，也请圣上不用多加挂怀。"

王子墨有些吃惊，这皇帝多重视是多少人求都求不来的恩赐，这个夜晚居然嫌弃次数多了……又想起上回这姑娘也是傻傻愣愣地说什么救人不过是为了自家哥哥的话。想到这里，王子墨就觉得自己绝对没有看走眼，这二姑娘就是天生纯善，不善心计，就连说话也是直接得让人瞠目结舌。

王子墨就觉得这个夜二姑娘，不是聪慧得隐藏太深自己察觉不到，就是真的傻得让人捶胸顿足，恨不能扒开她的脑子，把自己脑子装进去。

总结一下自己的感受，又细细地分析一回，王子墨还是觉得，夜二姑娘是真的有点"傻"。

做皇帝的就是疑心病重啊，人家小姑娘不过就是救了你的小舅子，瞧他紧张的，把所有人都当成敌人了。小题大做了些吧，纵然郦熙羽是孝元皇后的弟弟，但是……王子墨但是不下去了，想起了已故的孝元皇后，心情就有些沉重起来。

"姑娘救了小国舅，不管是动机如何，但是结果是好的。"王子墨沉声说道，孝元皇后自缢的时候怎么就不想想这个弟弟，她怎么舍得下。心里叹息一声，回想昔年郦香雪的英姿，心头也觉得难受。

其实，王子墨也是有些恼恨成睿帝的，这样好的妻子不去珍惜，现在人死了，就百般宝贝人家的弟弟，有个毛线用啊！

男人，一生不会只有一个女人。

皇帝，一生更不会只有一个女人。

但是，孝元皇后不该落得这个下场。

所以王子墨从孝元皇后死后，就对甘夫人恨之入骨，每次遇见夏家的人，总是拂袖而去。

不是他一个大男人矫情，而是……若是没有夏吟月，后来成睿帝跟孝元皇后也不会嫌隙丛生。想起那个人总是爱装可怜，成睿帝偏偏每次都上当，他就恨不能提着大刀过去，一刀把夏吟月劈成两截，可他不能，所以后来他就很少踏入内宫。

作为一个旁观的男人，清楚知道一个女人的本性，但是偏偏当事人不能察觉，还深信不疑的时候，总有种想去死的冲动。

可他不能死，他得替孝元皇后看着，夏吟月最后能落得什么结局。

因为王子墨知道，慕元澈其实是一个对爱情最绝情的男人，如果说慕元澈的前半生真的爱过什么人的话，也就只有孝元皇后，他是他们爱情的最真实的见证人。

更何况，孝元皇后的死跟夏吟月有着很深的关系，只要一想起孝元皇后，慕元澈的心中总会有根刺，谁也不能去碰的刺。

王子墨心里嘲弄地一笑，为孝元皇后有些不值，他曾经提醒过孝元皇后小心夏吟月，只可惜孝元皇后并未听进去。

所以，夜晚救了孝元皇后的弟弟，他王子墨也是感激的。

但是，成睿帝疑心病很重，总觉得这个二姑娘别有心计，可怜他这个大将军，居然做起了三姑六婆才做的事情，再一次有想挠墙的冲动。

夜晚并不知道王子墨此时心里想的事情，转眼看了看夜晨，瞧着她神情平静无波，跟上次夜曦坐在这里一样，跟个木头人似的，心里也是冷冷一笑。面上却回应王子墨的话，自嘲一笑："这也只能说上天垂怜，我不过是拼命一次居然还捡了个好运道。"

夜晨眉心轻蹙，上回听到夜曦说是一回事。现在亲自听到夜晚这样说，又是另外一回事，难道夜晚真的无心进宫？

王子墨现在真心觉得自己果然没走眼，这姑娘就是个傻的。

也幸好夜晚是个庶女，想来夜家也不会送她进宫参选，不然的话以她这样的性子，真是在后宫要被吃得连渣都不剩了。

倒是夜晨……如果自己好生运作一番，许是能给夏吟月多添点堵心的事情，这也是人生一乐啊。

所以方才，他对夜晨也算得上是很和蔼，不然换做别的女子，他是正眼也不看的。

　　夜晨也并不知道自己已然有幸成为王子墨给夏吟月添堵的一把利器，还在绞尽脑汁地想怎么样要给王子墨留下一个好的印象。这位是天子近臣，只要在成睿帝的跟前说上一言半语对自己的夸赞，这可就是莫大的荣幸跟机会了。

　　成睿帝两次赏赐，夜晚的小私库被堆得满满的。这些东西是御赐给夜晚本人的，因此便是黎氏也不敢私自贪下的，倒是让夜晚的手头宽裕了很多。夜晚看着赏赐的单子，嘴角抽了抽，因为上面只有几样是头面首饰，还有些宫中贡缎，其余的大多都是金叶子、金瓜子、银锭、银锞子……

　　这皇帝一定是知道自己的日子过得紧巴巴的，不然送来这么些能使用的金银做什么？

　　要知道皇帝赏赐的首饰器物，都是不能变卖的，要造办记录在册。但是这金子银子是可以花用的啊，尤其是这金叶子、金瓜子、银锭、银锞子用来打赏、买东西最是实用不过了。

　　夜晚就已经能肯定，慕元澈是一定会知道她就是在相国寺落霞峰上的女子，也一定会记得她摔了他的孔雀步摇！

　　一个渣男，居然做了情圣该做的事情，这感觉有些揪心。

　　"请王大人替臣女谢过皇上的拳拳之心，这些东西我很喜欢。"夜晚收起了单子，这才开口说道。

　　王子墨轻轻颔首："我一定会带到，如此便不打扰二姑娘了。"

　　"大人慢走。"夜晚隔着屏风福福身以尽礼数。

　　王子墨站起身来，忽而透过屏风又说了一句话："小国舅的身子已经大好，几次闹着要见二姑娘，只是二姑娘前些日子伤势沉重不敢来扰。不知道现在二姑娘是否可以见外客了？"

　　夜晚怔怔的，一时竟说不出话来。

　　其实从她受伤卧床在家，她就在想丞相夫人是一定会来看望自己，至少也要表达谢意。可是郦家一丝动静也没有，没有人上门来探望，也没有人说过只言片语。

　　郦家是高高在上的家族，即便是什么也不做，即便是夜晚真的为了救郦熙羽送了命，这在外人看来也是应当的。地位的差距，直接决定了人命的贵贱。郦家即便是什么也不做，也不会有人说什么，顶多是在心里感叹一声无情无义罢了。

　　夜晚其实已经绝望了，郦家不会来人的，毕竟她比任何人都了解郦家。如果郦家主动上门，还真怕像是夜家这样的三流小家族从此会赖上郦家。郦茂林做事很是谨慎，虽然郦夫人没有上门，但是郦丞相却是使人备了厚重的礼物感谢过夜箫的。

　　礼到人未到，也算是一种不轻不重的提点了。

至少外面人看来，郦家做得也算是周到了，夜家也不能拿着此事说什么，更何况夜家这样的家族如何能跟郦家对抗？虽然郦家这一辈只有郦熙羽一个长房嫡子，但是郦家旁支强大，郦氏家族中也是能人辈出，谁敢小觑？？

综合等等，夜晚已经放下这份心思，谁知道忽然王子墨说郦熙羽要来探望她！

心，一下子澎湃起来，就像是潮涌一般，一浪接着一浪不能平息。

心里再激动难安，但是面上夜晚还是要绷住的。她面前不仅有一个狡猾如狐的王子墨，还有一个虎视眈眈的夜晨。于是夜晚绞着手指，有些不安地说道："夜晚身份卑微，小国舅身子贵重，大病初愈还是不要轻易挪动的好。"

夜晨在一旁就有些着急了，若是郦熙羽能常常出入夜家，水涨船高，这京都里别的世家总要高看夜家一二分。夜晚这个傻子，居然说出这样的话，可气死她了！

但是夜晨这个时候不管是说什么都有些不合适，只能给夜晚使眼色，让她机灵点。偏偏夜晚正不安地盯着大榻上的桌面，瞧也不瞧她，一口气憋得简直要闷死了。

王子墨深深地盯着屏风后面的身影，眼眸里一片平静，淡淡地说道："二姑娘既然这样说，我便实话转述给小国舅了。"

"有劳大人。"夜晚忙出言感谢，那急切的身影，倒是让人觉得她把小国舅当成烫手山芋一般。

出了夜府，王子墨神色复杂地说道："去郦府。"

而此时夜晨正对着夜晚发火，夜晚垂着头一副不安的样子，缩着身子坐在一角，听着夜晨说道："……这样的好机会你怎么能如此错过？你要知道这京都中多少人都想要跟郦家攀上关系，可惜没有门路，咱们有了机会却被你给毁了，你想想怎么跟爹爹交代吧！"

夜晨还在发怒，冬晴小心翼翼地走进来，抬眼看着夜晚，又看着夜晨说道："大姑娘，二姑娘，司徒姑娘跟司徒公子来访，正在院中等候。"

听到这话，夜晨的脸一下子羞红了，在院中等候？那岂不是她方才的话都被人听去了？

夜晨很是恼怒，盯着冬晴压低声音说道："怎么不早禀报？人到了院子里才回话。"

冬晴很是无辜，忙解释道："回大姑娘的话，奴婢也并不晓得，是夫人院子里的惜香姐姐亲自领过来的。"

夜晨哑口无言，只觉得面皮烧得厉害，可是人在外面又不能不见。只得说道："还不请人进来。"

冬晴忙转身去了，夜晚看着夜晨的身影，心里倒是有些幸灾乐祸。夜晨自认为是淑女，一切行为举止都是照着淑女来做的，偏生想不到今儿个气急败坏的话语，居然被司徒兄妹听去了。司徒冰清也就算了，偏生如谪仙般的司徒镜也在。

夜晚伸手捋了一下子碎发，让人把屏风撤了，又看着夜晨低声说道："大姐姐放心，他们定是在院门口等着，听不见咱们说话的。司徒大哥最是知礼，不会踏进院子来的。"

夜晚的院子不大，前后只有两进，便是站在院门口，也是能听到的。夜晚这么说，不过是安慰夜晨，当然这安慰是做给夜晨看的。

夜晨心里稍微地好受了些，叹息一声，看着夜晚："你别怪我，我也是为了这个家好。"

"我晓得，大姐姐不生我气就好了。"夜晚垂眸小心翼翼地说道。

看着夜晚的样子，夜晨有再多的话也说不出来了，许是自己真多心了，这样的夜晚如何跟自己争？

司徒冰清跟司徒镜这时大步走了进来，夜晚窝在榻上不能下去，夜晨便替她迎客。司徒兄妹都是见惯风浪的，自然不会当着夜晚的面说些什么，假装什么也没有听到的样子，态度一如既往。

夜晨的心里好受了些，但是也实在是没脸在这里多待，而且还要去给黎氏回话，就告了辞先走了。

待到夜晨走了，司徒冰清这才冷了一张脸，嘴里挤出一句："没脸没皮的东西，还想着巴上郦家，也端盆水照照自己……"

"冰清！"司徒镜喝道。

司徒冰清这才回过神来，顿时有些不好意思，这话可是连夜晚也给骂了，一时便有些讪讪的。

夜晚扑哧一声笑了，看着司徒冰清说道："我什么样子你不知道？我们兄妹什么样子你不知道？你说这些话为我抱不平，我有什么觉得难堪的？而且你说得对，我便是再没有骨气，也不可能这样贴上郦家的，那才是真真的被人看不起了。"

司徒冰清叹口气："也亏得是你，若是别人早恼了我。"

"若是别人，这话你也不会说。正因为你心里看重我，不防我，我高兴着呢。"夜晚微微一笑。

司徒冰清就红了眼："小蹄子，越来越会说话了。本来早就该来探望你的，但是……实在是不好过早地前来……"

司徒镜看了看妹子，又看着夜晚说道："二妹妹可别怪我们，你身体可好些了？那天见你那副模样，冰清回去眼都哭红了。我……我也甚是挂念。"

司徒镜的脸微微一红，眼神却没有躲避，柔和地望着夜晚。

瞳孔深深，真情悠悠。

你若安好，我便开颜。

司徒冰清看着自己哥哥的模样，心里有些难受，她知道夜晚的执着，是一定要进宫的。也知道自己哥哥的深情，可是司徒家定不会允许哥哥娶夜晚为正妻的，便是一个贵妾也是高攀。

心里也是难受得很，见不得自己哥哥这副样子，微微转了头，眼眶酸涩。

注定的路，心里明了，更多的是无奈跟叹息。

若哥哥不是嫡长子，还能细细谋划一番，奈何……

大大的窗子透进来大片的阳光，司徒镜如玉的容颜在这金色的阳光中越发地如梦如幻，那面带微红羞怯的模样，一下子撞进夜晚的心里，回响阵阵，余音袅袅。忽而想起记忆中，慕元澈从没有这样纯净的笑容，他是个十分严谨的人，便是极怒极喜的时候，情绪起伏也不会很大。

郦香雪更是没有见过慕元澈脸红的样子，唯一一次接近于这般模样，是他们洞房花烛夜揭开大红的盖头时。而那喜悦也只是在他的眼中一闪而过，嘴角带着的从来只是千篇一律的微笑，不远不近，令人看不透摸不清。

夜晚知道，自己只有一直假装不晓得司徒镜的这片真心，他们才能继续维持美好的关系。一旦打破，便是如同水月镜花，散了，没了。

"镜哥哥自然是要挂念的，你若是不挂念我，我便是要生气的。"夜晚嘴角含笑，眉梢微扬，伸手挽着司徒镜的手臂，将头枕在他的肩膀上，好似一个妹妹跟哥哥撒娇。

司徒镜心里有些失望，面上的神情也有些僵硬，夜晚只是把他当成一个哥哥。

"我自然是担心的，你如今觉得如何，可还有不舒服的地方？"司徒镜的口气终究是有些急切，怎么能不担心呢？

夜晚知道，司徒征不让司徒镜跟司徒冰清过早地探望自己，也不过是想看看皇帝的态度。如今慕元澈态度明朗，他们兄妹过来就无妨碍了。司徒冰清跟司徒镜纵然是挂念自己，却也不能违逆司徒征的意思。

大家族有自己的荣光，可是伴随而来的也有无奈。

夜晚是深有体会的，毕竟她前世是第一世家的嫡女，在那样的环境中生活了这么多年，还有谁比她更知道的。

"韩太医医术高明，我如今外伤已然好多了，其实内腑并无多大干系，你们放心好了。"夜晚笑道，亲手斟了茶递给二人。并不是什么绝顶好茶，不过是一片心意罢了。

"如此就好，终能安心了。"司徒镜笑了，闻君一切安好，方能如昨笑开颜。

"我是福大命大，阎王爷才不会收我呢。至少我要看着冰清嫁人生子，看着镜哥哥得娶娇妻，我还要喝一杯喜酒呢。"夜晚抿嘴直笑，双手死死地握住冰清欲要捶打她的粉拳，一室欢乐。

司徒镜觉得口中的茶越发地苦涩，要看着他得娶娇妻……心头怅然若失，眼神多了寂寥，她终究是无心于他，只把他当哥哥的。

"对了，今儿个还有桩大事要跟你说。"司徒冰清神色变得严肃起来。

夜晚看看司徒冰清，又看看司徒镜，一时间实在是想不到还有什么事情让她这样的严肃。

"马上就要过年了，还能有什么事情？而且我这个样子，即便是有什么事情也跟我无关吧？"夜晚很是好奇，能让司徒冰清看重的是什么事情。

"你可还记得每年的上元盛会？"司徒镜缓缓说道，半垂的眼睛遮挡住了流泻的悲伤，她无心于他，既然她想进宫，他便助她一臂之力好了。只要她能开心，不管做什么，他都是欢喜的。

夜晚点点头："自然记得，赏灯斗彩嘛。"

京都一年到头就只有两次公开的盛大聚会，一次是中秋，一次是上元。不限制身份跟地位，只要你有才华，便能一夜扬名。上一年的上元灯会，才子佳人济济，女子场摘得头魁的是天子帝师傅太傅的孙女傅芷兰，而她也是今届秀女之一。

能从这两场盛会上博得才名，基本上婚事都是相当不错的，才女在世家比较受欢迎，这是一种门面。便是因为身份太低当不得正妻，一个贵妾也是跑不了的。当然，这回正值选秀之年，谁若是能在上元斗彩会上一鸣惊人，进宫怕是板上钉钉的了。

夜晚垂头，眉心紧蹙，良久不语。

夜晚走的是跟旁人不一样的路线，毕竟她是在慕元澈跟前扮演完全不同脾性的两个人。一个是她自己亲自出现在慕元澈面前时，性情有点孤傲冷淡又牙尖嘴硬的女子；一个是在别人面前温柔淑婉，性情胆小天真，谦恭卑微不愿进宫的小庶女。

这两个都能透露出她有惊人才华的一面，而且夜晚没打算现在就让自己一鸣惊人。毕竟夏吟月不是吃素的，一进宫就被夏吟月盯上，不等自己受宠就被处理掉了，实在是不划算。

更何况，有句老话说得好，好钢用在刀刃上。

现在并不是她锋芒毕露的最佳时机。

只是这些却不是夜晚能告诉司徒兄妹的，即便是再亲近的朋友，也不能完完全全地理解你的所有作为。是人就需要一个单独的隐藏自己的空间，更不要说像她这样死后重生的人。

"正月十五的赏灯斗彩大会我还是很想去的，但是展示才华就不用了。"夜晚轻叹一声缓缓地说道。

"为什么？"司徒冰清不解，夜晚一直很低调，夜家以及外面的人一直以为她是只懂得针线，其实她知道这是一个货真价实的琴棋书画精通的人。不然的话，以她司徒家嫡长女的身份会甘愿屈尊与夜晚成为朋友？

"你们想想，我已经救了郦熙羽风头无限，又何必在这个时候继续做别人的绊脚石。"夜晚道，木秀于林风必摧之，更何况夜晚更倾向于在最关键的时候，再给予所有人最大的惊喜，现在天时地利人和一样不占，她是疯了才会出风头。

"如此也好。"司徒镜点点头，"木秀于林，风必摧之。不过既然你打算要进宫，也不能太埋没自己，适当地露露脸还是可以的。"

这就是希望夜晚参加赏灯斗彩大会，夜晚点点头，她还真有点想要去，总之出风头的绝对不能是夜晨。

"那这届京都参选的秀女岂不是基本全部到齐？"夜晚问道。

司徒镜点点头，抬眼看着夜晚，良久才说道："听说皇上也会微服而去。"

第三章　良辰美景在，奈何天意难

第四章
风后入江云，长江送流水

　　夜晚一整宿没睡好觉，梦里全是郦香雪被悬挂在梁上喘不过气来的那一刻。猛地惊醒过来，透过帐子已经看到了外面天色微微有些发白，想来也快天亮了。默默又躺了回去，却是一点睡意也无。

　　夜晚望着浅蓝色的帐子顶，没有任何的花纹，就是一顶素色的帐子。

　　郦香雪本性喜奢华，喜欢颜色亮丽，极其精美的东西。这跟她的生活环境有关系，从她出生就没用过不精美不贵重的物件，便是一块手帕也定是最好的茧绸绣上最精美的花纹。

　　可是现在，为了活着，她得委屈自己。不能穿太鲜亮的衣裳，不能戴华美的首饰，不能用各种精美的器具，一切的一切都只是为了能活下去。

　　可是，这真不是她喜欢的。

　　若有一日，扬眉吐气，她定要好好地为自己活着，想怎么样就怎么样，再也不用去顾忌别人的眼神。

　　外面静静的，晚上是似雪值夜，睡得格外沉，若是换做冬晴，早就听到自己的声音进来了。

　　留下似雪，不过是让黎氏安心。

　　只是这个丫头实在不是个安分的，总得寻个办法在进宫前打发了她，不然的话早晚是个祸害。

　　想着想着神思又转到了司徒镜的身上，总能想起那一双欲语还休的眼睛，舒朗温柔的笑容，以及温温柔柔的语调。

纵然情深，奈何缘浅。

夜晚说不上自己究竟喜不喜欢司徒镜，因为被爱伤过背叛过的人，想要再爱一个人实在是一件很困难的事情。

她只是很喜欢跟司徒镜在一起的时候，那种温柔的感觉。那会令她很放松，不用去防备什么。

他希望自己参加赏灯斗彩大会，其实也是希望自己能给帝王留下最好最深刻最美满的一面。所以他才会私底下吐露给自己一个惊天的消息，慕元澈会微服去赏灯大会。

帝王的行踪素来是最机密的事情……夜晚缓缓闭上眼睛，不管如何，她总是要辜负他的。

年节实在是忙碌得很，所幸夜晚卧床养伤，只是听着外面如何如何的忙碌，听着每天都有谁家来拜访，她却是不用出门见客，只管躲在闺房里享清闲。过了初十，日子一天天地接近赏灯大会，果然夜府几个女儿便开始准备起来。

黎氏派人来问夜晚会不会去，黎氏不过是顺嘴一问，想着夜晚未必会去，谁知道夜晚竟是一口应承下来，便是夜晨也吃了一惊。

"她怎么会想着去的？"黎氏看着夜晨问道，不是太医说要好好养着吗？

夜晨想了想，终究是没有结论，只得十分小心地说道："不如把似雪传来问问话，夜晚之前都没有想要进宫的念头，怎么突然之间就要参加斗彩大会？还是她终究是忍不住了……"

夜晨本来不用担心夜晚，但是夜晚自从救了小国舅，就一直是水涨船高，不得不防。

如果夜晚真的有什么心思……夜晨的眉头紧紧锁着，抬眼看着黎氏："这回怕是不能心软了。"

凛冽的寒风吹打着窗户簌簌直响，夜晚的屋子里却是温暖如风，两个大大的火盆烧得正旺，今儿个夜家的几个女儿还有儿子都聚在了一起，因担心夜晚不好随意活动，便把地点定在了夜晚的院子里。

一大早冬晴跟似雪就忙里忙外的，满院子里的丫头婆子都是脚步匆匆。

夜宁来得早一些，正在屋子里跟妹妹说话。冬晴为了防止似雪碍事，就特意把她支开了，留给兄妹二人说话的空间，自己则守在外面。

夜晚身上穿的便是皇帝赏赐的贡缎做成的衣衫，果然是触手光滑，绣纹精美，头发也特意绾成了蝶髻，发间戴了精致的钗环，瞧着倒真是精神好了很多。夜宁一身玄衣，玉带束发，静静地坐在那里周身的光彩便已然是夺目，夜晚幽叹一声，夜宁的

第四章　风后入江云，长江送流水

容貌如此出色，将来这个妻子的人选可真有些头痛。

"……金羽卫的生活也不算苦，只是比寻常军营辛苦些。毕竟是皇上的近卫，这些也是自然的，你不用担心，王子墨大人是个公正严明的人从不曾为难过我。"夜宁生怕妹子担心，细细地给她说着营中的琐事。

夜宁却不知道，论起金羽卫夜晚可比他熟悉多了，当初设立金羽卫还是郦香雪的主意。如今郦香雪已死，但是金羽卫还在。

夜晚抬眸轻笑说道："王大人自然是个好的，可是有一点哥哥要记住，王大人即便是再好，那也是只对皇帝忠心，只对皇帝好。哥哥若想在金羽卫待得好，有前途，还是要下些功夫的。毕竟王大人经常侍驾并不常在金羽卫。"

夜宁没想到夜晚连这些都知道："你怎么知道这些的？"

虽然这个世道对女子并不严苛，但是也并不是什么地方都能去，什么都可以知道的。像是金羽卫，就是个十分神秘的所在，外人很难知道关于金羽卫的一丝半点的消息，不然的话也不会成为天子近卫。

"哥，你既然进了金羽卫，我也只好求人替你打听点消息。"夜晚四两拨千斤地笑道。

夜宁一想便有些恍然，夜晚肯定是从司徒冰清那里知道的消息，于是笑了笑："以后不要因为我的事情多求人，你要知道再好的朋友也扛不住这样的消磨。情谊都是有来有往才更深厚，断然没有只有一方付出的道理。"

夜晚点点头："哥，你放心，我晓得轻重。你这不是才进金羽卫吗？我怕你走了弯路，你要知道咱们兄妹是没有机会犯错的，只一个错误便永不能翻身了，不得不谨慎。"

夜宁沉默，他自然知道。看着妹子的眼神越发地柔和："你放心，终有一日，我会让你昂首挺胸地面对着所有的人，你的哥哥不是窝囊废。"

夜晚伸手圈住哥哥的手臂，头靠在他的肩膀上，压低声说道："哥，金羽卫中周达周大人跟常力德常大人这两人一文一武，乃是天作之合。周大人平生没什么喜好，就是瞧见字写得好的人便忍不住地亲近。常大人对武艺有种痴念，不求武功冠绝天下，但是只要你有一手绝活，绝对能让常大人对你另眼相看。"

夜宁忽然心头一震，转过头看着妹子，良久才说道："阿晚……你……两年多前你便盯着我练字，若是有一日偷懒，你便能泪淹大江，害得我每日辛苦习武回来，还要临十张大字。我功夫虽然不错却无亮点，也是你说一招鲜，吃遍天，学武的人一定要有自己的拿手绝活，你……你是不是那个时候就已经想着让我进金羽卫，而且那个时候就已经打听过了这两位大人的喜好？"

夜晚环着兄长的腰，低头垂泪："哥，你别怪我，我只是……只是希望你能活得好好的……自从娘死后，我便不再相信任何人，只相信你跟我自己，所以很多事情没有十足的把握我是不会说的。哥，你会怪我吗？"

夜宁仰头，将眼中的泪珠给逼了回去，轻轻地摇摇头，然后才说道："没有，我只是恨自己不够强大，本该是我护着你，如今却让你处处为我谋算，我不配做哥哥。阿晚，我只是愧疚，很愧疚。"

"哥，你永远是我的好哥哥。阿晚会记得，你不忍见我伤心，日日临摹大字到深夜，一日也不敢断；我也会记得，不管习武多么辛苦，你都不曾偷懒一日；我也永远记得那一回你挨了十鞭子，是因为夜威抢了我的东西你怒极打了他因此挨了罚，至今背上还有疤痕。哥，便是亲兄妹也并不是谁都可以为了谁做到这一步的。"

夜晚靠着夜宁，眼睛透过窗子看着外面已经干枯的树枝，虽然现如今郦家跟自己已经没有了任何的关系，虽然只能远远地看着自己的亲人，可是上天待她终究是不薄的，至少在这样冷冰冰的家里给了她一个好哥哥，让她苦闷谨慎的生活多了一抹阳光。

"哥，你知道吗？你是我生活下去，并坚持下去的力量，你是我最坚实的依靠，因为有了你我的生活才会变得快乐。哥，你怎么会没用呢，你是天下最好的哥哥，只是时不与我，我相信只要有机会，你一定能大放异彩。"

"好，好，哥哥记住了。"夜宁拍着妹子的手，良久又想起了上次的事情，板着脸说道，"以后不许你这么莽撞，若真是伤个好歹你让我怎么办？母亲已经不在了，你便是我在这个世上最亲的人。阿晚，好好地保护自己，别让哥哥担心。若是以后再有这样的事情，也不许你罔顾自己的生命。"

"嗯，知道了。"夜晚抿嘴轻笑。"对了，哥哥，你不要主动接近郦家人，而且如果有郦家旁支远亲接近你，你也要加倍小心。"

夜宁不晓得妹子这是什么意思，蹙眉深思："你是怕有人假借着郦丞相的名义暗害于我？"

"是啊，不得不防。你看郦丞相是个挺谨慎的人，做事情从不有失本分不会给人留下丝毫的把柄。就是这次我救了他儿子，但是人家是怎么做的，你还看不明白吗？"

夜宁点点头，叹道："是啊，咱们是不能糊涂了，免得被人当了枪使。"

"这并不是糊涂不糊涂的事情，而是大家都在等，等皇上的态度，等郦丞相的态度，你且看着吧，皇上如果没有进一步的表示，郦丞相又没有动作的话，一定会有人寻到你让你仗着你妹子的恩德去人家郦府闹事呢。哥，等到出了十五没事的话你就在金羽卫不要轻易回家了。只要你不在家，我又不出门，别人便是有一千一万种办法也只能放弃。哥，只要你好好的，妹子才能放手去做我想做的事情，咱们都不要让对

第四章　风后入江云，长江送流水

73

方有后顾之忧好吗？"

夜宁重重地点点头，阿晚说得也对，他只有尽快在金羽卫站住脚，才能给妹子强有力的支持。只是进了金羽卫是远远不够的，夜宁拍拍妹子的手："你安心，哥哥都明白。"

"自然是放心的，我还有件事情要求哥哥呢，就怕你不肯答应。"夜晚捂着嘴笑了。

夜宁失笑地看着妹子的动作，无奈地说道："你说吧，便是你让哥哥给你摘月亮我也给你摘下来，什么事？"

"上元斗彩大会哥哥陪我一起去吧。"夜晚说道。

夜宁有些不解，一挑眉峰看着夜晚。

夜晚幽幽一叹："你家妹子不想在斗彩大会上出尽风头，但是又不想被人遗忘在角落，只好借哥哥美色一用。"

夜宁瞬间呆滞，忽而脸皮一红，既无奈又气恼地看着夜晚："你个鬼丫头，这样的鬼主意也想得出来，真不知道你的小脑袋怎么装得了那么多的东西。"

"哥，答应吧答应吧，我要让整个京都的人都知道，我夜晚的哥哥并不逊色于玉公子司徒镜，我夜晚的哥哥也是最最好的。"

听着妹子的话，夜宁心头一酸，点点头："好，为了你哥豁出去了，出卖美色也没什么。"

夜晚笑了，笑着笑着就哭了，哭着哭着又笑了。正因为举步维艰，所有能利用的都要去用，所有能争的都要去争，但是在自己不够强大的时候，即便是想要争也还要想着如何保全自己，这一步步走得实在是太难了，可是不管再难还是要走的。

他们兄妹，一定会有自己最美的将来，再也不用看别人的眼色过日子，再也不用胆战心惊地防着别人时时刻刻对自己不利。

夜晚跟夜宁商议好了细节，这时夜晨、夜曦和夜萱也到了，这边人还没坐下，夜威、夜震也到了，一时间屋子里真是热闹得很。

丫头们手脚麻利地将酒菜奉了上来，大家团团而坐，夜晚看着大家有些不安地说道："因为夜晚的缘故，反倒是让哥哥姐姐妹妹到我这里来，实在是夜晚的罪过。"

夜晨嘴角带着柔柔的笑容，看着夜晚的神色打量一番，这才说道："二妹妹不要这样说，我们是手足，你是有伤在身，难道做姐妹的这一点也不能迁就？你可真是小看我们了，要罚你一杯。"

夜晚忙端起酒杯来，不住地点头："是夜晚言语不当，该罚该罚。"

夜宁伸手将夜晚的酒杯端过，看着众人说道："二妹妹身子还未好全，这杯酒我替她喝了。"

夜晨脸上便是有些讪讪的，看着夜宁说道："大哥，是我考虑不周到，这酒……就算了吧。"

夜曦皱眉，看了一眼自己姐姐，又看着夜宁，轻哼一声："不过是一杯酒，大哥也太小心了些，这是果酒，大姐姐知道二姐姐身体不好，特意吩咐人准备的，难道大姐姐还有意害二姐姐不成？"

这话却是说得有些直白了，大家脸上的神情都有些难看。如今夜宁是进了金羽卫的人，夜曦怎么还能跟以前一样口无遮拦。夜震当下喝道："你这说的什么话？这也是你这个做妹妹的对待哥哥的态度？还不给大哥道歉！"

夜曦一下子就红了眼眶，不敢相信夜震居然会骂她。

夜萱眼珠一转，忙拉着夜曦的手说道："四妹妹也是心直口快，并没有别的意思，二姐姐你说是不是？"

他们不敢对夜宁不敬，却可以为难夜晚，只要夜晚松了口，夜宁还能不给自己妹子脸面？夜萱这一招可谓是极妙，颇有围魏救赵的精髓。

夜晚如何不明白夜萱的意思，要说起来这个夜萱是个精明的，最是懂得利用时势。自己哥哥不过是一句最普通的关心自己妹子的话，结果这一番折腾，倒是成了十恶不赦了。

夜晚虽然在夜家一直很低调，不太愿意引人注目，但也并不是谁都可以随意踩的。

夜晚抬头看着夜萱，温婉的五官带着浅浅的笑，声音一如既往十分柔和地说道："四妹妹时常过来跟我做伴，我自是知道她的性子，又怎么会怪她。要说起来四妹妹这个性子我是极喜欢的，我本就性子闷，幸亏四妹妹不嫌我闷，我还怕惹她的嫌，日后再也不肯踏我的门边呢。"

夜萱顿时便有些尴尬，偏又寻不到错处，脸色便有些尴尬。

夜曦本就因为韩普林的事情对夜晚好了许多，此时听到夜晚这么给她面子，心里也觉得开心，眉峰一挑，自是得意地说道："这回知道求着我了，哼，那也得看我高兴不高兴。"

"是，总是要看你高兴不高兴的，这会儿可高兴咱们对饮一杯？既然是大姐姐亲自寻来的果酒，自然是极好的，少喝一点也无碍的。"夜晚看着夜晨，感激地说道，"大姐姐事务缠身，还为夜晚想得这般周到，夜晚感激不尽。"

"瞧你这话说的，一家子自己姐妹这么见外做什么？"夜晨也笑了，侧头看着夜宁徐徐说道："大哥哥，你放心，这个果酒是母亲房里的李妈妈亲手酿的，并没有多少酒的，便是喝上十杯也醉不了人呢。"

既然夜晨主动递了台阶，夜宁自然是顺着下来，微微有些不好意思地说道："也是我太小心了，大妹不要恼我才是。来，我也敬妹妹一杯，希望大妹新的一年能心想事成，万事遂心。"

　　夜震就哈哈一笑，拍着桌子说道："大哥，她们姐妹喝果酒，咱们兄弟可得拿出真本事来。说起来自从你进了金羽卫可是好久没在一起喝酒了，今儿个正好了，不醉不归。"

　　夜威看着夜宁很是不顺眼，但是这个时候也不能拆了自己哥哥的台，也跟着笑了笑举起了酒杯。

　　夜宁知道夜震是比自己亲爹更难缠的人，也不敢大意，亲自拿过酒壶给夜震夜威倒了酒，开口说道："俗务缠身实在是身不由己，还请两位弟弟莫怪。我先自罚三杯，你们随意。"

　　夜晨一双眸子带着浅笑，看着夜宁连灌三杯，这才转过头对着夜晚说道："大哥的酒量倒是见长了，多了历练果然是不一样的。"

　　夜晚自然听出夜晨话里的试探，三兄弟都去选了金羽卫，偏偏是最不出色的夜宁被选进去了，夜晨自然是想要打探打探原因。因为夜宁入选金羽卫跟旁人有些不一样，旁人是一级级地凭真本事打进去的，可是夜宁却是皇帝一句话给叫走了，等从宫里再回来就是金羽卫的人了。因为这样，她薄情的爹爹对待大哥可真是亲热了不少。夜晨兄妹几个能坐得住才怪，自然是有机会还是要试探一下的。

　　夜晚就苦笑一声，侧头在夜晨耳边低声说道："好什么好啊，人家金羽卫里面随便提出一个，那都是实打实地打进去的，名正言顺。可大哥是……唉，日子也难过得很。"

　　夜晨闻言看着夜晚，就见夜晚的眸子里一片愁闷，可见是真的担心，当下心里一乐，夜宁吃瘪她自然是开心的。嘴上却说道："你莫担心，大哥哥又不是酒囊饭袋，只要有合适的机会，必然会令人信服的。"

　　这话听着可不怎么好听，毕竟夜宁在夜府是连夜威跟夜震都比不上的，这两人都在金羽卫正当的选拔中被刷了下来，由此可见金羽卫的人有多强横，选拔有多激烈。

　　夜晚叹息一声，低声又道："但愿吧，哥哥最近在金羽卫一直勤练武艺，也幸得常大人的青睐，得他点拨，我也盼着大哥哥早日出人头地为家里争光。"

　　夜晨面色一僵，心头一紧，看着夜晚问道："常大人？不知道是哪个常大人？并未听说过啊。"

　　夜晚的声音又低了低，讷讷的有些为难地说道："是我说错了话，不过大姐姐也不是外人，说了也无妨，只是大姐姐千万不要传出去，不然哥哥在金羽卫更加艰难了。"

"你放心，咱们是一家人，我自然也希望大哥哥越来越好的。"夜晨低声应道。

夜晚这才松了口气，看着夜晨说道："是大哥哥跟我说的，说是金羽卫除了王大人外最大的官了，我也不知道究竟是个什么官，但是听说这个常大人一身功夫是极好的。我想大哥哥能被他看中真是福气呢，只要常大人愿意点拨，大哥哥总是不愁前程了。"

夜晨微愣，哪里会想到夜宁进了金羽卫这才短短几日工夫，居然就搭上了这么一条路，可见夜宁并不是寻常表现出来的愚笨呢。当下抬头看向对面的夜宁，就见他正跟夜震喝酒，两人说笑得倒丌开心。

夜晚权当看不到夜晨复杂的神色，反正她想说的都已经说了，只要他们知道夜宁在金羽卫并不是孤身作战毫无靠山就可。

现在常力德还真没有瞧得上夜宁，但是如果黎氏跟夜晨心有丌愤，出手做点什么的话，说不定还真的能促成常力德收了夜宁。要是夜宁能拜常力德为师，夜晚这才能真的放心呢。

夜晚费这么多口舌，也不过是想借黎氏这把刀，就是不知道这把刀能不能成事。

"二姐姐在想什么呢，居然都走神了。"夜萱笑着问道，那眼睛深处却是毫无笑意。她不过是才跟夜晚结盟，结果夜晚就一下子升到了自己现在只能仰望的高度，心里自然是不舒服的。

"并没想什么，只是觉得时间过得真快，转眼就过了年，眼看着就要到赏灯斗彩大会了，想必到时候更热闹，不知道三妹妹会不会去呢？"夜晚眼睛亮亮地看着夜萱，夜萱闻言只气得一口气差点喘不上来。

夜萱虽然比夜晚容貌秀美，但是这么多年在黎氏的有意"照顾"下，夜萱并没有读很多书，不要说才女，如今能看得懂账本，认几个字，也是梅姨娘后来醒悟过来，逼着夜萱学的。

夜萱恨恨地看着夜晚，但是又不能说夜晚说错了，只得反问道："想必姐姐是不能去了，你这身子还是要好好养养，免得留下什么病根，这可是一辈子的事情。"

"要不说太医的医术就是好，我如今觉得已无大碍了。"夜晚笑，转过身看着夜晨说道："大姐姐，你替我跟母亲求求情好不好，我也想出去透透气呢，你看我自从受了伤就再也没有出去过，真的有些闷。大姐姐是一定要去的吧，我去给你加油啊，希望姐姐你能夺得头彩呢。"

谁都知道这回的斗彩大会将会直接影响到选秀的结果，夜晨是一早就打算去的。本来没打算带夜晚跟夜萱，但是夜晚既然开口了，她又有意试一试她。在府里夜晚的破绽是一点都找不到，但是出了府，人就会松懈下来，说不定自己真的有所收获呢。

想到这里夜晨便道："既然二妹妹开口，我就跟母亲说说，你是知道的，母亲也是担心你的身子。"

"知道知道，母亲的好夜晚铭记于心呢。"夜晚笑得很开心，就好像得到一块糖果的小娃娃，这样的天真，怎么看都不像是有心计的人。夜晨心里的疑惑更深，是自己猜错了，还是夜晚隐藏得太好？但是不管怎么样，如果夜晚敢跟她争……她是绝对不会手软的。

如果她在斗彩会上真的发现什么端倪，到时候人多事多，真的出点什么意外，是她自己身子弱，可跟别人没关系，谁让她大病初愈一定要出门呢。

等到一顿饭吃完已是深夜，大家都是开开心心各自散去。

夜晚在冬晴跟似雪的伺候下上了榻，听着外面似雪说什么不舒服让冬晴跟她换班，嘴角就勾起一个讥讽的笑容，似雪怕是要去夜晨那边听候差遣呢。赏灯斗彩大会上自己看来是一定要带着似雪的，只是到了地方一定要把人给甩了，不然的话自己怕是性命不保呢。

夜晚今晚上分明从夜晨的眼中看到了那不安定的阴影，怕是夜晨也对自己起了疑心，这次斗彩大会也是审查自己的时机。只是她怎么能放弃这次机会呢，如今就各凭手段，看谁棋高一着。

慕元澈也去，真是好极了，亲眼看到的事情才更是有趣呢。

这世上很多人宁愿相信自己的眼睛，也不愿意相信别人的嘴巴。可是这世上太多的事情，看到的未必是真的，听到的未必是假的，但未必人人都明白这个道理。如果自己早明白些，哪里还能落得被人害死的下场。

只有亲身经历过，才能懂得。

慕元澈，这一场大戏，怎么能少了你呢？夜晚轻声呢喃，斗彩大会这一天她不一定会成为万众瞩目的才女，但是一定要成为慕元澈选进宫的妃子，绝不能失败。

计划永远赶不上变化，第二天夜晚起身之后，还没用过早餐，揉着额头，就听到夜府里吵吵嚷嚷的，似乎有什么事情发生了，当下叫过冬晴："去看看发生什么事情了，怎地这么嘈杂？"

夜晚话音方落，似雪就掀起帘子冲了进来，脸色煞白如鬼一样，看着夜晚有些颠三倒四地说道："二姑娘……不好了……不好了……大少爷……三姑娘……还有圣旨……"

似雪越是紧张越是说不清楚，冬晴看着夜晚脸都白了，忍不住地斥道："你倒是赶紧说啊，究竟怎么回事？什么大少爷三姑娘还有圣旨，究竟怎么回事啊？"

夜晚听着似雪乱七八糟的话，眉头紧皱，一时间也弄不清楚究竟出了什么事情。听到冬晴喝问，便坐直身子看着似雪没有说话。

似雪的鬓发有些微乱，额角带着汗珠，大口地喘着粗气，一看就是匆匆忙忙一路跑回来的。果然是一副匆匆的模样，但是能让似雪这样着急究竟是出了什么事情。

便是十分沉稳的夜晚此时也有些不安起来，不会真的出了什么事情吧？手心不由得紧紧地握着，心里有种难以言喻的压抑感。现在的她努力让自己更加沉稳，每走一步都是步步小心，如果这样还要出差错，真是天要亡她。

她在夜家这般委屈自己是为了什么？就是因为这里还有一个疼爱她的大哥，如果大哥真的出了事……她想她会疯狂地毁掉这里所有的人。

越想夜晚的脸色越加地沉凝，浑身上下便有一种极端压抑的气势喷涌而出。而这股气势正是郦香雪所有的，是夜晚从没有释放过的。

冬晴忽觉得后背生凉，忍不住地回头一看，便看到自家姑娘那风雨欲来的脸色，一下子吓得连话都说不出来了。从没有见过这样黑漆漆的仿若一个大黑洞，紧紧裹着风暴即将袭来，那种惊惧感让冬晴甚至于连呼吸都要忘记了。

姑娘……好可怕……

似雪也感受到了这股威压，竟是吓得连话也说不出来，抖得不成样子。

"究竟出了何事？"夜晚耐着性子又问一遍。

似雪浑身一个战栗，哪里还有平日油嘴滑舌的机灵，下意识地脱口说道："三姑娘不知道为什么跌倒了，正好大少爷就在旁边，伸手去救人结果却踩滑了掉进池水里了。偏在这个时候王大人举着圣旨进门了，那三姑娘想要起身随手一抓正好抓住了路过的王大人的衣角，所以王大人带着圣旨也掉进去了。"

"王大人怎么会随便进人家的后院，简直胡说八道！"夜晚斥道，凡是宣旨皆在前院，家主带领家人，摆香案，行大礼，怎么会随随便便进内院。

似雪被夜晚的气势完全地压住，忙解释道："因为这圣旨是给姑娘你的，王大人特意说皇上说了允许姑娘在自己院子里接旨。"

夜晚顿时有些头疼，这下好了，圣旨掉进水里泡了汤，宣旨的大人也被拽进了池子，还有她大哥，这么冷的天不要冻坏了身子。

夜晚立刻站起身来，看着似雪说道："你跟我去看看，冬晴，你立刻去大少爷的院子里取换洗的衣服，外加一件厚厚的氅衣。"

黎氏一定会先忙着照顾巴结王子墨，以求赎罪。绝对顾不上夜宁的，自己的哥哥自己疼！

似雪颤颤巍巍地站起身来跟着夜晚往外走，这回倒是机灵地从衣架上拿了大氅

第四章　风后入江云，长江送流水

给夜晚披上。冬晴早就一溜烟地往夜宁的院子跑去，主仆三人分头行动倒也算得上默契。出了院门，似雪抬头去看夜晚，却发现夜晚依旧是柔柔的面容，只是这会儿面孔上带了几分着急跟无奈，跟平日没什么区别，二姑娘还是那个二姑娘，但是为什么她心里总有种说不上来的惊惧呢。

似雪只觉得被冷风一吹，后背生凉，方才一阵小跑，后又被吓了一顿，已是出了一身的汗，此时冷风一吹，便不由得有些生冷。但是这个时候她可不敢跑去休息，不知道为什么，她忽然有些害怕二姑娘。

夜晚一出了门被凛冽的寒风一吹，就顿时清醒过来，知道自己因为担心夜宁有些把持不住了。所幸自己醒悟得快，不然还真是麻烦。眼角看到了似雪的瑟瑟不安，只是冬晴不在身边，再加上似雪是黎氏的人，这个时候万不能心软让她回去歇息的，只能委屈她受些苦了。

似雪指着路一路到了出事的地方，就见地面上一片片的水渍，地面上被踩得一塌糊涂。还有几个婆子正在打扫，见到夜晚来忙行礼。

"见过二姑娘。"

"人都去哪里了？"口气中带着些焦急跟害怕，跟以往的夜晚是一模一样。

"回二姑娘的话，已经去了正阳厅。"那婆子恭恭敬敬地说道，若是以前是绝对不会对夜晚这般恭敬，但是如今先是夜晚备受皇帝关注，再加上夜宁又进了金羽卫，这兄妹二人风头大盛，这个时候哪敢不长眼地自找苦吃，巴结都来不及呢。

夜晚点点头，转头就往正阳厅而去。

一路走到正阳厅，就看到好多丫头婆子行色匆匆，见到夜晚都来不及停下行礼，只是弯腰点头就匆忙而过。夜晚也不去计较，而且也不能计较，这些都是黎氏跟前的，能跟她见个礼就不错了。更不要说现在王子墨落了水，估计圣旨也被泡花了，这个时候大家都在担忧圣怒，会不会下一刻就脑袋开花了，谁还顾得上夜晚，顾得上礼数。

进了正阳厅，就见夜萱正哭哭啼啼地跪在地上，浑身上下湿淋淋的，一身狼狈很是可怜。夜晚的眸子有几分冷，想来夜萱是想要算计夜宁，只是没想到居然捎带着王子墨，连着把自己也搭进去了。

夜晚心头暴怒，但是很快地让自己平静下来，毕竟这一路上她已经想过了很多假设跟事情发展的可能性。不管是哪一种，她都不能让自己在王子墨面前表现得很强势。

看见夜晚进来，夜萱哭得更伤心了："二姐姐……我真不是故意的……大哥哥……对不起……"

听着夜萱断断续续的话，夜晚心中气急，面上却是丝毫不带愤怒只带着无限的担忧跟微微的恐惧。看着夜萱冻得直打哆嗦，便立刻解下自己的大氅给她披上，夜萱抬头神色复杂地看着夜晚，只听夜晚说道："小心着凉。"

夜晚很冷静，很自制，一直知道自己想要做的是什么。

正因为这样，这个时候她可以压制自己的怒火，平静地面对着夜萱，还能在这些人跟前，在这么多的眼睛面前静静地演戏。

可悲！可叹！

"二姐姐……"夜萱轻啜出声，泪珠直掉，要多委屈有多委屈，那可怜的模样真是让人觉得便是犯了天大的错误也能原谅了。

夜晚听着有脚步声微微传来，这脚步声沉稳有度，每一步的间隔都十分的均匀，每一脚落下的力度是那么的熟悉。夜晚心里一笑，轻轻地松了口气，老天爷还是可怜她的，这第一个出现的是王子墨。

夜晚背对着王子墨出现的方向，蹲下身子看着夜萱，伸手为夜萱裹了裹大氅，口气十分柔和地说道："三妹妹莫要伤心，既然是意外，想必王大人跟母亲一定能谅解的。你又何必庸人自扰？王大人英明睿智，公谨严明，母亲素来宽和，你且放心就是了。"

还在屏风后面的王子墨恰好听到这话，一时间那抬起的脚就有点落不下去了。嘴角忽然抽得厉害，这个夜二姑娘……说她什么好，还真是傻得可以，自己亲哥哥都被人算计到这份上了，她居然还把人家当成好人，还害得自己遭了池鱼之殃，大冷天地被逼着洗了一回澡，这滋味可真不好受。

握着手里的圣旨，忽然想起临出宫之前，皇帝陛下那意味深长的话："王爱卿啊，天冷路滑，你可要保重身子啊。"

王子墨越想越是怀疑，难道皇帝陛下知道自己今天要泡冷水澡？

如果真是这样……忒不地道了！

皇上啊，微臣对您忠心耿耿，鞍前马后这么多年，您好歹提醒我穿件油衣……

真是寒了微臣的心啊！

王子墨郁闷得想要吐一口老血，硬生生地压下这股躁动想着出来透口气，又想起方才夜晚的话，突然感觉人生怎么这么灰暗呢。

他英明睿智？

英明睿智能掉水池子？

公谨严明？

公谨严明能被尊贵的皇帝陛下算计？

这日子过得，揪心啊。

要不回边关躲一躲？

第四章　风后入江云，长江送流水

嗯，这个可以有，回去就上折子，拍马咱就跑，斗不过尊贵的皇帝陛下咱跑还不行吗？

心里有了一个明确的方向，王子墨大人顿时淡定了，从从容容地迈着四方步走了出去。夜晚听到这加重的脚步声，故意当做才听到，回过头来一看是王子墨，忙站起身来蹲身行礼。"臣女见过王大人，大人您还好吧？要不要请个郎中来看看？"

"不用，公事要紧。"王子墨一如既往神色严肃，言语简短，绷着的一张脸让人心里惴惴。

当然，惴惴不安的只有夜萱，夜晚早就对王子墨熟悉透了，哪里看不出来这厮浑身肌肉放松，眼神清澈明朗，唇线柔和轻抿，一看就是想通了某些想不到的地方，且有了对应之策，这才如此开心。

对，王子墨这老狐狸，为了表现出一副老谋深算，深不可测的模样，总是喜怒不形于色，一个字，装！两个字，再装！三个字，使劲装！

夜晚心里有了谱，心里也轻松了些，这一场大戏可要好好地唱一唱，不然的话她这么憋屈自己岂不是白白地憋屈了？正所谓狼披着羊皮委屈自己吃着草，得吃得物有所值啊，不能白白让自己辛苦，得有收获啊。

心里有了盘算，夜晚越发地做出一副柔弱善良纯洁如菟丝花的模样，一双大眼泪意盈盈，小身子板因为把大氅给了夜萱微微地有些颤抖。

"大人说的是，只是……我三妹妹还跪着，其实她真不是故意的，还请大人高抬贵手饶她一次。"

王子墨被压制的怒火差点翻腾起来，沉着声问："难道是我让她跪的？"

夜晚露出一副难道不是吗的疑惑表情，可把王子墨气坏了，他就知道这姑娘脑子装的全是草，这是哪里？这是夜府，他能昏了头自己去处置别人的闺女吗？就算是想要出气，他有的是办法，用得着这种卑劣粗俗的手段吗？他有这么笨吗？

很显然，眼前这位"二"姑娘，是绝对不会想到这些的，绝对不会认为自己是能有千百种办法整治一个人的。她一定会以为，自己就是一个莽夫，会做出这种粗俗卑劣直接处罚人的事情的！

哎哟，气得他心疼肝疼肺疼，全身都疼。他怎么就遇到这么一"二"姑娘，难怪严喜那老滑头每次听到自己要来夜府，都露出一副你自求多福的表情，如今他算是想明白了，严喜是怕自己被这"二"姑娘活生生气死！

"大人，我三妹妹真不是故意的，您别生她的气了……"

哎哟喂，他的头也疼了。

"二妹妹，你这说的什么话，王大人品行高洁怎么会做出这种事情，是三妹妹自己跪着的。"夜晨此时跟了出来，看着夜晚那湿漉漉的天真的模样没来由就一阵阵地烦躁。

夜晚一怔，随即露出一个愧疚的神色，朝着王子墨行礼："是夜晚不对，误会了王大人，还请大人恕罪。"

"不知者无罪。"王子墨几乎是牙缝里吐出这么一句。

夜晚似乎没听出王子墨话里的勉强，顿时喜笑颜开，好像真的是以为王子墨不生气了一样。

王子墨忽然感觉，他好像有点蠢，这么跟夜晚较真，岂不是拉低了自己的智商……

正在王子墨努力安抚自己的时候，就看到夜晚朝着夜晨走了过去，低声说道："大姐姐，三妹妹挺可怜的，这天冷路滑的一个不小心摔跤也是有的。你看看王大人都不在意了，你就替三妹妹在夫人面前说句好话，饶了她这一遭吧。母亲温柔高贵，又最心善怜人，一定不会怪三妹妹的是不是？"

夜晚想，夜晨不是爱装吗？装你的温柔贤惠，装你的善良大义，又最会在别人面前制造一幅姐妹情深的画面。这次夜晚还真就抢了她的活去干，自己来装，看看夜晨还会做什么。

她要是拒绝说情，就是冷酷自私没有姐妹情谊；若是去说情，但是这情是绝对说不下来的，毕竟受害者是夜宁跟王子墨。夜宁也就算了，夜府自家人怎么都好说，但是王子墨可是朝廷命官，又是皇帝面前的红人儿，黎氏有天大的胆子也不敢轻饶啊。

夜晚随随便便地做一做态，就让夜晨陷入为难之地，进又进不得，退又退不得，一时间很是尴尬。偏生夜晚一双大眼可怜兮兮地瞅着自己，那叫一个柔弱，那叫一个可怜，尤其是那小眼神时不时看一看夜萱就更心疼了，夜晨真是活吃了夜萱跟夜晚的心都有了。

但是夜晨也并不是个笨的，想了想便看着夜晚柔声问道："这大冷的天你怎么又跑出来了，身子刚好些，更要好好地保重，别让大哥哥担心才是。母亲也是挂念你得紧，要知道你这样就跑出来，又该心疼了。"眼神看了看夜晚，又看到了夜萱身上的大氅，伸手解下自己的氅衣给夜晚披上。"莫要再着凉，不然的话赏灯斗彩大会你是去不得了，到时候在家里看不到热闹又该着急了。"

"我现在已经好多了，你看我都能出门了。"夜晚很轻易地就被夜晨带着转移了话题，不再去管跪在地上的夜萱，急匆匆地跟她证明自己身体很康健可以出门。

一旁的王子墨瞧着这一幕，这个夜晨不简单啊，三言两语地就拿捏住了夜晚的弱点，让她转移了话题不再痴缠着夜萱的事。还在自己面前提及了黎氏的慈母之心，还同时表出了她自己的姐妹情深，亦不会让夜晚怀疑，还能让夜萱无法怨恨。

得，果然是一个能跟夏吟月一较高下的人。

王子墨当下便决定，无论如何也得让夜晨进宫啊，这是多么好的一棵苗子，绝对能让夏吟月吃大亏的。

夜晨并不知道自己被人青眼有加地看上了。夜晚要是知道王子墨的决定，估计也得气得吐一口老血。

幸好幸好，谁也不知道什么。

夜宁出来的时候，身上的衣衫已经换过了，果然如夜晚所想，黎氏不过是当着王子墨的面做一个面子情，只是给夜宁准备了衣裳，却没有准备大氅。刚落了水，即便是换了衣裳，吹了冷风也要大病一场。黎氏果是没安好心，夜晚一步走到夜宁的跟前，泪眼汪汪地凝视着他，又唤过早就回来的冬晴，从她手上拿过石青色暗纹的银鼠皮大氅给夜宁披上，嘴里还说道："怎么这么不知道照顾自己，要是母亲看见了又会责怪你了。"

夜晨的眼神落在夜晚给夜宁披在身上的大氅上，一时心里有些怀疑，夜晚想得够周到啊，连大氅都能预备上，好像知道母亲不会给夜宁准备一样……

夜晚当然知道自己这样做会令人怀疑，给夜宁穿好后，这才转过身看着夜晨说道："幸好母亲跟前的人让冬晴跑腿拿了大氅过来，不然这会儿可要挨冻了，也就是母亲这般挂念着大哥哥。这个粗人竟是一点也不会为自己着想的，冷不冷也不晓得，幸好有母亲。"

夜晨松了口气，原来是母亲让人去的，不过这个人也倒是好巧的心思，居然知道让冬晴跑腿，让夜晚兄妹俩承了母亲的情。想到这里便是温柔一笑："都是母亲的孩子，母亲自然挂念的，不也是整日地惯着你，就怕你不听话不好好养身子。"

夜晚不好意思地挠挠头，嘴里还倔强地说道："哪有，大姐姐就知道冤枉人。"

好一派姐妹情深的画面，王子墨怎么看怎么觉得有些……假！

就在这个时候黎氏来了，先是给王子墨请罪，说是自己没教导好女儿，害得王子墨落入池中。还请王子墨处置夜萱，当然黎氏又上演了母女情深，要替夜萱受罚。

这样一折腾，王子墨哪里还能计较，只得不咸不淡地说了两句话，然后提着已经花掉的圣旨郁闷地回宫了。

王子墨一走，黎氏的脸色就变了，冷冷地看着夜萱，怒道："好大的胆子，算计兄长，连累夜家差点不复，梅姨娘养的好女儿，她平常就是这样教导你的？"

夜萱脸一白，哽咽着哭将起来，解释道："母亲，女儿真不是故意的，这是一场意外。我无缘无故地为什么要去害大哥哥，我没理由这么做啊，请母亲明察。"

"哼，没有理由？好一个没有理由，你是不见棺材不落泪，不撞南墙不回头。

你以为方才我没早早地出来是做什么去了？"黎氏砰地一拍桌子，怒斥道。

是啊，按照正常道理来讲，黎氏是应该等着王子墨出来向他赔罪的，可是先出来的是夜晨，夜晚当时也是有些怀疑的，如今听黎氏这么一说，便恍然大悟，原来黎氏竟是先去调查了。

说的也是，事情发生后在最快的时间内调查，才能最有效地掌握证据。

黎氏话一出口，夜萱的脸色就白了，跪着的身体都有些不稳了。

瞧着这架势夜晚还有什么不明白的，夜萱果然是要算计夜宁的。

黎氏瞧着自己说得也差不多了，夜晚兄妹也该明白了，没必要再继续在他们面前演下去，便挥挥手让夜晚跟夜宁先回去了，处置夜萱的事情根本就不会让她们参与，这才是黎氏一贯的作风。

只怕黎氏是想拿着这些证据威胁夜萱也说不定呢。夜晚心里明白，像是黎氏这样的人，一定会物尽其用，这样好的一个机会，怎么会放弃呢？

冬日天寒地冻，更冷的是人的心。

这边夜晚跟夜宁一同离去，另一边王子墨大人正在忍受尊贵的皇帝大人的嘲笑，使劲地板着自己的脸，努力地不让它扭曲，摆出一副表情淡定，任君嗤笑的架势，简直就是油盐不进，可谁知道他的心在滴血啊。

"王爱卿，你这趟差事办得真是好，不仅毁了朕的圣旨，还让自己灌了一肚子冷水，什么正事没办成，结果灰溜溜地回来了。你说朕该怎么处罚你才好？"慕元澈乍闻此事，先是惊愕，进而怒涌，平息过后反而镇定下来，只是那嘴角的笑容实在是不怎么好看，阴森森的，让人背后生凉。

严喜十分乖觉地站在一旁的角落里，努力不让自己的一片衣角进入皇帝陛下的视线，免得成为附属炮灰。严喜敢发誓，皇帝陛下很不开心，很不开心，皇帝陛下不开心的时候，就有人要倒霉。

王大人啊，你已经很倒霉了，霉上加霉也没啥，大正月的我还想平平顺顺的，咱家做奴才的实在是没本事拉您一把，您自求多福。当然，以皇帝陛下跟您的情谊，顶多被耻笑两句，伤不到筋骨。咱家做奴才的可是一言不慎就要挨板子，掉脑袋的，您体谅体谅哈。

严喜一直觉得自己是有趋吉避凶的本事，专属太监的第六感强大啊。

这回皇帝陛下下旨，他就觉得这夜府不能去，因为即将就到赏灯斗彩大会啊，这么多姑娘都想要进宫，那肯定是要用尽手段。这夜府可是有三个年龄到了的，这不更是灾难集中地。

严喜觉得自己不能去宣旨，为了不让皇帝陛下起疑，自己硬生生地吞了一把巴豆，活活地拉了一晚上的肚子，皇帝陛下一看自己半死不活的样子，只得让王大人去

第四章　风后入江云，长江送流水

宣旨了。

其实本来不用王大人去的，皇帝陛下想要让自己的副总管跑一趟，偏偏王大人这个时候进宫了，你说，严喜摸着良心对天发誓，王大人不是咱家算计您，而是您自己个儿撞上来的啊。

要不今儿个泡冷池子喝冷水的就是自己了，好险好险，严喜觉得自己得去相国寺多捐点香油钱，让佛祖多多照看他，这多危险啊，就连宣个旨都能有这待遇，真心没法活了啊。

王子墨哪里知道自己是严喜算计下的附赠倒霉品，只当自己不走运，今天就不该进宫的。听到皇帝陛下的话，扑通一声跪下："臣有罪，请陛下责罚。"

十几年如一日，就知道来这一招，慕元澈扶额，能换个新鲜的吗？

"你是有罪，那夜家更是有罪。"慕元澈怒，居然敢把他的圣旨抛入水中，的确是够大胆的。

听着慕元澈语气中的怒火，王子墨便微微地皱了眉头，不期然地想到夜晚，那个刚刚大病初愈，对着暗害自己的凶手居然毫无察觉还能温柔安抚替她求情，要真是皇帝一怒，覆巢之下安有完卵，这夜晚的命运……

王子墨从不是多事的人，甚至于跟慕元澈一样，都是骨子里冷冰冰的人，别人的死活与他们无关，他们想要的也不过是一个结果。常年处于宫斗权力倾轧中的人，你有太多的情感，无异于送给别人一把刀然后捅死自己。

很多年前，他们就会利用各种形势为自己筹谋最大的利益。看尽悲欢离合，受尽喜怒哀乐，早已经变得淡漠，无情。王子墨也没想到自己居然会去担心那个蠢笨呆傻的夜二姑娘，他欣赏的一向是郦皇后那样的英勇果决又柔情百转的女子。

夜晚跟她一点都不搭调，可是……他居然真的担心了！

昨儿个偶遇司徒镜，两人相对饮酒，还听那宛若谪仙清透如玉的男子诉说着自己的情殇。他不知道司徒镜喜欢的是谁家女郎，但是听着他哀婉动人的声调，让人也徒增烦忧，昨儿个喝了好大一坛酒，结果今儿个就头脑不清地倒了霉。

"你真以为朕不会罚你？"

"皇上英明神武，公正严明，素来赏罚分明，微臣不敢置喙。"王子墨直挺挺地跪在地上，口齿清晰，十分响亮地回道。

几个成语又把慕元澈郁闷了一回，狠狠地瞪了王子墨一眼，无奈地说道："行了，还跪着做什么，真当自己是铁打的，水池子里没待够？"

严喜一听皇帝这话，立马屁颠颠地十分狗腿地给王子墨搬了一把凳子，又火急火燎地抱了一个大大的手炉塞进王子墨的手里，从头至尾严喜的行动十分的迅速，暖炉都是热热的。

王子墨嘴角抽了抽，瞧着人家这总管当的，好像知道自己一定会没事，还能捞个座位，抱着手炉取暖。这手炉的温度刚刚好，显然是提前就烧了起来，随时取用。王子墨看着严喜的眼神越发地深幽。

严喜虽然没看王子墨，只感觉后脑勺上冷汗直流，自己好像太勤快了些……不会漏了破绽吧……唉呀妈呀，太糟心了，王大人您千万别误会，我只是……将功补罪来着……虽然您不知道我犯了啥罪……

严喜分外纠结中，更加努力地扮演木头桩子，一双耳朵听着君臣二人对话。

"……你说什么？夜晚给夜萱求情？你确定她不是装的？"慕元澈仰头望望天，忽然觉得自己这忠臣加兄弟，在看待夜晚的事情上似乎是越走越远了。

严喜小心肝一抽，王大人，您保重！

"回皇上的话，微臣还没有老眼昏花。夜二姑娘的确是个温柔善良的好姑娘，像她这样纯真的的确不多了。"王子墨就是想不通，尊贵的皇帝陛下好像对这位夜二姑娘误会颇深啊。

"纯真？"慕元澈重复一遍，脑仁疼得更厉害。王子墨你枉被认为狡猾如虎、腹黑如墨的高人，你连一个小女子的真面目都看不清楚。你确定敢摔朕的簪子的女人是个纯真善良的人？见鬼去吧，分明就是人前人后两副面孔，心机深沉，手腕频出的女子。

越是这般想，慕元澈反倒是越发地觉得这个夜晚还真是个颇有意思的人。夜箫怎么教养出这么一个姑娘的？

"是。"王子墨干脆利落地回道，又看着慕元澈，十分正义地说道，"皇上，您不能因为一己之见就对别人有任何的偏见，之前夜姑娘救下小国舅实在是没有什么阴谋，您不能把每件事情都跟阴谋连在一块，这不合理。"

"不合理？"慕元澈看着据理力争的王子墨，突然觉得他已经很久没有因为一件事情或者是一个人跟自己这样的辩驳过了。若是有，也是……她未死之前的事情了。

自从她死后，王子墨对自己也是颇有怨言，很长时间见到自己都是冷漠相对。现在看着这样的王子墨觉得好像是他活过来了，眼中渐渐地有了些笑意："没有什么不合理的，子墨，看人看事都不要只看一面，你怎么知道夜晚没有另一面？"

很久，慕元澈也没叫过他的名字了。猛地听到他这么一喊，王子墨也有些失神，垂了头，良久才说道："我只相信自己看到的，你也相信自己看到的，可我们看到的都是不一样的。若是我们看到的是一样的，她也就不会死了。"

慕元澈的脸一下子拉了下来，沉闷得能滴出墨汁来，一旁的严喜吓得腿都软了。如今敢在皇上面前，这样提起先皇后的，也就只有这位二大爷了，您就不能不说吗？"

王子墨站起身来，将手炉放在凳子上，忽而抬起头看着慕元澈："微臣告退。"

王子墨竟是甩袖而去！

王子墨跟了他多年，从不曾因为别的事情与他争执，唯独在郦香雪的事情上一直很执拗，几番毫不相让。当初得知郦香雪自缢沉栖宫的时候，王子墨还差点揍了他。

慕元澈看着他的背影，怒道："你给朕站住！"

王子墨顿住脚，却没有回过身，只是说道："微臣没什么可说的，在皇后娘娘的事情上，我一直坚持自己的观点，她不是那等心狠手辣，阴毒自私的人。你为了一个甘夫人居然将她打入冷宫，你可曾想过你们夫妻十载，是她一直不离不弃在你身边，即便是最艰苦的时候，她都没有抱怨过一句。她是谁？她是郦家的女儿，郦家的女儿用得着这样委屈自己吗？微臣说句大不敬的话，只要孝元皇后愿意，郦家的女儿跺一跺脚，这朝堂都得抖三抖，可她从没有过。"

慕元澈双眼通红地看着王子墨，这每一句话都像是一把刀子扎进他的心窝子。可是，王子墨知道的也不过就是这些，还有很多他不知道的："王子墨，你不要仗着朕跟你的关系，就可以肆意胡为！"

"肆意胡为？我王子墨有什么可怕的，我的荣华富贵都是皇上给的，我的命也是皇上你的，你想要只管收回去。但是，在孝元皇后这事上，微臣一辈子都不会原谅你，绝不！"

严喜听着这君臣的对话，很想把自己变成一个皮球，就这么滚出二人的视线。皇帝陛下你就不能一脚把奴才踹出去，再跟王大人翻脸么？

人家还想活下去，可是知道的秘密越多，活下去的希望越小，奴才不想死……呜呜呜……

"你……什么都不知道，雪娃娃她……"

"她怎么样？她把你当成她的天，她能对你怎么样，你就是要她的命她都毫不含糊，这样的人你都能逼着她自缢，你……你忘了你们夫妻的甘苦与共，你忘了你们之间的恩爱情长，登上帝位你被权力跟美色迷了眼睛，你再也看不到她的忧伤，她的美丽，看到的只是你的美人对她的控诉。"

王子墨顿了一顿，苦笑一声："当年我曾问过她一句话，你想知道是什么吗？"

这话慕元澈从没听王子墨说过，眉头轻皱，问："什么话？"

"那一年，你在京中受排挤，被先帝质疑，派你去边疆镇守。那时边疆极度不稳定，很有可能随时丧命。外族凶猛，而你可用之兵只有寥寥。临行前，我问孝元皇后：'你是郦家贵女，你若不去谁也不能质疑你，指责你，边关清苦，冰霜如刀。它会让你的容颜逐渐变老，会让你随时都失去生命，你为了他值得吗？'"

慕元澈紧紧地盯着王子墨，这事他真不知道，他只知道那一年他被贬边关，他的雪娃娃二话没说收拾行李就跟他一起走，当时他劝过她留下，可她拒绝了。

"她说了什么？"

王子墨的眼睛望着前方虚渺之处，声音也有些幽幽的，带着伤感："她说：'我不仅是郦家的女儿，我还是元澈的妻子，哪有丈夫在外受苦，我却在京中安享富贵的。他在哪里，家在哪里，天涯海角也随他去。'我当时备受感动，我觉得大哥你娶了这样的妻子真是福气。当时我忍不住又问了一句，若是将来他登得御座，坐享天下美人，届时你已红颜迟暮，又该如何？"

慕元澈的心忽然一紧，侧头看着王子墨，只觉得声音有些发苦，又带着冰冷，还夹着些他自己也察觉不到的期望："她如何回答的？"

看着慕元澈的神情，王子墨问道："时至今日，你还会关心这些？你有你的甘夫人，还管什么郦香雪！"

王子墨没有回头，只听到慕元澈说道："有很多事情是你不知道的，雪娃娃……她做错了事情，我没办法原谅她。可是，我对天发誓从未想过要她死，我只是在气头上才下了废后诏书。我只想让她自己反省反省，没想到她居然就自缢……我也很后悔……"

王子墨："后悔？你有什么后悔的，孝元皇后自己走了不正好给你的甘夫人腾出位置，你如今不册封她为后，只怕也是不想被天下臣民责骂而已。"

这话实在是太尖刻了，慕元澈的脸黑得更加难看，紧抿着唇愣是一句话也说不出，只觉得心口翻涌得厉害。

王子墨叹息一声。"这是你们夫妻之间的事情，我一个臣子如此置喙足以砍头了。"声音一顿，而后又道，"当初我问完那话后，她回答说，怎么会呢？我跟元澈患难夫妻，情比金坚，他不会负我。我不死心，便问道如果真的有那一天呢。被我逼问急了，她无奈之下才回答，若真有那一天，他不顾夫妻情分，我便与他生死决绝。"

王子墨拂袖而去，慕元澈呆愣当地，脑海中不断地回响那一句，我便与他生死决绝……生死决绝……

你凭什么可以这样理直气壮地说出这句话，郦香雪！慕元澈忽然很想笑，转眼间他就成了忘恩负义的混蛋……

严喜看着慕元澈阴晴不定的脸，心里暗暗发苦，越发地不敢有任何的动作。天

第四章 风后入江云，长江送流水

色渐渐地阴沉下来，慕元澈依旧站在窗前一动不动，他已经维持这个姿势整整一个时辰了。

"皇上，该点灯了。"严喜硬着头皮上前说道，阿弥陀佛，千万别波及到我，我不过是个奴才而已。

"不用。"慕元澈的声音幽幽带着空洞。

严喜大气也不敢出，手心里直冒冷汗，正在犹豫着自己要不要拼着老命劝一两句，就听到慕元澈接着说道："大将军夜箫教女不善，冒犯圣颜，擢降为二品副将。"

严喜立刻将慕元澈的口谕传了下去，拟成圣旨，加盖玉玺，连夜颁发到了夜府。

此时的夜府简直就是阴云笼罩，夜箫恨不能活剥了夜萱，夜晚在院子里听到这个消息说不上是悲是喜。夜箫被降了官职与她也不是一件好事，只是事已至此，也无力回天了。其实夜家的人都明白，在夜萱将王子墨拽进湖水中，圣旨泡汤的那一刻起，就会有责罚下来。

只是没有想到来得这么快这么急，夜箫从军营中赶回来还没来得及去负荆请罪。

夜萱被关进了柴房，夜箫还下令让黎氏好好地教她规矩。黎氏也因此吃了夜箫的排头，原因正是教女不善，毕竟教养女儿是黎氏的责任，如今夜萱出了这样大的差错，黎氏怎么能逃脱。

正因为如此，夜曦每每提及夜萱都恨不能吃她的肉，哪里还有韩普林在夜家时两人的亲密无间，姐妹情深。

夜晚这个时候自然不会招黎氏的晦气，整日地躲在院子里绣花，这夜府的人也是小心翼翼的，不敢惹得黎氏半点不开心。夜萱身边的丫头婆子全都被捆了起来打了板子卖了，如今伺候夜萱的是黎氏新选上来的。梅姨娘因为夜萱的事情，日日在黎氏跟前伏低做小，任打任骂，真是一片慈母心肠。就是不知道夜萱看到自己的母亲为了自己犯的错误，受这样的惩罚，心里能否平静？

关于那道圣旨的内容，无人知道，也无人提及，就好像一下子消失了一样，慕元澈也没有再让人来宣旨。而夜家也成为了京都的笑柄，便是黎氏都很少出门，夜晨姐妹几个更是能避则避了，在选秀的前夕出了这样的事情，大家都想着这夜家的女儿怕是再也不能入宫，得到圣上的青睐了。

转眼就要到上元节，夜晚坐在院子里，心里想着夜晨不知道还会不会去。如果夜晨不去，她们就更加不能去了，只有夜晨能出门，她们这些庶女才好有机会出去。

此时，夜晨正在黎氏的屋子里说着话："……女儿本不打算出门的，只是要躲一辈子吗？总归是要出去的，还不如早早地出去。更何况，出了这件事情，更得要好好地扬扬家风才是。若是一出了事情，就要藏着躲着，不能面对，就算是不进宫，日后总归要嫁人，也是抬不起头来的。娘，我不想被人瞧不起，夜萱是夜萱，我是我，我总得让别人看到不同不是吗？"

黎氏眼眶红红的，将夜晨搂进怀里："委屈我儿了，都是那作死的小贱人，犯下这等大错，我定要她好看。"

"现在说这些都没用，今儿晚上便让夜曦跟夜晚一起去，就算是不能挽回什么，可是再也不能失去什么了。"夜晨无奈地说道，夜萱的行为带来的后果，却是她们承受了，自然是将夜萱给恨上了。

"如此也好，夜曦倒也罢了，只是那夜晚也还是要当心。出了夜萱的事情，咱们一定要细心才是。"黎氏也有些后悔了，早知道这样就该让夜萱好好地待在院子里不出来，现在倒好，害得她的晨儿吃了苦，受了委屈。

这边黎氏母女商议事情，那边夜晚也已经开始梳妆打扮。黎氏身边的大丫头亲自来传信，夜晚怎么能不去呢？更何况夜晚本来就打算要去的，上元灯会，京都所有的公子姑娘几乎是倾巢而出，就算是进不了宫，也得为自己谋一个好的姻缘，这是所有人的想法呢。当然，夜晚是不会这么想的，她的目的始终只有一个。

"姑娘，要不梳个偏云髻？这样更显得婉约温柔呢。"冬晴在铜镜前比画着说道。

似雪这几日话格外的少，再也不像以前一样，她看着夜晚的神情总有些惧怕。此时听到冬晴的话，也不接茬，只是默默地收拾着夜晚要穿的衣服。夜晚的眼神随意地飘过她的身上，淡淡地说道："每次都梳偏云髻怪没意思的，今儿个就梳一个蝉髻吧。"

冬晴应了下来，手指灵活地上下翻飞，蝉髻发如其名像是蝉的翅膀，手艺好的梳出来便带着一种格外的灵透之感。冬晴忙碌着，似雪这才期期艾艾地问道："姑娘，夫人送来了三套衣衫，您要穿哪一套？"

因为夜萱犯的错误，黎氏为了弥补，这次给夜家几个要参加上元灯会的姑娘，衣服都是重新定制的最奢华的，夜晚也跟着沾了光。眼角看着似雪铺在一边的几套衣衫，伸手指了指那一套月白色的衫裙。

这一套衫裙乃是以月白为底，梅花为辅绣成，白色的衣料上梅花一层层地绽放，白与红的极端对称，倒是更让人觉得穿衣服的人儿更加的娇媚。夜晚的美便如同这夜色，不用心去赏是看不到美丽的风景的，但是此时穿上这月白映红梅的衫裙，外面罩上象牙白素纹，白狐狸毛出锋的大氅，一张小脸都被厚厚的风帽给遮挡住了，只露出那一双大大的眼睛，一闪一闪的，仿若天上璀璨的星辰。

第四章　风后入江云，长江送流水

今日夜晨姐妹的打扮也是格外的出色，夜曦是一袭桃粉色的大氅，里面裹着姜黄色的衫裙，因为戴着风帽倒是看不到梳的什么发髻。夜晨是湖蓝色的紫貂出锋大氅，裹着同色的衫裙，整个人如凌波仙子一般高傲出尘，十分冷艳。

黎氏含笑地看着夜晨，不住地点头，显然是极为满意的。对这三人叮嘱了一番话，无外乎注意安全，不要给家里招惹麻烦之类的话，这才让三人上了马车。从头至尾没有人提及夜萱，就好像这个人并不存在一样。

出了夜府，马车晃晃悠悠地在路上行走，三姐妹坐在一辆宽敞的马车上，几个人的丫头婆子就跟在车旁慢慢地往前走，一路行来倒也威风。只是今晚上的世家贵族太多，夜家的车辆倒是一点也不显眼了。

上元灯会是在最宽阔的十字街上纵横交错布置而成，若是从空中俯视，好像是两条火龙形成十字，交汇的中心点便是今晚的荣耀所在。

到了灯会的最外面，就已经是人挤人地走不动了，更不要说马车代步。三位姑娘只好下了马车步行进去，车夫将马车停在外面等候，各自的丫头婆子围着自己的姑娘徐步往前走。

人流如织，灯光如火，映照得一整条街如火树银花不夜天般的绚烂。夜晚静静地凝视着这人间美景，看着穿梭不断的人群不停地从眼前划过，心中却是冷静异常。

夜曦早就欢快地往旁边挂满了灯笼的房檐下跑去，哪里还记得黎氏的嘱托，夜晨也只得跟了过去，面带焦急。今天夜晚并没有带似雪出来，身边只有一个冬晴，还有两个婆子，夜晚装作也去追夜曦挤进人潮中，挤来挤去两个婆子却是找不到夜晚的踪迹，不由得着急起来，顺着人群往前追去。

第五章
灯会现杀机，
夜晚露风华

夜晚从一个巨大的龙啸九天的灯笼后面缓缓地走了出来，看着那两个婆子越走越远，这才带着冬晴往相反的方向走去。反正距离才子佳人的斗彩大会还要过一个时辰才到时间，她得碰碰运气去，看看能不能遇上传说中要微服出巡的慕元澈。

记得以前郦香雪跟慕元澈曾经几次来过上元灯会，这里留有他们很多美好的记忆，看着再熟悉不过的街道，看着长长火龙映得半边天都亮了，心中却没有丝毫的波澜。记忆再美好，也已经是过去了。

"冬晴，大哥说在什么地方等着咱们？"夜晚低声问道。

"大少爷说在第一路口左拐的第一家店面等着，姑娘真的要甩开大姑娘跟四姑娘？"冬晴毕竟还会有些担心，万一要是黎氏知道了……

"人多又挤，四妹妹又是个莽撞的性子，不走散才怪了。"夜晚抿嘴一笑，那两个婆子是夜晨跟黎氏找来专门盯着她的，她如何不知道，只不过这样拥挤热闹的地方，又是在晚上，只要有心想要甩开实在是容易得很。

冬晴沉默，这话倒也是，脸上的神情轻松了些，只要姑娘不受责罚就好，别人她才不去管呢。

"那咱们直接去找大少爷吗？好像大少爷跟二少爷三少爷一起出来的。"冬晴道，夜宁也得同样地甩开夜威跟夜震才能跟姑娘见面呢。

"不着急，咱们慢慢走过去，如此良辰美景不赏实在是可惜了。"夜晚看着冬晴说道，她是已经看过了许多次这样的风景，但是冬晴却没有，果然这丫头立刻变得兴奋起来。

整个上元节其实十分的热闹，四周的街道全都是各式各样的灯笼。潮涌的人群，闪烁的灯光，各种精美的图案，在眼前一一滑过。

夜晚按照以前慕元澈跟郦香雪经常走的路线缓步慢行，冬日的风还有些刺骨，兜帽围得紧紧的，夜晚不知道今晚遇上慕元澈的几率有多大，但是她想着既然能在相国寺遇到他，那么就很有可能在这里遇到他，也不过是赌上一把而已。

空气中充斥着各种蜡烛燃烧后的火气，耳边听着大家的欢声笑语，也有的人围着高高的灯笼猜着各式各样的灯谜，人群时而发出阵阵的欢笑喝彩声，也不时地传来叹气可惜声，百姓家也有百姓家的快乐，看着街上一家三口牵手而过，夜晚只觉得羡慕得很。

冬晴手里提着一个兔子灯正开心不已，跟在夜晚的身后，说道："那个老板人真好，让了我两文钱呢。姑娘，你看这兔子是不是栩栩如生啊？"

"都会用成语了，不错不错。"夜晚的心情也跟着开怀起来，不由得就开起了玩笑。

"得，您就笑吧，使劲笑吧，看奴婢以后还跟不跟您说话。"冬晴道。

夜晚笑了，笑声欢悦，宛若银铃，一双眼睛弯弯。不经意地一侧头，就见街对面的一盏富贵牡丹琉璃灯前一男子正对自己展颜而笑。就因为他这一笑，周围的尖叫声不停地响起。

"玉公子！"

"天啊，真的是玉公子在这里……"

"玉公子。"

"玉公子……"

隔着不断蜂拥的人群，夜晚看着那如玉一般的男子正微笑着面对着大家，不停地在说着什么。他身形挺拔，面如冠玉，眉眼间带着浅浅的笑，竟是让这一整条街的灯火都失了三分的光彩。

有匪君子，如切如磋，如琢如磨。

那宽袖翩飞，如蝶飞舞，墨发拂过眉梢，几许风流。

夜晚竟看呆了眼，她一直知道司徒镜是谪仙玉人一般的人物，但是此时在四周璀璨灯火映照下，倒真像是几欲飞升而去的仙人。难怪今晚上的女子格外地火热，围着司徒镜竟不肯像往日一样看一看就走开，口中不断地尖叫着，大声地喊着他的名字，这一条街竟是人越来越多，夜晚站在街对面，瞧着司徒镜想要脱身偏是脱身不了的窘迫，向他挥一挥手，展颜一笑，这才转身离开。

"姑娘，您不等一等吗？奴婢瞧着司徒公子是要过来呢，只是围着他的人太多了。"冬晴的声音有些怅然，司徒镜的身边永远有那么多的姑娘环绕着，他就是那众星捧月，遥不可及。

"你也说了他身边的人多着呢，咱们也不用凑热闹了。"夜晚的声音淡淡的，在这夜风中多了几分缥缈。她没有回头，没看到他在那万千灯火中的眸子，随着她的远离越来越暗淡。

夜晚下意识地抚着心口，心跳得厉害，她想用力止住它，可是怎么也止不住。原来在这一日一日的消磨中，她的心跳依旧会因为某一个男子而加速，可是也只是加速而已了，再也容不得其他。

缓缓地抬起头，尽力地让自己去笑，可是眼眶里还是浮上了一层晶莹，她还是有心的。

渐渐抬起的眸子，却一下子撞进了一双黝黑黝黑带着冰霜的旋涡，心口的那点小小的悸动，以最快的速度消弭开去，那刚刚苏醒的心，瞬间又裹上了一层冰碴。

慕元澈！

夜晚没想到居然会在这个时候遇见慕元澈，如此的猝不及防，在她心性最脆弱的时候。

慕元澈也没想到会有这样的偶遇，若不是夜晚眸子里还带着泪光，若不是那双眸子的震惊比自己还要重得多，他几乎都要以为这个夜晚知道了他的行踪，在这里等着他呢。

慕元澈身后的严喜，此时嘴巴张得大大的，正不可思议地看着眼前的人，哎哟喂，这是什么缘分啊，居然在这上元灯会上，在这万千人海中，这两位又偶遇了。

"怎么又是你？"夜晚已经用最快的速度让自己恢复，脸上带出一丝厌恶冷冷地瞅着慕元澈。这厌恶不是装出来的，而是从心里散出来的。她此时心情不好，而且眼前的这个男人又是她恨透了的人，口气自然不会好到哪里去。

更何况，以两人过往的关系，夜晚的语气要是好一些，才真是奇了怪了！

"大路朝天，各走一边。姑娘未免太霸道了！"慕元澈的语气也十分的不好，看着夜晚的神情充满了不耐，怎么在哪里都能遇见这姑娘。

夜晚自然听得出慕元澈话里的不耐烦，看来他的心情并不好，难道他的解语花已经失去效果了吗？心里嗤笑一声，但是夜晚来到灯会的目的就是接近慕元澈，如今让她撞上了怎能轻易放过。心念一转，说话越发地尖刻起来："我便是霸道了又如何？你能将我如何？杀了我？"

"你一个姑娘家怎么这般的泼辣！"慕元澈反而被气笑了，没见过这样的，这不是耍赖吗？

"我泼不泼辣与你何干？你以为自己是皇帝老子呢，想要怎么样就能怎么样？"夜晚愤愤地说道。

严喜下意识地捂住嘴，哎哟喂，这姑娘一如既往的二啊。姑娘，你面前站的真的是皇帝老子啊。

"皇帝老……皇帝就能想怎么样就怎么样，你听谁说的？"慕元澈的眼神细细地打量夜晚的神色，瞧着她眼中的怒火不似假的，想来是因为夜箫被降职的事情怨恨他呢，这倒也说得通。

果然，夜晚便说道："难道不是吗？这天下都是皇上的，还不是想要怎么样就怎么样。哼，看谁不顺眼一道旨意下来，就能削官抄家的。"

果然如此，慕元澈眉峰轻挑，淡淡地说道："你就是这样看皇帝的？"

夜晚裹了裹衣衫，兜帽被风吹得掉落半个，露出了白玉般的小脸，夜晚虽然算不上极美，但是肌肤却是晶莹剔透，此时被烛光一照，越发地清透，似乎用手一掐都能嫩得滴出水来。

"……不是。"夜晚皱紧了眉头，然后便闭上了嘴，快步从慕元澈的身边试图急速通过，那模样看着就是极不耐烦地跟他说话一样。

严喜很想伸出一个大拇指，赞一声，夜姑娘威猛！您还是第一个这样不将皇上放在眼里的呢。

慕元澈一把拽住夜晚的袖子："话还没说清楚，就想要走了？我记得姑娘还欠我一支簪子。"

"这话没什么好解释的，因为解释不了，大家看同样一个人，但是一百个人的眼中会有一百个样子。至于那簪子……我什么时候欠你了，放手！"夜晚用力地甩开慕元澈，昂起头，小下巴尖尖的，眉梢带着几分恼怒，"你这个人真是令人讨厌，那簪子明明是我先看上的，是你非要抢，而后自己没拿住摔坏了，跟我有什么关系？"

"原来是这样。"慕元澈瞧着夜晚的眼睛一闪一闪的，水润得似乎能倒出人的倒影，曾经也有这么一双眸子总是这样凝视着自己，只不过那双眸子里满是深情，而眼前这双眸子全是愤怒。

只是这百分之一点的相似，慕元澈的声音变得柔和起来："既然是我唐突了姑娘，不然我买一盏花灯与你赔罪如何？"

夜晚一愣，千想万想也没想到慕元澈居然会这么说，一时间竟不知道该如何应对，傻傻地站在那里。在夜晚的记忆里，慕元澈从不是一个对女人有耐心的人，他的耐心都给了他的江山。眼前的慕元澈竟然能活生生地咽下了自己的坏脾气。

他脑子被撞坏了吧？

就这么呆傻的一瞬，慕元澈轻笑起来，伸手牵住夜晚的衣袖。是的，是衣袖而不是小手。

夜晚下意识地随着慕元澈的脚步往前走了几步，忽而回过神来，俏脸一红，忙收回袖子，道："不用了，那簪子我也并不是很喜欢，我方才态度不好，你我算是两清了。"

"姑娘倒是心善。"慕元澈笑，神态轻松了几分。

"我一向心善，只是遇到非人的时候才比较凶恶。"夜晚昂着头一字一字地说道。

严喜脚下一个踉跄，差点摔倒在地。一旁的冬晴看了一眼，扑哧一笑，忙关切地问道："喂，你没事吧？"

严喜轻咳一声，微微靠近了冬晴："没事，没事，多谢姑娘关心。不知道姑娘叫什么名字？"

"冬晴。"冬晴觉得严喜是个挺好玩的人，毕竟还是有些单纯，并没有防范。

"冬晴姑娘。"严喜笑眯眯地喊了一声，看了看夜晚的身影低声问道，"你家主子平日也是这样的？"

"才不是呢，我们姑娘和善着呢。"

"没瞧出来。"严喜嘴角微抽，这模样能用和善两个字吗？

"是你家主子不好，总是惹我们姑娘恼怒，我们姑娘是府里性子最好的，人人都知道的。哪像你的主子，见人就一副讨债的架势。"冬晴自然为夜晚鸣不平，说话相当不客气。

严喜吞一声口水，这姑娘跟她主子一样，都不是好招惹的主儿。垂头看了看她手里的兔子灯，忙夸赞道："冬晴姑娘这盏灯真是别致。"

"我家姑娘给我买的，我也喜欢呢。"冬晴笑眯眯地应道。

前面俩主子风波暗涌，后面俩奴才倒是越聊越开心，都想着从对方嘴里套话给自家主子探探消息。

夜晚看着前面有一盏琉璃四角灯，这灯是双层琉璃烧制，中间的夹层上绘着精美的花中四君子，被烛光一照，璀璨耀眼，好多人围观，赞叹声不断，只是那价格太贵，围观的多，买的却少。

夜晚很喜欢琉璃制品，因为它晶莹剔透毫无瑕疵，比复杂的人心干净多了。因此便停住了脚，开口问道："这灯怎么卖？"

"姑娘好眼光，十两银子。市面上琉璃灯不少不稀罕，但是双层琉璃绘花灯只有我家有，这可是独一份。姑娘买一盏吧，日日放在床头，比寻常烛台可明亮多了。"掌柜的一看夜晚的穿戴忙不迭地夸赞起来，面带笑容，嘴角流利。

夜晚就点点头："冬晴。"

冬晴正要付账，却见慕元澈已经拿出一锭银子给了掌柜的，伸手拿过那盏灯，侧身看着夜晚："我说过要给姑娘赔罪，这盏灯便是赔礼，既然姑娘说我们两清，就收下吧。"

夜晚看了看慕元澈，似乎在思考，一双眸子流转不定，眼神在掌柜身后的一排琉璃灯上滑过。突然，停在了一盏美人灯上，这美人灯儿也是双层，里面的美人画不是画在琉璃上的，而是用绢丝绘制，竟是能替换的。

"掌柜的，把那盏灯递给我看看。"夜晚抿嘴一笑，长长的睫毛被灯光映成一片小小的阴影，越发映衬得那双眸子漆黑漆黑的。

"哎哟，姑娘真是识货，这灯是我店里的师傅才做出来的新货。您看也是双层的，这里面的美人画是能换掉呢。"掌柜的忙介绍道，一看就知道是不缺钱的，自然是更卖力了。

"我买下了，多少钱？"夜晚笑问。

"姑娘要了两盏，便给您少算些，也给十两银子算了，这个要卖十二两的。"

夜晚伸手拿过冬晴递过来的银子递了过去："谢谢老板盛情。"

那掌柜的接过银子笑道："欢迎以后常来啊。"

两人离开那铺子，夜晚将手里的美人灯儿递给慕元澈："礼尚往来，希望以后公子能得到如花美眷，幸福美满。"

慕元澈伸手接过那盏灯，她居然送了他一盏美人灯儿，还祝他以后得到如花美眷。正在沉思间，便听到她又说道："日后你将你心仪的人儿的画像放进这美人灯中这一面，你的放在另一面，日日相望，相映成双。能长相厮守，却不知羡煞多少人。"

日日相望，相映成双。

"长相厮守？"慕元澈低声轻喃一句。

夜晚闻言轻笑一声："是啊，这世上最令人开怀的事情，莫过于有情人终成眷属，成了眷属还不算完，还要能日日相守，与子偕老。"

听着夜晚的话，慕元澈仰头望着星空："你也希望能与你的有情人终成眷属？是司徒镜？"

夜晚心口一颤，看来慕元澈是看到自己跟司徒镜方才隔街遥望的一幕了。脸上却是一阵惊讶，瞪大眼睛说道："你胡说什么，司徒大哥就跟我哥哥一样，莫要胡说，我可不想被这满街的女子给群殴致死。"

慕元澈边走边看着夜晚："司徒大哥？你跟司徒镜很熟悉？"

"算不上很熟悉，但是我跟她妹妹司徒冰清认识。"夜晚轻笑，忽而侧头看着慕元澈，"你认识司徒大哥？"

"认识。"

"你们是朋友？"

"不算吧。"他们是君臣。

"哦，可是你怎么知道司徒大哥的？"

"玉公子的称号名满都城，天下谁人不识君。"慕元澈淡淡地说道，眉眼间没多少喜色，但是看着夜晚的神色多少有些复杂。他是知道夜晚和司徒兄妹交好的事情，他怎么也想不通，以司徒家那样的人家，司徒兄妹怎么会甘愿跟一个小家族中的庶女交好？据他所知司徒镜好像是喜欢夜晚的。

夜晚忍不住一笑："别听人家瞎说，司徒大哥可是烦恼得很。他是一个最平和不过的人，从不去与人争锋，这样的话给了他很大的压力。冰清每次跟我见面都要抱怨几回，人人羡慕的东西真的得到了也未必就是幸福的。"

"能跟司徒家的人交好，你到底是谁？"慕元澈故意问道。

"那你又是谁？"夜晚反问。

两人四目相对，凝视半响，忽而都是一笑。两人却是谁也没有回答谁的话，并肩往前走，待到岔路口，夜晚顿住脚，仰视着慕元澈："我要去寻我哥哥，就此别过。"

"好。"慕元澈神色清淡地点点头，看着夜晚的背影在人海中渐渐地消失不见，这才垂首看着手里的琉璃美人灯，良久才把灯递给严喜。

严喜忙接了过来，低声问道："爷，这灯怎么处置？"

慕元澈凝思半响，才道："回去后挂在明光殿。"

严喜的脸色就是一滞，明光殿那是皇帝的私人寝殿，除了已故的孝元皇后，便是甘夫人也不曾在里面过夜的。如今皇上居然要把一个还未进宫的女子送的宫灯挂在那里……严喜再也不敢问了，心里打定主意，若是夜晚真的能进宫，他一定要好好地巴结着，前途无量啊。

没进宫就被皇帝惦记上了，这进了宫，谁能保证不是第二个甘夫人。

夜晚当然不会想到慕元澈居然会把她送的美人灯挂进明光殿，原以为慕元澈顶多也就是放进他的私库，等到将来自己进宫，只要慕元澈看到这盏灯便能想起自己，不过是给自己提前铺路罢了。

夜晚到了跟夜宁说好的地方，果然就见夜宁已经在等着了；两兄妹靠在一起，夜宁看着夜晚手里的灯，问道："这灯倒是别致，你从哪里买的？"

夜晚看了看哥哥，贴近他的耳边说了一句话，夜宁神色一震，神色复杂地看着妹子，有些担忧地说道："阿晚……"

"哥，不说烦心事，走，咱们看灯去。"夜晚伸手拽着夜宁的衣袖撒娇地说道。

夜宁拿她没办法，只得带着她在这灯海中四处游逛。夜宁本就生得貌美，夜晚又叮嘱他今晚上一定要穿得华美些，果然在人海中走过，顿时引起惊呼声一片，不停地有人打听着他们的来历，很快地夜宁跟夜晚的名字在这大街小巷中飞速地传播着。

　　美男跟美人总是最受人瞩目的，夜晚算不上多么出类拔萃，毕竟有第一美女阮明玉比对着，谁还称自己为第一美女。但是夜宁却是货真价实的美男，以前因为常年习武不曾出现在人前，知道夜宁的只是少数，伴随着夜宁进了金羽卫名气大涨，如今又在这人山人海中潇洒一过，不知道迷煞多少女子芳心。

　　等到夜晚兄妹找到夜晨、夜曦还有夜威、夜震的时候，这几个人一路走来，听到旁边的人不时地提起夜宁跟夜晚的名字，神色就有些不好。还不等说话，夜宁一现身，旁边就有女子大声喊道："啊，在这边，在这边，宁郎在这边……"

　　一时间无数的人蜂拥而来，堪比先前司徒镜的窘况。夜宁拉着妹子的手就跑，冬晴在后面紧紧地追，手里还提着两盏灯笼。夜威兄妹四个看着这一幕，良久夜晨才说道："夜宁……沙砾终挡不住明珠的光芒，这以后京都要出第二个玉公子了。"

　　兄妹四人的情绪都有些低落，夜曦咬着牙说道："他们算什么东西，不过是卑贱的姨娘生出来的贱种。"

　　"闭嘴。"夜晨怒道，"以后这样的话不要轻易再说出口。"

　　夜曦很是委屈，夜威却是看着妹子说道："要不是你乱跑，为了找你能给那对兄妹出风头的时间吗？"

　　"怎么能怪我，明明是你自己没本事进不了金羽卫，却要来怪我，好没道理。"

　　"你再说，信不信我揍你！"

　　"不要吵了。"夜震恼了，狠狠地瞪了夜威跟夜曦一眼，最后才看着夜晨，"如今只靠你了，只盼着今晚上你能技压群芳，为我们长一长颜面。"

　　夜晨点点头："我会尽力的，哥。"

　　街上的人流开始动了起来，都朝着一个方向追去，便听到有人喊道："斗彩开始了，赶紧去看啊。"

　　"听说今儿个热闹着呢，学士家的姑娘，御史家的姑娘，还有京都第一美女都到了，赶紧的吧，晚了连个好位置都没有了。"

　　所有的人流都朝着两条大街交汇处的中心点靠近，夜晚跟夜宁早已经找了个好位置，只是万万没想到他们旁边坐着的居然是慕元澈。慕元澈跟夜晚面对面四目相对，这回真是偶遇了。

　　夜晚怎么也没想到居然二度遇到慕元澈，这也太巧了些吧。

　　夜宁自然是认识慕元澈，正要行礼，严喜却是一把拖住他，低声在他耳边说道:"夜公子,皇上微服请不要多礼。另外令妹并不知道皇上的身份,还请公子保密。"

夜宁不知道详情,面上充满阵阵惊愕跟惊慌的样子:"舍妹怎么会……如此失仪怕是不妥。"

"嘿嘿,圣意如此,夜公子自己掂量吧。"严喜笑眯眯地说道,然后又回到了慕元澈的身后站好。

此时夜晚正对着慕元澈道:"我说你是不是偷偷跟着我啊?"

夜宁脸色一黑,仰头望天,装作什么都没听到。耳朵听着自己妹子和皇帝如何如何,真是有点害怕,就怕突然龙颜震怒,脑袋搬家。

"许是呢,那又如何?"慕元澈的眼角扫过了努力装隐形人的夜宁,瞧着夜宁浑身僵硬的身子,心里失笑出声,这两兄妹有些意思。

"你一回不气我,你就不舒服是吧?"夜晚怒道。

"分明是你牙尖嘴利,得理不饶人。"

"你就胡说吧……小心!"夜晚伸手用力拉了一把慕元澈,头顶上原本挂得好好的灯笼忽然掉了下来,夜晚声音带着惊恐,她推开了慕元澈,那灯笼却是要砸到她的身上去了。

那灯笼是木制的,十分的沉重,里面装的蜡烛也是大支的,此时一掉下来,那火焰瞬间点燃了灯笼的四壁,火苗一下子蹿了起来。这家伙要是砸在夜晚的身上,真是要小命了。

夜晚伸手去拽慕元澈完全是本能反应,她的手要比她的脑子快。如果她的脑子比手快,她怎么可能去救自己的仇人。

女人永远是感性的,因为她的感情永远比理智更冲动,最可怕的是这种潜藏的感情,有的时候便是自己也无法控制。

这灯笼是从这二层小楼的窗檐处掉落,这样的高度掉下来,又是这样沉重的灯笼,比一般的纸做的灯笼要危险十倍不止。

夜晚这一把子力气是从心里涌出的恐惧连带着爆发出来的,因此力气极大,慕元澈在猝不及防下,居然被夜晚拽得往前奔了一大步。等他转过身来正看到那从天而降的火灯笼朝着夜晚砸去,风从耳边哗哗吹过,慕元澈甚至于都能看到夜晚那一双瞪得大大的眸子里面的震惊和恐惧。

夜晚的双手迅速地抱住了头,下意识地就弯下腰去,这是人躲避恐惧的一种本能。

就在这个时候,一直在旁边装壁画的夜宁,风一般地飞旋而来,一拳朝着那灯笼击去。就在夜宁出拳的同时，在他的另一面也有一只脚在同一时间踢在了那灯笼上。

灯笼被这两股力量同时击中，顿时碎裂开来，火花四溅，木片横飞。

本来若是夜宁和对面的那人两人中只有一个击中那灯笼，按照两人的力度应该是刚刚好把灯笼击打出去，夜晚安全无恙。

偏偏这两人同时击中灯笼，这灯笼受不住碎裂炸开，抱头蹲在地上的夜晚就遭了殃，散落的火苗子便有一些不可避免地落在她的身上。夜晚惊叫连连，整个人立刻蹦起来，手舞足蹈地想要将落在身上的火苗给拍下去。

夜宁跟对面的男子本来就在击中灯笼的同时，手跟脚就狠狠地撞在一起，这两股力量撞在一起产生了反震，两人的身形止不住地往后退，竟是没有办法在这个时候去救夜晚。

慕元澈此时快速地解下身上的大氅，快步地走到夜晚的跟前，将夜晚身上已经点着的大氅用力地撕裂掷在地上，然后用自己的大氅将她包裹住，伸手环住她的腰迅速地往后退，躲开这一地凌乱的危险。

就在同一时刻，二楼的窗口处一个黑影一闪而过，人群混乱，场面糟糕，竟无一人注意到这一点。

夜晚真是被吓到了，被慕元澈拥进怀里足足退了十几步，稳住身子后，还有些回不过神来。

"阿晚……阿晚……你怎么样？"夜宁快步地跑了过来，紧紧地盯着脸色异常苍白的妹子不住地喊着她的名字。

夜晚的眼神这才慢慢地有了些焦距，直直地对上夜宁的俊脸，这才好像活了过来，用力推开慕元澈一下子扑进夜宁的怀里，大哭起来："哥，我怕，吓死我了，吓死我了……"

"不哭，不哭，乖，已经没事了，已经没事了。"夜宁拍着夜晚的背柔声地哄着。

"晚妹妹，都怪我，若不是我贸然出手，你也不会受了惊，你可还好？"

夜晚茫然无措地抬起头来，泪眼朦胧中就看到一张充满自责的脸，十分愧疚地凝视着自己。"司徒大哥？"

司徒镜这一刻吃了自己的心都有了，要不是他，阿晚也不会受了惊吓，受了伤，不会这样惊慌无措地抱着夜宁哭喊了。

夜晚也没想到另一个人居然是司徒镜，嘴角挤出一丝笑容，轻轻地推开夜宁，努力地让自己站直身子："我没事了，方才只是事发突然，有点惊到了，现在已是好多了。"

"原来是司徒公子，多谢方才出手，夜宁感激不尽。"夜宁双手抱拳沉声说道。

"夜兄莫要这样说，若不是在下贸然出手，晚妹妹也不会受惊，实在是抱歉，还请见谅才是。"司徒镜虽然是对着夜宁说话，但是眼睛却是一直落在夜晚的身上，夜晚此时真是有些狼狈，就连头发也有一绺给烧焦了，地上那件被慕元澈扔掉的大氅更是被火烧出了十几个窟窿，此时扔在地上依旧能见证方才的危险。

司徒镜忽而看向夜宁，问道："方才还有一位救了晚妹妹，不晓得是哪一位？"

司徒镜只看到了一个背影，此时他想是要真正地说声感谢。

夜晚听到司徒镜的话，这才想起还有个慕元澈来着，忙回头去看，就见身后早已经空空如也，哪里还有人影。

惊魂未定的冬晴在一旁说道："那位公子走了。"

夜晚看着冬晴指的方向，远远地还能在人海中看到那一抹身影，只是很快地就消失不见了，再也瞧不到。

偌大的上元节依旧热闹无比，这边也只是一个小插曲，并没有引起多少人的注意，很快地又恢复平静。夜晚凝视着慕元澈消失的方向久久不语，便听到夜宁正对司徒镜解释着方才的事情，但是并没有说出慕元澈的身份。

司徒镜皱了皱眉头："这人好没礼貌，晚妹妹也是为了救他才落入险境，居然就这样走了。"

夜宁当然不敢说皇帝的坏话，忙说道："人家后来也救了阿晚一回，算是扯平了。司徒公子怕是要继续在这里看斗彩大会的，我便先带着阿晚回府去。"

夜晚的眼睛在地上扫视一圈，又抬头看着那灯笼落下的地方，这灯笼掉下来真是一个意外？夜晚不相信会有这么巧的意外，更何况上元盛会多少贵人出游，要是真的误伤了哪一个，这些小店的店主谁又能招惹得起？

正在夜晚疑惑的时候，这家店的店主正从远处赶了过来，满头是汗地见到夜晚几人就满口地赔罪，就差点没有抱着大腿哭了。出了这样的事情如何能不怕？更何况夜晚几个的穿着旁人一看自然也是知道身份的。

夜宁便沉声说道："你这铺子连个灯笼都挂不好，还开什么店，真出了人命你赔得起吗？"

"这位公子，天地良心，不是小人推卸责任，实在是知道这样的盛会贵人多，这每一个挂灯笼的钉子都是被细细地查看过的。出了这种事情，草民也是纳闷得很啊，您想想啊，我没事会拿着自己的身家性命开玩笑？"店老板急忙解释，微肥的脸上一脸的担忧。

第五章 灯会现杀机，夜晚露风华

听到他这么一说，夜晚便看着夜宁跟司徒镜说道："倒不如我们上去看看，是不是意外一看便知道。"

夜晚必须要弄明白这是一个意外，还是有人要谋杀。

那店老板倒也痛快："小人带您上去，这铺子是我自己家的，已经开了十来年，往年从未出过事，怎知今年这么倒霉。"

几个人跟着店老板进了铺子，这铺子一共两层，第一层摆满了各式各样的灯笼，令人眼花缭乱。几个店小二正躲在一旁瑟瑟发抖，显然出了这样的事情，也是害怕得紧，就怕有大祸落在头上。

夜晚看了几人一眼，忽然定住脚问道："几位小哥，麻烦问一下，方才可有客人上了二楼去？"

几个店小二瑟瑟一团，其中有个胆子大一些的，瞧着夜晚的神情很柔和，便低声说道："方才客人多，我们一时也没注意，不过一般客人是不会上二楼的，因为二楼是我们囤货的地方，并不对客人开放。"

夜晚点点头，又笑着说道："你们再仔细想想，看看能不能想起有什么人背着你们偷偷溜上去。我们先上去看看，毕竟是人命关天的事情，是不是？"

几个店小二忙点点头，看着夜晚转过身去跟在那几人的身后上了楼这才松了口气。

上了二楼，果然触目可见做灯笼的各种材料，还有一些已经做好的正堆在一旁。二楼的窗户打开着，几个人走了过去，探头一望，这窗口正在方才出事的正上方。夜宁紧皱着眉头跟司徒镜两人细细地查看，果然就发现外面挂灯笼的铁钉不见了。从钉子的痕迹来看并不像是自然脱落，倒是像受了外力被硬生生地拔出来，因为那房檐上钉子的周围有一道小小的划痕。

"果然不是意外。"司徒镜的声音有些冰冷，那温润如玉的眸子瞬间如同千年寒冰一般透着寒凉。

夜宁转身看着妹子，夜晚同样正看着哥哥，两人已经心里明白，想要置她于死地的还能有谁。

"司徒大哥，我们下去吧。"夜晚笑了笑，转身又对着灯笼店的老板说道："老板，你还是连夜离开吧，不然的话我怕你有性命之忧。"

"姑娘，你怎么威胁人呢？我真没干这缺德事，我一家老小都在这里你让我去哪里？这没道理啊，便是去官府打官司，也不能这样无法无天啊。"店老板很激动，让他舍弃了自己的店面，那他以后拿什么谋生？这小姑娘看着挺温和的，怎么能做出赶尽杀绝的事情，更何况这事儿真的跟他没关系啊！自己以后便要带着一家老小去哪里过营生？

夜晚知道这店主误会了，忙说道："店家你别误会，我只是好心地提醒你而已。并不是我要对你做什么事情，而是有人在你的店里想要谋杀我，结果未遂，我是怕那人要毁灭证据会对你不利，这才出言劝告，信不信只能由你了。"

夜晚也只是猜测而已，并不能肯定自己的话准不准。

那店主哪里肯信夜晚的话，面上带着笑将几人送出来，立刻就关了门。

司徒镜皱眉："只怕此人是不相信的。"

"那就听天由命吧。"夜宁很是恼怒，没见过这样不识好歹的人。

冬晴手里提着俩大灯笼跟在几人的身后，神情还有些茫茫然，方才的事情就好像一场梦一样。

夜晚还要说什么，远处传来阵阵的鼓掌声，叫好声连成一片，原来却是斗彩大会已经开始了，正热闹呢。

"咱们也去看看吧。"夜晚兴致勃勃地说道，方才的惊吓过后，她又恢复了原样。只是因为事发突然这才一时承受不住。现在稳定下来，倒也不觉得怕了。

只是夜晚不能释怀的是，为什么自己要在那一刹那不顾自己的安全，居然先救了慕元澈。

她有点不能原谅自己，实在是不应该，就该让他被灯笼击中受伤去。

可是夜晚想，兴许没有自己插手，以慕元澈的身手躲开是没问题的。

"阿晚，不要去看了，咱们先回吧。"夜宁实在是担心妹妹，便想着让她先回府去。

"是啊，晚妹妹，你就听夜兄的，这灯会也没什么可看的，不过就是弹弹琴，念念诗，跳个舞而已，全无新意。"司徒镜也跟着劝道。

夜晚默然，好家伙，被司徒镜这么一说，这灯会上的全都是一群庸人了。若是被夜晨听到，不知道会不会气得吐血，她们费尽心思想要一举扬名的地方，居然被人如此嫌弃。

若是京都之人知道司徒镜这般说，怕是明年的上元灯会就会变得冷冷清清了。谁要是来，可不就成了个毫无新意的人吗？被世家第一公子这样点评，可真是一辈子都洗脱不掉了。

夜晚轻声一笑，道："司徒大哥，您这话可不能乱说，这要是传了出去，每年的上元灯会可就无热闹可看了。"

夜宁也不由得一笑，看了看夜晚，见她不想回去，便道："不如我们就去看看吧，虽然如司徒兄说的毫无新意，总是聊胜于无。"

夜晚自然是双手赞成，司徒镜看着夜晚欢愉的样子竟也不忍心拒绝，只得点头应好。三人这才往人群中慢慢靠近，走到半途便听到有婉转清脆的歌声徐徐传来，配

第五章 灯会现杀机，夜晚露风华

着一阕琵琶，竟是别有一番韵味。

"倒是有把好嗓子，不知道是哪家的姑娘。"夜晚还是很关心这一届的秀女实力的。

夜宁平日不关注这个，司徒镜却是说道："是内阁学士杜大人的女儿。"

夜晚一愣，竟是年前害阮明玉差点废了脚的杜家杜姑娘，没想到这歌声还真是美妙呢。想到这里回头看了一眼司徒镜，突然说道："司徒大哥真是好耳力，不见其人只闻其声竟也知道是何人。"

夜晚心里有点闷闷的，说不上是吃醋，就是有点不高兴罢了。司徒镜这样的男子是各家争相宴请的座上客，人长得出众，风采又风流，家世没得比，谁家的女儿不愿意嫁给他啊。

司徒镜不防夜晚突然说出这句话，脸色一红，忙解释道："晚妹妹你莫误会，不过是年前的时候赴过她家一场宴，隔墙听了一回，觉得还算新鲜便记住了。"

能让司徒镜觉得新鲜，还能记住，就凭这一点，这个杜鹃在宫里也能走出一条自己的路来。美女千千万，但是真的能入皇帝眼，并能盛宠不衰的，其实真的不多。便是记忆中，慕元澈能记住的妃子也就那么几个，但是死的死，病的病，自己被害之前，宫里也没剩几个撑场面的，就只剩下夏吟月一个人一枝独秀。

夜晚有的时候甚至在想，这会儿大肆选秀，是不是慕元澈容不得夏吟月一人独秀？要知道慕元澈这个男人从来都是江山社稷重于儿女情长，不然的话，郦香雪跟他十载夫妻，最后却还是落得那样的结果，慕元澈赐死她的时候只怕他的眼中根本就没有那十载夫妻情。

所以，夏吟月纵然受宠，也绝对不会让慕元澈为了她舍弃天下美人的。更重要的是，这些美人的背后代表的是各世家的力量。想当初郦香雪还活着的时候，她爹爹为着慕元澈暗中平衡朝中权势，所以慕元澈初登基的时候，各世家的种种刁难才能被压制下去。即便是如今，慕元澈想要动世家，那也是想得美。

世家，那是风雨不动，巍峨如山。即便是江山易主，但是世家长存，这就成为一种弊端，一根让帝王深感权力被威胁，不得不除去的刺。世家有自己的骄傲，他们不会轻易弯下头颅，世家的背后站着的是无数一层层堆摞上来的各级官员。

夜晚收回心思，压下心里的那一点点的不舒服，扬眉一笑："镜哥哥你怕什么，我不过随口说说。听说杜姑娘才貌双全，哪是我能比得了的。"

"你别这么说，在我心里谁也及不上你……"司徒镜低声说道，看着夜晚的眼神灼热无比，真恨不得这一刻剖开自己的心给她看看。

"姐姐，姐姐……"

"镜哥哥，你说什么？"夜晚没听清楚司徒镜的话，却被这一声姐姐给喊得镇住了魂魄。她竟是不敢回身去看，生怕是梦一般。

"姐姐，你不认得我了吗？你还救过我一命呢。"郦熙羽没想到居然会在这里遇到夜晚，这下好了，他可没违背圣旨去见姐姐，是偶遇呢。

司徒镜心里叹一声，好不容易说出口……难道真的是天意吗？他从出生便是被人寄予厚望，因为他是司徒家的长子，是司徒家的希望，是司徒家的荣耀。可是，如今他也有求而不得的东西了，眼角看着一旁小跑过来的郦熙羽直直地站在夜晚的面前，眼睛晶亮地死盯着夜晚，那满脸的笑容，满眼的惊喜，哪里还有平常郦家长子的稳重跟肃穆，就真的像是恢复了八九岁孩童的天真一样。

郦熙羽是郦家这一代的希望。郦家自从孝元皇后过世后，内部纷争不断，即便是郦丞相力挽狂澜，依旧是无法压制各旁支蓬勃的野心。由此可见，子嗣不旺，兄弟不齐，世家越是庞大，反而会成为一种负担。所以有了郦家前车之鉴，司徒镜更是不敢踏错一步，生怕因为一己之私，拖累了家人。

世家瞧着风光，但是随着宗族的不断繁衍，旁支不断增多，人才不断涌出，作为本宗反而压力更大。

可怜郦熙羽今年翻过年才九岁，就要面对着族中各式各样的嘴脸跟阴谋。听说那回金羽卫比试他跌落赛场，并不是一个意外呢，若是没有晚妹妹，郦熙羽只怕已经是魂归九泉了。

"见过小世子。"夜晚强忍着心里的冲动，压抑着心情的澎湃，恭恭敬敬地行了礼。

"姐姐，你也跟我生分了吗？你救过我的命呢，你怎么也能跟别人一样。"郦熙羽一看到夜晚就觉得很亲切，尤其是那双眼睛，他还记得他被夜晚护在怀里，那双眸里的恐惧跟担忧，生死关头她居然还担心他，郦熙羽瞧得真真的，他就觉得夜晚跟旁人是不一样的。还有她说话的口气跟动作，像极了他的亲姐姐，总是让他有种想要依赖的感觉。

"臣女身份卑贱，如何敢当得起小世子这个称呼，还请小世子喊我夜姑娘就好。"夜晚恭恭敬敬地回道，周遭这么多人看着，夜晚哪里敢像是在无人的时候，可以随意说些话，她不能，也不敢。

郦熙羽很失望，冷冷地看了一眼夜晚，原来她跟别的女子没什么差别，都是自己想得太多了。

"熙羽谢过夜姑娘救命之恩，他日姑娘若有什么为难之处，必定会涌泉相报。"

夜晚淡淡地点点头，她竟是一刻也不愿意在这里待下去，不愿意看到郦熙羽对她的失望，这样跟她保持距离的态度。

第五章 灯会现杀机，夜晚露风华

夜晚一个字也无法说出，只能故作冷淡地点点头，转身抓着夜宁的衣袖欲走，不承想居然又撞上了慕元澈。只见慕元澈却是看也不看她一眼，擦肩而过对着她背后的郦熙羽说道："你又不乖了，怎么到处乱跑，下回可不带你出来了。"

"姐夫，我只是看到了姐……看到了夜姑娘，来道声谢。"郦熙羽走到慕元澈的身边，抓着他的袖子仰头说道，没有了方才的老成持重，又成了那个天真的小孩，看了夜晚一眼，对着慕元澈忽然又说道，"姐夫，夜姑娘对我很冷淡，分明那天她拼命救过我的，我也想喊她姐姐，她身上有姐姐的味道，姐夫，我想姐姐，你带我去看看吧，我想她。"

夜晚几乎站不住了，紧紧地捏着夜宁的手臂，眼泪几乎夺眶而出。

"阿晚，你怎么了？"夜宁有些紧张地问道，他觉得妹妹有些不对劲，垂头一看却见夜晚脸色煞白，一双眼睛空洞得令人害怕。

夜晚怔怔地看着夜宁，听着他焦急的呼唤，又看着旁边司徒镜拿出帕子贴着她的额头，冷风一吹，慢慢地回过神来。等到神志清明地扫了一眼四周，这才发现周围的人全都跪在地上高呼万岁。

是了，郦熙羽一声"姐夫"，谁还不知道慕元澈的身份。

夜晚在夜宁的搀扶下也跪了下去，感受着周围人群不停传涌来的兴奋，是啊，皇帝亲临上元节，又是出现在斗彩大会上，怎么能不令人激动兴奋。

夜晚本来还有些打算的，但是一看到郦熙羽竟是什么都不愿意去想，不愿意去做了。

夜晚跪在地上，螓首微垂，一头黑发遮挡住了所有的神情。

慕元澈的眼睛扫过夜晚，只有短暂的停留，便扬声说道："朕，微服而来，便是欲与民同乐。所以，大家继续。"

百姓狂呼，群情激动，万岁声不绝于耳。

慕元澈携着郦熙羽的手缓缓地走过夜晚的跟前，继续往前行去，丝毫没有停留。但是两人低微的说话声夜晚还是听到了几分，只听慕元澈对郦熙羽说道："再过几日，我正要去帝陵，你随我一起去就是了。"

"姐夫你真好，上年中秋你带我去看姐姐后就再未去过，如今都小半年没见了，我想得很。"

"嗯，姐夫也想。"

"姐夫，我跟你住进宫里去，我不喜欢甘夫人，你别让她靠近明光殿，那是我姐姐的地方。"

"好，只有你能去。"

"姐夫……"

说话声渐行渐远，再也听不见了，夜晚跪在地上的膝盖都有些发麻，夜宁扶着她站起来，却见她有些失神，一时便有些着急。

夜宁却是以为夜晚知道了慕元澈的真实身份，有些害怕，毕竟方才她才跟慕元澈分开，两人还差点被从天而降的灯笼砸到。

"这不是夜二姑娘吗？小国舅不搭理你心里有些不舒服了吧，毕竟是救命恩人呢，是不是有些失落啊？"

夜晚听着这声音很陌生，但是这话说得却是格外的难听，便抬头望去，才发现不知道什么时候开始，自己的周围居然围了这么多的人。原来都是看自己笑话的，是啊，自己毕竟是小国舅的救命恩人，结果今天遇上了却没怎么被人家看重，有机会能不讽刺一番吗？

这世上的事情便是这样，你无限荣光的时候别人会怕你敬你巴结着你，但是你一旦失势迎接你的也会是锋利的刀口。

夜晚本就是一个二流家族中的名不见经传的小庶女，在这世家扎根，贵族满地走的京都实在是算不上什么。但是夜晚却在救了小国舅之后一夜扬名，皇帝赏赐不断，探望的使者都是皇帝近臣王子墨。就连她的哥哥也因此进了金羽卫，无限荣光，令人羡慕嫉妒。

可是今儿个晚上，大家眼睁睁地瞧见皇上并没有对夜晚有多么的注目，甚至于只是用眼角看了看她。皇上所有的注意力全都在小国舅身上，居然还亲自带着小国舅出来赏灯。连被救的小国舅都没怎么跟夜晚亲近，可见啊，即便是救命之恩，也未必真的就能一跃进龙门呢。

大家明显都在看夜晚的笑话，想要看看这个小庶女会如何做。

夜晚抬起头淡淡地看着方才说话的女子，浅浅一笑："这位姑娘，你我素不相识，不晓得哪里得罪了姑娘，居然惹得姑娘连礼仪都顾不上，当众嘲笑于我。夜晚救人不过是情急一时，并没有奢望因此带来什么。若是以利益来衡量，只怕我会惜命得很便不会救人了。"

司徒镜看着夜晚平静的容颜，心中微痛，有种想要为她出口气的感觉，抬头对上那说话的姑娘："救了总比没救好，你说是吗？"

救了总比没救好……

众人皆默，这话真是令人深思，便不由得去想救了跟没救有什么区别了。玉公子的话，越想越令人寻味，果然不同凡响。

不过夜晚不卑不亢的模样，却令人印象深刻，那微微纤弱的身影，此时看着倒是有种凛然不可侵犯的神圣。站在斗彩高台上的几位名门贵女，看着夜晚的身影越走越远，围着她的人群不由得让开一条路。

夜晚的身边，左边是刚入金羽卫风头正劲且容貌俊美的夜宁，右边是京都赫赫有名的玉公子保驾护航，众人的眼神越发地嫉妒难平。

　　夜晚是没办法继续在这里看斗彩大会了，只得上了马车，让夜宁去跟夜威几个说一声，自己先回府去了。而夜晚，也的确没有继续待下去的心情，只要想到郦熙羽，心里就难以平静。

　　郦香雪死了，可是郦熙羽一直不能忘怀，整日地念叨着姐姐，姐姐。慕元澈也是个奇怪的，既然当初能让甘夫人害了郦香雪，这个时候又假作什么情深如海的矫情样。这男人果然是已经无可救药了，郦香雪死了，生怕不能控制郦家，便转而将目光盯在了熙羽身上吗？

　　夜晚绝对不能让熙羽成为第二个郦香雪，也绝对不能看着郦家走向万劫不复的境地，所以，不管怎么样，她都要想办法跟郦熙羽有一个别人不能知道的交往方式才好。至少从眼前来看，郦熙羽对自己是很有好感的，也很亲切的，这样夜晚心里好受了些，只是这个机会却不是那么好找的。毕竟两人的身份差距，生活环境都没什么交集，要想有来往怕是难上加难，更何况还要在别人不知道的情况下，秘密往来，就更加困难了。

　　夜晚心里有些烦躁，这千头万绪的事情真是令人烦恼。

　　"晚妹妹，夜府快到了。"

　　司徒镜的声音透过车窗传了进来，他骑着马跟在一旁，一定要将她送回来。这份情谊夜晚很是感动，于是掀起了车帘，看着立于车旁的司徒镜笑道："有劳镜哥哥护送，天色也晚了，镜哥哥回去也注意安全，替我跟冰清问好。"

　　"好。"司徒镜浅笑应下，忽然从身后拿出一盏灯来，夜晚打眼看去却是一盏孔明灯，灯壁上画着的居然是自己的笑脸，一时怔怔地看着司徒镜，想不明白他送自己一盏孔明灯做什么。按照道理来讲，上元节好像还真没有送孔明灯的。

　　"我想过很久，想要送你一盏灯，可是不管送什么灯都好像不太满意。这世间有各式各样的灯，可是唯有这简陋廉价的孔明灯，才能承载我对你的祝福。晚妹妹，我希望这盏孔明灯能放飞你的希望，带走你的悲伤，希望你将来不管遇到什么事情，都能够坚强，我会一直站在你身后，只要你一回头，我就会在，一直在。"

　　夜晚泪如雨下，看着司徒镜亲手点燃了画着她的笑脸的孔明灯，看着那盏灯缓缓地升上天空，随着夜风一路往南而去，渐渐地成为天边一个小点。可是这份情，却是重如泰山，不可移动。

　　"镜哥哥，夜晚何德何能……"

　　"天晚了，我也该回了，你多加小心。今晚上灯笼掉落的事情我会去查，你放心，我绝对不会让你白白地遭了欺负。"

司徒镜策马离开，夜色中只剩下一路薄尘微微扬起。

这漆黑的夜色，半扬的灰尘，放飞的明灯，进了谁的心，入了谁的眼，乱了谁的思绪。

人如风后入江云，情似雨余黏地絮。

夜晚声名鹊起，可是那比金玉更珍贵的感情，终是与她擦肩而过的命运。

垂眸，泪落，无可奈何。

一夜无话。

第二天一早，夜晚起身，冬晴跟似雪进来伺候，便听到冬晴说道："姑娘，夫人传下话来，今儿个不用过去请安，虽然你身子大好，但是毕竟是大病初愈，待过几日再走动不迟。"

夜晚神色平静，面上带着微笑，看着似雪徐徐说道："你去夫人那里替我谢过，正觉得有些乏，还是夫人体恤，夜晚实在是感激得很。"

"是，奴婢这就去。"似雪忙放下手上的活计，转身去了，脚步匆匆。

冬晴在似雪走后却是愤愤地说道："什么体恤姑娘，分明就是不希望姑娘抢了大姑娘的风头。不过就是昨儿个得了斗彩大会的头筹，有什么好得意的。"

没错，上元灯会的斗彩大会，居然真的是夜晨拔了头筹。

夜晚知道夜晨不是一个坐以待毙的人，昨晚上强手云集，不管是杜鹃还是明溪月，都跟夜晨不相上下。阮明玉顶着京都第一美女的名头，也就没有争夺这个才女的称号，即便是这样夜晨想要夺冠也是难上加难。不过……夜晨命真好，明溪月善舞却偏偏昨晚上扭伤了脚，杜鹃一把好嗓子，却是后来唱跑了调，反倒是一开始平平无奇，最后却是书画双绝的夜晨一鸣惊人。

夜晚细细想着昨晚上从天而降的灯笼，又想着杜鹃好好地怎么会跑了调，明溪月偏偏扭了脚，要说这些事情没什么关联，夜晚是打死也不信的。

这一晚上的凑巧实在是太多了，多了，就不是巧合了。

夜晚知道夜晨不是个好相处的，但是也没想到夜晨居然手腕这么高，连杜鹃跟明溪月都遭了她的暗手。

"以后这样的话不要再说，即便是心里骂翻天，嘴上也要一个字不吐。冬晴，我现在没能力保住你，你若是被人抓到错处，咱们主仆怕是这一辈子再也见不到了。谨言慎行，明白吗？"夜晚觉得夜晨都能下这样的手，要是想要对付她，只怕就要从她身边的人开始，所以不得不让冬晴小心。

"奴婢明白，我就是在您跟前说说，在外面我还对大姑娘歌功颂德呢。"冬晴鄙夷地说道。

夜晚就笑了，忽而问道："昨晚上的灯笼你放哪里呢？"

想起那盏灯笼居然是皇帝送的，冬晴有些脚软，谁能想到她们几次三番遇到的居然会是皇帝陛下。她们姑娘的态度还那么恶劣，这回完了，进宫怕是没希望了，不过还是回道："奴婢放进库房了，生怕放在外面磕了碰了，要是损坏了……毕竟也算是御赐之物。"

夜晚就笑了，御赐之物？这东西是要好好地留着，日后还有大用处呢。

"那就放在库房吧，你仔细放好了，莫要出什么差错。"夜晚叮嘱道。

冬晴点点头，又说道："大姑娘昨儿晚上一举夺魁，今天夫人邀请了好多夫人来做客，那边热闹着呢，偏生不让姑娘您过去。说得好听为您身体着想，谁还不知道那点意思。"

夜晚透过镜子看着冬晴为她梳发，想着出了正月，选秀就要开始了，初选不过是走个过场，像她们这样的人家初选都是没问题的。问题是，夜晚怎么样才能让族长跟族长夫人支持自己。

现在族长夫人是居住在京都夜家另一处房子里，想要搭上关系还真有些不容易。正想着，就见似雪急匆匆地又走回来了，看着夜晚就着急说道："姑娘，宫里来人了，说是要一盏灯笼，夫人请您过去呢。"

灯笼？夜晚皱眉，慕元澈这是要做什么，难道送出去的东西还能要回去？

"冬晴，带上灯笼，跟我走。"夜晚站起身来，随手拿了蝴蝶钗簪在鬓边，抬脚往外走，边走边问道："宫里的天使可是还说什么了，只是要灯笼？"

"回姑娘，那天使还带着一口大箱子，奴婢也不知道是什么。"似雪小心翼翼地回道。

夜晚整装完毕，便踏出院子往黎氏的院子走去。

虽已是过了年，天不见回暖，依旧是枯枝残叶挂枝头，天地间一片萧瑟之态，墙角里甚至还有不见阳光并未化去的积雪。

伸手裹了裹大氅，夜晚脚步从容，徐徐前走。冬晴跟在后面，手里还提着那盏琉璃四角花中四君子灯，似雪的眼睛一直在那灯上直转，不知道在想什么。

今儿个因为是黎氏邀请了诸多的夫人前来做客，因此正院的大厅里坐满了人，真是花团锦簇，金玉成堆，好不热闹。这其中正有夜晚想着法子要接近的族长夫人，族长夫人坐在上首，默默不言。大厅里也是寂静无声，严喜双手捧着圣旨，身姿挺拔地立在门前正在等着夜晚。

此时瞧着夜晚走了进来，忙笑着迎了上去，众人看着天子跟前第一得意的大太监，居然对着夜晚这样和善，众人的眼神便格外的意味深长。黎氏的脸上便有些阴晴不定，夜晨立在黎氏身后，纵然是沉稳如山的性子，此时也有些按捺不住，她就想不明白夜晚究竟什么地方好，居然能让成睿帝几次三番地看重，自己费尽心思做了这么多,却也没见他多看一眼,如何能心平?

"二姑娘。"严喜笑着上前打招呼。

夜晚皮笑肉不笑,缓缓地压低声音,只有二人能听得到:"不敢当,莫非是我眼花了,总觉得你似一位故人呢。"

哟,二姑娘还真生气了。严喜笑眯眯地低声应道:"二姑娘,出门在外的不是图个方便,哪有大张旗鼓地到处宣扬自己身份的,忒没趣。"

"是啊,是够没趣的,这会儿笑话也看尽了,我好好的一张淑女脸皮也被你们主仆揭穿了,有什么话直说吧,不就是要一盏破灯笼吗?给你就是了!"夜晚故意做出一副恼羞成怒的模样,按照夜晚在慕元澈跟前一贯的表现,这样的她才真实,若是太虚伪了,反而令人瞧不起了。

想着慕元澈大约是有让严喜试探的缘故在里面,夜晚是个好戏子,所以深入其中。只有把自己真的当成戏子,才不会露出什么破绽,慕元澈那样狡猾的人,是那么好糊弄的吗?

"瞧您这话说得,真性情好,真性情好。"严喜堆着一脸笑,心里琢磨着这个夜二姑娘眼前是不能得罪的,这家伙小心眼啊,万一以后真的飞上枝头,自己的好日子就到头了。谨慎谨慎,方能驶得万年船啊。

"好什么?不过是平白地被人看尽笑话了。"夜晚毫不相让,伸手拿过冬晴手里的灯笼,一把塞进严喜的手里,转身就要走。

严喜顿时觉得头大,这太有脾气的,真是让人真心难伺候啊。

"夜晚听旨!"严喜只好直接搬出圣旨了。

夜晚愤愤地瞪了严喜一眼,这才跪了下去,行了大礼。就听到严喜一长串的之乎者也,四六骈句地念了长长的一通。废话一大堆,中心思想就是一句话,皇帝要收回给夜晚的灯笼,但是为了补偿夜晚,特意送了夜晚一箱子新奇玩意。

夜晚理解得很透彻,也就是皇帝不要脸,出尔反尔,送人的东西又要回去。但是为了维护脸面,又送了十倍的东西来补偿。

"二姑娘,这东西都在箱子里,您回去后好好地赏玩,这灯笼奴才可带走了。"严喜瞧着夜晚紧绷的脸,忽然有种头皮发麻浑身冒汗的感觉。

"你看,咱们认识这么长时间了,我还不知道公公贵姓。"夜晚笑眯眯地问道,声音很是柔和,童叟无害。

"奴才姓严单名一个喜字,当不得贵姓,当不得贵姓。"严喜嘿嘿傻笑,嘴角都有些僵硬,越来越能体会,越来越能感觉到王子墨大人的憋屈了。严喜觉得还是王子墨大人更胜任来夜府传旨的活计,只可惜王大人还在跟皇上怄气,称病请假,可苦了他了。

第五章 灯会现杀机,夜晚露风华

113

"原来是严公公，失敬失敬，这灯笼能给我看最后一眼么？"夜晚满脸忧伤十分不舍，瞧着怪让人觉得心疼的。

严喜实在是不愿意给夜晚再看看，脑海中突然想起上回夜晚那么一松手，那奢华金贵皇帝陛下一眼瞧中的孔雀步摇就被摔到了地上。万一要是这姑奶奶，手一松，哗啦，灯笼掉地上了，他的脑袋也该落地了。

想到这里严喜用力把灯笼抱进怀里，装作糊涂地说道："二姑娘，这大冷的天，奴才抱着给您看看就得了，要是冰了您的手，做奴才的可当不起。"

夜晚嘴角一僵："公公这是怕我做什么不雅的事情吗？"

"不敢，不敢，哪能啊。"严喜额角都冒汗了，想他堂堂的天子跟前第一得意威风八面的大总管，什么时候这样委委屈屈地跟人赔笑脸了，便是甘夫人见了自己都要客气三分呢。这个二姑娘果然邪门。

"我瞧您很敢呢。"夜晚冷了脸，她明白严喜这个人，这个人说不上大善大恶，一切以慕元澈的喜好为前提。如今慕元澈对自己态度不明，严喜这个老狐狸是绝对不会给自己无端立敌的。夜晚想了想，忽而低声跟严喜说道："戏弄别人这么久，大总管，小心夜路走多了撞了鬼。"

严喜的嘴角都僵硬了，他这是……被威胁了吗？

因为两人之间的交谈是背着众人的，因此众人自然看不到两人的神情，也听不到两人对话，唯一能看到的就是严喜对着夜晚那满脸的笑容跟十分和蔼的态度。各种心思在众人的心头不停地旋转，看着眼前这怪异的一幕，众人觉得夜家这进宫的大约会是这个庶女了呢。虽然大家都不明白那个灯笼是怎么回事，但是瞧着皇帝陛下用这么一大箱子的东西去换一个琉璃灯笼，怎么看都觉得奇怪。

送走了严喜这尊大神，夜晚看了看那紫檀木雕花四角包金角的大箱子，这才上前跟族长夫人、黎氏还有众人见礼，族长夫人将夜晚叫到身边，满脸慈祥的笑容柔声问道："身体可是好了？"

"回大祖母的话，已经好了，前几天韩太医也复诊过了，已经没什么大碍了。"夜晚依旧是乖乖顺顺的模样，蛾首微垂，嘴角含笑，便好似三月春风，瞧着十分的舒服。

众人忍不住地怀疑，难道皇帝陛下现在喜欢这类型的美丽女子？怎么看夜晚都不是最出色的，虽然说夜晚也美，美得如同三月春柳，但是京都最不缺的就是美丽的女子，把她放在美人堆里，其实并不显眼。

族长夫人笑着点点头："这才好，你这孩子就是心善，不顾自己的安全倒是救了别人，如能全好了，我这心里也安生多了。"

昨晚上皇帝对夜晚漠视不理的情形很多人家都知道了，谁知道这不过一晚上，今儿个就在夜府瞧了这么一出好戏。谁说皇帝对这个夜二姑娘不搭理的，瞧瞧，瞧瞧，这一大箱子的是什么？怎么不见皇帝陛下抬这么多东西给别人的。

夜家兄妹最近水涨船高，先是夜晚拼命救了小国舅，再就是夜宁进了金羽卫，而后又传出夜宁容貌堪比天人，几能与玉公子比肩，风头又往上蹿高了。世人皆愿意欣赏美丽的事物，夜宁的容貌被人传颂不过是缺一个契机。先有了进入金羽卫这杆大旗，而后夜晚又拉着自己哥哥在上元灯会上这么一走，谁看不见哪。

夜晚知道他们兄妹现在被人高看一眼是因为什么，所以也不能矫情，笑着回道："让大祖母跟夫人担心实在是夜晚的过错，好在有惊无险，总算是平安了。"

夜晚并没有称呼黎氏为母亲，而是称呼为夫人，众人的心里便有些奇怪。黎氏本就不喜庶子女喊她母亲，这么多年来一直是叫做夫人，现在夜晚自然是要依旧这么叫，而且当着这么多人的面，也是隐隐地给大家一个信号，夜家并不和谐呢。

是啊，如果真的是母慈女孝，怎么会不叫母亲而叫夫人？

夜晚瞧着是个性子温顺的，大约问题就出在黎氏身上了。

这一场风波暗涌只是看得夜晨的眉头越发地皱紧了起来，她忽然觉得夜晚真是一个深藏不露的人。比如说这灯笼的事情，她们竟是丝毫不知道夜晚昨晚上怎么就能跟皇帝遇见，还能有了这灯笼的事情。要说这里面没有丝毫的猫腻谁信呢？

夜晨一直没有将夜晚放在心上，总觉得不过是一个小庶女，还能翻了天去。但是现在看着事情一件件地发生，一件件的皆以不可思议的状态公布于世。她已经能感受到那强烈的威胁，以前是她太疏忽了，可是以后再也不会了。

夜晚一直陪在族长夫人跟前，听着众人说话，也陪着众人说话，言行得体，举止大方，夜晚一直没什么才名，与人交谈也从不彰显自己的才学，这才让大家的威胁感觉得少了些。

要是一个女子，还未进宫就得到皇上的重视，还要是才学出众，那简直就是没有别人的路了，不被众人猜忌才怪。

夜晚在才学上表现平庸，众人只会觉得这样的女子皇帝也只是贪一时新鲜，时日一久哪有有才学的女子对口味。对月吟诗，花间赏景，这美人也得跟得上皇帝的步伐不是？

如此一想，大家反而坦然了。

但是黎氏母女却不这么想了，因为众人看到的只是表面，但是她们感受到的却是真真实实的，夜晚太会利用时机，哪怕出个门都能跟皇帝扯上关系，这样的女子要是进了宫，她的女儿还有什么出路？

此时此刻，尽管夜晚一直很低调，但是介于皇帝陛下的高调，终于还是引来了黎氏母女的杀机。

第五章 灯会现杀机，夜晚露风华

第六章
飞絮飘无定，
同心结未成

送走了客人已是午后，夜晚拖着疲乏的脚步回了院子，那口大箱子已经完完整整地放在了她的屋子里。御赐之物，又是给她的，便是黎氏也不敢私自留下。

夜晚先梳洗过换了家常的衣裳，因为没有地方，只烧着一个炭盆，因此外面又裹了一件厚厚的杭绸团花纹棉衣，盘腿坐在榻上，静静地出神。冬晴见夜晚不开口也不问那箱子怎么办，自己搬了个锦凳拿过针线筐子做起了针线。要说起来以前的日子真不好过，因为每月的花销都指着月例银子，姑娘的开支时常是不够的，所以每每她们便做了针线悄悄地拿出去卖，这才能贴补一二。如今有了皇帝的赏赐，金银倒是不缺了，但是眼看着就要选秀，总得给姑娘准备些精致的帕子荷包，以备将来用得上。

听有经验的妈妈说，这宫里的宫女太监都要巴结着，他们一句话就能省很多事，若是得罪了人，他们只要不尽实说上一句话，偌大的皇宫就能让你跑断腿。所以冬晴想着不管姑娘能不能进得了宫，都得先准备起来，即便是不进宫将来总要嫁人，嫁了人这些东西更是少不得，总之勤快些多做点是没错的。

这主仆二人，一个静静地做着针线，一个默默地发呆，一旁的似雪不知道自己该干什么，想了想出去沏了茶进来，给夜晚奉上，想起大姑娘的话，想要开口问问这箱子的事情，但是这屋子里静得可怕，她便不敢开口了。最近一看着夜晚，她就有种恐惧的感觉，总是想起那天的事情，心里一怕，便更不敢问了。

夜晚也不搭理似雪，知道她想要问什么，越是这个样子她越不会当着似雪的面开箱。索性自己拿了一本《女诫》看了起来，因为有些冷，夜晚便没有做针线活。说起来她的针线真是不能见人，这还是郦香雪想要给慕元澈亲自裁衣缝制衣服，跟着东宫的绣娘学了几日。只是她实在是不愿意做这些，只是给慕元澈绣了一个荷包，被他笑话了一番，便就扔下了。

夜晚因为生计所迫，倒是正正经经地学过一段日子，奈何她聪慧的头脑可能跟针线相克，总是做不好，一来二去的连冬晴都嫌弃了，她也就索性给冬晴打下手，分分线穿穿针，倒是画花样子冬晴反而及不上她，让夜晚得意了一把，他们主仆在针线上才真的是天作之合呢。

一直到用过了晚饭，夜晚也没说开箱，就上床歇息了。晚上值夜的是冬晴，似雪只得快快地走了。

"姑娘，这箱子怎么办？难道一直不打开？"冬晴低声问道，屋子里已经熄了灯只留了一盏小小的夜灯。

夜晚实在是想不明白慕元澈要做什么，他的心思一向深，便是用尽十分的力气去猜，也未必就能猜中一半，更不要说她已经离开这么久，这人的性子越发的喜怒不定，更是无从猜测了。

"等到一会儿都睡了，夜深了，咱们偷偷地打开，看看里面有什么。招忌讳的先放起来，然后把箱子恢复原样，明儿个再当着似雪的面开箱。"夜晚就是怕贸贸然开了箱，里面再有什么让人头疼的东西，因此夜晚今天愣是没有打开箱子，只等着晚上先扫一遍呢。

冬晴点点头："也是，今儿个在正院，我就瞧着夫人跟大姑娘看您的眼神有些不善，这以后您要多加小心。便是奴婢也得打起十二分的精神来，选秀就要到了，要是这个关头出点什么意外可真是不好说了。"

冬晴沉稳，做事情想得也多，虽然她总觉得自家姑娘身上有太多的秘密，但是这并不妨碍她的忠心。

"是啊，以后必定不太平。冬晴，你自己也小心，在府中行走宁可吃亏也不要与人对抗。现在吃的苦，总有一天你家姑娘会让你风风光光地讨回来，但是现在我们不能。"夜晚的声音有些苦涩，现在她是多么没用，便是自己身边的一个丫头竟也无法保全，只能委屈行事。

"是，奴婢晓得，并不委屈呢。姑娘都能受得了，我一个奴婢更没有那么娇贵了。"

"吃得苦中苦，方为人上人，总有一天我们再也不用看任何人的脸色过日子。"夜晚闭上眼睛轻声呢喃，是的，总有一天她会站在甘夫人面前，低头俯视着她，看着她一步步地失宠，一步步地落魄，一步步地跌入深渊。总有一天，她要踏上那个宝座，那个属于郦香雪的地方俯视众生。

他们欠郦香雪的，她都要替她讨回来。

夏吟月，慕元澈，你们可要好好地活着，好好地，别让我失望。

到了后半夜，冬晴悄悄地爬起身来，跟夜晚两个人慢慢地打开了箱子，这一打开，顿时愣住了。

夜晚忽然一句话也不想说了，这箱子乱七八糟的全都是市面上流行的小玩意。居然还有糖人静静放在白玉做成的匣子里，一个糖人一文钱，但是装糖人的盒子却是上好的白玉，怎么也要几百两银子才能买到。

其余的也都是类似这样的，冰糖葫芦放在了赤金嵌各色宝石打造的长方形盒子里，面捏的十二生肖，是躺在象牙雕的镂空匣子里……

冬晴看着夜晚，终于忍不住了，低声说道："姑娘，这是正常人能办的事吗？几文钱的东西放在这贵重的盒子里……一定是没睡醒才能办出这事来。"

夜晚郁闷的心情被冬晴这么一说，便觉得舒爽了些，笑了笑："你说得对，是没睡醒的人才能办得出这事。"

"那这箱子里的东西怎么办？"

"放在里面吧，没什么需要避讳的。"夜晚披着衣服上了床，想了想也实在是想不通慕元澈做出这么抽风的事情究竟是为了哪般。

一夜没有睡好，第二天醒来的时候夜晚的神情便有些萎靡不振，因为黎氏交代不用去请安，索性便赖了床。只是还没睡多久，夜曦就跑来了，夜曦的性子大大咧咧的，开口就问那箱子的事情。

想来是昨天夜晚没有开箱，似雪瞧不见什么，今儿个夜晨便让性子莽撞的夜曦来问，夜曦也的确能办出这事儿，把别人的东西当成自己个儿的。

"你这么一说我竟是还没开箱看看呢。"夜晚掀起被子坐起来，看着夜曦似是不经意地开口，"我也想知道这里面装的什么，只是昨儿个有些生气，那个灯笼是我在灯会上一眼瞧中的，没想到反而被人抢了去，昨天实在是没心情看这箱子。"

夜曦眨着眼睛问道："你是说那灯笼是你的？"

"当然是我的，不是我的还是谁的？那琉璃灯笼可贵了，十两银子呢。"夜晚叹口气，"只可惜那店家就只有这么一盏琉璃四角花中四君子的灯笼，不然的话皇上也不会来抢我的。"

听着夜晚抱怨，夜曦倒觉得有几分可信，便嚷着要看箱子里是什么东西。

夜晚便让冬晴拿出钥匙打开箱子，自己披衣站在一旁看，夜曦却是盯着那箱子移不开眼睛。等到箱子一打开，夜曦傻眼了，显然也被里面的情况给唬住了。

"你说的都是真的？"夜晨似乎有些不敢相信，看着妹子问道。

"骗你干什么，一文钱的糖人放在白玉匣子里，冰糖葫芦放在了赤金打造的嵌宝石的长盒子里，对了，还有那个面捏的十二生肖，居然放在象牙雕的镂空盒子里，真不知道那人是怎么想的。"

夜晨跟黎氏对望一眼，便听着黎氏问道："那夜晚当时是个什么神情？"

"她呀，也愣住了好半晌回不过神来呢。"夜曦嗤笑一声，又说道，"有什么不好的，盒子里面的东西不值钱，但是那盒子值钱啊。除了这些，还有些胭脂水粉，还有姑娘家用的扇子手帕都是些不值钱的。"

打发走了夜曦，夜晨看着黎氏："娘，你说皇上是什么意思，可真是有些奇怪。"

黎氏一时也想不通，便说道："不管是什么意思，总之这一回绝对不能让夜晚进宫去。我们不能再拖了，明儿个徐夫人的四十整寿，我们两家一直有来往，便带着夜晚一起去，到时候你这样……"

黎氏在夜晨的耳边低声细语几句，夜晨眉心紧蹙，犹豫一番还是点头应了。

黎氏口中所说的徐夫人是翰林院掌院学士徐明德的妻子，今年正好四十岁，再加上上头没有公婆，办得便热闹一些。要说徐家也算得上是书香门第，虽然官职不很高，但是代代扎根翰林院，清誉颇高，因此在京都也是有脸面的人家。

黎氏跟徐夫人因为是在未出嫁前就认识，这些年从不曾断了往来，所以徐夫人的生辰是一定会去的。

夜晚听到这个消息的时候，便是有些吃惊，没想到黎氏居然会带着她出席这样的场合。这可不像是黎氏一贯的脾性，在这样的当口，她恨不得把自己日日关在家里，没有人瞩目才是。

事若反常，必有不当之处。夜晚拿不准黎氏要做什么，但是小心总是没错的。

似雪捧着一身衣裳走了进来，看着夜晚说道："姑娘，这是夫人让人送过来的，是特意给姑娘做的，今儿个几位姑娘都有新衣赴宴呢。"

夜晚抬头看去，似雪正把衣裳放到了炕桌上。粉紫色天马皮出锋大氅，银红缕金百蝶软烟罗长袖褙子，水红刻丝福纹软缎石榴裙，这身衣裳可真是鲜亮，走到哪里都打眼。夜晚心里的不安越发地浓了，但是瞧着这架势临出门黎氏才送过衣裳来，很显然是不希望夜晚穿别的衣服去的。

夜晚当即笑了笑："好漂亮的衣服，夫人真是费心了。"

似雪听到夜晚这样说，心里才松了口气，脸上的神情也松缓了些，开口说道："几位姑娘的都差不多，夫人最是一碗水端平的，只是颜色不一样，您的是银红的，大姑娘的是翠绿的，四姑娘的是橙黄的，样式料子都是一模一样的。"

夜晚的眼睛就闪了闪，合着这三种颜色，自己的这身衣裳的颜色还是最打眼的。银红色猛一瞧不甚出色，但是只要在阳光下一照，那是闪闪生光，别人想要不注意你都不行。"

黎氏弄这么一身衣裳究竟要做什么？而且三个人的衣衫样式都是一模一样的，只是颜色不一样，外人看来好像三人真是多么亲密的姐妹一样，但是实际上夜晚觉得黎氏好像是不希望自己起疑心，所以才让三个人的衣裳都是一样的。

能让黎氏想得这么周到，做事情这么细密，只怕是想要图谋的也更多，夜晚心里明白只怕是冲着自己来的，可是去别人家赴宴，黎氏能动什么手脚？

夜晚想不明白也猜不到，为今之计只有走一步看一步了。

夜晚心里不断地翻腾着，但是面上却带着喜悦的笑容，对着冬晴说道："配这身衣裳发髻可不能太素淡了，便梳个飞天髻，头面就戴那套翡翠的。"

"是，姑娘想得可真是周全，您这样一说奴婢就觉得真是美得很。"冬晴看着夜晚笑道，拿起沉香木梳开始给夜晚梳头。

似雪这时候便说道："奴婢去看看外面的事情准备得怎么样了，手炉要带着，还要准备些上好的银霜炭，马车里的软枕我也去瞧瞧放妥了没有，这一路过去路不近呢。"

"你想得周到，如此便去吧。"

夜晚打发走了似雪，冬晴这才低声说道："姑娘，是不是有什么不妥当的，奴婢瞧着您有些不悦。"

夜晚觉得挺欣慰，冬晴现在也能开始自己主动思考了，便把自己方才想到的点说了一遍，最后说道："冬晴，你要记住一句话，一个人平日什么性子是不会差的，但是突然间对你好，或者对你坏，一定是有原因的，决不能忽视。"

"姑娘这么一说，奴婢也觉得不对头，可是咱们能怎么办？"冬晴便有些不安起来，赴宴的地方是别人家，这要是真的出点什么事情，到时候就怕是众目睽睽之下……

"你只记住一句话，不管什么时候，不管什么人想要支开你，你都不要动就是了，随时跟在我身边。"夜晚现在能做的就只有这些了，"到时候见机行事吧，但愿是咱们想多了。"

夜晚收拾停当便去了黎氏的院子，果然就见夜晨跟夜曦已经到了，夜萱还在禁足中自然不会出现。更何况夜晚觉得夜萱这一辈子想要再出来，只怕要等到嫁人那一天了，至于黎氏会给夜萱寻什么人家，谁又能知道，毕竟夜箫从不管这些事情，更重要的是对夜萱的处罚还是他这个当爹的亲自动的手，真是令人齿寒。

几个女孩子往这里这么一站，个个是如花似玉，黎氏的眼睛扫过夜晚，没想到夜晚这么一收拾起来，居然还有几分艳色。往常夜晚的衣服都是较素淡的，很少有颜色鲜亮的，今天这猛不丁地穿了这样的颜色，不要说黎氏，便是夜晨也是愣了一愣。

夜曦对着夜晚做个鬼脸，说道："没想到你穿起这个颜色来倒是养眼。"

"是夫人有眼光，我自己是万不敢用这种颜色的。"夜晚轻轻一笑，又看着夜曦的那一身橙黄，"四妹妹的衣裳也是格外的雅致，让人看着四妹妹越发地活泼了。"

夜曦其实不喜欢这颜色，还弄了个橙黄，不过是母亲跟姐姐决定的，她也只好穿上了。此时听到夜晚这么一说，觉得舒服了些，随口说道："马马虎虎的吧，我自己并不喜欢这颜色。"

夜晚听着夜曦无意中说的话，她自己不喜欢这颜色，但是还是穿上了。能让夜曦穿自己不喜欢的颜色的衣服，看来是黎氏跟夜晨强制的。果然，自己是没有猜错的，夜晚不动声色，柔柔笑道："夫人的眼光极好，四妹妹这衣裳很漂亮。"

夜曦随意地点点头，并不打算多说，毕竟这衣服不是她自己真心喜欢的，神情便有些怏怏的。

夜晨听到夜曦的话站起身来，走到二人跟前说道："不过一件衣服，也值得你这样。这都是母亲请的最好的绣娘做的，你还不满意可是没办法了。"

"谁说不满意这绣工了，我是不喜欢这颜色。"夜曦顶嘴，眉眼间有些不耐烦，"走不走了？"

夜晨看了妹子一眼，又看着夜晚，只见夜晚的神情跟方才一样，一时间拿不准夜晚是没察觉到什么，还是故意装的。如果是后者真的是……夜晨脸上带了笑，对着夜晚说道："二妹妹可喜欢这衣服？是母亲专门为你定做的，我瞧着这颜色也是极好的，你往日就穿得太素淡了些，如今都是大姑娘了，不好再这样。更何况今儿个是徐夫人的生辰，还是穿得喜庆些好，你说呢？"

夜晚有些不好意思地说道："我自己不懂这些，幸亏夫人想得周到。大姐姐说的极是，你这样一说我倒觉得我之前准备的衣衫果然太素雅了，对主人也不敬的，倒是我疏忽了。"

"都是一家人说这些就见外了。"夜晨笑。

黎氏此时从内屋走了出来，看着三人说道："时辰也不早了，这就走吧。"

"是。"三人齐声应道。

黎氏边走边说道："去别人家做客，一定要懂规矩。不要乱走乱串，免得失了分寸被人笑话。"

"是，女儿知晓。"三人又应道，黎氏的训诫倒也得当。

门外准备了两辆马车，黎氏跟夜曦坐一辆，夜晨跟夜晚坐一辆，丫头婆子全都

第六章 飞絮飘无定，同心结未成

在后面的车里跟着。

马车四壁都裹了厚厚的夹层，身下铺了软软的褥子，背后还有靠垫，坐在上面很是舒服，手里抱着暖炉，倒也不觉得冷。两人相对而坐，夜晚面带微笑保持沉默，对着夜晨这样的人，你就要少说少做，才是最要紧的。这样心思灵透的人，兴许一个不注意就会被瞧出破绽。

车轮摇摇晃晃地转动起来，虽然大街上是用青石铺就的街道，但是马车走在上面还是摇晃颠簸，不过是比土路稍好些而已。

夜晨打量着夜晚，见她没有开口的意思，想了想便先开口说道："二妹妹是第一次去徐府，怕是不知道徐府的情形吧。"

"是，并不知道，不过只要跟着大姐姐想来不会错的。"夜晚垂眸，羞怯地说道。

夜晨就是瞧不惯夜晚这么一副样子，看着胆小怯懦，不多言不多事，但是你看看这段日子下来，这样的一个人在京都引起了多少风浪。心里不由得有些厌烦，面上却是笑道："我们姐妹自然是一起的，不过我先给你说说，你心里先有个底，你看可使得？"

"大姐姐提点，夜晚感激得很。"

"徐夫人有两子两女，两个女儿都是小的，因此还并未出嫁。大姑娘名唤徐灿，是个端庄大方的好姑娘，今年选秀也是要参选的。"

夜晚听到这里就点点头，徐灿的名讳她以前听夜曦提过一两回，倒是没放心上，没想到今年她也有份参选。

"二姑娘名唤徐辉，倒是和夜曦的年龄差不多，你见到她小心些，这姑娘脾气大得很。"

"知道了，我不跟她争辩就是，我们是客她是主，总不好做得太过。"夜晚一本正经地说道。

夜晨看着夜晚这模样，倒是有些想要笑，也笑了出来，故作亲昵地说道："这话正是，远着些就是了。咱们是去做客的，又是徐夫人的生辰，徐夫人跟母亲又是好友，到时候万一有什么事情多多担待。"

听着夜晨的话，好像知道会出什么事情似的。夜晚点点头："大姐姐放心，我晓得，当然不会丢了夜家的脸面，也不会给徐家添堵的。"

"你能这么想我就放心了，宴会上就是人多事多，咱们自己小心些就是了。"

两人有一搭没一搭地说着话，慢慢地话题也就变得广阔起来，不知不觉地就提到了上元节的事情。"……四妹妹回去一说，我们也是笑得不得了，谁能想到箱子里是那个东西，倒真是有些意思。"

夜晚有些无奈地说道："我便没见过这般不讲道理的人，又没地讲理去，早知道这样我就不买那灯笼了。"

"你们买灯笼的时候遇上的？"

"是啊，我没见过皇上，哪里知道那人是皇上，我先看中自然是我买下了。"夜晚靠着软枕，看着夜晨说道，"大姐姐，你说说这是不是不讲道理。"

"二妹妹，这话可不能乱说，若是传出去可是非议之罪。"

"我晓得，也就是跟大姐姐说说，旁人我自然是一个字也不说的。那箱子已经被我扔进库房了，看着就生气，我又不是三岁的奶娃娃，糖人、糖葫芦那是小孩子才会吃的。"

夜晨笑："许是皇上不知道你喜欢什么，所以才弄了这些过来。"

夜晚抬头，看着夜晨说道："大姐姐，皇上还用去想别人喜欢什么吗？我看着他就是不愤我抢了那灯笼，故意笑话我呢，真是小心眼，这样的人可有什么好。"

"不管好不好，那都是皇上，万民之主，以后这样的话不许说了，会招祸。你今年也要参选的，躲是躲不过去的。"夜晨状似随意地说道。

"不过是走个过场，我要才没才，要貌没貌，更何况我压根就不想去。我这样的人，进了宫也不过是年年岁岁不见天颜的人，倒不如母亲给我寻个普通人家嫁了，至少是夫妻日日相见。大姐姐跟我不一样的，我是没志气，大姐姐可担负着家族的重任，妹妹可给你加油了。"

看着夜晚真诚的笑容，夜晨一时间也无法判断究竟是真是假，只能笑了笑。

马车停了下来，两人相继下了车，寒风拂面，夜晚便觉得浑身一凉。冬晴几个丫头也下了车跑了过来，各自跟在自己主子的身后，夜晚随着夜晨一起跟在黎氏的后面进了徐府的大门。早就有婆子在候着，看见她们忙迎了上来。

"夜晚！"

"晚妹妹！"

两道声音几乎是同一时间从众人的背后传了过来，夜晚一愣，第二道声音她知道是司徒镜，第一道声音有些不善，是谁？

夜晚不由得转过身去，因为正对着阳光，不由得眯了一下眼睛，远远地就看到大门口正有两个男人对峙着。

一个是一身白衣高贵典雅的司徒镜，不管什么时候你见到他，他都是干干净净不染丝毫尘埃，让人站在他跟前，不由得就有一种自卑的感觉。

而站在司徒镜对面的男子……夜晚不由一愣，竟是溯光！

难怪夜晚会觉得声音有些陌生，实在是有几年不见，乍然听到声音，真有种陌生的感觉。

溯光，是慕元澈的贴身侍卫，从慕元澈还是皇子的时候就保护他的安全，这个人胆大心细，忠心不贰，便是当年郦香雪是慕元澈的妻子，只要这家伙对她有怀疑一样可以搜查她的寝室，这样的事情可不是随口说说，是真的发生过。这人很执拗，因为太过耿直，得罪了不少人，但是又因为有慕元澈的保护，所以这么多年来倒也算得上是安稳。

　　不过，夜晚觉得有些奇怪，那就是司徒镜对溯光的态度，竟然有些怒意在其中，这对于情绪一向很内敛的他来说，实在是少见得很。

　　"二妹妹，这个人你认识吗？"夜晨看着夜晚问道，眼中带着怀疑之色。

　　夜晚自然不能说是认识的，茫然地摇摇头："不认识，大姐姐你认识吗？我怎么听着这个人的口气有点凶神恶煞的，有点害怕。"

　　夜晚这话的声音不高不低，正好能被一同走过来的两名男子听到。司徒镜的神色一凛，看着溯光的眼神越发地不善。溯光的五官十分可疑地扭动了下，只有熟悉他的人才知道，他这是不高兴了。

　　夜晚自然也是知道的，她知道他不高兴了，她就想要惹他不高兴，见到熟悉的人，总想跟他们用自己的方式打个招呼，这是一种病，可是无药可医。

　　"在下溯光，是受了王子墨的托付前来。"溯光站在夜晚面前一步的距离，声音一贯的淡漠，毫无波澜。

　　"原来是溯大人，小女失礼，请大人勿怪。"夜晚道。

　　溯光眉心动了一下，扫了一眼夜晚，这个就是最近严喜跟王子墨不停提起的夜二姑娘，真是久闻大名，今日一见也没什么出奇的地方。怎么这两人都谈虎色变。

　　介于严喜跟王子墨不知不觉地给溯光洗了脑，以至于溯光见到夜晚就更加的淡漠傲然。间接导致了夜晚心里不悦，便有了想要整人的心思，第一回的见面礼便是小小地讽刺了一下。

　　溯光的眉心抖动了几下之后，又恢复如初，看着夜晚慢慢地说道："王子墨让我代问，姑娘可还喜欢那箱子礼物，若是不喜欢他可以给你调换。"

　　"就为这事？"原来那箱子是王子墨的主意，她就说慕元澈那高智商的脑袋办不出这么幼稚的事情。但是……王子墨，这个老狐狸，八成是想要逗自己玩呢。你办了就办了吧，居然还让人告诉她一声，这就是间接性的神经质外加有欠抽的前兆。

　　听着夜晚不以为然的口气，溯光觉得王子墨实在是小题大做，这姑娘明显没放在心上，于是生硬地点点头。

　　夜晚轻轻一笑，脸上带着标志性的柔和微笑，人畜无害，声音无比温柔地说道："实在是没想到王大人居然还为这点事情，让溯大人亲自跑一趟。"

　　"顺路。"溯光道。

"那就请溯大人回去的时候顺便告诉王大人，小女真是忧心王大人将来很可能会三餐不继。"

溯光一愣，这是什么意思？不过这关他什么事情，他只要把话带到就好，于是点点头，大步地从夜晚的身边经过，朝着府内走去。难怪他说顺路，原来也是来徐府做客的。

夜晨没好气地看着夜晚。"小心真的得罪了人。"夜晨以为夜晚让溯光带这句话给王子墨，是讽刺王子墨本末倒置，送的礼物远远比不上装礼物的物件值钱。

"大姐姐，你不觉得王大人故意让溯大人传话，有些奇怪吗？"夜晚低声说道。

夜晨听到夜晚这么一说，倒觉得还真是："那么你觉得他为什么这样做？"

夜晚低声说道："大姐姐，你不知道王子墨这个人其实是有怪癖的，但凡是送了礼物，一定要知道人家的反应，我这样一说他才能安心，以后不会来打扰了。"

夜晨皱眉，是这样吗？她怎么觉得有些怪怪的，而且方才她分明看到溯光看着夜晚的眼神很专注，像是在衡量什么，这又是什么意思？要知道溯光可是比王子墨更得帝心，一天十二个时辰，有一半时间溯光都是跟皇帝在一起的。他这样做是不是也有皇上的意思在里面……不知不觉，夜晨就阴谋论了，越发觉得夜晚是个极大的危险。

而这边夜晚正跟司徒镜说那天的事情："……我就还在想他怎么会做这样无聊的事情，没想到居然是王大人的主意。"

"所以你就挖苦他？"

"我是为他好，让他知道过日子是个很高深的文化。"

司徒镜闻言就笑了，在夜晚身边说道："真是个促狭鬼，王大人知道了又要被气个半死。"

"是他自找的，我有什么办法呢。"

司徒镜跟夜晚边走边说话，两人靠得极近，低声细语，状似亲密，司徒镜脸上的笑容便一直没有消过。这一路走来，真是引起了无数人的关注，其实很早以前大家就很好奇，玉公子为什么会跟夜晚交好，从不曾亲见，总觉得传言夸大，如今看来却是比传言还要深上几分。再加上这段时间夜晚实在是出尽了风头，因此不停地有人把目光落在夜晚的身上。

夜晚自然能感受到这些目光，也并不放在心上，本朝甚是宽容，男女在大庭广众之下交谈也是常事，只要不做那逾矩之事，便也不会有人道是非。更何况这个男子还是一直声誉良好，道德高尚的玉公子，自然是更无人怀疑了，只不过是艳羡夜晚的运气，能得到司徒镜的青睐。

相比来说，夜晨还是很乐于见到夜晚跟司徒镜走得亲密的，毕竟这样的传言传到了皇帝的耳朵里，皇上怎么会让一个跟别的男子亲近的女人做自己的妃嫔。所以夜晨的态度是放任，甚至还是欢喜的，只是隐隐失落得到玉公子青睐的不是她而已。

毕竟能跟玉公子交好，实在是一件让人很有颜面的事情。

徐府的府邸很大，此时府里已经有很多的客人了，夜晚因为并不经常被黎氏带出门，所以大多是不认识的。以前做皇后的时候，见到的都是有品级的诰命，因此倒真是让夜晚在这么多人中有些孤立起来。

司徒镜将夜晚送到二门入口，便返身去了前厅，不好跟着进内院。

夜晚跟着黎氏跟徐夫人打过招呼，徐夫人是一个保养得很好的女子，今儿个一身大红的团花福纹倭缎长袖褙子，葱绿的二色金遍地绛纹的马面裙，头梳分鬓髻，发间簪着景福长绵簪，雍容华贵中带着温和，夜晚看着很是舒心。

"这位就是二姑娘了，早就听说姑娘英勇救人的事迹，实在是女子楷模。"徐夫人拉着夜晚的手柔和地赞道，眉眼间流泻着浓浓的笑意。

"夫人过誉了。"夜晚面带羞怯的笑容，微微垂头，这样一副害羞的模样，还真是让人看着开心。

"这孩子你真是教得好，有仁和之心，还能谦恭不傲，实在是难得。"徐夫人对着黎氏说道。

黎氏自然不喜别人夸赞夜晚，但是也不能流露出不悦，笑着说道："小孩子家家的当不得夸，你家的姑娘呢，让她们一块玩去，咱们也好说话。"

徐夫人笑着招来自己的女儿，因为夜晨几个都是熟悉的，倒也不用徐夫人另外介绍了。夜晚就跟着夜晨随着徐家两位姑娘往花厅去，她细细地打量，那个年龄大一些的应该就是徐灿，一身鹅黄的衫子配上葱绿的石榴裙，真是身段婀娜，杨柳细腰，自有风流韵味。虽然及不上夜晨眉眼间的精致，但是却有江南水乡的柔情，算是各有所长。

另一个就是年龄稍小些的徐辉，徐辉果然是个活泼的性子，一见夜曦两人就手拉手去一旁说悄悄话了。

徐灿看着夜晚笑道："二姑娘别见怪，我妹妹跟曦妹妹脾性相投，这一见面竟是一刻也忍不住地说话去了。"

夜晚听着徐灿的声音也很好听，柔柔软软的，当下就说道："两位妹妹能相见甚欢，咱们应该开心才是呢。"

徐灿的眼神轻轻扫过夜晚，早就听闻她的大名，今儿个一见倒是有些惊讶这个二姑娘居然是这样一个腼腆的模样。很难想象这样的人怎么就能做出马蹄下英勇救人的事情，又想着这段日子京中对夜晚的各种传闻，徐灿招待夜晚便是尽心得多。

花厅里烧了四个炭盆，因此一进来便极暖和，夜晚将大氅脱下来递给冬晴，又看着夜曦跟徐辉说话的地方浅浅一笑，眼眸中荧光闪过，好似天上繁星，让人忍不住地多看一眼。

夜晨坐下后，这才看着徐灿问道："今儿个好像各家姑娘来得并不多，我原以为会很热闹。"

徐灿抿嘴一笑，柔声说道："选秀就要开始了，大家都忙得很，哪里像是你一样居然还能出来做客的，也算是少见了。"

"别人家我自是不会去的，你家我若不来怕你又在背后嘀咕我了。"夜晨也随着笑。

夜晚在一旁听着，感觉到两人的关系还是很好的，不然说话不会这样的亲昵。再亲密的人，若是一同进了宫……哼，又能保持多久的友谊呢？就像郦香雪对夏吟月那般好，最后又如何？

人心是最容易改变的，信不得。

"说起选秀来，你跟二妹妹年纪相当，是都要参选的吧？"徐灿跟两人斟了茶，随口问道。

夜晚接过茶来，轻轻点点头："我有自知之明，我这样的容貌哪能进得了宫，不过是走走过场而已。"

"二姑娘真是太自谦了，这选秀的事情还真说不准，不到最后谁又能知道自己能不能选中。毕竟我们这样的人家第一轮海选已经得免，姑娘又救了小国舅，皇上对姑娘也是几番恩赏，可别看轻了自己。"徐灿缓缓说道。

夜晚听着徐灿的意思倒不像是故意为难，倒像是心里真的这般想的，不由得有些诧异，没想到夜晨的朋友中居然还有这样通透大度的。但是徐灿毕竟是夜晨的朋友，夜晚自然是要当心的，闻言便说道："这算得什么，而且赏也赏了，探也探了，正是两清呢。我这性子也委实不适合进宫，便是家人抬举我，我也不敢去的。"

徐灿倒是有些惊讶，没想到夜晚居然会这么说，脸上便带了一丝惊愕。

夜晨却是微微皱了眉，把话题转开去，说起了京都最时兴的料子跟首饰，夜晚就安安静静地坐在一旁听，也不多言。慢慢地人越来越多，花厅里都坐满了，徐灿要帮着母亲招呼客人，也不好一直待在这里，便跟二人告别自去忙了。

夜晨转头看着夜晚："二妹妹可愿意跟着我出去走走，徐家的园子精致得很，虽是严冬，因为种植了常青的树木，倒是一片翠绿呢。"

夜晚也想弄清楚黎氏两母女搞什么鬼，于是便笑道："正有些闷，出去走走也好。"

两人穿上大氅，一前一后走了出去，还能听到身后有声音传来，大都是对夜晚好奇的，打听的。再加上今儿个黎氏给夜晚弄得这一身衣裳实在是显眼，别人想不注意也难呢。

徐府的花园果然精致，跟南方的曲径通幽，小桥流水不同，院子里山石布置得很是疏朗大气，道路也宽阔，人走在其中也觉得心胸开阔。果然如同夜晨所言，因为园中多栽种常青林木，远远看去竟是一片翠绿，倒真是让人在这颓丧干枯的冬日景色中找到了一丝惊喜。

两人的身后都跟着丫头，在这甬路上慢行，一路行来倒是见到不少人，可见大家也都喜欢这里的风景。

"听二妹妹方才的话，竟是不愿意进宫，可是真的？"夜晨开口了，声音平缓听不出什么情绪，就像是在说一件平常的事情。

夜晚对着夜晨看过来的眼神，伸手拢了一下鬓发，这才说道："倒不是不愿意进宫，而是大姐姐你看看我这容貌并不出色，又没什么拿得出手的才艺，宫中什么样的美女跟才女没有，我这样进去不过是老死宫中而已。明知道结果，又何必蹉跎岁月。"

夜晨一愣，没想到夜晚会这么说，但是夜晚一向是心机颇深，她一时半会儿也看不透这话是真是假，只得说道："你也不用自谦，你自有你的好处。宫中美人千千万，但是让皇上心悦才是重要的，这一点你就比旁人好多了。"

听着夜晨话里有话，夜晚摇摇头："这并不是好事呢，众矢之的有什么好的。"

两人边说边走，竟不知不觉地走到了偏僻处，夜晨皱眉说道："走得太远了，咱们回吧，一会儿也该开宴了。"

夜晚原以为夜晨会找个借口把自己扔下，没想到她居然让自己跟她一起回去，难道说自己猜的都是错的，其实夜晨并没打算在这里对自己下手？毕竟这是她好友的家，人家的生辰出了晦气的事情，总是不好的。

夜晚一时也猜不透，究竟怎么回事儿，不过只要不出现意外就是她最愿意看到的结果。毕竟谁愿意成为破坏人家生辰宴的人，这不是招记恨吗？

两人照着回来的路往回走，刚走了没几步，就见一个小丫头急匆匆地跑来了，一看到夜晨跟夜晚就面带兴奋，忙说道："总算找到两位姑娘了，我家姑娘让我寻两位姑娘回去，一会儿就开宴了。"

"正往回走呢，你家姑娘也忒心急了些。"夜晨开玩笑地说道。

"我们姑娘好不容易见姑娘您一回，自然是想好好地看看的。"

"你倒是愈发地会说话了，回头看你们姑娘不罚你。"

"奴婢说的是实话，姑娘才不会罚呢。"

夜晚听着二人一对一答倒也有趣，便跟在二人的身后往回走。谁知道走到半路的时候，忽然听到前面有熙熙攘攘的声音，几个人便不由得顿住了脚，朝着声音的来源望去。

只见前面是一座巨大的假山，声音好似从假山后面发出来的，夜晚看着二人，她当然不会出什么主意的。

那丫头显然也是不知道出了什么事情，但是又是在徐府，她也不好假装没听到，但是也不知道出了什么事情，更不能让客人看了笑话，只得面带歉意地说道："奴婢去看看是哪个偷懒的奴婢说悄悄话呢，我们姑娘还等着二位姑娘，不如先请回去，奴婢去去就来。"

好一个聪慧机灵的丫头，夜晚赞了一声。

"也好，你去忙你的。也不用生气，这么一大家子人，哪里没有几个偷懒的。"夜晨随意地笑笑圆了这丫头的话。

那丫头松口气，心里想着幸好是遇到了夜家的姑娘。

夜晨跟夜晚自然是先走了，夜晨的脚步顿时加快，看着夜晚说道："咱们走快些，别晚了失了礼数。"

倒不是真的怕失了礼数，夜晨是怕自己看见徐家的阴私吧。

夜晚心里明白，嘴上却说道："是。"

两人加快脚步往前走，即便是这样，才走出了五六步，便听到一声尖叫传来，正是方才那丫头的。

两姐妹的脚步一下子顿住了，夜晨的脸色便有些发白，一把拉着夜晚就走，嘴里还说道："你什么也没听到，我也没听到。"

"是。"夜晚不是傻子，听着声音一定发生了什么大事，她们是傻了才会掺和别人家的事。夜晚倒是没想到夜晨这个时候居然没撇下自己，看来倒不是真的坏到底了。

"等会儿不管别人问什么，你就说什么都不知道，咱们就是随意地散散步。"夜晨的声音带着些厉色，脚步越发地快了。

"是，可是，大姐姐咱们不用跟徐大姑娘说一声吗？"夜晚故意装作惊慌不定又担忧的口气问道。

夜晨看了一眼夜晚，沉声说道："别人家的事情，咱们一个外人自然是不好插手。等会儿见到徐大姑娘你什么也别说，我自会跟她说明白。"

夜晚心里叹息一声，徐灿跟夜晨是好友，可是出了这样的事情，夜晨居然还要避嫌。想到这里，夜晨拉着自己走，只怕不是有什么恻隐之心，只怕是自己连累了夜家的声誉。

夜晚一直知道夜晨是个自私的人，只是没想到她居然冷心冷肺到这个地步，心中一凛也越发地不敢小看她了。正因为这样，所以才要出言一探。只是没想到居然会得到这样的答案，这个答案听着合理但是细细一想却是格外的冰冷。

两人又往前走了几步，夜晨走得太急，夜晚走得稍微慢了些，被她这么硬拖着往前走，一不小心居然崴了脚。

夜晚白着脸脚踝疼得厉害，蹲下身子挪不动脚了。

夜晨看着脸色也不好看，硬生生地说道："你在这里等着，我去给你叫人。"说着就带着丫头走了。

夜晚在冬晴的搀扶下坐在一旁的大石上，夜晚看着夜晨的背影却是冷冷一笑。夜晨要是真的有一丝姐妹之情，就会陪着自己然后叫丫头回去叫人，但是现在她却是带着丫头急匆匆地走了，很显然夜晨是要在自保的基础上才会顾及到她。真是一个好姐姐啊。

"姑娘，咱们该怎么办？"冬晴有些着急，这……这要是真的有什么意外可怎么办？

夜晚四处打量了一下，对着冬晴说道："扶着我到那假山后面的小竹林，先藏一下再说。"

此时距离方才那丫头的呼叫声也不过是一会儿的工夫，夜晚本来就对黎氏母女有所怀疑，现在夜晨又是甩手而去，心里越发地不安，就怕真的是冲着自己来的。

但是想想又不应该，因为黎氏母女不可能联合徐家谋害自己一个小庶女，徐家肯定不会做这样的事情。但是眼前的事实告诉夜晚，事情还真的就发生了，虽然不知道究竟是出了什么事情，但是夜晚本着趋吉避凶，还是要赶紧躲开，反正夜晨不也是说不要管人家的闲事吗？

夜晚在冬晴的搀扶下，一步步地往前走，强忍着脚上的疼痛，转过假山就往竹林躲去。

只是夜晚怎么也没有想到，万万想不到，居然会在这里遇到了溯光。

冬晴猛不丁地见一大男人，吓得差点尖叫起来，幸好夜晚反应快一把捂住了冬晴的嘴巴："别喊，是溯大人，不是坏人。"

冬晴这才点点头，但是脸色依旧苍白得很，扶着夜晚站在一旁。

溯光正闲闲地斜倚着竹子望天发呆，看着突然闯进来的夜晚主仆，眼睛扫过夜晚银红的衣衫眉头轻皱了一下，但是很快地又恢复平静，轻哼一声："反应倒快。"

夜晚本来没打算招惹溯光，现在她只想好好地，毫发无损地回到夜府，一点也不想沾惹上是非，所以才会躲进这竹林来。没想到居然会在这里遇到溯光，更没想到溯光会猛不丁地冒出这么一句话。

夜晚背靠着粗大的竹子，手臂扶着冬晴，有些虚弱地喘着气，一身银红的衣衫在这苍翠的竹林中流光闪动，映着那张惨白的小脸，倒真是多了几分怜惜。

夜晚本来觉得在这儿遇到溯光可能是巧遇，虽然一个大男人突然出现在后院有些不太适宜，但是也并没有强行规定，男子不得出入后院。夜晚只想着躲过了这场是非，便能安全了。谁知道突然听到溯光这话，心里就起了疑心。溯光向来话少，绝对不会无缘无故地说一个字，这个时候突然冒出这么一句，很显然地他出现在这里不是巧合。

既然不是巧合，夜晚的心里就开始思索起来。

溯光此时也在打量夜晚，他方才在这里当然是将外面的情形看得是清清楚楚，夜晨的快速离开可以理解，但是没想到这个温柔善良的二姑娘，居然会在最短的时间内，做出躲避的一个决定，怎么看着这样的决定绝对不会是一个瞧着十分柔弱的人才能做出的。

在眼前这样的情势下，又被姐姐舍弃，一般姑娘都应该是吓得六神无主地在那里焦急忐忑地等待才是。但是夜晚没有，她居然在最短的时间内，做出一个最有利的行为。

如果是一开始溯光只是因为王子墨的托付传句话，并没有认真地正视夜晚的话，那么现在他正在细细地打量对面这姑娘的神情。只是不管他怎么看，只能从夜晚的脸上看到惊恐、不安跟隐隐的某种坚定。

溯光一向没什么好奇心，但是此时此刻真的有些好奇，这个夜晚的身上怎么能有这样矛盾的存在？

本性瞧着是个软弱的，但是做起事情来却是果毅刚决。软弱的人不该有这样的性子，但是偏偏就有了。忽然又想起上回王子墨对夜晚的评价，有点傻，又有点倔，如今看来还真有几分靠谱。

夜晚此时心里也是忐忑难安，就怕被溯光瞧出破绽，毕竟方才自己的表现实在不是一个软弱的庶女该有的。必须要尽力地弥补，想来想去，只能从王子墨那边下手。溯光跟王子墨是好友，王子墨应该会对溯光说过关于自己的事情，按照王子墨的脾性，一定会对自己的性子做一个陈述，既然是这样，夜晚就只能利用上回救郦熙羽的那个表现，来回应自己现在的状况。

果然自己的神情做一番调整，就看到了溯光的神情带了些微的释然，自己也是松了一口气，但是这样远远不够，因为溯光比王子墨疑心多多了，不会真的只凭一副面孔就认定一个人的。

果然，片刻工夫，就听到溯光的声音传来："夜二姑娘好端端地怎么会跑到这里来，倒是打扰了在下的清净。"

上来就问罪，该死的，还是那么一副臭脾气，除了皇帝谁也不看在眼里。

夜晚咬咬唇，微微带着烦躁跟气恼，道："这竹林是溯大人家里的？既然不是你家的，自然谁爱来便来，大人在这里赏景，若是怕人惊扰，就该在外面挂着牌子警示。"

夜晚想这个时候自己不能表现得太平稳，一个柔弱的小姑娘，遇到了别人打架的阴私之事，还被亲姐姐抛下了，这个时候应该是什么心情，什么表现？再是性子柔软的人，这个时候都会带着恐惧，都会带着恼恨的情绪，这样的情绪下，说出的话，做出的事就不能是太安稳的，应该是尖锐的，带着些恼恨的。

溯光细细地扫过夜晚的神情，脸上不动如波，鼻子哼出一声："你倒是牙尖嘴利。"

"分明是溯大人恃强凌弱。"

"……"溯光一时无语，怎么就上升到这个高度了，自己怎么着她了，不过就是说了几句不太中听的话，至于吗？果然女子难缠，索性撇过头去不再说话，不过这样的夜晚应该是不值得怀疑了。

溯光不说话，夜晚更不会说话，在这尊神面前，能少说就少说，能不说就不说。她只能等着，等着夜晨回来。

但是时间一分一秒地过去，那不远处的假山后面又传来几声响声，随后便是如石沉大海，再也没有任何的声息。越是这样的寂静，越是令人不安，越是不安，夜晚的心思更是一刻也不停地旋转。

溯光，这样站在这里，不言不语，根本就不是赏景，好像是在等什么。

溯光能在等什么？对了，溯光今天给自己带了王子墨的话，分明就是要来徐府做客，所以王子墨才让他带口信。溯光的性子最讨厌这些繁文缛节，从不会轻易地跟大臣过往从密。今天为什么会出现在徐府？

夜晚突然觉得今天的事情实在是过于诡异，一定有她不知道的事情在悄悄地发生，而眼前的这个男人一定是幕后指挥。

夜晚背心一凉，她分明什么事情也不知道，但是却有一种掉进大坑的感觉。无意中撞破别人的行动，偏偏自己还不知道发生了什么事情，这才是最惊恐的，因为你不知道如何去想办法脱身。

更何况自己面对的不是王子墨，而是溯光，这才是要命的地方。

就在夜晚努力想办法的时候，突然之间一阵急促的脚步声传来，是从夜晚的背后传来。

夜晚浑身一颤，按照常人惯有的动作回头去看，就见一名徐府家丁打扮的男子快步走来。看到夜晚的时候显然是有些惊讶，但是很快地就视而不见，看着溯光道："大人，一切妥了。"

溯光只是点点头，眼神就落在了夜晚的身上，夜晚不由得一颤。

"那现在撤还是？"男子继续问道。

"撤，一炷香的时间。"溯光道。

"是。"男子快速应道，最后眼神落在了夜晚身上，"那她？"

"这不是你该问的事情，或者你有胆子动王子墨的人。"

"属下明白。"男子迅速地走了，再也不看夜晚一眼。

夜晚有些糊涂，什么时候她成了王子墨的人？抬眼看着溯光，带着控诉。

溯光却是看也不看夜晚，只是冷冰冰地说道："真是蠢，幸好你躲到这里来又遇上我，不然现在躺在假山后面的尸首就是你了。权当是我还了王子墨一个人情，下次你没这么好运了。"

看着溯光要走，夜晚忙道："等等！"

溯光有些不耐烦地看着夜晚，夜晚仰着一张小脸，带着恐惧却假装坚定地说道："你……你把话说清楚再走，什么叫做我就是一具尸首了？"

溯光看着夜晚眼眸里遮掩不住的恐惧，似乎才想到对方还是一个小姑娘，自己好像说得太恐怖了些。但是他这个人自大惯了，绝对不会做什么认错，或者解释的事情，只是语带讥讽地说道："你要庆幸徐府的人比你先撞到假山后面的人。"

"我还是不懂，请大人说得详细些。"夜晚垂眸拜托。

"麻烦，你只要记住一句话，你没在这里遇到我，若不是看在王子墨的分上，你应该被灭口了。"溯光抬脚就走，今天真是烦躁。

"哎，我跟王大人没关系，别把我跟他扯一块。"夜晚怒道。

"……这跟我有关系吗？你跟王子墨说去，我又不是你们的传话筒，太过分了！"溯光暴怒而去。

夜晚扶额，这个糟心的溯光，对女人一贯地没耐心。

但是溯光话里的意思，夜晚细细想去竟是惊出了一身冷汗。

"姑娘，那溯大人好吓人。"冬晴真的被吓到了，话都不敢说一句，小脸惨白中透着铁青。

"冬晴，溯大人的话你听到了，不要对外说一个字，不然性命难保。"夜晚神情十分严肃地警告，溯光可不是随便吓唬人的，那是个真会动刀子的人。

"是，奴婢不敢，一定把今天的事儿都给吞进肚子里。"冬晴忙道，问题是她不知道发生什么事情了，想说也没得说。

夜晚喘口气平静一下情绪，把夜晨的举动，假山后面的异常，还有溯光的话连在一起细细地推敲了一遍，任凭夜晚怎么想，也只能想到一个结果。因为溯光明明白白地说过，如果不是自己躲到竹林来，又不是遇上他，那么自己现在已经是一具尸首了。

难怪夜晨匆匆地撇下自己就走，难怪之前说那些迷惑人心的话，难怪她奋力地拽着自己走。就算是自己的脚踝没有崴到，夜晚也相信，夜晨一定会有别的法子让自己受伤不能走动。就在这个时候，夜晚忽然又想起来一个被自己忽略的细节，那就是她一进了竹林，溯光的眼睛在扫过她的衣衫时，眉头皱了一下，而且还说了一句，反应倒快！

夜晚重重地吸了一口气，万万想不到黎氏母女是想要自己的命。

虽然夜晚还不知道假山后面出了什么事情，但是不用知道也明白，那里一定躺着一具尸首，本应该躺在那里的是自己。

只是夜晚还有一个疑问，溯光为什么会在这里？为什么会知道这些事情？巧合？可也太巧了一点。特意来营救她的？那更是笑话，没看到溯光一脸的不耐恨不能没见过自己一样。

夜晚饶是自认多谋，但这个时候还是摇摇头，实在是想不通。

"姑娘，咱们现在怎么办？"冬晴有些怕。

"绕路回去。"夜晚神情坚毅地说道，如今只有尽快地在徐家人出现之前赶回去，才能让自己脱离嫌疑。在这里死等着只怕是等不来夜晨的，等来的只能是徐家的众人前来寻自己的尸首呢。

冬晴扶着夜晚穿过竹林，一步步地朝着记忆中的方向往前走，幸好路上遇上了徐府的两名奴婢，两人一看她受了伤，立刻找了软轿抬着夜晚走。夜晚轻松了一口气，能有徐府的人作证自己是从另一条路回来，自己更不怕了。可见上天并没有赶尽杀绝，总还是给她留了一条生路。

夜晚回到徐府大厅的时候，里面正歌舞升平热闹得紧，哪里有丝毫的异样。夜晚的眉心轻皱，几乎是立刻能肯定夜晨根本就没有跟徐灿或者是徐夫人禀明事情。

也幸好自己没有在那里傻等，夜晚穿过层层人群，就看到了坐在黎氏身边满脸带笑，高贵雅致的夜家大姑娘。此时正举杯对夫人祝酒，笑容浅浅，声音灵动，真是一幅极美的画面，谁又能想到在这温馨华宴的背后，夜晚刚经历了一场死劫。

夜晨不经意地回眸，骤然看到刚走下软轿的夜晚，神情大变，面色僵硬，好似见到了鬼。

夜晚看着夜晨轻轻一笑，只是那眼睛里再也没有了笑意。如果这个时候，看到这样的场景，夜晚还要对夜晨表现出善意，也真的是脑子有问题，夜晨也是绝对不会相信的，倒不如趁这个机会撕破脸皮好。

夜晚虽然已经打定主意撕破脸皮，但是绝对不会在大庭广众之下做什么，毕竟如果做出了有损夜家声誉的事情，便是族长跟族长夫人也不会饶了她。只要看看还在被关押的夜萱就知道了，夜家的人都是现实功利得很。

黎氏的神色也好不到哪里去，她自然是知道事情的真相的，只是看着夜晚居然完好无事地回来了，心里自然是也有些惊讶，但是这个时候她可不能露出丝毫的马脚，万一夜晚要是说出什么不该说的事情就完了。

"你这孩子怎么才回来，可是走迷了路？"黎氏笑着问道，亲昵地拉着夜晚的手往自己座位旁走，一副贤惠良母的模样。

夜晚淡淡一笑，只是那笑容里多了几分冰冷，随意地说道："并没迷路，只是崴了脚，走得慢了些。"夜晚随着黎氏往里走，另一只手扶着冬晴的手臂。

夜晚的脚有些不利落，大家都看到了，要是黎氏真的关心就该先问问夜晚的脚怎么回事，可是黎氏什么没问就先问罪，这里谁也不是睁眼瞎，又都是做嫡母的，谁家没个庶子庶女添堵的，但是毕竟人都是要脸面的。不管在家里怎么折腾，到了外面都是要顾惜着脸面。

若是往日黎氏自然不会犯这样的错误，但是今天实在是有些慌了手脚，毕竟她根本就没想到夜晚还能活着回来，一切都安排得好好的，怎么就能出了岔子？正因为想得太多，居然忽视了夜晚脚上的伤。

这里的人虽然都不待见自家的庶子庶女，但是更乐意看别人的笑话，更乐意拿着别人家的伤口让自己开心。

正因为这样，边上有人开口了："夜夫人，我瞧着夜二姑娘的脚有些不对劲呢，你且走得慢些，你看看这小脸白得都冒汗了，可是疼得厉害？"

"是啊，夜夫人别着急，人回来就好，还是先找个郎中看看吧，这眼看着就要选秀了，要是伤了脚可怎么好？"

"咦，方才不是大姑娘跟二姑娘一起出去的吗？怎么二姑娘却是这番模样回来了？"

这话不说还好这一说可真是让人遐想无限了，夜晨的脸也有些不好看，忙站起来说道："二妹妹说还要自己走走，我便先回了，并不晓得是怎么回事。"说到这里转过身看着夜晚："怎么弄成这样，可疼得厉害？"语气温柔，真是一副好姐姐的模样。

夜晚有些惊恐地看着夜晨，不由得往后退了一步，脸色白得瘆人。看着黎氏跟夜晨顿变的脸色隐隐带怒，夜晚忙垂下头，急急忙忙地解释："没……没什么事，就是……就是走路不小心，崴了脚。幸好遇到了两名路过的侍女找了软轿，已经……已经不疼了，不疼了。"

夜晚的神色惊恐中带着卑微，卑微中还透着呆滞，一看就是吓傻了的模样。这副神情哪里还要多说什么，分明就是姐妹两个一起出去，结果一个先回来，一个弄成这副模样，一看就知道一定是有什么事情。

众人看着黎氏跟夜晨的脸色便有些异样，夜晨气得发抖，耐着性子还是温和地笑道："你啊有的时候就是太执拗，我说跟我一起回来你不愿意，快坐下。"

夜晨扶着夜晚在她的座位上坐下，夜晚吓得战战兢兢的，又不敢不坐的模样真是让人我见犹怜，眼眶里隐隐带着泪水又死命地强忍着，这小模样真是令人怜惜。因此大家看着黎氏母女的眼神更有意思了。

黎氏真恨不得将夜晚立刻扔回夜家去，夜晨也觉得待着难受，便转身看着徐灿，柔声说道："大姑娘，我妹妹只怕是脚疼得厉害，不如我扶她到厢房歇一下，还要劳烦你给请个郎中看看。"

徐灿立刻回过神来，笑着说道："倒是我们疏忽了，让二姑娘受了伤，咱们一起过去。"徐灿说着就亲自扶着夜晚站起来，面带愧疚，毕竟客人在主家受了伤，说出去也不是好听的事情。

夜晚垂着头不言不语地被两人扶着往外走，冬晴紧紧地跟在后面，脸色也是一阵煞白，一副惊吓过后的虚脱模样，更是令人遐想无限。

徐灿带着夜晚来到了厢房，扶着她坐下，忙说道："你们先坐坐，我这就派人去请郎中，也给二妹妹另端一份午膳过来，想来这个时辰也饿了。"

夜晚忙不安说道："多谢大姑娘，让你费心了，也给你们添麻烦了。"

"二姑娘千万别这样说，你在我们府里受了伤，倒真是我们的疏忽，还请勿怪罪才是。"说着笑了笑转身就去了。

徐灿一离开，屋子里就只剩下夜晚主仆还有夜晨三人，夜晨坐在夜晚的对面，似乎在想着怎么开口。夜晚坐在她的对面垂着头，根本看都不看她一眼，哪里还有方才可怜的小模样，剩下的只有一片冰冷。

"二妹妹……"

"大姐姐眼里还有我这个妹妹？说是要回去接我，结果却在大厅里歌舞升平，大姐姐可还记得我还在那里挨饿受冻还受着惊吓，脚上还有伤，你可知道我当时有多怕？"夜晚怒，看着夜晨的神色越发地冰冷。

"不是你想的那个样子，你听我解释。"夜晨还是想挽回一下，尽量不让夜晚起疑心。

"不知道大姐姐想要怎么解释？你忘了我还在那里？还是在大姐姐的心里根本就没有我这个妹妹，要是受伤的是四妹妹，大姐姐会丢下四妹妹一个人离开，然后告诉她等你回来，结果她一直等啊等，等来的却是大姐姐正端坐大厅安稳用饭？"夜晚的声音有些尖锐,"便是大姐姐不亲自回去接我,只要跟徐家大姑娘偷偷说一声,大姑娘派两个丫头也能把我接回来了不是吗?"

"这就是你对姐姐说话的态度?不管怎么样我也是你姐姐。"夜晨冷了脸,没想到夜晚这么尖锐。

"那你又把我这个妹妹放在何处?"夜晚质问道,说话的同时见到有人影一闪而过,眼睛一转便接着说道,"大姐姐难道忘记了那假山后面令人惊恐的尖叫声,大姐姐不许我声张,不许我跟徐家人说,还把我一个人扔在那么令人惊恐的地方,是个姐姐该做的事情吗?"

夜晨背对着门口,并未看到门口那一闪而逝的身影,听到夜晚的话,怒道:"我们是做客的,你管主人家那些事情根本就不合规矩,这个你不懂吗?"

"我不懂,我只知道大姐姐跟徐大姑娘是好朋友,既然是好朋友不应该多多照应吗?既然是好朋友更应该知会一声不是吗?今天是徐夫人的生辰宴,出了这样的事情,就应该偷偷地告诉大姑娘,然后悄悄地趁人不注意的时候处置了,免得被人发现围观损了声誉,可是大姐姐什么都没做。丢下了受伤的妹子毫无亲情可言,对朋友漠不关心,不仁不义。大姐姐,你怎么会变成这样子?你以前不这样的,太令人失望了。"夜晚嘤嘤哭泣起来,好像真的是惊恐过后满怀愤怒才会说的偏激话,一点都不遮掩,直接地吼了出来,更显得真实。

"我从来不知道你还有这么一张利嘴。"夜晨半眯着眸子看着夜晚,总觉得这一刻的夜晚有些不一样了。

夜晚的眼角看到门外的那身影消失不见,也就没兴趣继续演戏,拿着帕子擦擦眼角,这才缓缓地说道:"我也没想到大姐姐居然想要我的命。"

"你这是什么意思?"

"什么意思?大姐姐又何必再伪装?你心里再明白不过的。"

夜晨看着夜晚的眼神惊疑不定,一时间不明白她的话里有多少可信度。

两人就这样僵持着,很快的外面就传来脚步声,徐灿推开门亲自领着郎中进来了,神色一如方才,看着那郎中说道:"受伤的就是这位姑娘,还请郎中好好地看看,脚疼得厉害呢。"

夜晚就伸出脚给郎中看,那郎中花白胡子一大把年纪了,隔着衣衫捏了捏然后说道:"崴了,姑娘你忍着我要给你按一按才好得快些。"

夜晚咬着唇点点头:"麻烦您了。"

夜晨这时就说道:"手下轻点,我妹妹怕疼。"

"疼是免不了的,不过只是一下很快就过去,咬咬牙就好了。"那郎中倒也实话实说。

第六章 飞絮飘无定,同心结未成

夜晨闻言，看着夜晚柔声说道："忍忍，很快就过去了。"

夜晚却是微微撇了头，徐灿看到夜晚的眸子里有泪光闪动，却是装作什么都没看到，安稳如常。

果然是有些疼，夜晚紧紧地攥着冬晴的手，捏得冬晴差点都喊出来。那郎中站起身来，从药箱里拿出一瓶药膏，放在桌上说道："抹在伤处，用力揉开，明儿个就会好多了。"

夜晚忙道过谢，徐灿笑着把郎中送走了。冬晴立刻将药膏打开，蹲下身子给夜晚抹上揉了起来。夜晚死死地咬住唇一声不吭，眼眶里却有泪花闪动，徐灿回来的时候就看到这样一幕，眼神在夜晚身上停了一会儿，这才笑着说道："夜晨，你回宴席上去吧，伯母想必挂念着二姑娘，你去说一声也好让她安心。我在这里给二姑娘安排好吃食，顺便陪陪她，可怜见的今天受了惊又受了伤，我这个做主人的可不能推卸责任。"

夜晨推脱一番还是被徐灿给劝走了，这时冬晴也给夜晚敷上了药揉开了，徐灿便说道："让我的丫头带着你去洗洗手，顺便你也吃些东西，我陪着你家姑娘，你安心就是了。"

徐灿的笑容很温和，冬晴看了夜晚一眼，夜晚点点头，冬晴忙谢过了徐灿跟着丫环走了。

这时候饭菜也送来了，徐灿亲自摆上桌，看着夜晚说道："今天让二姑娘受了伤，实在是对不住，都是我太大意了些，实在是该让两个丫头陪着的。"

夜晚听到徐灿这么说，忙说道："不不不，是我自己不小心，大姑娘不用自责。"

徐灿斟了杯酒递给夜晚，自己也斟了一杯，笑道："这杯酒是我跟二姑娘致歉，希望二姑娘见谅。"说着自己就先喝了一大半，笑颜盈盈地看着夜晚，诚意十足。

夜晚有些为难，但是还是端起了酒杯，喝了一口就咳嗽几声，忙解释道："平常并不喝酒，倒是让大姑娘见笑了。"

"都是一样，咱们是金贵的姑娘，自然不用跟男子一样，大碗喝酒大口吃肉的。"

徐灿说着自己也笑了，气氛便柔和起来，夜晚也跟着松缓了些，随着徐灿说些随意的话。两人一边小口抿着酒，一边吃着菜，慢慢地就喝多了。夜晚前世便是大酒量，又跟着慕元澈在苦寒之地守卫边关，没事便是用酒驱寒，就算不是千杯不醉，可是想要灌倒她也非易事。

夜晚从徐灿让夜晨回去的时候，就觉得有些不对劲，而后说的话，做的事，再加上徐灿不停地劝酒，夜晚也明白了几分。这时候就假装醉了酒，嘴里的话也有些颠三倒四，慢慢地话也多了起来，不再像方才清醒的时候那么谨慎，眼中还带着泪，真是一副楚楚可怜的样子。

徐灿看着时候差不多了，话题就转到了夜晚受伤的事情上去，慢慢地循循善诱，试图让夜晚把话说明白。

夜晚既然知道是个坑，而且这个坑还是她求之不得的，这个时候自然是奋力往下跳了，抿了一口酒，眼泪汪汪带着浓浓的酒意凝视着徐灿："……当时我跟大姐姐都吓坏了，大姐姐拽着我就跑。我不晓得出了什么事情，但是想着也不是好事，就想大姐姐跟你是好友，一定要知会你一声，偷偷地把事情解决了，免得被人发现，今儿个是徐夫人的生辰，得图个顺当，吉利。可是大姐姐说这是别人家的事情不能插手，还不让我跟你说，大姐姐说她会亲自跟你说。我想着大姐姐可能跟我想的一样，是要偷偷地告诉你，我就信了。大姐姐走得极快，我跟不上，被她硬拽着走，一不小心就崴了脚，再也不能走了。大姐姐就说让我等着，她回去找人。我就在那里等啊等的，我怕极了，因为我距离那假山不远，隐隐地还能听到假山后面的哀号声，我不知道出了什么事情，大姐姐说别人家的事情不能管，我也不敢过去看，我胆子很小，就拉着冬晴走，我怕得慌不择路，也不知道走到哪里去，脚疼得很，只记得走过一片竹林，然后就遇到了两名侍女，她们和善极了，还给我找了软轿，不用走着我的脚也没那么疼了，听不到那些声音，我也不用怕得要命。我一直等着大姐姐，等着她，可她就是不来，我真的害怕，真的害怕，怕极了……"

夜晚呜呜哭泣，那声音呜呜咽咽的随着夜晚的话让人听着就倍感心酸。徐灿的脸色变化莫测，看着夜晚的样子柔声说道："不要怕了，现在都过去了，你累了就睡会儿吧。我给铺好了床，软软的，可舒服了。"

夜晚装作无意识地点点头，就被徐灿扶着到了床边躺了下去。夜晚感觉到有人用帕子拭去了她眼角的泪珠，然后又听到了开门声，说话声也徐徐传来："你家姑娘累坏了，这会儿睡着了，你去守着吧，有什么事情跟门外的丫头说就是。"

"多谢大姑娘，我们姑娘给您添麻烦了。"冬晴感激地说道，觉得徐大姑娘真是和善。

"不要这么说，是我们对不住二姑娘，让她受了伤。我去前厅看看，你进去吧。"

徐灿走了，冬晴小心翼翼地关了门，守在榻边看着夜晚。

夜晚并没有睁开眼睛，依旧假寐，心情却是不停地翻滚着，经过了这件事情，她倒是要看看徐灿跟夜晨还能不能做至交好友。如果一同进了宫，两人能不能站成一条线。徐灿这个人看着和善温柔，但是经过这一系列的动作，反而让夜晚有种危机感，这徐大姑娘太能忍了，一步步地布置着，不显山露水打发了对她毫不怀疑的夜晚，然后又是酒又是菜，先跟自己拣轻松的话聊天放松自己的警惕，而后才开始套话，不疾不徐，太稳了。

后宫里，什么样的女人能活得长远，能爬得位置高，无疑是徐灿这样的，最好的例子不就是夏吟月甘夫人吗？

夜晚的心不能平静，她没有想到这一生正面遇到的第一个女人，居然是跟夏吟月如此地相像。历史就像是转轮，总是在不停地重复，只是这重复的路上人已不同。

冬晴又惊又怕真是吓坏了，这样安静的环境里，居然也睡了过去。

夜晚缓缓地睁开眼睛，一动不动，继续躺在那里。她现在是一个喝醉的睡着的人，怎么能轻易地就醒呢。

夜晚一直睡，一直到夜家的人告辞这才起身告罪离开。一直到夜晚离开，都没有听到徐府有什么事情发生，可见一定是徐灿已经派人处置了，能做到不声不响地把事情办得周全，徐灿果然是好本事。

纵然已经知道这一届的秀女里藏龙卧虎，但是真的见识到了冰山一角，还是让夜晚有更大的触动，她已经能感觉到，这些人进宫后将会造成多么大的冲击，就是不知道没有了皇后的后宫，那高高在上的甘夫人会以何种心情，迎接着这么多的俊秀佳人，这会是一场多么令人期待的场面。夜晚已经能感受到自己血液里的躁动，已经感受到自己骨子里的叫嚣，她已经迫不及待地想要看看夏吟月那一张虚伪的脸会是多么的精彩。

人活着得有个念头，不然多么枯燥。

夜晚真是个多灾多难的，不过是出了门就带了伤回来，而且在同一时间，京都里多了各种各样的传闻，不过是夜家嫡母嫡女跟庶女之间的传闻，而且这个传闻的蓝本就是以在徐府做客引发的。这些绯闻传得很有意思，没有明目张胆地说谁的对或者不对，只是十分生动地描述了夜晚跟黎氏母女之间的对话跟神态，越是这样，反而更令人遐想无限。

夜晚听着冬晴不停打探来的消息，嘴角微抿。便是弄个传闻，这位徐家大姑娘的手腕也真是高明，什么都没说却又是什么都说了。

第七章
风起入宫闹，
杀机隐隐现

第一个听到传闻风风火火赶回来的就是夜宁，看着夜晚瘀肿的脚腕，一个大汉子居然差点掉眼泪，一个劲儿地自责自己没有照顾好夜晚，总是让她受伤。因为是请假回来，总共待了不过三个时辰又风风火火赶回去了，这回去的路上还跟夜震打了一架。

夜震也算倒霉，不过是说了句风凉话，谁知道夜宁一上来就动手，而且以前夜宁根本就不是他们两兄弟的敌手，可是这一回仅仅三招就把他打趴在地上了，进了金羽卫的人果然是不一样的。夜宁揍了夜震算是震慑了一下，告诉这里的人他妹妹是有靠山的，这才扬长而去。

夜晚听说，这件事情让黎氏气坏了，便去找夜箫告状，谁知道夜箫反而把黎氏训斥一顿，说她见不得庶子有出息，说她容不得人，可把黎氏委屈坏了。

夜晚听着这些冷笑一声，不过是夜宁进了金羽卫，如今身手大涨，让他觉得这个儿子有前程，因此态度也改变了。只是现在才知道这个儿子有多好，终究是再也暖不了他们兄妹的心。

人可以做错事情，可以做错很多事情，只要你能真诚地悔改，总能得到别人的原谅。但是像是夜箫这样建立在利益的基础上……谁稀罕呢。

族长夫人亲自来探望夜晚，言语间对那天的事情多有试探，夜晚本就有心博得族长跟族长夫人的支持。现在她哥哥进了金羽卫后的效果已经开始展现，族长夫人只怕是奉族长的命令过来试探夜晚的。

这里面有个利益区别，黎氏的女儿进宫，更多的带来的是给黎氏还有夜箫的荣耀。但是一个跟黎氏有了嫌隙，跟夜箫并不亲近的庶女进了宫，只要他们好生地拉拢，便能给整个夜家带来利益，当然族长夫人本家更是重中之重。

夜晚说话很有艺术性，既不能让自己表现得无情无义让族长夫人心生提防，觉得自己是个白眼狼，真的扶持起来怕也是个靠不住的。还要让族长夫人知道自己受了委屈，对黎氏跟夜晨是有不满的，只是这个不满的度量确实要把握得刚刚好。这并不是一个轻松的差事，但是夜晚有着郦香雪的见识跟记忆，又怎么能为难得住她。

族长夫人听完夜晚的话，瞧着夜晚的神情越发地柔和了，柔声问道："阿晚，你可愿意跟着大祖母去我那里小住一阵？"

夜晚一愣，顿时面带惊喜，又有些不信，神情几番变化，但是犹豫一番还是点点头："我愿意，我只盼着夫人能消了气，别再误会阿晚。"

"你是个好孩子，只是这有些事情啊并不是你想的这般。好了，我去跟你母亲说说，今天就跟着我回去吧。可怜见的短短几日工夫竟瘦成这样，眼看着大选就要开始，这不养好了可怎么成？"族长夫人笑着拍了拍夜晚的手柔声说道。

"阿晚，并没想着能进宫。"夜晚垂着头小心翼翼地说道，"家里有大姐姐，自然是大姐姐参选的。"

族长夫人看着夜晚的神情，只是一笑："这些事情你先不用管了，只要把身体养好就是了，其余的交给大祖母去做。真是个可怜孩子，什么都不敢去要，这怎么能成呢？"

族长夫人吩咐人给夜晚收拾东西，冬晴看了夜晚一眼忙也开始准备，帮着族长夫人留下的丫头收拾。似雪在一旁看着有些不安，趁着众人不注意，悄悄地溜了出去。

夜晚看着似雪的背影只是一笑，夜晨只怕会立刻赶来吧？毕竟她要是去了族长夫人那里，可真是鞭长莫及，很多事情都不能做了呢。夜晚这会儿想要看看，夜晨怎么阻止自己，很想看到夜晨听到消息后的神情，多么的有趣啊。

那边族长夫人正跟黎氏交锋，这边夜晚正指挥着人收拾行李，夜晨果然就来了。

夜晨的脸色有些不好，想来是昨晚上并没睡好，有些憔悴。即便是穿了颜色鲜亮的衣衫，脸上又敷了粉，还是遮掩不住。由此可见这些流言在这个时候传出来对夜晨的影响还是很大，毕竟快选秀了，任何有损声誉的事情都是致命的。

"你真的要去？"夜晨挥退了屋子里的丫头，神情冰冷地看着夜晚，她是万万没有想到族长夫人居然会插手，一下子打乱了她接下来的计划。

夜晚将手里的妆奁盒扣好，看也不看夜晨："若再待下去，我不晓得自己还有没有命活到选秀。"

"你这是什么意思？"夜晨身体轻晃，神色严谨地看着夜晚，是不是她知道了什么。

"没有什么意思，只是有人跟我捎了句话，说是那天要不是我走得快，徐府假山后面的那具尸首就是我了。"

一室沉静。

"我听不懂你在说什么，你宁愿相信别人也不愿意相信自家人？"夜晨道。

"这不是我相信谁的问题。而是谁的话能让我好好地活下去。大姐姐，我这样的性子其实根本就进不了宫，我这样的容貌皇上也不会看上眼，你又何必非要置我于死地。正如你方才说的，我们是一家人，可是你从没把我当成一家人。我离开些日子许是好事，大姐姐可以安心备选。等你进了宫我再搬回来，那个时候你就会明白我是真的不愿意进宫的。"

夜晚一直垂着头，不愿意看夜晨一眼，就好像是真的伤心到底一样。

夜晨的脸色白中透着青，狠狠地瞪着夜晚。她怎么会相信，夜晚如果真的没有心进宫，就不会跟着族长夫人走，这不过是给她自己找一个借口罢了。

"你真的要走？"夜晨再问一遍。

夜晚终于肯抬起头来，神色平静："是。"

"母亲会伤心。"

"不，母亲会很开心，没有人能够阻挡你的脚步了。"

"……你以为族长夫人真的是好心接你去住？"

"至少不会害我的性命。"

"夜晚，你会为此付出代价的。"

"你错了，我正是付出了代价，才有了这一条路，是你亲手给了我这一条路。"

"你终于肯说实话了？"

"实话？我一直说的都是实话，只是你不肯相信而已。"

"现在肯露出你的真面目了？看着你这一张扮柔弱的脸我就觉得恶心。"

"彼此彼此，看到你戴着温柔的面皮扮高贵我也碍眼得很。"

两姐妹话里争锋，谁也不肯退后一步。

终于还是正面碰撞，全面开战。

夜晚跟着族长夫人走了，她还记得黎氏看着她的眼神冰冷狠毒像是潜藏的蛇芯子，夜晚知道如果这回进不了宫，她是绝对没有活路了。人生就是一场博弈，只有将自己置于最危险的境地，不给自己留下退路，你必然会全力以赴。

夜晚出了夜府的事情，在京都里并没有引起多大的波浪，毕竟虽然出了夜府，但是去的依旧是夜府的地方，还是族长跟族长夫人的居住地，只会让人觉得夜晚的身份又高了一层。毕竟能跟在族长夫人身边的，都是德行良好，举止出众的。

　　夜晚并没有见到族长，族长夫人派了两个丫头伺候夜晚，再加上冬晴，还有些粗使的婆子，也够用了。

　　出了正月，天渐渐地暖和起来，族长夫人每逢赴宴一定会带着夜晚，因此夜晚在京都不像是以前一样深闺女儿无人识。

　　全国各地的参选秀女已经陆续抵达京都，各家客栈的房源也紧张起来。因为有些地方太偏远，所以不得不早些上路，到达京都刚刚好不耽误选秀。

　　因为四品官以上京都出身的秀女是不用参加第一轮的海选，因此夜晚倒是还有闲情逸致品茶。眼前夜家也是正在激烈地冲突，因为这段日子自己跟着族长夫人四处走动，行事端庄大方，进退有据，更让族长夫人觉得她进宫要比夜晨进宫更好。

　　但是黎氏是死也不松口，坚决不允许夜晚顶替夜晨，两边僵持不下，只等着夜箫跟族长商议过后做最后的决定。

　　并不是说皇宫里不允许有亲姐妹存在，而是京都各大家族都不希望自己一家人在皇宫里因为争宠反目，所以选秀的时候每个家族只会选出最优秀的女儿送进宫。除非这个女儿在宫里没了，或者生了重病不能承宠，家族才会挑选下一个送进宫。

　　夜家现在情况就有些不一样，族长跟族长夫人是支持夜晚的，但是黎氏是不会让自己女儿委屈的。虽然族长跟族长夫人的话很有分量，也有权威，但是黎氏的娘家也不是吃软饭的，再加上这些年夜箫也是比较偏疼夜晨姐妹，因此各项综合起来，竟是打了个平手。

　　天渐暖，夜晚也脱下了厚厚的棉衣，换上了轻薄的夹袄，顿时便觉得身轻如燕，连心情也好了几分。夜晚素来讨厌冬天，不是因为冬天不好，是因为冬天太冷，在夜府的时候炭盆永远不够用，取暖也不过是个幻想。连最基本的温暖都得不到，你如何有心情去欣赏美景？

　　"后日就是玉公子的生辰，姑娘您今年还要去祝贺吗？"

　　"当然要去。"夜晚看着外面万物复苏一片青绿，嘴角带着淡淡的笑容。

　　"可是不知道族长夫人会不会同意，昨儿个族长夫人还说二选就要开始了，让您准备着，绣楼的衣裳都改过两回了，就怕不够好呢。"冬晴委婉地劝着夜晚。

　　要参加秀选的秀女自然不能随意地出入了，夜晚觉得有些遗憾，不能亲自去道贺了。司徒镜若是知道了怕是会觉得伤怀，想了想夜晚说道："准备的礼物可准备好了？"

　　"备好了。"

"那你送去吧。"夜晚终于还是松口了,她不能在这个时候闹出什么事情来被黎氏母女捉到把柄,不然的话岂不是前功尽弃了。

冬晴忙笑着应了,转身就去了。

再也没想到上午送了礼物过去,下午司徒冰清竟是亲自过来了。族长夫人自然知道是司徒家的姑娘,笑着亲自迎了进来,司徒冰清神色和蔼地陪着族长夫人说了会儿话,这才去了夜晚的院子。

族长夫人看着司徒冰清的背影,想着夜晚能有这样的至交好友,进了宫也是个帮手,这是多好的事情,偏生黎氏那蠢货只顾着自己女儿,不管大局。想起来就是一阵阵地气闷,回身问着身边的丫头:"老爷可回来了?"

"刚回来,正在前院书房,夜大人也在呢。"小丫头十分伶俐地说道。

族长夫人点点头,抬脚就去了前院,夜箫在正好把事情说个明白。

书房里族长跟夜箫也正在为这件事情闹得不愉快,族长夫人在外面听了半晌,推开门走了进去,冷着脸说道:"我瞧着你是糊涂了,自己连着正经主意都没有了。夜晨是你女儿,夜晚就不是了?而且这段日子二丫头跟着我出入入,行事没有丝毫错处,哪里是你夫人先前说的胆小怯懦,上不得台面,我看就是私心作祟。"

夜箫不好跟族长夫人一个女子争辩,只得放低说道:"晨儿容貌出色,才艺出众,晚儿却什么都不会。纵然是进了宫,但是时日一长只怕是也没什么大的出息。"

"那也未必,司徒家的姑娘是多么显赫的身份,但是却是跟阿晚交好,为什么不跟阿晨交好?我瞧着这里面不简单,阿晚只怕是比你想象的更出色。我是觉得不能白白地浪费了阿晚身上的这份情,救了小国舅这一点即便是在宫里不能盛宠,却也能安身立命,只要能立住脚,总能徐徐图之。"

两边争执不下,正在相互劝说的时候,门外的小厮却是砰砰地敲了门:"老爷,王大人来了,说是奉命而来。"

"王大人?哪个王大人?"

"王子墨大人。"

夜晚听到王子墨到访,真是惊讶无比,这个时候按照道理来讲,王子墨应该忙得分不开身,为尊贵的皇帝陛下选美人呢,怎么到她这里来了?

司徒冰清抿嘴笑了笑,看着夜晚说道:"许是好事呢。"

夜晚明白司徒冰清的意思,毕竟王子墨是皇帝跟前的人,他来可不就是代表着皇帝陛下又有旨意了。但是夜晚实在是想不明白,慕元澈又要做什么,若是说慕元澈对她有什么好感,夜晚是打死也不信的。慕元澈这个人生性心冷情更冷,做任何事情都会先去想利益,从不考虑个人感情,什么时候都是江山为重,这样的一个男人你让他为一个女人折腰,这不是天大的笑话吗?

第七章 风起入宫闹,杀机隐隐现

如果真的能折腰，郦香雪就不会死了。

族长夫人亲自领着王子墨来了，在众人面前夜晚还是保持庶女风度的，弯腰行礼："臣女见过大人。"

"二姑娘不必多礼。"王子墨神色严肃，声调一如既往地不疾不徐，不冷不热，那一张无比淡定的脸，永远让人猜不到他在想什么。

但是夜晚发现了，她看到了这老狐狸眼中一闪而过的笑。

夜晚就觉得一定不会有好事发生，眉心不停地跳动。

司徒冰清看着王子墨点点头，见了礼，王子墨回了半礼，毕竟司徒家的姑娘身份贵重，礼节还是要的。

"大人请坐，冬晴奉茶。"夜晚笑着说道，亲自扶了族长夫人坐下，自己坐在最下首，王子墨坐在另一侧，正对着司徒冰清。王子墨一直知道司徒家的姑娘跟夜晚交好，倒是没想到比他想象中的还要好，看着两人的神态可没有一般朋友的疏离跟客气，居然也不避讳，毕竟自己出现是代表着皇上的旨意。

有点意思。

"今年的新茶还未得，只能委屈大人喝些陈茶了。"夜晚浅浅一笑，对着王子墨的态度也是落落大方，并没有一般人的瑟瑟跟忐忑。族长夫人看着就暗暗点点头，看来夜晚跟王子墨大人也是有些交情的，这样岂不是更好，更能说服夜箫了。

王子墨呵呵一笑，看了夜晚一眼："二姑娘的身子可是都好了，我竟不知道你居然搬了住处，先去夜府跑了一趟。"

"夜晚也想不到还能跟大人有见面的时候，若是知道必然提前就跟您说一声。大祖母来到京都身边没有晚辈陪伴难免寂寞，阿晚不才，来给大祖母解解闷。"夜晚丝毫不提夜家的龌龊，粉饰太平。

族长夫人心里又是开心了些，果然识大体，懂得家族的重要，什么事情都可以关起门来自家人分辨，绝对不能让外人看笑话。

王子墨又笑，夜晚分明从这老狐狸的眼睛里看到了嘲弄。也是，以王子墨的手段自然会查清楚究竟出了什么事情，夜晚这么说也不过是想要对方知道自己是个善良的人，目的达到，就大功告成了。

"二姑娘纯孝。"王子墨赞。

族长夫人趁机夸赞了夜晚几句，然后话题这才转到了王子墨的来意上。

"后日，碧亭湖有场宴会，请二姑娘务必走一趟。"王子墨缓缓地说道，依旧那张死人脸，让人看不出情绪。转头又看向司徒冰清，笑："本来还想专门走一趟司徒府，没想到居然在这里遇到司徒姑娘，倒是省了在下跑腿了。"

夜晚自然知道碧亭湖是个什么地方，那里是皇家园林，只有有了恩旨，才能进去。

"王大人，我姐姐可也去？"夜晚问道。

"自然。"王子墨顿了顿，补充一句，"本朝在京从四品以上官员的秀女都可参加，不分嫡庶，不限各家参选人数。"

夜晚的心咯噔一声，脸上的笑容故意带出了几分难堪，抿紧了唇没有说话，眼神也随之黯淡下去。

王子墨一看，觉得这姑娘想得太多了，违背他一向做人的原则，多嘴地解释了一句："二姑娘不用想太多，京都里人家多了去了，哪家合适的姑娘不止一个的也多了去了。皇上选秀，说句大不敬的话，也得皇上自己喜欢不是。"

司徒冰清抬眼看了看王子墨，心里有些惊讶，没想到王子墨居然会主动解释这么一句，这可不像是王大人的行事作风。听说王大人至今未婚，难道是喜欢上了夜晚？

王子墨要是知道司徒冰清会有这种想法，大约就会恨死自己这么多嘴一句了。

族长夫人的眼神也是在两人之间不停地徘徊，只是年岁大的人都比较稳，便是有什么也绝对不会说出来的。

"大人说的是。"夜晚应和一声，面上的神色微微好了些，"后日夜晚一定会到。"

王子墨本来还想多问两句，关于那箱子礼物的事情。但是因为族长夫人跟司徒冰清都在，他就只好把这份心思压了下去。

夜晚看着王子墨，垂眸问道："不知道大人能不能行个方便，可否告诉夜晚碧亭湖宴会，谁会主持宴会？"

既然是皇家园林设宴，主持宴会的自然是皇家人，但是皇家人这么多，谁知道究竟是哪一个。

王子墨沉默一下，显然是不太方便透露。

"若是大人有不便之处，那就不为难了。"夜晚忙道，一副小心翼翼的样子，好像真的怕会给王子墨招了麻烦一样。

"碧亭湖是皇家园林，平常皇上会在有闲暇的时候住上一两日。至于皇上会派谁前去，在下真的无法预料。"王子墨确实也不知道，但是话里已经吐露了些玄机，就看夜晚能不能想到了。

夜晚一愣，迷迷瞪瞪地说道："多谢大人肯多言，小女谢过了。"

送走了王子墨，族长夫人自去找族长说话，此时夜箫还在，也是想知道王子墨来的原因究竟为何。

听了族长夫人的话，夜箫皱眉："皇上这是什么意思，难不成会改变往年的惯

第七章　风起入宫闱，杀机隐隐现

例？"

皇帝从不会选一家两女同时进宫，可是这回碧亭湖宴会，居然是不分嫡庶，齐齐前往，可真是怪事了。

这里三人自然是都想不通的，但是既然是圣旨就只能遵从了："这样说来咱们竟是不用费心了，这两姐妹一同参选，谁留下谁撂牌就看皇上的意思了。"

如此，争端自然是没有了，一切只看选秀的结果了。

这边商议着，那边司徒冰清也正在跟夜晚说着悄悄话："……已经寻了法子，总之我是不会进宫的，这一回真是险之又险，没想到你那姐姐跟嫡母这般的狠毒，居然想要借刀杀人，幸好你福气大躲了过去。"

夜晚没有告诉司徒冰清遇到溯光的事情，毕竟答应人家要保密的，除了这一点把别的事情都给说得清清楚楚。

司徒冰清皱眉。"难怪前些日子听说徐府有个丫头病死了，说是得了什么怪病，还有几个也感染上了一同被送了出去。看来是跟你说的这件事情有关系，那假山后面死的一定是那个病死的丫头。只是再也想不到，谁这么大胆居然会在徐府动手，想来你异母姐姐是没本事在人家家里下手害人性命，应该是无意中跟她布的局撞在了一起才是。"

"我也是这样想的，可见老天爷是长眼的。"夜晚轻哼一声，"这回好了，皇上下了旨意，不管嫡庶皆去参加宴会，我跟夜晨也不用争了。"

"也好，免得那两母女又来害你性命，这样一来就取决于皇上会选择谁了。"司徒冰清是有些担心的，夜晚容貌不及夜晨，才学又是个不被人知的，选秀的结果怕是不容乐观。

夜晚浅浅一笑："如此也好。"

"你倒是宽心，到时候参选的秀女那么多，个个貌美如花，你就能肯定你一定能进得了宫？若是被选上还好，若是选不上，你回来的日子可就不好过了。"

"我自然会尽力的，你就别担心了，现在担心这些太早了。今朝有酒今朝醉，明日愁来明日忧。"

"呸，你这会子装大方了，之前也不知道谁整日忙着忧心来着。"

"以前不一样啊，我得先保住自己的性命，现在我性命保住了，没有后顾之忧了。剩下的事情就不是我能掌控的，我只能祈祷上天厚赐与我，除此之外，你说我还能做什么？"

司徒冰清沉默，是啊，走到这一步，就只能尽人事听天命了。

到了碧亭湖宴会这一日，夜晚早早地就起了身，因为碧亭湖在城外，要坐着马车赶去，因此要早起一些，免得耽搁了时辰。族长夫人特意为夜晚准备了一套衣衫，是今年京都最流行的新样子,窄腰宽袖,颇有魏晋飘然若仙之姿。比魏晋的衣衫又略有不同,那就是领口的位置稍低一些,能看到一片雪白的脖颈,更添几分春色。

夜晚看着这身衣裳,眉头轻锁,既然是时兴的样子,那么今儿个穿的人一定很多。多了,也就不稀奇了。

夜晚盼咐冬晴打开衣箱,从里面拿出一件从未穿过的鹅黄色的软烟罗层叠素色纱裙,上身配一件同色琵琶襟广袖纱衣。浑身上下捂得严严实实,但是却又给人一种飘飘若仙的感觉。

这衣裳,这样式,曾是郦香雪赏给夏吟月穿过的。

初春的早晨寒冷依旧,透过窗子吹进风来,让人有些发抖。

夜晚端坐在铜镜前,看着冬晴为她绾起弯月髻。这弯月髻与寻常的弯月髻可有些不同,寻常的弯月髻都是隐在发中,而这个弯月髻却是一角悬空,悬空的月牙角上垂着碧绿的翡翠坠角,煞是可爱。

鹅黄的软烟罗做成的衣衫,风一吹涟漪无限,朦朦胧胧,似要飞身成仙。配上这改良过的弯月髻,尤其是那月牙角上的翡翠坠角,风吹晃动,发出银铃般的悦耳之声。

手持青黛,夜晚为自己描眉,斜长入鬓的长眉,添了丝丝婉约。眼角贴了花钿,樱唇上轻点胭脂,是透着粉嫩的浅色口脂,脸上细细地敷了珍珠研磨的脂粉,粉质细腻,敷在脸上毫无痕迹。

用心打扮起来,夜晚其实也可以很美,她的美灵动,魅惑,像是一只藏在深深的草丛中的九尾狐,那一双眼睛最是引人,眼波流转,让人见之沉溺。

"姑娘,好美。"冬晴几乎要看呆了,从没见过她家的姑娘这般的打扮,竟好似换过一个人一样,一个人怎么能这般的不同呢。

夜晚垂眸一笑,这样的妆容是郦香雪最喜欢的。她最喜欢那一弯长眉直到鬓边,长长的,眉梢微扬,风情无限。

夜晚轻叹一声:"打水来。"

冬晴不明白姑娘要做什么,还是很快地打了水进来,却见夜晚伸手入盆,竟是将脸上好不容易画好的妆容给洗了去。

"姑娘,您这是做什么?"冬晴大急。

今天不是一个出风头的时候,穿这身衣赏不过是想让慕元澈多看一眼罢了。当初郦香雪将这身衣裳送给夏吟月的时候,慕元澈也说过好看的。如今同样的衣衫,换在另一个人的身上,不晓得慕元澈可还能记起赏衣服的人,可还记得穿衣服的人。

王子墨已经给了夜晚暗示,碧亭湖宴会上主持的一定会是后宫里的嫔妃,至于是谁,王子墨也不知道。但是也告诉夜晚,碧亭湖是皇上一个人经常去住的地方,踏进那个地方的人，自然应该是受宠的人。

而后宫中最受宠的可不就是甘夫人吗？

夜晚没想到，不用入宫，便能见到日日夜夜想要见到的人，人生真是充满意外。兜兜转转，总会在你的意料之外给你一个惊喜。这次见面，自己送给盛宠的甘夫人的见面礼，便是这一身衣裳了。

夏吟月看到这衣服，会是什么表情呢？

会恨不得吃掉自己吧。

毕竟只要看到这一身衣裳，便能想起郦香雪，夏吟月恨死了郦香雪，自己穿这身衣裳，夏吟月一定不会喜欢自己，会很讨厌自己。

而夜晚要的，就是这种讨厌。

即便是她要进宫，也绝对不会对着夏吟月卑躬屈膝，既然不能卑躬屈膝，便一开始就把矛盾制造出来，到时候夜晚自然有法子让慕元澈对夏吟月不满，而这些是夜晚想要的。想要达到这个目的，这一回的碧亭湖皇家宴会，就是一个最好的机会。

夜晚一直以为，只有进了宫才能有机会制造这些矛盾，只是没想到进宫之前就给了她这么一个惊喜。

族长夫人看到夜晚的时候也有一瞬的惊艳，但是瞧着那张脸，便想着如果这张脸再精致一些，就真是太完美了。宴会邀请的只是秀女，因此夜晚告别族长夫人，带着冬晴坐上了马车，这才往城外而去。

出了城门，还要走半个时辰的路，才能到碧亭湖。

碧亭湖虽然带了一个湖字，其实并不真的是一个大湖。碧亭湖外方内圆，而是这所皇家园林中一处人工造的湖水。因为这个人工湖建造得十分宽阔，湖中心建了五个相连的三层小楼，好似湖中珍珠一样，精美绝伦。

碧亭湖的庄园的风景无疑是最好的，里面有各种奇花异石，一年四季花香遍野，以前的时候，郦香雪没少在这里玩耍过，她比任何人都熟悉这里的一草一木，每一条路，每一间屋子。

到了碧亭湖的时候，只见大门外早已经是人头攒涌，豪华的马车一排排比邻而停。触目望去，皆是艳妆华服的二八少女，云鬓花颜金步摇，腰肢婀娜似弱柳，真是闪闪生辉，各自精彩。

夜晚走下车，在这人群中却是一点都不打眼了，失笑一声，夜晚是低估了这些姑娘的决心跟毅力，这样的场合很有可能皇上会驾到，自然是人人都想做那最娇艳的一枝花。

碧亭湖早就有训练得当的宫女引路，将各家的姑娘领进去安置好。夜晚细细地打量，只见这些宫女态度并不高傲，也不谦卑，行事若行云流水，让人看着很是舒服。这样的风格，颇有惠妃的印记。

　　要说起这位惠妃实在是一个可怜人，当初慕元澈还是一个皇子的时候，她是皇子侍妾，后来有了身孕封了侧妃，奈何是个没福气的，孩子没保住，自己也落得一个宫寒的症状，这一生再难有自己的孩子了。后来慕元澈称帝，因为惠妃性子和顺，郦香雪又看着实可怜，便几番升迁将她提到了妃位上。她最是明哲保身，一生无忧是保住了。

　　夜晚此时站在门前，瞧着这些宫女，恍恍惚惚的还真有些思念这位故人。看来今儿个来的不仅是夏吟月，没想到惠妃也来了，夜晚的笑容微微地勾起。

　　在宫女的指引下，夜晚随着一同下车的几位秀女进了庄子。虽然京都圈子里各家的姑娘都是有数的，但是并不是每一个都是互相见过面的。就比如夜晚，在京都因为救了小国舅算是名声外露，但是真正见过她的也没几个人。

　　大家互相打量，点头致意，坐下后这才慢慢地交谈。一番介绍过后，才恍然大悟，这是某某家的庶出姑娘，听说书法很好；这是某某家的庶女，一身舞艺听说不输明溪月呢。

　　夜晚一直安安静静地坐在一个角落，嘴角含着笑，静静地听大家说话。因为坐的位置正靠着窗户，便能将外面的情形收入眼底。远远地就看到一群人往另一个院子走去，夜晚自然知道这些人的身份比她们要高，去的地方自然也是不一样的。这个时候就听到身边的一位姑娘说道："如果我也能进那处院子就好了。"

　　声音里夹着惋惜，也带着艳羡。

　　夜晚回头，入目的是一个眉清目秀的小姑娘，她们这屋子里全都是庶出的，一个嫡出也无。夜晚瞧着这般行事，嫡庶分开，倒像是夏吟月的手法。夏吟月出身不高，所以对于出身一直很介怀，相当长的一段时间里，都是拿着身份博可怜。可笑郦香雪竟然真的信了，却是养了一头狼。

　　夜晚看着这姑娘微微一笑："出身不是你我能决定的，但是日后的生活却是我们自己可以选择的。不用羡慕旁人，每个人都是独一无二的自己。"

　　那姑娘听着夜晚这般说，嗤笑一声："这话可不对，一句出身，就已经是一座大山压在头顶，如何是不同的呢？你也是庶女，难道在家嫡出的姐妹就没欺负过你？这就是身份的不同带来的结果。"

　　夜晚只是笑笑，没有继续争论。跟这样并没有见过多少世面的人有些话你即便说了，她们也不懂而且不屑，只有亲身经历过才能明白。

　　夜晚转过头，看着窗外，花木掩映间，没想到倒是看到了一个熟悉的身影，夜晨。

　　今天的夜晨真是打扮得格外的出彩，那高高的飞仙髻真是光彩夺目。或许是感受到了什么，夜晨回过身来，眼睛直直地就对上了夜晚。夜晨高傲地一笑，抬脚进了另一处院子。

这是在跟夜晚示威，这是告诉夜晚，她永远也踏不进她去的院子。

夜晚无所谓地一笑，这有什么，谁笑到最后，谁才是胜利者。

严喜脚步匆匆地从夜晚视线不过一丈处走过，夜晚一愣，严喜出现在这里，就代表着慕元澈真的来了。

就在夜晚发呆的时候，看到严喜匆匆进了一间屋子，夜晚皱眉，严喜这么急匆匆的好像在找什么人。能让他寻找的人，一定是慕元澈想要见的人。难不成这些秀女里，还有慕元澈十分想要见到的人？

夜晚仔细想了想，实在是想不出来，还有谁能让慕元澈这般上心的。

就在夜晚出神的时候，严喜又走出了那间屋子，正要转身离开的时候，一回头，正好看到了夜晚斜倚着窗台懒懒发呆的模样。大嘴一笑，快步走了过来，在夜晚跟前站住脚，高声打着招呼："二姑娘好，许久不见，您的气色可真是好多了。"

严喜，御前第一得力的总管太监，这里谁不认识啊。

这样一个人，居然对着夜晚带着几乎近似于讨好般的微笑，一时间惊呆了众人。一整间屋子里的视线，瞬间全都落在了夜晚的身上。夜晚暗暗地咒骂一声，这个死严喜存心不让她有好日子过是不是？你就不能假装没看到我吗？夜晚现在不想大出风头，俗话说得好，出头的椽子先烂，枪打出头鸟。她只想在安全的范围内给夏吟月找些不自在，没想成为全民公敌。

"严总管好。"夜晚眯着眼睛笑，那笑容迎着阳光，怎么看怎么舒服。

严喜正要再说什么，眼睛落在夜晚身上的衣服的时候，神情一僵，竟然怔怔地有些出神。

夜晚自然知道为什么，但是面上却还是带着不解，皱眉看着严喜："大总管，是不是夜晚什么地方出错了？"

严喜吞一下口水，真邪门，真邪门，这世上的事情怎么搁在夜晚身上就带着这么多的巧合呢？上一回是在相国寺的落霞峰就遇见了她，本来就够稀奇了。没想到这一回居然看到了夜晚穿着已故孝元皇后曾经赏赐给甘夫人一模一样的衣衫，据说这衣衫是孝元皇后自己亲笔画出来，让针线房做出来的，夜二姑娘怎么也会有这样的衣服？

听到夜晚的声音，严喜这才回过神来，挤出一个微笑："没事没事，就是奴才看着二姑娘的衣服挺好看的，与众不同，不知道二姑娘在哪家绣坊做的？"

"大总管真爱开玩笑，这哪是绣坊做的，是我自己闲来无事做的，没想到还能入了您的眼。"夜晚不好意思地笑了笑。

严喜的神情越发地古怪了："二姑娘自己做的？"

"不是我亲手做的，是我画了图，我身边的丫头缝制的。我针线不好，够丢人的，自然做不出这样的活计。"夜晚声音低了些，针线拿不出手，的确不是一件值得炫耀的事情。

严喜看着夜晚的眼神带了些惊疑不定，但还是将这件事情压在心底，瞬间又恢复常态，笑着说道："奴才还有事情去忙，瞧见您在就过来打个招呼，这可要走了。"

方才严喜就是行色匆匆的，夜晚知道他定是有要事在身，于是一笑："自然，大总管去忙你的就好。"

严喜点点头，犹豫了下，还是低声说道："二姑娘这衣裳是好看，不过等会儿不要靠前就是了。"

夜晚的眼神中带着些不解看着严喜，严喜望着这小眼神实在是有些纠结。他本身是绝对不多事的人，作为皇帝的贴身大太监，绝对不能跟后宫的任何一位嫔妃有过密的来往，他的主子只有一个。从没有任何一个嫔妃可以从他这里打探到任何皇上不愿意让别人知道的消息，除了已故的孝元皇后，严喜还真的，没破过例。

只是看着夜晚的小眼神，严喜就觉得有些不自在，好像做了什么十恶不赦的事情一样。实在太邪乎了，这夜晚居然会无意中很多地方都能跟孝元皇后扯上关系。就是凭着这一点，严喜也不忍心夜晚受无妄之灾。

但是，以他的职责来说，他这样做就有些违规了。

"大总管若是有难言之隐就不用说了，夜晚这样也很感激了。你去忙吧，我这边挺好的。"夜晚笑颜如初，没有丝毫的怨愤跟不满。

严喜是见过夜晚真性情的人，觉得这样的人还能说出这样的话，挺不容易啊，天知道这个二姑娘有多记仇啊，有多小心眼啊，有多有仇必报啊。回头想想都是血泪啊。

纠结再三，严喜叹口气，又靠近一步，声音压得更低："今儿个有位主子不太喜欢这样的衣衫，二姑娘注意点就是了，别靠前，别引上头注意，就得了。"

夜晚脸色微变，看了严喜一眼，抿抿唇正要说话，严喜知道这位主可不是个会说好话的人，忙先一步说道："二姑娘，您啥也别说，奴才知道您有火，可是有火也得窝着，明白不？"

严喜觉得自己不容易啊，活这么一把年纪，除了对皇帝陛下，还真没对哪个人这么上心过。劳心劳肺的不说，只怕也落不下什么好，瞧瞧二姑娘这眼神，哎哟，他又做蠢事了吧。

夜晚最终什么也没说，只是嘀咕道："跟我有什么关系，我又不想进宫，看不顺眼撂了我的牌子更好，求之不得呢。"

严喜仰头望望天，嘴角抽搐得厉害，得，他瞎操心了不是。

"成，那您歇着，奴才真要回了。"严喜心里叹口气，瞧瞧他办的蠢事，马屁拍在马蹄子上了，人家根本没当回事儿，他瞎操什么心呢。

夜晚瞧着严喜十分郁闷的神色，嘴角微勾，低声说了句："我记着大总管的情呢，回头有什么需要我帮忙的，只要我能帮得上忙，只管开口。"

严喜，他一个大总管，不敢说横行天下，这满京都谁不给他几分薄面，好像他真没什么地方能求人的。不过夜晚这话听着舒心，眯眯一笑，满脸的大花褶子："得，这话我可记住了，到时候不许耍赖哈。"

严喜只当是夜晚的戏言，笑着走了。

夜晚收回视线，却发现满屋子里的人看她的眼神都有些不一样了，个个充满敌意。毕竟，谁又能跟皇帝跟前的贴身大总管这样的亲近呢，别人求都求不来。

夜晚也不在意，记忆中郦香雪曾经历过那么多的事情，已经让她想明白一件事情，她不可能做到让每一个人满意。与其苦苦追求让别人对自己满意，不如坚定不移地走自己的路，别人爱怎么样就怎么样，只要你是强者，她们就只能臣服于你。

求得别人的满意太艰难，太痛苦，因为别人对你永远是苛刻的。既然如此，倒不如做个潇洒的人。

"你是夜家二姑娘？"终于有人打破了沉默，看着夜晚开口问道。

夜晚望着对面并不认识的人，也不知道是哪家的姑娘，微微点点头："正是。"

众人的神色又有些变化，原来这位就是救了小国舅的夜二姑娘，难怪严大总管对着她也是满脸的笑容。

"真是失敬，原来竟是女中巾帼，小女罗知薇，家父乃是浙江知府。"罗知薇一脸温和的笑容，看着夜晚的神情带着善意，倒是跟别个女子有些不同。

夜晚忙点点头，又有些好奇地说道："原来是罗姑娘，只是罗姑娘的父亲远在浙江做知府，姑娘怎么会在这里呢？"

只有在京中的官员，且从四品之上才能参加这场宴会，知府倒是从四品的官职，可是罗知薇怎么看也不该出现在这里的。

罗知薇没有回话，她旁边的一个杏核眼的姑娘笑着说道："罗姑娘的外祖家是奉国公府，罗姑娘从小在奉国公府长大，自然是来得。"

夜晚这才恍然大悟，好像隐隐有些印象，奉国公府有位嫡次女是嫁给了一个外放的官员，这都是很多年前的事情了，那时郦香雪还没嫁给慕元澈呢。没想到转眼间，人家的姑娘都这么大了，顿时真是觉得有种难以言喻的感觉。

罗知薇倒是跟夜晚很谈得来，两人低声细语慢慢交谈，说些有趣的事情，周围的眼神慢慢地也就散了开去。虽然羡慕嫉妒，但是谁也没有胆子在这种地方真的做出什么事情，毕竟夜晚在皇上面前是挂了号的，倒是这个时候跟她交好才是正事，只是等她们想明白过来，夜晚早已经跟罗知薇亲密无间了。

"……听说今儿有贵人来，也不知道是哪一位，心里总有些紧张。"罗知薇低声说道，一脸的惆怅。罗知薇虽然是在奉国公府长大，但是她并不是罗夫人的亲生女儿，也是个庶女，难免有寄人篱下的苦楚。

"有贵人来？"夜晚装作吃了一惊，"并没听说过这个消息，不知道这些贵人是不是好相与的。"夜晚说完也有些忐忑不安，一脸的失神。

罗知薇看着夜晚这副模样不像是作假，她原是想探探夜晚的话，谁知道夜晚还没有她知道的多，不由得有些失望。只得强笑道："我也只是听说，原以为姐姐会知道的，这才打听一二。"

"我哪里能知道什么，便是有什么消息也是……"夜晚似乎觉得自己失了言，忙顿住口，不好意思地笑了笑。

罗知薇便有些明白了，最近京里关于夜府的事情传闻可多了，理解地点点头。

"甘夫人、惠妃娘娘旨意到，有请各位姑娘前去水榭赴宴。"

屋子里的人闻言立刻站了起来，看着门外前来宣旨的太监忙躬身行礼应道："是。"这才一前一后地抬脚往外走，夜晚故意顿后一步，在队伍的后面跟上，总不能负了严喜一番好心，更何况自己这般靠后了，万一要是再出点什么事情，可跟她没什么关系了。

碧亭湖风景如画，此时日头已经升高，走在青石铺就的小路上，晒着暖暖的阳光，看着四周的奇花异卉，倒真是令人生出几分惬意之感。当然这感觉只是针对夜晚而言，毕竟夜晚对这里太熟悉了，其余的人可就没这份闲情逸致了，在陌生的环境里，人总会特别地紧张。相反的在熟悉的环境里，人也会下意识地放松。

罗知薇跟夜晚同行，瞧着夜晚并没有紧张的模样，低声说道："姐姐好胆识，不愧是救了小国舅的人，我这心里正七上八下呢。"

夜晚心中一凛，知道自己太过于放松的神情引起别人怀疑，忙收敛收敛神色，暗呼自己太大意了。垂着头对着罗知薇解释道："并不是我真的什么都不在乎，真的不害怕，而是我知道自己无论如何也是进不了宫的，自然就不紧张了，无所谓而已。"

"姐姐为何这样说，怎知自己进不了宫？"罗知薇好奇地问道。

因为两人走在队伍的最后面，又是压低声音，因此并没有引来旁人的注意。

夜晚便低声解释道："你看今日这里所有的人，个个貌美如花，才艺出众，我

第七章　风起入宫闱，杀机隐隐现

这容貌放在人堆里顷刻间就被埋没，像我这样平凡的人，怎么可能被选上，自己还是要有自知之明的好。"

罗知薇一时间也不知道夜晚说的是真是假，便说道："姐姐也不要这样想，你勇救小国舅，便只是这一点便胜过旁人许多了，何必自谦。"

夜晚只是苦笑，叹道："选秀进宫，又不是朝廷封官，怎么能一样呢？"

罗知薇闻言倒也觉得有些道理，一时间也想不到什么话安慰，索性沉默了。

宴会的地点是选在碧亭湖中其中一座小楼上，因此大家是要坐船过去的。所有人的侍女都被留在了外面，这里服侍的都是宫里来的宫女，引领着诸人上船，等到所有人上了船，这才往湖中划去。

这船很大，比之南方精致的画舫倒是多了几分北方的舒朗大气，坐在其中也觉得宽阔。远处碧波粼粼，五栋飞檐斗拱的湖中楼伫立在那里，远远看着真像一幅画，烟波浩荡，涟漪丛生，湖中远处还栽种着莲花，只是此时只是一片枯败，等到莲叶展开，一眼望去接天莲叶无穷尽，真是最美不过的景色。

曾经，郦香雪跟慕元澈也驾着小船在莲田里嬉戏，赏莲花，摘莲子，才摘下来的莲子嫩滑爽口，满口余香，那时两人的笑声在这天地间不停地回荡。

可是现在，一切都已经成为幻影，郦香雪已死，而慕元澈却是带着别的女子来到这个曾经属于他们二人的地方。

夜晚的心头酸涩难当，闷闷之情，让她的神色有些不好。罗知薇坐在一旁小心翼翼地看着夜晚，关切地问道："夜姐姐，你是不是哪里不舒服，要不要找人来看看？"

夜晚看着罗知薇，忙摇摇头："无妨，不过是有点晕船，过一会儿就好了。"

罗知薇这才松了口气，道："这就好，我瞧着你的脸色不好，还以为难受得厉害。"

夜晚看着罗知薇，只见她的眼睛里满是关切，便是不知道几分真几分假，浅浅一笑，不再说话，转头看着外面的风景。

很快的就到了，众人一前一后慢慢地上了岸。上了岸之后，才发现楼里笑声不断，竟是早就有人到了。想来也是，应该是另一个院子身份较高贵的，自然是先坐船到达。

夜晚随着众人进了大厅，然后行礼，半蹲，因为之前传旨的人已经说过，这里有惠妃跟甘夫人两位主子，所以大家齐声地喊道："给甘夫人，惠妃娘娘请安。"

夜晚垂着头，便听到有一道极柔和的声音说道："都起来吧，入座。正说着呢，你们便到了，坐船可有不舒服？北方的姑娘坐不惯船，有不舒服的便要直说，莫要委屈了自己才是。"

夜晚怎么能忘了这声音，夏吟月果然一如既往地会装，瞧这话说得多么温柔大方，多么关怀众人。不会给人高高在上的压迫感，倒是多了几分随和，这里的人只怕是大多数都会放松了警惕，真的以为夏吟月是个好相处的人呢。

"多谢夫人关怀，我等并无大碍，幸水路较短，船又平稳，并无事。"

夏吟月的话一落地，便有人上赶着巴结，这话说得也真是妙，这就是夸赞夏吟月做事周全，没让她们受苦呢。

夏吟月笑着让大家入座，显然很满意方才那人的回答，夜晚抬头一看，竟是之前替罗知薇解释的那名女子。后来夜晚知道这人是正四品都司许国璋的女儿许清婉，只是这女子虽然也是庶女，但是因为家中并无嫡女，也还算受宠，性子过于张扬些，夜晚对于这样的人一向是不喜的。此时看着许清婉这般巴结逢迎夏吟月更加的不喜了，默默坐在人群的最后方，此时整个大厅里密密麻麻的全是人，若是不当心，还真看不到她。

坐在最前面的，便是如今最受瞩目的，最有希望进宫的几位。

这些日子因为夜晚随着族长夫人没少出门，也认出了七七八八。没想到真是齐全了，傅芷兰、明溪月、杜鹃还有京都第一美人阮明玉也在。夏吟月的注意力都被这几个头号重敌给吸引了，因此倒是没有注意到夜晚。

"本宫奉皇上之命，招待诸位姑娘，之所以选在这碧亭湖，只是因为这里风景甚好，诸位也不会觉得无趣。"甘夫人看着众人缓缓地说道，这话的意思倒像是她向皇帝建议的。

夜晚坐在最远的地方，借着众人的遮掩，抬起头打量着夏吟月。只见她一身石榴红掐金挖云海水云纹云锦曳地长裙，广袖飘飘，腰束锦带，衬得是肌肤如玉，仪态风华。云髻峨峨，并排簪着十二支赤金嵌宝五尾凤头簪，奢华大气，贵气逼人。

夜晚看着那五尾凤头簪心里一阵冷笑，没想到夏吟月如今连个七尾凤头簪都没混上。皇后佩戴九尾凤簪，那是母仪天下的尊贵象征。七尾凤簪是贵淑贤德四正妃才有的殊荣，甘夫人现在不过是一介夫人，三年了毫无寸进。听闻慕元澈对她盛宠不衰，为何却不晋位，当初可就不是为了夏吟月才对郦香雪下的杀手吗？

夜晚一时想不明白，不过她总会有时间弄明白的。

倒是一旁的惠妃消瘦了许多，夜晚记得以前惠妃从不管这些俗务，如今怎么会做这些事情了呢？看来郦香雪离开这三年，真的是发生了好多事情呢。夜晚垂眸浅笑，这样正好，最怕的就是夏吟月一手控制了后宫，如今看着惠妃出山，夜晚倒是有几分心安，至少还有个人能牵制夏吟月，这对她将来进宫是件极好的事情。

如今的夏吟月再也不是当初的那个卑微孱弱的小女孩，夜晚听着周围的人不停地赞赏夏吟月高贵美丽，又说她皇家威仪甚重，也有人赞夏吟月身居高位却和蔼可亲，夜晚无声无息地笑了，倒是眼神不停地落在惠妃冷莹的身上。

冷莹是正二品的惠妃，夏吟月是从一品的夫人，两人的地位应该是以夏吟月为长。但是夜晚冷眼旁观，惠妃对夏吟月并无多少尊敬，有时说话还夹着几句机锋，细细想去颇有深意。因为两人距离夜晚甚远，夜晚并不能听到她们的对话，但是从夏吟月不断紧抿的唇角，也能看出她的不悦。

夜晚心里顿时有些怀疑，惠妃的变化也是极大，至少跟以前是不太相同了，究竟出了什么事情？瞧着夏吟月对惠妃多有忍耐，这里面又有什么故事？夏吟月这个人不简单，夜晚便有些担心惠妃，生怕惠妃会像郦香雪一样遭了夏吟月的毒手。

一时思绪万千，夜晚并未注意到夏吟月听自己身边的大宫女碧柔说了一句话后，眼神便忽然落在自己身上，瞬间夏吟月的神色有些难看，眼神锐利，看着夜晚那一身衣衫再也移不开眼睛。

碧柔弯腰听了几句吩咐，便抬脚直直地朝着夜晚的方向走来。大厅中的众人，并不知道出了什么事情，眼睛都随着碧柔的身影移动。此时夜晚忽然察觉到气氛有些不对，猛地抬起头，却见碧柔已经站在自己的桌前，面带微笑："奴婢见过夜二姑娘，我们夫人有句话想要问问姑娘，不知道姑娘身上的衣衫是哪家的绣坊做出来的，瞧着挺新鲜，倒是令人眼前一亮。"

一如既往的虚伪，先要知道某件事情，总会绕着圈子不断地试探。

夏吟月果然没变。

夜晚装作有些惶恐的模样，看着碧柔说道："并不是外面的绣坊做的，而是我自己画了样子身边的丫头缝制的，没想到倒是入了夫人的眼。"说完还有些不安地看了看碧柔，迅速地又低下眼睛，一副胆小怯懦的样子。

远处的夜晨看着这一幕，冷眼旁观，她这个妹妹又想要干什么，好像不管什么时候，她总能以最令人想不到的方式，出现在大家的视线内，无可避免，让人憎恨。

夜晚也没想到夏吟月居然会这么快就会发现她的存在，毕竟她现在的位置可是最不显眼的一个。可见有些事情本就是天注定的，不管你躲在哪里，以什么样的方式遮掩，要遇上的始终都会遇上，要面对的始终都要面对，无可避免，无法逃避，只能迎战。

碧柔听到夜晚这样一说，轻轻一笑："没想到夜二姑娘还有这样灵巧的心思，真是让绣坊的师傅都要羞愧呢。"

"这……这算什么本事，不过是闲暇的时候胡乱想着玩的而已。"夜晚微垂着头强露出一丝微笑，那模样中还带着几分不安，像是生怕得罪了旁人一样。

碧柔看了夜晚一眼："姑娘请坐，我这就回了夫人去。"

夜晚这才不安地坐下了，谁也没有看到夜晚低垂的眼睛中闪过的丝丝阴霾。

夏吟月听了碧柔的回话，抬起眼睛往夜晚的方向瞧来，笑着说道："本宫早就听闻夜家二姑娘勇救小国舅的事情，一直认为姑娘是一个豪爽的性子，倒没想到是这样的安静内敛。"

夜晚听到夏吟月的话，抬起头不安地说道："小女生性胆小，那天的事情实属是个意外，当不得真，当不得真。"

众人一愣，没想到夜晚居然会说出这样的话，这样的事情搁在谁身上都是大功一件，巴不得好生地利用一番，然后努力为自己谋一个好的前程，谁知道夜晚居然这样轻而易举地就毁掉了别人对她的好印象。

一时间大厅里有些安静，不知道夜晚是个真傻还是个假傻的，不管是真的还是假的，总之夜晚说了这样的话，等于是毁了自己一半的前程呢。

可是这里的人谁又知道，这样的话夜晚早就跟皇帝说过一回了，这个世界上什么事情都可以去谋算，但是一定要记住一点，你谋算别人的时候，尤其是谋算有些人的时候，一定要别人以为自己所做的一切并不打算瞒着对方的。这样才不用担心自己的阴谋被识破会获罪，也不用担心别人对你的印象会变坏，因为你一开始给别人的就是最真的自己。

夜晚呈现在慕元澈面前的一直是一个和别人眼中完全不同的夜晚，是个脾气不太好，生性爱计较，还是个有仇报仇，心眼比针孔还小的人。但是同样的，夜晚留给慕元澈的印象也是一个敢做敢恨相当率性的人，这样的人心里坦荡，有什么说什么，做什么是什么，这是夜晚给慕元澈看到的夜晚。

然则，不管是众人面前温柔胆小的夜晚，还是慕元澈眼里的夜晚，都不是真正的夜晚。

真正的夜晚，是隐在暗中操纵这两个夜晚的人，她只是一个为了复仇而存在的女子。

惠妃看着夜晚的神色很是和蔼，笑了两声说道："没想到还有这样率直可爱的人儿，居然这样不居功的。本宫觉得这夜二姑娘这样的纯善才是人人该效仿的，做事先做人，二姑娘做得很好。来，你到本宫跟前来，本宫好好看看咱们这位当不得真的女英雄是个什么模样。"

惠妃这般夸赞夜晚，夏吟月的脸色就有些不好看，脸色僵了僵，便笑道："本宫也好奇得紧，上前来，让我们好好地瞧瞧。"

夜晚慢慢地站起身来，那一身软烟罗的裳裙随着夜晚的步伐无风自动，层层叠叠的裙摆直到脚踝，宽大的裙摆便像是当起了涟漪，煞是好看。头上的弯月髻垂下的翡翠坠角，也随着走动发出清脆的撞击声，好似银铃一样，在这厅里不停地流转，回旋。

第七章 风起入宫闱，杀机隐隐现

惠妃跟甘夫人同坐高台，因为惠妃比甘夫人低了一级，因此惠妃的座位便比甘夫人的稍微低一点点。夜晚站在惠妃跟前不远处便弯腰行礼："臣女夜晚见过甘夫人，惠妃娘娘，两位贵主金安。"

因为夜晚是在惠妃面前停住脚步，没有靠近甘夫人，甘夫人的神色很是不好看，惠妃的脸色倒是越发的和蔼了。居然亲自拉着夜晚的手上下地打量着，然后转过头对着甘夫人说道："甘妹妹，这二姑娘还真是个有福相的，虽不如阮家姑娘容貌明艳，但是也多了几分婉约。"

"惠妃姐姐说的是，本宫瞧着也是个好的。"甘夫人的眼神落在夜晚的身上带着笑，但是那眼睛深处却是一片冰冷。夜晚居然选择了惠妃，这让她很是生气。她跟惠妃同时要求夜晚上前来，只要是个聪明的，都会投靠自己，亦或者两者皆不靠，不承想到夜晚居然会选择惠妃。若不是知道夜晚跟惠妃真的是从未见过，没有丝毫关系，她都要怀疑这是惠妃故意安排的。

夜晚垂着头并不说话，只是默默地站在那里，任由惠妃拉着自己的手。记得以前郦香雪也是这样握着惠妃的手，告诉她，人要看开些，才能活得开心。如今瞧着惠妃倒是比以前多了几分开朗，夜晚也是开心的。

惠妃这时仔细细地打量夜晚，其实惠妃自己也有些惊讶，没想到这个小姑娘居然会这么不给甘夫人面子，而是站在自己的跟前。宫里宫外谁不知道甘夫人盛宠，只要是个聪慧的都会选择甘夫人，倒是没想到这个傻愣愣的小姑娘因为自己几句话就这样投诚了，真是傻得可爱。再加上夜晚眉眼间一片柔和，偶尔偷看自己一眼也是呆着笑，那笑容纯纯的，一闪一闪的，透着亲近。

惠妃觉得自己有些眼花，好像透过这双眼睛望到了孝元皇后。别人看着孝元皇后端庄大气，尊贵威严，其实他们却不知道私底下孝元皇后也会跟个孩子似的，调皮的时候就会眨眼睛，一闪一闪的好似天上的星。

惠妃越看越觉得夜晚顺眼，越看越是欢喜，好像有种她自己都讲不清楚的感觉从心里蔓延上来。

甘夫人在一旁冷眼旁观，面上带着浅笑，毫不露端倪，只是握着杯子的手却有些发紧。眼神一转随意地笑了笑："惠妃姐姐倒是跟夜二姑娘投缘，握着手竟是舍不得放开了。"

甘夫人这样一说，下面的诸女瞧着夜晚的神情便有些不善，为什么这个夜晚总是这样好运气，好像不管什么时候最耀眼的总会是她，明明是个什么都不出众的。

惠妃哪里看不透甘夫人的意思，随意地笑了笑，伸手扶了扶鬓边的步摇，这才笑道："方才甘妹妹不也是瞧着阮姑娘跟杜姑娘很投缘，这人跟人是要讲眼缘的，本宫跟二姑娘还真是投缘，要说起来这么多年了，我还没这样喜欢一个小姑娘的。"

"惠妃姐姐说的是，人跟人是要讲眼缘的。"甘夫人并不跟惠妃争执，随意地附和了一声，便不再说话。

可是惠妃似乎并不打算放过甘夫人，只听惠妃呵呵一笑，眼睛直直地看着甘夫人，开口说道："甘妹妹正是有这个体会的，自然是也觉得该如此，当初妹妹可不是合了孝元皇后的眼缘，真是有福气呢。"

众人都知道，甘夫人当初就是跟孝元皇后亲如姐妹，能在后宫步步登高，孝元皇后可是功不可没。但是，谁都没想到这个时候惠妃会提起已故的孝元皇后，毕竟孝元皇后这个人寻常人是不敢提及的。孝元皇后跟成睿帝十年夫妻伉俪情深，谁知道一道旨意突然将孝元皇后打入冷宫，紧接着孝元皇后自缢身亡，成睿帝居然痛不欲生，还亲封孝元两个字。

孝元皇后就是一个禁忌，虽然并没有明令不许提及，但是因为孝元皇后的失宠跟自缢实在是太令人匪夷所思，民间传闻一直是不曾断绝。再加上圣旨中所言孝元皇后是谋害甘夫人的孩子的凶手，这个时候惠妃却当众提及孝元皇后跟甘夫人之间的关系，实在是太令人吃惊，一时间大厅里更是落针可闻，便是呼吸声都几不可闻。

甘夫人的脸色这个时候也有些维持不住了，但是还是很快地将不悦压了下去，转而一笑，看着惠妃说道："孝元皇后并不是只对本宫一个好，想当初惠妃姐姐痛失爱子，也亏得孝元皇后多加抚恤不是吗？"

惠妃脸色微白，毕竟小产是她曾经最痛苦的事情，甘夫人这样明晃晃地提起，可不是直扎她的心口窝吗？

夜晚记得以前惠妃跟甘夫人可不是这样针锋相对的，怎么现在会这样呢？两位高位妃子斗法，便是夜晚这个普通臣女也不能插嘴的，稍不小心就会成为炮灰，就在这个时候听到严喜那尖尖亮亮的大嗓门传了进来："皇上驾到！"

尽管这里的人都知道，慕元澈很有可能会来，但是谁也想不到居然来得这样快，夜晚更没有想到居然会在这种情况下跟慕元澈见面。但是还是跟着众人跪了下去，口呼万岁，行礼伏了下去。

夜晚伏在地上，心境平和，目光淡淡地凝视着地面，熟悉的龙涎香的味道渐渐传来，紧接着身穿明黄色绣着海水云龙纹常服的慕元澈从夜晚的身前走过，他的脚步没有丝毫停留，但是眼睛却是在她的身上淡淡扫过。看到夜晚身上的衣衫时神色冷凝如常，瞧不出任何的思绪。

等到慕元澈安坐，这才听到严喜大声喊道："平身！"

众人谢恩，这才站起，严喜又喊："赐座。"

甘夫人跟惠妃先入座，然后众人这才一一落座。

然而，夜晚没有地方可坐，方才她是被甘夫人跟惠妃招来，哪里有她的座位。

161

夜晚也不急也不恼,身子悄悄地往后一退,立在惠妃右手下方,垂眸敛眉,神色平静。众人自然都看到了夜晚的动作,没想到她居然能这样妥当、安稳地退下,没有局促不安,没有慌张失措,就好像很自然地这么一退,大方舒展,顺其自然。

甘夫人的眼尾扫过夜晚,然后转头看着慕元澈,微微一笑:"皇上来得正巧,臣妾跟惠妃姐姐正请来夜二姑娘说话,也想见识见识咱们大夏的巾帼英雄呢。"

甘夫人的声音柔柔的,眉眼弯弯的,瞧着就令人心神愉悦。可是这话听着就令人不怎么舒服了,巾帼英雄?不过是救了小国舅,怎么就能算得上巾帼英雄,是暗指小国舅地位崇高,还是指夜晚恃宠生娇?真是令人遐想无限。

夜晚心里嗤笑一声,这个时候她不能开口,因为没人让她开口,在这里哪有她一个小小庶女说话的地儿?明知道夏吟月在给她使绊子,但是她就是没有办法。

夜晚垂眸,依旧一言不发,只是嘴角紧抿,脸部的线条有些僵硬。

站在慕元澈身后的严喜心里咯噔一声,努力地让自己目不斜视,假装没看到夜晚的神情,可是再怎么假装也是看到了。作为自以为一定程度上了解夜晚的人,既然看到了就忍不住地去想,这夜二姑娘只怕是要气炸了吧?嗯,一定是的!

"哦?"慕元澈声音一扬,眼神落在了夜晚的身上,漆黑的眸子深不见底,就那样看着夜晚,旁观的人谁也看不到,也猜不到,皇帝这一声哦是什么意思。

高兴?不高兴?

惠妃抿嘴微笑,看了夜晚一眼,又看着甘夫人说道:"甘妹妹可别吓坏了小姑娘,二姑娘可不是个胆大的,瞧这小脸白的。甘妹妹可能记性不太好,方才夜二姑娘分明说过她自己生性胆小,那天的事情是个意外呢。居功而不自傲,倒是个有气节的。"

甘夫人脸色就是一僵,唇角的笑容也有些僵硬,看着惠妃的眼神深幽:"惠妃姐姐说的是,本宫平日要管着后宫诸事,实在是记不得那么多。"

"能者多劳,甘妹妹不用自谦,像我这样病歪歪的身子,想要帮忙也是有心无力呢。"惠妃浅笑,不再搭理甘夫人,转头看着慕元澈说道:"皇上,可是要开宴了,时辰到了呢。"

惠妃说着不管宫务,却又开口问皇帝要不要开宴。按照规矩,既然是甘夫人负责的这宴会,应该由甘夫人开口才是,惠妃越俎代庖了。但是这后面的深意却不得不令人深思,惠妃说着不管事,可是她现在做的事情是什么?

夜晚一直努力当隐形人,听到慕元澈道:"准。"

这话一出,严喜立刻高喊:"开宴。"

宫女们流水般地进来,夜晚依旧站在那里,垂着头,不言不语。

只要没人吩咐,没人说话,她就得人家坐着她站着,人家吃着她看着。

但是夜晚知道,有一个人一定不会看着自己这样尴尬的。果然,惠妃又说道:"皇上,这夜二姑娘跟我投缘,臣妾很喜欢她,不如让她坐在身边如何?也陪我说说话。"

甘夫人的脸色更加难看了,想要说什么又忍住了,抬眼看向了慕元澈。慕元澈这人最讲规矩,是不会允许这样的事情发生的。

慕元澈听了惠妃的话,看也没看夜晚,只是对着惠妃说道:"你生性寡淡,不喜与人来往,难得有个入你眼的。"说到这里话音一顿,对着严喜说道:"赐座!"

严喜忙亲自跑去指挥着两名宫女,抬着一张案几安在惠妃的下首,对着夜晚笑道:"二姑娘,请入座吧。"

夜晚这才上前行礼谢过,默默地坐下,整个过程中嘴唇抿得死紧,眼神淡淡的,不喜不怒,任由人摆布一样,瞧着像是吓傻了,严喜琢磨着估计是气疯了。

严喜的眼神在夜晚跟慕元澈之间来回地飘荡,自家皇帝陛下本来就是个让人看不透的,此时看着皇帝陛下正笑着跟甘夫人说话,实在是瞧不出一丝端倪。惠妃娘娘正转头跟夜晚说着什么,夜晚的脸上挤出一丝比哭还难看的笑容。

严喜仰头看天,这事怎么就觉得有些别扭呢?可是哪里别扭一时间又说不上来,但是很不对劲,十分不对劲。

皇帝陛下是高高在上的存在,自然不会主动对着这些美人说什么,毕竟人还没入宫呢。甘夫人作为品级最高的妃子,自然担当起这个重责,十分温柔地跟大家说着话,喝酒,吃菜。

夜晚除了应几声惠妃的话,整个过程都是一言不发,听着甘夫人温和大方,端庄娴雅地展示自己的风采,夜晚除了眼睛深处露出一丝讥讽,没有一丝异色,安静得就好像不存在一样。

慕元澈坐在高位,展现帝王威仪,除了偶尔跟惠妃还有甘夫人说几句话,并不跟下面的各家姑娘直接对话,反正他也只是走个过场的,略坐坐就该走了。

正在夜晚计算着按照慕元澈的习惯他该滚蛋的时候,忽然这位尊贵的皇帝陛下开口了:"这饭菜不合二姑娘的胃口?"

夜晚刚放进口中一筷子菜,听到这话差点呛到,忙咽了下去,整理仪容,牙根恨得直痒痒,垂头,躬身,略带些惶恐地说道:"回皇上的话,很美味。"

"哦?很美味?桌上的菜色用得并不多,朕还以为不合你口味。"

尊贵的皇帝陛下居然会关注夜晚吃得多不多?

不要说这些待选的秀女,便是甘夫人也有种如临大敌的感觉,听到这话也跟着笑道:"如是二姑娘觉得不合口味,本宫可以令御厨重新给你做一份,不知道二姑娘喜欢些什么菜色?"

甘夫人顺从慕元澈的话，立刻将夜晚捧了起来，树立成全民靶子。在皇帝面前彰显了温柔贤惠，又能借刀杀人除了眼中钉，这样的反应夜晚还真是有些心惊。

夜晚忙站起身，有些不安地说道："这些菜真的很好吃，并不是臣女挑嘴，而是方才坐船来的路上有些晕船，还请皇上、甘夫人恕罪。"

"可怜见的，你还晕船，这会儿可好些了？"惠妃关切地问道。

"回娘娘的话，臣女比方才好多了，多谢娘娘关怀。"夜晚很感激惠妃给她的台阶，心里将慕元澈给骂了个狗血喷头。

惠妃闻言松了口气，便笑着说道："真是个实诚的孩子，要是不舒服就该早说出来。皇上，您就别吓人家这姑娘了，瞧瞧人都出了一头的汗。"

"没想到胆子这么小，真想不到那天怎么会豁出命去救了熙羽的。"慕元澈又道。

夜晚现在是明白了，这家伙一定是故意的，故意的，故意给自己找不自在的！

夜晚猛地抬起头来，眼神对上慕元澈，一字一句地说道："回皇上的话，臣女以为皇上应该已经知道事情的真相了。毕竟王子墨大人应该把臣女的话上禀给您，臣女早就说过，臣女真不是为了救小国舅，这事当不得真，方才这话臣女也跟甘夫人惠妃娘娘说过，臣女不是什么英雄，我胆子很小，要不是那骑马的人是我哥哥，我是绝对不会冲出去的，我不是为了救小国舅，是为了我哥哥能保住命！"

全场皆惊，谁也想不到夜晚居然敢这样跟皇上说话。惠妃的眉心紧蹙，这孩子太急躁了些，怎么就这样沉不住气呢，皇上要是雷霆大怒，怕是连命都保不住了。

甘夫人震惊过后，立刻怒道："大胆！放肆！居然敢冲撞龙颜，你可知罪？来人，将这个胆大包天的夜晚给我拖下去，等候发落。"

夜晚扑通一声跪下去，却是昂首挺胸，面色虽白中带着青，但是却是咬着牙，宁折不弯地说道："甘夫人，皇上问臣女的话，臣女不过是照实回答，不知道犯了哪条律规？更何况，皇上还没有治臣女的罪，夫人何必急着将臣女处置了！"

严喜心里叹一声，就知道这二姑娘是个不能吃亏的主，瞧瞧，瞧瞧，这下子看皇帝陛下怎么收拾烂摊子，把人惹急了吧？本来二姑娘就不是个好性子，你都抢了人家灯笼了，现在又来挤对人家，不就是摔了你的孔雀金钗嘛，真是……小心眼！

第八章
晚来起争执，
夫人心不甘

　　夜晚之所以这样冒险顶撞夏吟月，其实就是豁出命去试探，她在试探慕元澈对夏吟月到底有多深的袒护。明知道这样做不理智，但是她还是做了。夜晚不是冲动无脑的人，最重要的还是夜晚在慕元澈面前一直就不是一个温柔和善的主。
　　遇上夏吟月借题发挥，夜晚索性来个冒险试探。
　　不是不怕，毕竟现如今她不是郦香雪，但是又不得不面对身份卑微这个问题，这是一道坎，但是这道坎绝对不能成为夜晚前进的障碍。
　　慕元澈看着夜晚跪在那里，面上带着说不出的委屈，但是紧抿的唇又夹着刚强不弯的气场。慕元澈的眸子微眯，静静沉默。
　　夏吟月看着慕元澈的神情，心里也有些没底。她根本就没料到夜晚居然会当众顶撞她，这里的都是即将有机会选进宫的秀女，如果她真的被夜晚的话给羞辱了，日后还如何在宫里立足？更何况，夏吟月隐隐约约就觉得事情好像有些她不知道的秘密存在。
　　夜晚这样做，又能有什么好处？毕竟皇上从不喜欢刚强的女子，便是……便是郦香雪有几分小性子，但是也从不会做让皇上为难的事情。慕元澈的喜好，没有人比她更清楚了，她几乎能肯定这个夜晚绝对不会落得什么好处。
　　想要在皇上面前展现与众不同？只可惜……用错了地方。
　　想到这里夏吟月的神情微微放松，恢复了以往的镇定从容，眼眸里带着浅浅的笑意，看着夜晚说道："夜二姑娘，你说本宫无权处置你，你可知道今儿个的宴会是皇上命本宫全权负责，你在宴会上言行无状，触怒圣颜，本宫怎么就不能处置你？"

夜晚的眼睛依旧看着慕元澈，看都没看甘夫人，淡淡地说道："甘夫人一口咬定臣女触怒圣颜，请问夫人，皇上可亲口说了臣女惹了皇上生气？皇上既然没说，那就是并未震怒，既然未震怒臣女就无罪。"

"你？"夏吟月差点被夜晚气得没忍住，瞧着是个不出挑的，谁知道居然是个扎手的。

惠妃看着夏吟月道："甘妹妹，你着实心急了一些，不如妹妹问一问皇上可是对二姑娘不满。若是皇上真的震怒，你再处置不迟，毕竟甘妹妹一向是个良善宽厚的名声，怎么今儿个对着二姑娘倒是有些苛刻了，真是令人奇怪。"

夜晚手心里隐隐冒了汗珠，她已经能感受到大厅里无数道视线正无比犀利地凌迟着她，这里的每一个秀女，都恨不能她下一刻就被甘夫人处置了。夜晚今天这出头鸟算是当定了，本来想要小小地给夏吟月添个堵，谁知道慕元澈的提前到来倒是将她送上了风高浪急的巅峰。

如今她已经是骑虎难下，只有一战。

可是这一仗并不好打，她的筹码有限，但是甘夫人却是根基深厚，又是盛宠在身，夜晚岂能不担忧，虽然有惠妃在一旁帮衬，但是胜算依旧不大。

她拿着命在赌，被慕元澈逼得不得不如此。

这里所有的人都在关注着，夜晨更是眼睛都不眨。虽然她后来知道夜晚的胆子并不小也不怯懦，但是也根本料不到夜晚的胆子居然这样大，连她的手心都是密密实实的一层汗珠，生怕夜晚连累了夜家，连带着她都跟着倒了霉，此时夜晨真是吃了夜晚的心都有了。

甘夫人听到惠妃的话，强挤出一个微笑，努力地调整下呼吸，这才说道："并不是本宫苛刻，只是本宫实在是没有见过跟二姑娘一样这般胆大的人，便是后宫的嫔妃，如你，如我，哪个敢这样跟皇上说话？这才气得失了分寸，倒是让惠妃姐姐看笑话了。"

"本宫倒看着二姑娘是个真性子的，不似那些个虚伪的。"惠妃道。

两人一番明争暗斗，最后却是都看向了慕元澈，且看慕元澈怎么处置了。因为有惠妃捣乱，夏吟月还真不好再借题发挥，就只能看着慕元澈说道："臣妾无能，有失圣望，夜姑娘的事情还请皇上示下。"

此时所有的人都在等着慕元澈的裁决，便是夜晚也跟着紧张起来。

严喜这个时候可也不敢妄揣圣意，心里也为夜晚捏了把汗，真是个"二"姑娘，有话不能私底下说非得弄得自己下不来台，这不是要命吗？

慕元澈听到夏吟月的话看了她一眼，这才缓缓地说道："爱妃以为该将夜晚如

166

何处置？"

夏吟月没想到慕元澈居然会这样问，一时还真有些为难了。罚得太狠，让她落了歹毒的名声，罚得轻了，自己这口气难消。夏吟月从不是一个冒失的女人，所以即使方才发落夜晚，她说的也是带下去处置，并没有具体地说如何处置。

此时没想到皇上居然这样明晃晃地问自己，她还真有些为难。

想了想，夏吟月这才缓缓地说道："这事臣妾也并不好裁夺，若是夜姑娘是后宫的嫔妃，按照宫规必是要降级禁足罚抄宫规。但是夜姑娘并不是宫妃，臣妾还请皇上指点一二。"

夜晚也不得不佩服夏吟月的狡猾，两相对比之下，若是对自己的处罚轻了，便是慕元澈徇私，这是逼着皇帝重重地处罚自己呢，最好夺了进宫的份额才好。

夜晚依旧跪得笔直，直直地看着慕元澈，眼睛没有丝毫的闪动，就那样目不斜视瞧着他。

慕元澈也有些头疼，还真没见过敢这样一直死盯着自己的女子，那眼睛里都能喷出火来了。慕元澈不由得在想，如果此时夜晚依旧不知道自己的身份，场景也切换到寻常的斗嘴上，她会怎么办？

想着想着，慕元澈觉得以夜晚的性子，大约会把自己给狠狠地揍一顿。别怀疑，慕元澈觉得自己看着夜晚的眼神，真的有那么一点意思。

皇帝不说话，周围的人顿觉紧张，夜晚也担心，但是担心之余她得硬撑着，得让慕元澈知道自己还是那个夜晚。那个牙尖嘴利不服输，死都不能吃亏的小心眼，人一旦用一个框框束住自己，就只能尽力地在那个框框里演绎自己，除非有最合适的机会能破除，不然还是继续演下去能活下去的希望是最大的。

"夜二姑娘，你以为朕会怎么处罚你？"慕元澈开口了，决定把这个难题抛给夜晚自己。慕元澈的声音听不出喜怒，一如平常，测不出深浅。

夜晚听到慕元澈开口，心里暗骂一声老狐狸。但是这个时候她听不出慕元澈的意思，即便是郦香雪他做了十年夫妻，也不能全然说自己就是百分百地了解慕元澈的，此时只能再赌。

而周围的人，都没想到皇帝居然会问夜晚这个问题，真是有些不可思议。今天意外的事情，实在是太多了，一件接一件，目不暇接。不过大多数人都在猜夜晚一定会请罪，这样的话主动认罪，说不定皇帝还能手下留情，这件事情放在她们身上，她们只能这样做，别无选择，因为没有人会跟夜晚一样疯狂，会拿着自己的命去赌。

慕元澈也有些好奇，这个夜晚又会给他什么惊讶。他总觉得，夜晚绝对不会如别人一般，伏地求饶。

果然，夜晚直视着他，硬邦邦地说道："臣女无罪，臣女不知道自己犯了什么

罪，臣女只是说出事实，怎么就成了有罪了？还请皇上明示，臣女罪在哪里。"

严喜这回真想要撞墙了，姑娘，服个软不会死人的，南墙撞得狠了才会死人哪。

太不让人省心了！

太糟心了！

"你认为自己无罪？"慕元澈还真有些想笑，但是还是板住了脸，声音冰冷，压力十足。第一次见到这样口齿伶俐的女子，到了这个时候居然还这样顶风而上。是个机灵的，就该请罪才是。

大厅里各式各样的表情应有尽有，夜晨真恨不得一步上前将夜晚掐死，双脚都有些发颤，心里想着这回完了，夜晚真的要连累夜家了。

"是，臣女不服，臣女无罪！"夜晚坚持，毫不让步，那一张在这满大殿的美人中间并不出色的脸庞，此时带着超乎寻常的执拗跟坚决。那一双眸子翻滚着无边的怒火，慕元澈相信，若是真的把这姑娘惹急了，会不会喷口火把这里给烧了。

"好，朕不会冤枉任何一个子民，给你一个机会为自己脱罪，只要你能说服朕，便恕你无罪。"

"皇上这话又错了，为什么要恕臣女无罪？臣女本就无罪，何来饶恕之说？"

慕元澈被噎得有些下不来台，太大胆了，脸色变冷了下来，看着夜晚："那好，你便好好地说说吧，有罪或者无罪，不是你一个人就能下定论的。"

寂静的大厅里，听着外面的风吹浪声隐隐传来，所有人的注意力都被眼前的夜晚给吸引去了。她们想不明白，也想不通，夜晚到底是太有心计还是太傻，没见过拿着自己的性命不当回事的。

最重要的，就算是夜晚能博得皇上的另眼相看，但是得罪了最受宠的甘夫人，这要是进了宫只怕是要有苦头吃了。后宫最不缺的是美人，皇帝怎么会对一个无才无貌的女子长时间地有兴趣，到时候夜晚还不是任由甘夫人处置？

不管从哪里看，夜晚这样做都是蠢透了，除非她不想进宫。但是不进宫，回到夜家也未必会有好的结果，一个得罪了当朝宠妃的女子，会有什么好婚事？谁家敢娶回去？

不管怎么看，怎么想，夜晚都是输得一塌糊涂。除非有奇迹发生，显然奇迹这东西最是虚无缥缈的。

夜晚顾不得别人在想什么，她现在要先过了眼前这一关，便吸了口气，开口说道："臣女自认为无罪原因有三，第一臣女句句属实，没有丝毫不实隐瞒之处。第二，臣女并没有顶撞皇上，没有藐视圣颜，只是在讲述事情的真实性。第三，臣女自从来碧亭湖就一直是安安分分，不晓得哪里得罪了甘夫人，让甘夫人处处误会臣女的话，如果甘夫人有哪里不理解的，或者是认为臣女撒谎，臣女还请皇上恩准，请王子墨大人为臣女作证。臣女说完了，请皇上圣裁。"

当初夜晚就是通过王子墨说了这件事情，因此这个要求也是合情合理。

甘夫人听到夜晚最后一句话，面带不悦，开口说道："本宫并无针对你之意，本宫所做的事情也不过是合情合理地询问一番，夜二姑娘你说是不是？"

"合情合理？至于是不是这样，这里这么多人，想必大家心里都明白得很。"夜晚冷声应道，眼睛都没有看向夏吟月，一直凝视着前方，紧抿的唇角带着特有的执拗，这样的执拗真是令人意外。

惠妃这时接口说道："皇上，臣妾看着二姑娘是个耿直的性子，说话做事较真了些，但是不失天真烂漫，倒也情有可原。"

慕元澈看了看惠妃，眸光中似乎有什么闪动，垂眸又看着夜晚，只见她依旧倔强无比地跪在那里，忽然就想起那一回这姑娘虽然最后答应将簪子让给自己，结果却是故意失手将簪子掷于地上，宁可两败俱伤，也不让自己得逞，这样的性子真是让人恨得牙痒痒。以前也就罢了，但是现在夜晚既已知道了自己的身份，居然还是这样的性子，丝毫不懂得转换。

"天真烂漫？"慕元澈重复一遍，话中带着玩味，眼神直直地看着夜晚。

夜晚的脊背不由得又直了直，开口说道："多谢惠妃娘娘为臣女美言，但是臣女实在是算不上天真烂漫，我就是这样的执拗的性子。这性子不讨喜臣女知道，但是天生宁折不弯的骨头，辜负娘娘的美意了，夜晚对不住您了。"

惠妃真是又气又笑，这姑娘……忒实诚了。

"好一个天生宁折不弯的骨头！"慕元澈冷声道。

"不敢承蒙皇上夸赞，这性子大多是令人厌恶的，您看看臣女这不是又遭难了。"夜晚又道。

慕元澈："……"

严喜暗想：姑娘，你确定皇上是在夸你不是在恨铁不成钢？

"行了，你起来吧。你这臭脾气一直不见改过，日后定有你的苦头吃。"慕元澈开口了，看着夜晚的神情带着无奈。

夜晚心里松了口气，慢慢地站起身子来，嘴里却还说道："那也是我自己的事情，一头撞死南墙，我也只坚持我的真理。"

慕元澈彻底哑火了，他是真没辙了，怎么就遇上这么一个别扭货。

严喜一直在装木头，装木头啊，装木头。

周围一片一片寂静，这里的人谁见过敢跟皇帝顶嘴的？便是惠妃对着皇帝也是恭恭敬敬的，甘夫人看着夜晚的神情平平，已看不出方才的激动，似乎一点也没觉得皇上让她起来是多大的一件事情。

但是，甘夫人却有些失利，她没想到这夜晚居然这样大的胆子敢跟皇帝顶嘴，正要说几句话圆圆场子，给自己一个台阶，又听到慕元澈说道："朕还真不能让王子墨也跟着你丢人，若是他知道了你方才的话，以后大约是你的面也不敢见了。"

夜晚已经坐回原位，听到这话，眉头一皱："那跟我什么关系，我不过是让他证明我的话是真的，只要他确实把话说给皇上听过，又没有犯欺君之罪，何至于不敢见臣女的面？"

慕元澈忽然什么也不想说了，狠狠地瞪了夜晚一眼。

夜晚恰好抬头，一下子将这眼神收入眼底，微愣，然后，狠狠地瞪了回去。慕元澈嘴角微微僵硬，自己跟她较什么劲，一个十头牛也拉不回的犟丫头。

严喜继续装木头啊，装木头。

甘夫人手指紧紧地攥在一起，正将这一幕看到眼里，指甲深入肉中，她竟无所觉。这个夜晚好大的胆子，这不要紧，最要紧的是……皇上居然不以为意，是不是有什么她不知道的事情，这一瞬间她便决定一定好好地查一查这个夜晚。

一顿御宴，众人吃得是千回百转，余音绕梁。状况百出的情况下，大家以为夜晚一定会再无翻身之地，谁知道皇上居然就这样轻轻地放过了，可见救了小国舅的人就是不一样，一时间还真是有些羡慕那曾经被皇上捧在手心里十年的孝元皇后，便是孝元皇后死了，她的家人也是恩宠不断，只看郦熙羽便知道了。

夜晚努力吃饭，战斗太久，真是饿坏了。

那边慕元澈却是将自己桌上的一道御膳赐给了甘夫人，诸女又是艳羡不已，不愧是深受皇宠的妃子，就是不一样。赦了夜晚的罪，又给甘夫人赐了膳，可谓是不偏不倚了。

惠妃只是浅笑，并不多说话，待到吃个差不多的时候，慕元澈便先行离席，皇帝陛下怎么会陪着这么多的女子一起用膳到最后。诸人恭送走了皇帝陛下，气氛这才松缓了些，因为方才慕元澈表现了对甘夫人的看重亲自赐膳，大家依旧不敢小瞧甘夫人，甘夫人依旧是高高在上的宠妃，掌控着全局，只是不再去招惹夜晚，相安无事。

御宴过后，甘夫人招来歌舞，一时间大厅里乐声婉转，舞步美妙，夹着欢声笑语，真是一室好风光。

就在这个时候，严喜又回来了，甘夫人一见以为慕元澈又有什么事情，便笑着问严喜："可是皇上有什么吩咐？"

"回甘夫人的话，皇上宣夜二姑娘一见。"严喜面无表情地说道。

夏吟月一愣，努力让自己表现无异，柔声说道："严总管，夜二姑娘还不是后宫妃嫔，这……是不是有些不妥当？"

严喜闻言，只是一笑，又道："奴才只是听从皇上的旨意前来宣旨，别的可不敢妄言。"

甘夫人瞧着严喜似乎想要看出些什么，但是却是一无所获，随即笑了笑："严公公说的也是，既如此那就请吧。"

严喜微微颔首，这才走到正在喝茶的夜晚面前，板着脸道："二姑娘，请吧。"

夜晚一愣，先前严喜跟甘夫人说话声音很小，在歌舞的掩映下根本听不真切。夜晚没想到慕元澈居然会单独召见她，先前就已经大出了风头，此时又这样的隆恩，别人看来也许是天大的好事，但是在夜晚眼里，这绝对不是好事，简直就是把她架在火上烤了。未进宫就成为众矢之的，命还能长久吗？

如果皇帝真的喜欢一个女子，或是看中一个女子，绝对不会让她成为众矢之的，应该把她捧在手心里小心地呵护着。就如同人前受宠的是郦香雪，可是真正闷声发大财的却是夏吟月。

皇帝将夏吟月保护得真好，就连郦香雪都没有丝毫的怀疑，若不是最后那一道赐死的圣旨，她怕是死了也不明白呢。

如今慕元澈这样对待自己，可不是真的为了她好，这是要为夏吟月再竖一个挡风雨的靶子？只怕方才慕元澈肯踩了夏吟月的面子，说不定就是这样打算的。

夜晚轻呼一口气，慢慢地站起身来跟在严喜的背后往外走去。

惠妃的眼中带着盈盈笑意，侧头看着对面的甘夫人说道："没想到皇上倒是对二姑娘印象好得很，自从孝元皇后仙逝后，就没见过皇上对谁这样放在心上过了，是不是甘妹妹？"

夏吟月对上惠妃的眼睛，浅浅一笑："鲜花娇艳不过一时，持久的才是最后的赢家。后宫最不缺的便是一时娇美的花朵，你说呢惠妃姐姐？"

惠妃虽笑，眼中却无笑意，只是淡淡地说道："一时，也是福气，没有一时，哪来一世。甘妹妹，你没发现这位夜二姑娘做事果决，倒是有先皇后的几分风姿，你跟先皇后情同姐妹，你说呢？"

夜晚离开后，最前排右列座位第二的绿衣女子，笑着对着身边容貌异常美艳的女子说道："阮姐姐，小妹原以为今儿个拔得头筹的应该是你这位京都第一美人，谁知道皇上的心思全都放在了夜家的那名庶女身上，不知道姐姐可有失落？"

阮明玉闻言娇艳的脸庞上带着丝丝笑容，侧头说道："杜妹妹嗓音婉转若黄莺，只可惜你方才高歌一曲，听歌的人已不在，倒是废了你一番心思了。"

自从阮明玉在杜鹃家的宴会上受伤，两人便对立起来，此时逮到机会自然是要好好地落一落对方的面子。只是杀敌一千，自损八百，谁也没有讨到好去就是了。

这边明争暗斗且不说，那边夜晚却是随着严喜坐上了船，到了另一栋三层小楼，停船上岸，夜晚一直默不作声，她自然知道这里是慕元澈的居所。只是夜晚有些不明白，慕元澈要见她做什么。

　　这栋水中小楼很安静，跟方才那栋楼的喧闹截然不同，这里伺候的人也只有寥寥几个，其中大多都是熟面孔，夜晚自然是都熟悉的。虽然郦香雪已经死了，但是慕元澈身边的人却是依旧未换。

　　严喜的脚步在一扇雕花镂空的门前停住，弯腰说道："皇上，夜二姑娘已经到了。"

　　"宣。"慕元澈的声音响起。

　　严喜忙推开门，看着夜晚说道："二姑娘，请进。"

　　夜晚看了严喜一眼，这才抬脚走了进去，严喜却并未跟进去，随手关上了房门，在门外守候。

　　夜晚听到身后的关门声脚步一顿，抬头望去，却见慕元澈正立于书案后的窗边。有阳光洒了进来，光线中还能看到正在跳舞的尘埃，那金光扫过慕元澈的衣衫，在地上投出一个影子。那影子在地上拉得长长的，威武不动。

　　"臣女夜晚参见皇上，吾皇万岁。"夜晚跪地行礼，语气恭敬，礼仪周全。

　　慕元澈并未回头，似乎是并未听到夜晚的声音，也不说话，也不应答，任由夜晚跪在地上。

　　没有慕元澈的话，夜晚哪里能起来，就只能跪在那里。

　　时间仿佛凝固了一般，一时一刻都无比的漫长，夜晚只觉得双膝都有刺痛的酥麻感传来，才听到慕元澈说道："这回倒是听话了。"

　　夜晚闻言抿抿唇："君让臣死臣不得不死，皇上让臣女跪着臣女只能跪着，虽然臣女并不觉得自己犯了罪。"

　　慕元澈转过身来，看着夜晚，叹口气："你起来吧。"

　　夜晚也没谢恩，扶着膝盖慢慢地站起身来，脸色有些发白，默默地站在那里一句话也不说，倒像是无言的抗议一般。

　　慕元澈挑挑眉头："你不是牙尖嘴利，这会儿舌头被猫咬掉了？"

　　时空仿佛穿越了一般，夜晚记得以前慕元澈也这样揶揄过郦香雪，那时候她还不是母仪天下的皇后，他也不是君临天下的君王。那时的她还是有些调皮的，时常爱捉弄慕元澈，每每被捉住她总要坚决否认，那时慕元澈一一摆出证据，便会这样地揶揄自己。

　　彼时，情浓意浓，做什么也无须顾忌，想做就去做了。不用担心他会不会生气，会不会处罚自己，会不会几天不理自己。

夜晚的心情有些低落，淡淡地说道："牙尖嘴利也不过是自我保护而已，一个女子需要用伶牙俐齿保护自己，不是一种悲哀吗？"

慕元澈凝眉："你总是有很多很多的理由，总是能让人觉得你是委屈的，你可知道今天只要你不能举证，会落得什么下场？"

"一死而已。"夜晚不在乎地随口说道。

瞧着夜晚这样不在乎的模样，慕元澈没来由竟有些生气，一个连生命都不爱惜的人，还能有什么能让她惧怕的？上回她飞身扑到马蹄下想到的也不是自身的安危，而是他哥哥的性命跟前途。

"你总是这样不在乎生死？"

"不，我在乎，可是并不是我在乎就能为所欲为的。就好像皇上明明把琉璃四角花中四君子灯送给了臣女，转头就让人拿走了，我能说不吗？不能，既然不能还有什么好说的。"

"说来说去你还是嫉恨朕拿走那灯？"慕元澈道，看着夜晚的神色幽幽暗暗，夜晚就像是一个令人猜不透的迷雾，她随时随地都会给人惊讶，看不透猜不透不知道哪一面才是真正的她。

"臣女不敢。"

"不敢？却不是不怨！"

"……是。"

"哼，你倒是承认得痛快。"

"那灯皇上能还给臣女吗？"

"不能。"

"为什么？"

"因为……不小心被朕的爱妃摔碎了，所以无法还给你了。"

夜晚不说话了，垂头站在那里，眉头轻皱，面带难过，良久才说道："谁摔碎的？"

慕元澈不说话，只是看着夜晚。

夜晚冷笑一声，缓缓地说道："能摔坏皇上的东西不被问罪的，也就只有一个了，皇上不说，臣女也明白了。"

"哦？你认为是谁？"慕元澈坐在书案后，这才问道。

"自然是宠冠后宫的甘夫人，难怪臣女觉得甘夫人一直针对自己，竟是这灯的缘故，可真是冤枉死人了。"夜晚的口气越发地僵硬了，然后福福身，"皇上若无他事，臣女便告退了。"

慕元澈不答，夜晚只能站着等。

第八章 晚来起争执，夫人心不甘

这屋子里好像有些喘不过气来，夜晚的心头有些烦躁。因为夜晚知道慕元澈在撒谎，那灯很有可能并没摔碎，可是为什么他却这样说？她故意试探说出了甘夫人的名号，慕元澈也并未反驳，这些都不对劲，太不对劲了，这样的茫然无头绪的事情让夜晚很不安，因为她不知道慕元澈要做什么，想做什么。

慕元澈从来不是一个轻易令人看透的人，但是至少以前还有蛛丝马迹可寻，这回夜晚却是毫无头绪。自从进了这雕梁画栋精美优雅的屋子里，所有的谈话都是慕元澈一手主导，夜晚一直处于被动，这样的感觉真的很不好，就好像把命交在别人手里一样。

夜晚不敢再轻易地出招，只能静静地等，如果她以为方才在大厅里他故意放自己一马，就是对自己有意的话，那真是寿星公上吊嫌命长了。

只是，慕元澈究竟要做什么？他的目的是什么？

夜晚毫无头绪。

"朕认为你并不适合深宫。"慕元澈开口了。

夜晚心里一惊，这又是什么意思？要自己放弃进宫？心里震惊，夜晚面上却是带着些无所谓地说道："臣女也从不敢妄想进宫。"

"是吗？"慕元澈的声音里夹着浓浓的疑虑，显然是不信的。

"是。"夜晚干净利落地回答。

"如此刚好，你自己既然没有这份心思，倒是让朕觉得轻松了些。"

"臣女惶恐，不晓得自己竟然会令皇帝陛下深感负重。"

"你的性子进了宫……早早晚晚会陨落在这里，倒不如在宫外自在些。"

"皇上真是明君，居然连这样细小的事情都能考虑到。"

"你……退下吧。"

"臣女告退。"

夜晚转身走了，尽量让自己保持寻常之态，不露丝毫破绽。她可不敢保证方才的话是不是慕元澈的故意试探。

慕元澈瞧着夜晚的身影消失在门外，这才轻轻地敲着桌面，眼带疑思，良久不语。许久，伸手打开旁边的暗格，那里面放着的正是方才他们说的那盏琉璃灯，完好无损。

"皇上，已经送二姑娘直接回夜府了。"严喜小心翼翼地说道，他方才在门外自然是将里面的对话听得清清楚楚，便是他跟着皇帝这么多年也并不清楚皇帝的意思究竟要做什么。

慕元澈点点头，看着严喜问道："在你眼里夜晚是个什么样的人？"

"啊？"严喜一愣，没想到皇帝居然这么问，想了想这才小心翼翼地说道，

"二姑娘性子坦率，怕是受不得委屈的人。"

"受不得委屈？那她在夜府这么多年怎么过来的？"慕元澈冷哼一声，委屈怕是受得多了吧。

严喜被堵得说不上话："皇上说的是，皇上说的是，是老奴想得不周。"伸手摸一把冷汗，今儿个皇帝陛下有些不同寻常啊。

"受得了别人的委屈，却受不得朕的委屈？"

严喜一听这话大气都不敢出了，都不敢往深去想了，皇帝陛下这是生气了吧。

慕元澈看着严喜的样子更是气不打一处来，挥挥手。"滚吧。"

严喜忙迅速地撤离危险之地，小命要紧啊。他倒是真的有些好奇，皇帝陛下为了什么突然这样发怒，按照道理来讲不应该啊。

"严公公，本宫要见皇上，烦你通禀下。"

严喜正在深思，被这声音给吓了一跳，回过头一看，却是刚刚上岸的夏吟月站在他的背后。

"奴才见过甘夫人。"严喜躬身行礼，笑着对夏吟月说道，"皇上这会儿心情不好，您看？"

"心情不好？"甘夫人面带惊讶，似乎有点不明白的样子，"不知道公公可否告知一二。"

严喜轻叹一口气，有意为夜晚减去些危险，便压低声音说道："自然是因为刚刚送走的夜二姑娘。"严喜心里其实明白得很，甘夫人早不来晚不来，偏偏他这边把人直接送回夜府就来了，分明是派人盯着呢。不过作为一个奴才，他知道什么该说什么不该说，什么该做什么不该做，眼睛四通八达，嘴巴密不透风的，才能是活得最长久的。

"夜二姑娘？这却是为何，皇上不是对二姑娘很欣赏吗？"夏吟月心中一凛，皇上发作夜晚，是因为今天的事情吗？看来皇上并不是别人看到的那样对夜晚很纵容。只是……严喜的话却也不能尽信。

"嗨，奴才这就不知道了。"严喜道，"夫人您稍等，奴才这就进去通报。"

夏吟月点点头，笑着说道："有劳公公了。"

不管夏吟月多得宠，对于皇帝跟前的人，一向都是温和有礼的，就凭这一点便不是旁人能及，毕竟恃宠生娇的也多了去了。

很快地严喜就出来了，对着夏吟月笑道："夫人，皇上正在忙，请您先去忙，回头有时间再召您过来。"

夏吟月有些失望，面上的神情就有些微僵，不过还是神态温和地转身去了。

严喜站在那里，看着一身华服的甘夫人越走越远，那脸上的笑容这才慢慢消

第八章　晚来起争执，夫人心不甘

175

去。

碧亭湖宴会过后，紧接着就是海选，全国各地赶到的秀女少说也有三两千人，可是最后留下的不过十中一二。每回夜晚上街，都能看到满脸失望，或者哭哭啼啼离开的秀女。

海选人较多，费时也最长，等到第一轮过后已是一月之后的事情了。

那次宴会过后，夜晚就没有再出门，只是在家里默默地待着，因为一时之间她不知道也没想出更好的办法去解决这件事情。至少眼前看来，慕元澈是不希望自己进宫的，虽然夜晚不知道是为什么，但是总觉得慕元澈的话并不像是假的，正因为这样夜晚反而越加小心谨慎了。

相反的夜宁那边却是十分的顺遂，上一回夜晚故意透露出金羽卫的常大人对夜宁欣赏有加，果然黎氏就按捺不住了，居然真的暗中动了手脚，企图让常大人对夜宁心生不满，谁知道夜宁早就有所准备，反而因此真的得到了常大人的赏识，虽然并未收他为徒，但是夜宁如今算是常大人跟前的红人了，再加上夜宁容貌出色，一身武艺更是十分扎实，现在前途一片看好。

人生就是跷跷板，这边下去，那边就会浮起来。

夜晚告诉自己不能急，越是着急反而越容易走错。这段日子夜晚收到了好几家的拜帖，有徐灿的帖子，还有罗知薇的帖子，但是夜晚都一一婉拒了，每日待在家里修身养性。

这期间要说发生的最大的事情，莫过于司徒冰清缠绵病榻无缘本次选秀。司徒家本就是这届秀女中最有威胁力的，毕竟司徒家的家世太强，只怕一进宫便是高位份的册封，更何况中宫空悬，家世太强的总会是最有希望问鼎宝座的。

如今司徒冰清身患怪疾无缘选秀，的确是让所有的待选秀女松了口气，只怕是宫里的人也都是松了口气的，毕竟司徒冰清虽然并不常交际，可是也是才貌双全的佳人，这生得美又是有才学的，哪个男人会不喜欢？

只有夜晚知道，只怕这疾病是有些蹊跷的，司徒冰清本就不想进宫，这回怕是司徒家为女儿谋划的。不过既然司徒冰清能如愿，夜晚也是为她高兴的。只是两人却是不能见面了，因为这病夜晚上门探望都被司徒夫人亲自送了出来。

夜晚也只能长叹一声，幽幽离开。如今夜晚也找不到自己的出路，如果是别人挡路还好说，偏偏是慕元澈，如果慕元澈铁心不让自己进宫，夜晚便是有再多的办法也只能是对着瞎子抛媚眼，全白费了。

她们这些人虽然不用参加第一轮的选秀，但是第二轮开始却是要参加的，因此夜晚也要开始准备起来了。经过族长跟夜箫的几次交锋，最后还是谁也没有说服谁，还是让夜晚跟夜晨同时参选，至于谁能进宫便看各人的造化了。

冬晴看着夜晚一整天也不说一句话，心里十分担心，收拾好东西，便走到夜晚跟前说道："姑娘，夫人那边想让您回去待选，这事你可拿定主意了？"

黎氏已经捎过几次话来，希望夜晚能回夜家本家待选，但是族长夫人问过夜晚之后都婉拒了。夜晚可不想在这样最后的几天里步步惊心地防备着，索性就在族长夫人这里躲清闲，至于……真的落选，那就等到那一天再说吧。

夜晚十分顺利地进入到了留宫的阶段，这回黎氏又让夜晚回夜府，也不知道是打的什么主意，抬头看着冬晴："不回，后日便要进入永巷待察，还是不要出任何意外的好。"

冬晴忙点点头："奴婢这就去跟族长夫人禀一声。"

夜晚点点头任由她去了，这样的结果本该是欢喜的，但是夜晚却有种前途未卜的凄凉。本来应该是战意十足的，却因为慕元澈的一句话所有的事情都蒙上了一层阴影。夜晚必须要让慕元澈改变主意，但是怎样才能让慕元澈改变主意呢？

慕元澈不是一个随意左右的君王，他是一个意志力非常坚定的人，这样一来夜晚就觉得十分困难。留宫的时日并不长只有半个月，这半个月里宫里会派嬷嬷前来教导规矩，这也是近距离接触并探查的一种手段。学规矩自然是不容易的，但是这却是必须的。

夜晚等到冬晴回来后，便带着冬晴出了门，坐在马车上在这京都大街上一圈一圈地游荡。夜晚不知道自己为什么要出来，要不晓得为什么这样做，总是有一种感觉，好像再不看看以后怕是没什么机会了。

如果进不了宫，夜晚回来，族长夫人自然不会继续留着夜晚跟黎氏作对，但是回到了夜家的本宅，黎氏跟夜晚已是水火不容，夜晚的处境十分堪忧，便是自己想想，也能想到会有多么的艰难。

她是绝对不允许这种情况发生的，但是现在她实在是没有办法改变目前的局面，所有的症结还是在慕元澈的身上。因为夜晚想不明白，慕元澈究竟是讨厌自己哪里，为什么这样拒绝自己进宫。

想来想去也想不到结果，夜晚只得暂时放下，只能等到进宫留察的时候，看看能不能从严喜的嘴巴里套出点什么。

马车忽然停住了，夜晚身体一颤，回过神来，就听到车帘外面冬晴的声音传来："姑娘，玉公子要见您。"

司徒镜？夜晚忙道："请他上车。"

马车帘子被打了起来，司徒镜一身白衣潇洒而来，局促的车厢内两人相对而坐，马车又缓缓地转动起来。幽香袭来，夜晚先开口了："司徒大哥，你怎么会在这里？"

"我在等你。"

"你怎么会知道我会经过这里？"夜晚一惊。

"我并不知道，我只是每日都会在旁边的茶馆里等着，我想以你的性子，进宫前是一定会在这京都里转上一转，只是没想到这次你倒是耐得住性子，到了今日才出门。果然被我等到了不是吗？"司徒镜依旧笑容浅浅，眉眼间带着淡淡的温柔，凝视着夜晚的神情一如既往。

如果不是自己大仇未报，真的嫁给司徒镜也是人生一件乐事，虽然她不能被当正室夫人八抬大轿抬进门，但是做一个贵妾应该也会安安稳稳地过一生了吧。只可惜夜晚不做妾，哪怕是贵妾。

"司徒大哥等我这么多天，可是有重要的事情？"

夜晚转开话题，突然有点不敢去看司徒镜眸子里深不见底的柔情。

司徒镜看着夜晚，默默地摇摇头："没什么大事，我就是想见你一面，你此番进宫后，日后再见怕是不容易了。来跟你告个别，万万珍重。"

夜晚点点头："我会的，司徒大哥也多保重。"

"好。"司徒镜的笑容有些僵硬，深深看着夜晚，原本澄清如碧波的眸子里，此时竟是一片漆黑，深不见底，夜晚再也不想探知这眸子里还会有什么。

"我希望不管什么时候我们都能好好的，不管遭遇到什么事情，不管有多么的绝望，都要努力前行。司徒大哥，与君相识，此生足矣。"

夜晚凝视着司徒镜，眼睛里是一如既往的微笑，清澈，荡漾，一览无余。

"好，我们都要好好的。"司徒镜看着夜晚也笑，他如今能做的只有给她祝福，满满的祝福，希望在那庭院深深的后宫里，她能有自己的一片天空，能得到自己想要的幸福，虽然司徒镜一直不明白也不了解为什么夜晚这样执着地进宫，那种执着让他怎么也看不透，想不明。

司徒镜说了些祝福的话，这才下了车，看着夜晚的马车渐行渐远，眸中一片哀伤。

此时马车中的夜晚也是有些难受，有些人注定是能相遇，能相爱，却永远不能平等地相守。既然已经知道结果，夜晚便不会任由自己去受伤，所以可以相遇，但是不可以相爱。

夜晚想，现在她变成了一个冷心冷肺的人，她一双冷眼看世人，却没有一腔热血温暖自己。

所以，司徒镜注定是她生命中耀眼的一朵云彩，却永远不会成为她的依靠。

宽阔的大街依旧是人来人往，喧哗热闹，这大千世界每日上演无数的生离死别，谁又会去在意这一个角落发生的事情。

然则，事情都会有意外，王子墨跟尊贵的皇帝陛下正在喝茶，就看到了司徒镜下了夜晚的马车，长身玉立在街道中间，怔怔地看着夜晚的马车渐行渐远。宽阔的衣袖在风中飞舞，一头墨发本就是随意地散在肩后，此时随风摆动，那长长的发丝滑过脸颊，看着那背影，平添一种难以言语的悲戚。

慕元澈透过雕花的窗棂，望着司徒镜的身影，眉心微蹙，头也不抬地说道："司徒镜喜欢夜晚？"

王子墨吞吞口水，心里哀呼一声，他怎么就这么倒霉呢。跟皇帝陛下出来喝个茶，居然也能抓奸当场。二姑娘啊，你要是跟情郎私会能不能找个隐蔽的地方啊？太倒霉了有没有啊，太糟心了有没有啊……

王子墨算是想明白了，以后不管什么事情都不能跟夜晚搭上边，不然的话一准倒霉。想他一生谨慎，没想到现在居然也会遇上一个克星，还是一个波及范围大，杀伤力凝聚力穿透力以倍数计算的。

"这件事情微臣并没有听说过。"王子墨十分小心地回道，瞧着慕元澈的神情不悦，王子墨接着又说道，"听说司徒冰清跟夜二姑娘是手帕交，说不定是司徒冰清托了司徒镜有什么事情转告也说不准。"

慕元澈将眼神从窗外的司徒镜的身上收回来，定定地看着王子墨。

王子墨被慕元澈的眼神看得心里发毛，干笑一声："这样看着我做什么？"

"你今天话真多。"慕元澈冷哼一声。

王子墨心中一凛，哀叹一声，这就是心急不周的下场。他王子墨素来是个不太爱多话的人，话多了反而觉得有问题。

露馅了吧！

"皇上，二姑娘其实是个好姑娘，其实吧她不想进宫，不如您高抬贵手放她一马。"王子墨说完就想抽自己一嘴巴子，这嘴多的，真是令人厌恶。其实王子墨根本就不想管夜晚进不进宫，可是这嘴巴自己居然就做主了。

"放她一马？跟情郎双宿双飞？"

王子墨心里咯噔一声，得，这下子算是帮了倒忙了。二姑娘啊，我真不是故意的……

"微臣惶恐。"王子墨除了请罪，不知道该做什么了。两人之间只要不谈及郦香雪，他们就是最简单的君臣关系，王子墨不想把这种关系弄得更复杂，维持这样挺好。但是今天……他有点失算了。

慕元澈不说话了，转头又看向夜晚的马车，只是茫茫人海中哪里还有踪迹可寻。这个夜晚真是不简单，王子墨为她说话，严喜对她也是格外关照，没想到不知不觉间他身边的人似乎都对这个不起眼的小姑娘有了好感。

第八章 晚来起争执，夫人心不甘

夜晚……你身上究竟有什么魔力？

时间飞逝而过，转眼就到了进宫之日。

说是进宫，其实永巷是在皇宫最偏僻的角落，在这里永远不会上演偶遇帝王的奇迹，进了永巷是龙你得盘着，是虎你得卧着。夜晚知道，这个时候自己的性命是最朝不保夕的时候，只要甘夫人有心算计自己，十有八九她是要吃些亏的。

不过，惠妃的半路杀出，倒是给夜晚的这局险棋添加了变数。

这回入住永巷的听说有一百多名秀女，但是最后留下的只有二十名，只从这人数上看，便已经看出这其中的凶险。

巍峨高大的宫门，在阳光下威武庄严，远远凝视着就给人一种喘不过气来的压抑。

随着人群移动，夜晚终于踏出第一步，这里只是皇宫的一个角门，直接通往永巷，后宫里最偏僻的一个角门。夜晚自然是知道这个地方的，但是记忆中郦香雪从未来过，永巷对于她就是一个词语，一个院落，身为皇后只要知道这个地方，知道这个地方是做什么的就足够了。

踏进永巷，扑面迎来的就是两边高大的宫墙遮掩下夹道阴暗潮湿的长巷，人行走在其中，就会有一种冷飕飕的感觉从脚底板上蔓延开来。

夜晚紧了紧衣衫，拢了拢小小的包袱，夹在人群中央随着往前走。眼睛看到阴暗的宫墙下面还有碧绿的苔藓在生长。

周围的秀女有些胆小的竟然还摔了跤，越发地平添了一丝紧张。

"夜姐姐，你怕不怕，我好怕。"罗知薇紧紧地攥着夜晚的袖子，脸色煞白，好似被人掐住了脖子一样，一双眼睛里全是恐惧。

夜晚本来不怕的，但是被罗知薇这样猛地一拽，还真的唬了一跳，心口怦怦直跳，额角的青筋蹦了蹦，看着罗知薇说道："本来不怕，你这样突然拽着我，倒是唬了我一跳。"

罗知薇有些讪讪地松开手，看着夜晚忙说道："对不起，对不起，我不是故意的，夜姐姐，我只是害怕，真的有些怕。"

夜晚现在最讨厌的就是这种女子，娇娇弱弱的，好似风一吹就能走，当初郦香雪就是怜惜夏吟月，结果害了自己的性命。所以现在她就格外讨厌这样的女子。

"没事，这么多人呢，别自己吓自己。"夜晚尽管心里讨厌极了，但是表面上还是很柔和地说道。

菟丝花一样的女子，有着最顽强的生命，夜晚不想毁在第二个类似于夏吟月的女子手里。不管这个罗知薇是为了什么目的接近自己，夜晚都不会傻傻地再上当，相反的这个时候的假装被骗，兴许会收到不一样的结果不是吗？

永巷的房子是早就已经分配好的，三人一个小院子，按照家世地位的高低来决定住在正房跟东西侧房的顺序。夜晚就比较倒霉，分到的院子住在正院的正是曾经害过阮明玉的杜鹃，住在东厢房的最有趣不过了，是自己嫡亲的姐姐，这三人里她的地位最低，住在阴暗潮湿的西厢房。

夜晨跟夜晚姐妹二人在门口相遇，两双眼睛互不相让。此时杜鹃也娉娉婷婷地走来了，眼睛在夜晚跟夜晨的身上扫过："哟，怎么站在门口不进去？你们是嫡亲的姐妹应该比任何人都亲近，怎么瞧着有些生分呢？"

杜鹃自然是不怀好意，一上来就想加深夜晚姐妹的矛盾，果然是个心机极深的。

杜鹃其实心里很不高兴居然会跟夜家姐妹分在一个院子里，夜晚就够令人头痛了，夜晨也不是个省油的灯，要是这姐妹二人联手，她只怕就危险了。所以杜鹃绝对不能看着这两姐妹握手言和，倾尽其力挑拨离间。

初入宫闱，谁都要小心，能不能真的进宫受封，这次留宫十分的重要，便是夜晚也不敢掉以轻心，因此步步谨慎，但是仍旧没有想到人家会给自己这么大的一个惊喜。

甘夫人总揽宫务，惠妃从旁协助，要是甘夫人想要给自己添堵，那是轻而易举的事情。只看看给自己安排的同院居住的人就能瞧出几分端倪，杜鹃，内阁大学士的女儿，虽是书香之家，但是因为有了阮明玉在她家受伤的事情在先，就能看出这个人是有几分心狠手辣的，跟这样的人同住一院，就好比与狼做邻居。

另一个便是自己的异母亲姐姐，她们两人之间的传言早就传得沸沸扬扬，想必明眼人都能看出她们姐妹其实并不亲近。

夜晚住在这里真是够堵心的，这是甘夫人给她的下马威，夜晚能感受得到，一进宫果然就是不同了，这后宫是夏吟月的囊中之物，想要在这里翻出一片天来，难如登天。

此时看着杜鹃似笑非笑的娇艳脸庞，夜晚抿嘴一笑："杜姐姐说的什么话，既然是进了宫待选，大家都是姐妹，何分彼此，你说是不是？"

夜晚的话也很有趣味，进了宫谁又能想到日后谁比谁更尊贵，大家还是日后留一线的好，别把事情做得太绝了。更何况在别人的眼睛里，夜晚是更有优势的，虽然夜晚自己知道现在是绝路，但是至少夜晚也要利用别人心中的假象为自己谋划一个安身立命。

杜鹃的脸色果然难看了一些，一甩帕子扭身走了。

夜晨看着夜晚，眼如点漆，深不见底："二妹妹跟以前果然是大不相同了，如今这嘴皮是越发厉害了，居然连杜姑娘都能被你唬住。"

"姐姐可错了，正如杜姑娘说的，你我是嫡亲姐妹，难道姐姐想要别人看着咱们互相残杀，徒惹笑柄吗？不管什么时候我们都是夜家的女儿，是夜家的脸面，若是姐姐不顾及这些妹妹自然也奉陪就是了。"

听着夜晚的话，夜晨冷哼一声："谁知道你心里在想什么？"

"别人进宫也是进宫，姐姐进宫也是进宫，我为什么要挡你的路？只要姐姐不再害我性命，我自然不会有什么举动。"夜晚先把话挑明了，而且用了一个再字。

夜晨粉唇紧抿，良久才道："自然，你我毕竟是姐妹，比旁人更亲近一些。"

"姐姐能这般想自然是最好，妹妹便先告辞了。"夜晚点点头，抬脚往自己的西厢房走去。

夜晨凝视着夜晚的背影，良久这才往自己的房间走去。

夜，降临。

严喜守在明光殿的门外，抬头看看天，问着身后的徒弟小辰子："什么时辰了？"

"师父，已经是酉初了。"小辰子忙回道，长得白白净净的一张脸，那双眼睛尤其灵动，很是讨喜。他是严喜收的两个徒弟中的一个，另一个是小明子，小明子稳重话不多，小辰子机灵心眼多，因此严喜办事的时候总爱带着小辰子，小明子就留守大殿，这两人一个机灵，一个稳重正好互补，都是对他极忠心的。

严喜点点头，看着明光殿里并未点灯，心里也有些打鼓，今天是皇上跟孝元皇后成亲的纪念日，每年这个时候皇上都是一个人待着，不过今年很显然这灯亮起来的时间比往年还要晚一些。严喜跟了皇帝这么多年，心里也有些打鼓，不知道哪里出了问题，想了想便说道："甘夫人那边你可回话了？"

"您就放心吧，已经回了。"小辰子笑着说道，眼珠一转，低声又说道，"每年这个时候，那一位都要请皇上去用膳，也不嫌烦，明知道皇上哪儿都不去的。"

严喜敲了他一下头："这话也能乱说？小兔崽子胆子大了，小心哪天就栽在这嘴上。"

"这不是在您跟前吗？别人面前我哪能说这些。"小辰子嘿嘿直笑，一脸讨好。

严喜又看看天："长秋宫都收拾好了？"

"小明子亲自带人去收拾的，您只管放心。"

"小明子办事咱家是放心多了，什么时候你能有小明子的一半稳重我就安心了。"严喜无奈地摇摇头，这小子机灵是机灵只可惜历练还少，少些稳重。

"那小明子不能哄您开心，我还能哄得师父开心呢。"

"皮猴，行了，你在这里继续候着，我得去看看。"严喜说着就往大殿门口走去，隔着门板说道："皇上，您该移驾了，长秋宫都已经准备好了。"

长秋宫是已故孝元皇后的寝宫，也是历代皇后居住的地方。自从孝元皇后死后，这长秋宫就被封了宫，里面的东西，哪怕小到一方手帕都是跟原来一模一样。长秋宫已经成为后宫里的一个禁地，便是盛宠如甘夫人也不得踏入，慕元澈会在每一个佳节之日独居在长秋宫。

每每到这样的时候，严喜总是觉得皇帝可怜，觉得孝元皇后真是狠心，怎么就能自缢了呢。夫妻之间有什么话不能说的，有什么误会解不开的，偏偏选了这样的方式，让皇上到现在都无法走出来。

长秋宫跟明光殿只有一墙之隔，两座宫殿紧紧相靠，但是因为被宫墙挡着，要从长秋宫到达明光殿却要绕路，路程便远了一倍不止。自从皇上登基，孝元皇后入住后宫，那墙就被开了一个门，从明光殿到长秋宫只需要一盏茶的时间。

因为后宫不得干政的祖训在前，皇上因为要开这个门受到满朝文武的阻挠，当时可谓是重压之下才能施行。

整座皇宫只有两处宫殿有温泉洗浴，一处是皇上居住的明光殿，一处就是皇后娘娘的长秋宫。本来长秋宫的温泉并不属于长秋宫，而是长秋宫旁边的一个小侧殿，后来皇上借口修葺长秋宫，便一同将那小侧殿圈了进去，成了长秋宫独有的温泉浴汤。

赐温泉洗浴，只有宠妃才有的殊荣。

长秋宫之内的温泉从没有任何一个妃子能踏足，只有皇帝对哪一位嫔妃格外喜爱的时候，才会赐浴明光殿旁边的温泉浴汤，皇帝登基多年，能有这个殊荣的也就只有甘夫人一个而已。

沉重的门被打了开来，慕元澈抬脚走出，严喜这才松了口气，小心翼翼地问道："皇上，现在摆驾长秋宫？"

慕元澈只是点点头，转身往长秋宫的方向走，穿过明光殿，很快就到。

严喜立刻高声喊道："摆驾长秋宫！"

銮驾立刻备上，浩浩荡荡地往长秋宫而去。

夏吟月站在明光殿的正门，本是听说皇上过了时辰还未去长秋宫，便想过来看一看，不承想倒是看到圣驾离开的背影。

三年了，一点都没有改变，他还是去了长秋宫。夏吟月的脸色很是不好看，原以为日子长了他一定能忘怀的，谁知道还是没变。

碧柔看着夏吟月的脸色小心翼翼地说道："夫人，咱们回吧。其实每年皇上都会去长秋宫，您不要伤心，再过几年，再深的情谊也会被时间抹去的。您不是在新选的秀女中瞧中几个颜色好的，新宠在怀，谁能还日日惦记着旧爱，您且放宽心才

183

是。"

夏吟月的脸色缓和了些，终究还是摇摇头："那是不一样的，你不懂，一点都不一样。不管这后宫会有多少美人进来，可是再也不会有一个郦香雪。郦香雪活着我总盼着她死了，我也能有出头之日，可是她死了我也并不开心，反而更恨她，因为她死了也依旧紧紧地霸占着皇上的心。她究竟有什么地方好！"

碧柔是夏吟月的心腹，自然是知道很多的秘密，此时听到自家主子这样说，忙说道："主子，您是这后宫里最受宠的妃子，只要再过一两年，您总能替代孝元皇后的。皇上现在无子，只要夫人能一举生下皇子，入主中宫不过是迟早的事情。便是宫里唯一的一位公主也是您所出呢，皇上喜欢得不得了，您不用担心。"

想起女儿，夏吟月的脸色才好了许多，深深地望了一眼渐渐远去的銮驾，这才说道："回宜和宫。"

进了长秋宫，慕元澈的神情才缓和了些，坐在主位上，抬头看向严喜，淡淡地说道："说吧，出了什么事情，这一路上就见你欲言又止的，朕看着都累。"

严喜嘿嘿一笑："还是皇上体恤奴才，也没什么大事，皇上不是让奴才看着选秀的事情吗？如今秀女已经进宫了，一切已经安排妥当，明儿个就会有宫人前去教导规矩。如今基本上名单都出来，皇上要不要过目？"

慕元澈没什么兴趣，挥挥手。

严喜吞一下口水，还是大着胆子说道："有件事情奴才不知道该不该说。"

慕元澈眉头一皱，横了严喜一眼："你个狗奴才，既然知道不当说还要说，朕能不听吗？说吧。"

严喜抹一把冷汗，傻笑两声："还是皇上最疼奴才，事情也不是大事，但是因为事情关系到孝元皇后，奴才便不得不说了。"

"嗯？怎么回事？"慕元澈面带不悦，"这跟雪娃娃有什么关系？"

"皇上息怒，您听老奴说是这么回事。这回新选的秀女已经住进永巷，这教导规矩的姑姑还少一人，于是云汐姑娘就被派遣过去了。这云汐姑娘是孝元皇后跟前的人，奴才这才回禀您一声。"

"六尚局无人了？居然敢调用雪娃娃宫里的人，谁的胆子这样大？"慕元澈怒，满脸乌黑，不等严喜回答，直接说道，"你亲自去甘夫人那里说一声，长秋宫的人没有朕的旨意谁都不能私自挪用，撤掉云汐另派人去。还有，通晓六宫，长秋宫诸事诸人谁都不可擅动，违者……打入冷宫。"

严喜心中一凛，幸好自己刚才看人事单子的时候看到了云汐的名字，不然这要是把人送走了，皇帝陛下怕是要气疯了，忙弯腰应道："奴才遵旨，只是这人是甘夫人派去的，就这样回了怕是夫人心里也会觉得委屈，要不奴才先找好了人替换，再去知会一声？"

"委屈？"慕元澈冷哼一声，随即挥挥手，"不用，你就这样去，让她亲自挑了人更换。"

皇帝怒极，这是连夏吟月的面子都不给了，要是甘夫人抽调任何一位宫妃跟前的人，皇帝大约是眼睛都不眨一下的，偏偏这位甘夫人自作聪明想要试探圣意……严喜就冷哼一声，他故意在皇上面前替甘夫人委屈，却更激发了皇帝的怒火。前几天他随着皇上出宫，甘夫人居然寻了借口罚了小明子，这不是打他的脸？

奴才？是不假，他们是奴才。可是奴才也是有脸面的，他严喜身为皇帝跟前的大总管，甘夫人罚了他的徒弟，就是跟他过不去。跟他过不去，严喜自然要给甘夫人设点绊子。

宜和宫。

夏吟月听完严喜的话面色铁青，身体摇摇欲坠："这是怎么回事，本宫从没有抽调长秋宫的人，严总管这里面一定有误会。本宫要去跟皇上解释，一定把话说清楚。"

严喜拦住了夏吟月，笑眯眯地说道："甘夫人还请体谅体谅咱们做奴才的，今儿个不仅是秀女入住长巷的日子，还是皇上跟已故孝元皇后大婚的日子，您是知道的，每当这个日子，皇上是不会召见任何嫔妃的。奴才便是壮着胆子给您通禀，您不也是见不到？倒不如这样，奴才替您把话带到就是了，您瞧行不行？"

甘夫人面带泪痕，看着严喜说道："如此有劳严总管了，严总管是知道的，我跟孝元皇后情同姐妹怎么会做出这种事情。便是皇上不下旨，本宫自然也会维护郦姐姐的威严跟哀荣，绝对不会做出这样的事情，定是下面的奴才猪油蒙了心才会做出这种事情，还请总管多多周旋。"

碧柔立刻就塞过来一个大大的荷包，严喜推辞不受，说道："这不是折杀奴才吗？您放心，您的话奴才一定带到。夫人还是赶紧地找个人补上来，通晓六宫的事情夫人也请多多上心，皇上这会儿怒气不小，您是知道的，皇上跟孝元皇后伉俪情深，容不得有点点的不敬。"

甘夫人自然是笑着应了，送走了严喜，夏吟月怒极，将桌上的茶盏扫在地上，一张俏脸绷得紧紧的。

碧柔跟采雪对视一眼，这个时候两人也不敢多话，忙去收拾地上的碎片。过了好一会儿才听夏吟月说道："是谁多嘴把云汐的事情给报上去的？"

碧柔摇摇头："奴才不知道，但是知道这件事情的就那么几个人，想来也容易查得出来。"

第八章　晚来起争执，夫人心不甘

采雪却摇摇头:"皇上虽然不管这些小事,但是我们却是将单子呈给了皇上一份。原想着皇上不会管这些事儿,随手就搁置一边,这样的话就等于是默许,夫人也没什么过错,偏偏在这个时候把事情给捅了出来,依奴婢看有两种可能。"

夏吟月让自己冷静下来,听着采雪的话有几分道理,便道:"你说说看,本宫也觉得这件事情有些古怪,按理说皇上怎么会无缘无故地管起这些小事。"

采雪听到夏吟月这般说,便点点头:"奴婢也这样想,不过凡事都有可能,今天这样的日子,许是皇上心血来潮,如果真是这样便是时气不济,怨不得人,只能下回做事的时候再周密一些就是了。还有一种可能,那就是有人故意在面前提起,但是能在皇上面前说上话的也就那么几个人,只要细细地查一查总能有端倪。"

"能在皇上跟前说得上话的,除了严公公只怕旁人在这样的日子也不能近身伺候。"碧柔皱眉,忽然又说道,"前两天不是有个小太监冲撞了主子,被主子责罚了,那太监正是严喜的徒弟呢。"

夏吟月冷笑一声:"好一个狗奴才!"

"主子,严喜可不是一个随随便便的小太监。"碧柔小心翼翼地说道,这严喜可不是旁人,只是想想就觉得胆寒,只看今儿个严喜不过是随口在皇上跟前一提,主子就挨了训斥,便知道这个人只能徐徐图谋,万不可心急。

"本宫明白,这笔账先记着。"夏吟月半眯着眸,皇帝不让云汐去做训导姑姑,但是她还真的就让云汐去,只是不是现在,皇帝正在怒头上,自己犯不着拿着命去拼,但是这事不能就这样算了。

"我让你们安排的事情都安排好了?"夏吟月问道,神情已经恢复如常。这后宫里的每一个女人,除了郦香雪那个女人,哪一个不是在这后宫的刀枪血剑中拼杀。郦香雪命好,生在郦家。又遇上了慕元澈,被他保护得严严实实,若不是……只怕现在那女人还在自己头上耀武扬威。

郦香雪是幸运的,可是有的时候幸运反而是一种祸事。

不然的话,以郦香雪的聪明才智,以她的手腕谋略,怎么会最后落得那个下场?

甘夫人实在是想笑,笑着笑着又觉得悲从心来,本来姣好的面容夹着丝丝怒火,形成一种诡异的面容。一旁的碧柔跟采雪都吓得垂下头去,采雪低声回道:"都已经安排好了,夜晚跟杜鹃还有夜晨在一个院子里,奴婢已经打听清楚了,未进宫前,杜鹃就曾害得阮明玉差点变成跛子,是个心狠手辣,有胆有谋的。这样的人只要主子用得好,是一把好刀。"

甘夫人冷笑一声,慢慢说道:"这个夜晚是绝对不能进宫的,你告诉杜鹃,每一个院子里都只能有一个最后能进入宫闱。话说给她了,就看她自己怎么办了。"

"主子放心，奴婢已经把话透过去了，当然她并不知道是主子的意思，便是出了什么事情也跟宜和宫扯不上关系的。"

"嗯，这个杜鹃也是不能留的，太有主意，手段太狠，于本宫也是一种威胁。"

"是，奴婢晓得。"

夜，渐沉。伸手不见五指。

夜晚躺在床上翻来覆去地睡不着，自然是不知道因为云汐宫里起了怎么样的波澜。到得第二日，通晓六宫的旨意下来，夜晚坐在窗前久久不能说话。

云汐……她们都还活得好好的，有了这道旨意，不管她怎么样恨慕元澈，但是因为他保全了她曾经用过的人，心里还是有几分感激的。夜晚虽然以另一种身份重新进入到深宫，感受到这皇宫以前从未感受到的冰冷跟血腥，但是至少还有她以前的温暖在残留。

故人一切安好，夜晚几乎泪流成河。这几年最担心的便是怕夏吟月用尽各种手段除去了她们，如今知道她们都还好好的，那种激动是无法用言语来表达的。

穿好衣衫，夜晚这才推开门走了出去，身边伺候的宫女是六尚局临时派来的，用着并不顺手，很多事情都是夜晚自己亲力亲为。外面的人早已经聚集起来，夜晚不太显眼地站在后面，这里的人都统一的粉色宫装，一样的头饰，一样的式样，站在那里猛一看还真看不出来谁是谁。

今天是分派训导姑姑给各家姑娘的，夜晚知道这些所谓的训导姑姑其实就是说得好听，但是各种折磨人的手段真是层出不穷的。只要夏吟月故意安排一下，这样的训导姑姑就能让她吃尽苦头。

本来是每一位姑娘一位训导姑姑，但是突然之间就变成了一个院子一位训导姑姑，夜晚跟众人不由得一愣，怎么突然之间就变了？

一个院子一位训导姑姑，这位训导姑姑可是要给上面回报各家姑娘的训导情况，这样一来的话几位姑娘还不得拼尽全力地巴结这一位训导姑姑……夜晚已经嗅到了浓浓的杀机迎面而来。

第八章 晚来起争执，夫人心不甘

第九章
入宫深似海，
步步藏玄机

明媚的五月，早上的风带着些许的凉意，夜晚站在庭院里，身边不远处站着的是夜晨跟杜鹃。在她们三人之前站着的是一位面色严肃的姑姑，姓许，眉毛浓黑，一双眼睛犀利如刀，嘴角紧绷，一看就是个十分厉害的人。

夜晚对这个人并没有印象，偌大的后宫人多了去了，郦香雪不能认识每一个人，不知道是不是自己的错觉，总觉得这位许姑姑看着自己的时候眼神有些奇怪，因此夜晚格外的谨慎，努力让自己不露出丝毫错处来。

"奴婢见过三位小主，从今儿个开始，半月之内都是奴婢为三位小主讲解宫里的各项规矩，还请三位小主多多担待。"许姑姑朝着夜晚三人微微地福了身子。

杜鹃是三人里地位最高的，忙上前一步亲手扶起许姑姑，一脸的笑容："我等初入宫闱，很多规矩并不知晓，还请许姑姑多多地指点。"

"这是奴婢分内之事，杜小主不用客气。"许姑姑对着杜鹃就能知道她是谁，可见是做过功课的。

杜鹃的神色微微一愣，显然也有些吃惊，没想到这位许姑姑居然知道她的名字，笑容有点僵硬。"没想到姑姑居然已经识得我们，倒是有些献丑了。"

杜鹃意在试探，夜晚并不答话，夜晨看着许姑姑想要说什么终究还是咽了回去，默默地站在那里。杜鹃并不是一个能容人的，这个时候抢了她的风头，只怕日后少不得受些闲气，因此还是不要在明面上闹僵比较好。

"小主过奖了，来之前奴婢就已经听尚宫大人说过各位小主的情况。奴婢并不认识小主，但是根据小主的穿着以及小主站立的位置也能猜出几分。"许姑姑笑着说道，这一笑倒是显得柔和了许多，没有了方才生硬犀利之感。

但是夜晚心里还是觉得有些意外，没想到许姑姑仅是凭这样的小小的地方，就能猜出她们各自的身份。可见此人心思缜密，手眼灵活，当然宫里生活多年的人，要是这一点眼力也没有，早就成了一抔黄土了。但是这样灵活的一个人，偏偏在夜晚三人跟前，把她自己的心思给点了出来，她明明白白地告诉对方，我是个什么样的人，这才是重点所在。

夜晚素来知道后宫里这些教引姑姑没有一个是省油的灯，以前也只是听说，但是这回却是亲眼所见，那感觉是绝对不一样的。从头至尾夜晚一句话都没有多说，只是半垂着头，遮住了半边的眉眼，浓浓的阳光透过树梢落在她的身上，朦胧之间反而有一种并不真切的疏离感。

许姑姑的眼睛并没有在夜晚的身上多做停留，看着三人又道："三位小主，每日上午辰时末刻到巳时末刻要学规矩，下午申时初刻到酉时初刻学规矩，请不要耽误课时辰，三位小主都是明白人，定不会让奴婢难做。"

许姑姑的口气并不严厉，但是就会有一种她们三人不管是哪一个晚了时辰……这后果还真不敢预料。

"是，姑姑请放心。"杜鹃三人一起应道。

不管她们的出身有多么的显赫，也不管以后会不会成为皇帝的宠妃，但是至少眼前她们都得向面前的这名女子弯腰，谦卑地，学着宫里的各项规矩礼仪。

许姑姑不是一个多话的人，说完这些就告辞了，临走时说好，下午申时初刻准时到。

送走了许姑姑，院子里就只剩下了夜晚三人，远远的还有各自的宫女在一旁伺候着。

杜鹃那双妩媚生风的眼睛淡淡地扫过夜晚跟夜晨，浅浅一笑，媚意横生。"你们看着这位许姑姑如何？"

夜晚抬眼看向夜晨，颇有以夜晨马首是瞻的意思。杜鹃的眼睛就是微微一眯，只见夜晨十分温和地看了一眼夜晚，这才看着杜鹃说道："杜姐姐心知肚明又何必问我们，许姑姑自然是极好的。"

杜鹃就冷哼一声，冷眼看了夜晚两姐妹一眼，淡淡地说道："是吗？真是要借你的吉言了。"这才扭着帕子走了。

夜晚望着杜鹃的背影，真是婀娜多姿，好生养眼。只是嘴角勾起的笑容却有些冰冷，看也不看夜晨只是压低声音说道："姐姐，你说杜鹃有几成机会留宫？"

夜晨没想到夜晚会主动开口，不过这个问题真是一个好的问题。首先杜鹃在家世上略胜二人一筹，再者杜鹃比夜晚姐妹出色多了，尤其是那一双眼睛，妩媚生色，再配上极美的舞姿，这样的女子什么样的男人能拒绝？

夜晚在郦香雪记忆里明白一个道理，男人绝对不会为爱情守身如玉，尤其是一个帝王，拥有天下最美的女子，怎么会守身如玉呢？

夜晚坐在窗前，对镜梳妆，让此后的宫女在门口守着，自己却是默默发呆。这屋子里很简陋，除了一张雕花床，还有一张红木桌，配置四个凳子，还有一个简陋的铜镜梳妆台，简直可以算得上家徒四壁。

永巷的条件的确是差透了，而且夜晚的屋子更是背阴潮湿，一整天只有早上的时候才能透进一点阳光来，除此之外一整天都见不到阳光，因此这屋子里即便是熏了香都有种发霉的味道，让人不舒服极了。

夜晚十分厌恶这种气息，但是她没得选择，只能忍着，受着，委屈着。夜晚压下心口的烦躁，细细地思量今天见到的这位许姑姑究竟是不是夏吟月的人。

不知道是不是许姑姑伪装得太好心机太深自己没看出来，还是许姑姑根本就不是夏吟月的人，至少目前夜晚并不能分辨出来。

活在这深宫，时日久了，便是一只耗子也能成精，不要说一个人了。夜晚也只能打起精神去面对。如今，她真的只是一个人。

夜晚用过午膳，又小憩了一会儿，将自己周围的环境细细地想了想，这才微微地有些安心。住在夜晚院子左边的有罗知薇，右边院子里有徐灿，这两人可算是熟人。罗知薇虽然是个极不靠谱的，但是却能很快地知道周遭发生的事情，夜晚想着自己如果想要知道什么只要去罗知薇那里走一趟就是了。

至于徐灿……夜晚笑了笑，这更是个有意思的。

郦香雪是母仪天下的皇后，规矩礼仪比任何人都知道得清楚，因此学起来并不吃力，但是夜晚绝对不会出风头，每每做得跟杜鹃差不多，要受罚便是三人一起，不受罚也是三人一起，出乎意料地在这一方面三人格外的默契。

从这一点，三人就知道这个许姑姑不是她们三人中的任何一个以前认识，或者想要去巴结的人。

从许姑姑的行事作风也能瞧出几分，这个人并不是轻易就能收买的。与其花费心思去收买她，倒不如真的把心力都放在学规矩上，反正只要三人一直表现得差不多，总是出不了大错的。

三人这样的表现真是让见多识广的许姑姑也有了些意外，真是不知道这是巧合还是三人商议好的。许姑姑也不是一个好相与的，当下就施展了分离之术，三人学的是完全不同的规矩，一个练习蹲步，一个就练习走姿，另一个就学着怎么见礼。到底是手段多多的管教姑姑，一下子就把诡异的平衡给打破了。

越是这样，越发地有了好胜心，都想着好好地表现一番，至少等到教引姑姑向上回禀的时候，自己是最优秀的那一个，这样的话留宫的希望就又大了几分。

等到酉时初刻这一下午的学习总算是告一个段落，夜晚这才喘口气，觉得腿酸得要命，因为夜晚练习了一下午的蹲步。不得不说许姑姑的眼睛真毒，这蹲步是低位的嫔妃向高位行礼用的。夜晚什么都好，唯独蹲步做不好，记忆中只有别人给郦香雪行礼的，再加上她和慕元澈两人独处的时候基本上很随意的，并不像是那些严肃的帝后相处，大多时候郦香雪没有蹲下身去，就被人拥进怀里了，所以这蹲步的确是夜晚所有的礼仪里最容易出错的。

许姑姑居然只从几个动作就瞧出了这一点，夜晚真是歹命，蹲了一下午不累才怪呢。

"今天的学习就到这里，三位小主辛苦了，奴婢也该告辞了，明早卯时末刻奴婢准时到。"

"是。"三人齐声应道，再也不敢有丝毫的应付。

等到许姑姑真的走了，杜鹃一张笑脸几乎绷不住了，也不跟夜晨和夜晚说话自顾自地回屋歇息去了。夜晨也很是疲惫，夜晚也想早些回去休息，偏偏这个时候徐灿跟罗知薇竟像是约好了似的一起前来拜访，一个是找夜晨，一个是找夜晚。

罗知薇一见到夜晚就格外地亲热，一把挽着夜晚的胳膊说道："夜姐姐，真是好累啊，教引姑姑好严肃。"

徐灿笑着接口说道："罗妹妹莫要这样说，被人听去了可不好，需防隔墙有耳。"

罗知薇忙捂住嘴巴，四处看了看，拍着胸口说道："幸好周围没人。"说着好像有些不好意思地说道："夜姐姐，你不会怪我来打扰你们吧，我在这宫里实在是没有熟悉的人，就只能找夜姐姐说说话了。"

看着罗知薇一副可怜兮兮的小模样，徐灿不等夜晚跟夜晨说话，便先执起她的手笑道："不会的，罗妹妹只管放心，阿晨跟晚妹妹都是极好的性子呢。"

罗知薇这才放下心来，她言语有趣，肢体动作又格外的丰富，说笑起来着实惹人怜爱。

细细密密的阳光透过舒朗的枝丫洒落下来，夜晚的眼神从徐灿的身上若有似无地滑过。徐灿拉拢罗知薇靠近她们姐妹究竟是为了什么？自从上回在徐府发生过那样的事情后，夜晚坚信徐灿一定是恨透了夜晨，但是徐灿还是一如既往地跟夜晨亲厚，而夜晚自己也好像是真的酒后吐真言，把那天的事情忘得干干净净，几次见到徐灿都没有提及此事。徐灿更是没有主动提及，好像真的以为夜晚不知道自己说过些什么一样，这样的女子夜晚是有些敬而远之的，因为她太神秘，心思太隐晦，你看不穿瞧不透，这样的敌人比罗知薇这样的令人不安极了。

瞧着徐灿的行为，夜晚也感受到了更浓厚的危机，铺头盖脸地扑来。

因为有了这两个人的加入，簇拥之下，一起到了夜晨的屋子里喝茶聊天。茶是宫里统一分下来去岁的碧螺春陈茶，算不得好，还不如寻常家里的茶，入口涩涩的，夜晚镇定如常地一口口地抿着，对面的夜晨三人早已经放下茶盏，很显然这样的茶她们是喝不下去的。

三人瞧着夜晚喝茶面不改色，夜晨的脸色有些难看，徐灿跟罗知薇面带惊讶，徐灿很快地就恢复平静，但是罗知薇却是睁大眼睛说道："夜姐姐，这样的茶你怎么喝得下去，要说起来这些人真是可恶，被褥不用说了，昨晚上我一宿没睡好，潮潮的还硌人，饭菜更不用说了，连这样的茶水都不肯给些好的，咱们是进宫选秀又不是自找罪受来的。"

夜晚并没有直接回答先前的问题，只是笑道："不过是规矩。"

罗知薇讪讪的，垂着头说道："可也太难喝了些，怎么入口嘛。"

"别人能喝，我们自然也能喝。我们要在宫里待半个月，难道你一口水都不喝？"徐灿笑着反问一句，看着那一碗被搁下的茶，伸出削葱般的长指端了起来，皱眉喝了一口。

徐灿说得没错，她们要在这宫里居住半个月，难道这半个月都不喝一口水？不吃一口饭？水不好喝能解渴，饭不好吃能充饥。想要出人头地，就得先受罪，你受不了这罪，那就直接回家去好了。

这次充入永巷的待选秀女并不全都是金尊玉贵的世家大族之女，还有全国各地不同地方的秀女。她们有的父亲只是小官，生活并不如意，进了永巷这样的生活也是让她们仰望的。

人生高度的不同，便决定了你的视角，你的生存，甚至于你的生命。

徐灿能这么快就知道委屈自己，夜晚也是佩服的，尤其是这人还面带微笑，谈笑如风，这样的云淡风轻，真是有泱泱大风。

罗知薇看着夜晨也端起茶盏，自己也只好端了起来，很是委屈地喝了下去。

徐灿的眼睛就落在了夜晚的身上，嘴角含笑，声线温柔："到底是晚妹妹比我们想得更通透些，不然我们还要执迷不悟下去。"

夜晚心口一震，深深地看了徐灿一眼，这才笑着说道："徐姐姐真是说笑了，我喝得下这茶跟你说的没有关系，不过是我品位低俗些，不懂你们的高雅。什么样的茶于我说来其实并无分别，何来好坏之分。"

徐灿听到夜晚这些话，只是一笑："凡事不追求极致，便能随遇而安。如今进了这永巷，这才觉得真是人外有人天外有天，教引姑姑严苛训导，没想到便是傅姑娘、阮姑娘跟杜姑娘这样的都能坚持下来，真是令我等汗颜。"

这三个人个个都有极大的来头，帝师的孙女自然是与众不同的，便是看在老师的分上只怕也是一定会留下的，而且初封的地位也不会太低。阮明玉有着第一美人的称号，想来要是落选更会惹人非议，自然是一定留下的，至于杜鹃……只是凭着那一双眼睛跟那妖娆的舞姿，想要落选也难。

但是每一年能留宫的是有数的名额，一百多号人要去争那区区二十名的名额，可见竞争有多激烈。

罗知薇听到徐灿的话立刻附和道："就是就是，我都有些受不住了，一双腿软得跟豆腐似的。我听说傅姑娘那个院子里，就只有傅姑娘一个坚持到了最后，另外两个都挨了训斥，想是做得不好呢。我还听说阮姑娘因为之前在杜家做客时伤过脚踝，这回也吃了苦头，真是怪可怜的，我们这样好好的都有些受不住，不要说还有旧疾在身的……"

听着罗知薇竹筒倒豆子噼里啪啦地说着初进宫的各院子的事情，就连夜晚都觉得这个罗知薇真是强大，这么短的时间内，怎么就能知道这么多的事情，好像就是她亲眼所见一样。

徐灿边听边随着附和几声，夜晨听到在意的也会多问几句，夜晚从头到尾都没有多说一个字，只是一直在听。因为夜晚比她们更明白一个道理，在这宫里你想知道的一定是上面想让你知道的，如果上面不想让你知道的，你自然不会知道。秀女之间的消息流动极快，这就说明有人在背后暗中做推手，让这些秀女自己内讧起来。

不然的话为什么阮明玉的事情首先扯上的就是杜鹃？

夜晚想着这样温水煮青蛙的手段倒真是跟夏吟月如出一辙，看来自己还是低估她了，她并没有直接针对自己来，而是撒了一张大网，慢慢地收网，而那些在网里蹦得最欢快的只怕就要先倒霉了。

"……如今在宫里我们是举步维艰，我们几个也算是性情相投，若是有个什么风吹草动，大家还是要互相知会一声比较好，你们看呢？"徐灿终于说出了此行的目的，是要联盟来了。

不得不说徐灿是聪明的，这一招虽然目标大一些，但是法不责众不是吗？

夜晚的目的只是希望能留在宫里，至于旁人谁还能留在宫里她并不在意，毕竟她进宫的目的跟旁人可不同，想了想便点头应了，罗知薇紧跟着也答应了，欢喜之情溢于言表，夜晨微微犹豫，不过最终还是点了头。

天色将暮，夜晚送徐灿跟罗知薇出来，就看见杜鹃正在院子里散步，瞧着几个人出来，并没有打招呼的意思，转身就走了。徐灿只是一笑，罗知薇倒是愤愤不平地说了几句，夜晨跟在后面也未说话。

一直将两人送到门口这才回转身，夜晨看着夜晚："你为什么要答应？"

夜晚故作不解："徐家姐姐不是姐姐你的好友吗？罗妹妹也是个爽快的，大家都是性情相投有何不妥的？"

夜晨露出一丝讥讽，瞪了夜晚一眼："你会有后悔的一天的。"

夜晚看着夜晨拂袖而去，这才往自己的屋子走去，只是才走了几步，就听到门口有急促的脚步声传来，紧接着就听到有人问自己："请问，夜副将家的夜二姑娘是住在这里吗？"

是个十分甜美的女子的声音，夜晚回过头去，果然看到是个宫女装扮的女子正站在门口，眉眼间带着浅笑，正笑吟吟地凝视着夜晚。此时夜晨并未回到屋子去，听到这话也顿住了脚，转身看着那宫女，而后又看了看夜晚。只见夜晚略带疲惫的脸上带着浓浓的疑惑，一看就知道夜晚并不认识这女子，一时间也有些好奇起来。

或许是听到了声响，杜鹃也从自己屋子里走了出来，夜晚并未回话，是因为她认识这宫女，这宫女不是旁人，正是殿前伺候的东篱跟前的小宫女绿玉，是慕元澈的人。夜晚心里便咯噔一声，不知道慕元澈又要做什么，本不愿搭理，但是当着夜晨跟杜鹃的面又不好不答应，只得上前一步，脸色如常地说道："我便是，请问有什么事情吗？"

"原来您就是夜二姑娘，奴婢真是冒犯了，还请姑娘恕罪。"那宫女的态度十分的谦和，倒是弄得夜晚越发地谨慎。

如果真的是慕元澈想撵自己出宫的话，态度好像不会这样的体面吧？夜晚一时想不明白，只能惴惴不安地看着那宫女，然后说道："不知者无罪，更何况姑娘并没有冒犯之处，礼仪周全，不知道找我有什么事情？"

夜晚尽力地让自己展现出一副温柔贤惠的样子，虽然慕元澈知道自己的另一种模样。但是旁人，并不知道的，夜晚还是要做戏的。

绿玉快步走了过来，嘴角含着笑，看着院子中的三人弯腰施礼："奴婢绿玉见过三位小主，奴婢是奉大总管的命令请夜二姑娘往明光殿走一趟。"

一言既出，三人皆惊。

杜鹃的眼睛里妒火乍然一现，很快的又消失不见，只是嘴角的笑容带着僵硬。夜晨自然知道明光殿是什么地方，那是皇上的寝殿，心里自然也是吃味的，没想到皇上居然也破了规矩。须知道历代采选以来，凡是秀女进了永巷没有正式册封之前，皇帝从没有单独召见过哪一个，但是现在却有一个夜晚破了例。

夜晚不能抗旨，只得弯腰应道："是，请容我梳洗整容，还请担待一些。"

绿玉自然是明白的，夜晚她们刚学了一天规矩，仪容规范见君这是最起码的礼仪。

绿玉等候的时候杜鹃款款走了过来，笑着说道："我说这位姑娘瞧着面生，原来是明光殿伺候的，真是眼拙，还不知道姑娘芳名，可否方便见告？"

那小宫女很自然地笑了笑："奴婢绿玉。"

"原来是绿玉姑娘，难怪长得这般标志，这名字就是个极典雅有韵味的。"杜鹃撇去了以往的骄傲，对着绿玉的态度很是和蔼。倒是让一旁的夜晨撇了撇嘴，心里嗤笑一声，就算这样也并未打算离开，只是在一旁默默地听着。

绿玉笑了笑，随着杜鹃攀谈起来，杜鹃还借着身子的遮掩塞给了绿玉一个厚厚的荷包，低声问道："不知道姑娘能否透露一二，召二姑娘过去是为了何事？"

绿玉掂了掂荷包的分量，这才眉笑颜开，谨慎地看了看，这才说道："奴婢只知道是大总管的话，至于究竟什么事情却不知道。"

杜鹃就有些失望，这等于什么也没说啊。这个时候绿玉又说道："不过大总管从不会行事偏颇，这次只怕也是上头的意思。"

杜鹃一愣，看着绿玉说道："采选宫女进入永巷，上头从不违例召见，这回……"

绿玉很是上道地压低声音说道："二姑娘可不是一般的秀女，之前在碧亭湖不是就单独召见过，又是救过小国舅的人……"

绿玉没有再说下去，看着夜晚已经走了出来，忙迎了上去，笑道："二姑娘，请随奴婢走吧。"

"烦劳带路。"夜晚点点头，跟杜鹃还有夜晨告别之后这才抬脚走了出去。

杜鹃等到两人的背影消失不见，这才转过头看着夜晨："一家出来的，怎么差别就这么大呢？"

夜晨的脸色有些发白，身子摇摇欲坠，不过依旧挺直了脊梁看着杜鹃缓缓地说道："是一家人就比不是一家人的好，而且这救小国舅的事情，又不是天天上演，得是有福气的人才能碰上，我妹妹有福气我这个做姐姐的自然也开心。"

"开心？"杜鹃嗤笑一声，眼睛里夹着讥讽，"真当别人是傻子，你们家里的那点破事以为别人都不知道？夜二姑娘为什么会搬出去？你以为她真的上了位之后会提携你？我看你就做梦吧。"

杜鹃的话一针见血直捅人的心窝子，夜晨差点都站不住，死死地盯着杜鹃，嘴角的笑容夹着冰冷的霜刀："杜姑娘还是担心担心自己吧，听说阮姑娘今儿个学习宫规的时候，脚痛得厉害，这上面要是派御医下来诊治，我想杜姑娘应该想着怎么交代才是。"

杜鹃闻言浑身一僵，狠狠地瞪了夜晨一眼，咬着牙说道："这跟我有什么关系，有些人就是矫情，动不动地就拿什么陈年旧疾唬人，有什么意思，有本事凭着自

第九章　入宫深似海，步步藏玄机

己的本事去争啊，净整些没用的祸害人的招数，要不要脸。"

夜晨瞧着杜鹃的神色很是激动，又听着她话里的意思，好像当初阮明玉落水一事还有别的内幕，想要再探问几句，就听到杜鹃对着天空哼了一声，然后又看着夜晨抬脚走了几步靠近她，努力地挤出一个笑容："我们两个都是可怜人，谁也别笑谁，如果你跟我联手说不定还有硬闯过去的可能，如果咱们各自为战说不定你我都要败落下来，你我的敌人都是劲敌。我提前把话说好，我们的结盟只限于能不能进宫册封，进了宫之后自然是各凭手段获宠，到时候你我各走各的，如何？"

夜晨凝神看了看杜鹃，良久才道："容我想想。"

"婆婆妈妈，磨磨叽叽。成，明早给我个话，你我成了联盟我自然不会对付你，不过不是联盟，若有一天你碍了我的路，我是不会看在同居一院的情分上手下留情的。"

杜鹃扬长而去，只留下夜晨百味杂陈地站在那里。说实话以前从未接触过杜鹃这样的女子，虽然同住一个都城，但是因为彼此的交际圈子并不一样，所以也只是听说过，并未接触过。听着杜鹃的一番话，夜晨不知道是不是该佩服她艺高人胆大，居然在这后宫里在这样的地方说出这样的话，毫不避讳。

她得好好地想想。

永巷是整个皇宫最偏远的角落，从永巷到达明光殿有两条路，第一条路，从永巷出来经过冷宫，穿过清漪居，走过甘夫人的宜和宫，然后过仪元殿、锦画轩就到了明光殿。另一条路，从永巷出来，过绛云阁，穿过偌大的御花园，然后经过出云殿，过了芙蓉轩就到了明光殿。

夜晚凝神注意着眼前的路，绿玉居然带着自己在御花园里兜起圈子来，御花园占地极广，走在其中很容易迷失方向。不要说一个新进宫的秀女，便是在宫里生活多年的宫女也是要十分谨慎才是。幸而绿玉自己也不敢往深处走，只是在御花园的中间领着夜晚慢慢走，还不时地介绍这里的景致，每一种奇花异草说得很是详细，言笑嘻嘻，可爱活泼。

只可惜夜晚不是什么都没见过的人，也不是对这深宫一无所知的人，她已经瞧出了端倪，为了不打扰敌人，还要知道这名宫女的背后究竟是何人指使，就只能假装什么都没发现，跟着绿玉继续兜圈子，嘴里还不时地问些话，慢慢地探寻。

"……从这边走过去，穿过锦鲤池就到了明光殿了，夜二姑娘第一次进宫怕是觉得路好远吧。"绿玉抿嘴直笑，看着夜晚的神情天真无邪。

这后宫里哪里来的天真无邪的人，绿玉还真是当夜晚是个初进宫什么都不懂的。穿过锦鲤池就到了明光殿？简直就是笑话！

锦鲤池在御花园的东北方向，正好跟明光殿相距甚远，如果从锦鲤池到明光殿，至少还要经过漱玉殿跟柔福宫，路远了一倍不止！

夜晚听到这话眉眼间带着微微的疲惫，学了一天的规矩的确是有些累了，听到绿玉这话立刻喜笑颜开："总算是快到了，宫里的地面实在是太大了，走得都有些晕头转向。"

"二姑娘辛苦了，前面就到了锦鲤池，里面养了好多的锦鲤，你可在那里稍微歇一歇咱们再走就是了。姑娘学了一天的规矩，又走这么远的路实在是辛苦了。"绿玉十分关切地说道，伸手替夜晚拂开挡在前面的花枝，眉眼弯弯。

夜晚面不改色，嘴角还带着笑容："这样会不会耽搁时间？不然还是直接赶路好了。"夜晚故作为难地说道，锦鲤池？那里可是有水的地方，而且又偏僻，要是自己突然失足落入水中一条小命可就没了。夜晚本就对绿玉起了疑心，此时听到绿玉居然提议在锦鲤池歇脚，心里自然是警惕万分。

知道郦香雪是怎么死的，夜晚对于任何有危险的事物或者人，都有一种发自内心的排斥跟警觉。

绿玉听到夜晚这样说，轻轻一笑："姑娘不用担心，这个时辰正是用膳的时辰，咱们便是去了也得在外面等着候命。既然还有些时间，瞧姑娘也挺累的，倒不如在锦鲤池赏着景还能歇歇脚，一准误不了事，您就放心吧，毕竟奴婢可担着差事呢。"

若是旁人听到这话自然就会信了，但是夜晚反而心里叹了口气，这姑娘是铁心要害自己了。就是不知道是给自己一个警告还是想要自己的命。不过既然来了锦鲤池这种地方……夜晚努力地想着怎么样才能逃出生天，夜晚不会坐以待毙，虽然对手挑了这样一个天时地利人和的绝佳地方。

夜晚看着绿玉的背影，瞧着她极为熟练地穿花拂柳往前走，绿玉是东篱手下的人，而东篱是慕元澈跟前的大宫女，夜晚不知道这是不是慕元澈的意思。想来这宫里除了夏吟月应该没人能收买明光殿的人，但夜晚觉得夏吟月的手不会伸得这样长才是。

如果真的是慕元澈，夜晚又觉得有些矛盾，慕元澈身为一个帝王，怎么会用这样的手段暗害自己，更何况慕元澈已经提前告诉自己，他不希望自己留宫，既然已经告诉过自己，那么自然不会多此一举，最为重要的是慕元澈从不会行小人之事。

夜晚一时间也很是纠结，又有些恐惧，因为她根本不知道自己的敌人是谁。夜晚已经排除掉慕元澈，但是能有权利收买跟靠近明光殿，并且能让明光殿的人敢于背主做出这样的事情的，除非背后那人真的有那种本事折服或者是能挟持住对方，不然绿玉这样的奴才，怎么会轻易被人收买？没有足够的分量，没有足够的利益，她们是不会让自己陷入险境的。

第九章　入宫深似海，步步藏玄机

而符合这些条件的，夜晚想来想去，除了夏吟月就还有一个惠妃，但是惠妃对自己并无恶意，那么就只剩下夏吟月。虽然觉得有些不可思议，但是排除掉所有的不可能之后，剩下的这个答案，哪怕再匪夷所思也一定是正确的，这是郦香雪用生命得到的答案。

虽然不敢相信夏吟月能有这样的本事，但是夜晚也绝对不敢掉以轻心，一边随着绿玉说话不引起她的疑心，一边想着办法脱身。

现在是各宫各院用晚膳的时辰，御膳房在整个皇宫的东南角上，除了各宫主位能有自己的小厨房，其余的嫔妃必须要到御膳房拿到属于自己份例的饮食。而经过锦鲤池要去拿膳食的就只有以前住在锁烟楼的丁昭仪。

说起这位丁昭仪也是一个可怜人，还是郦香雪在位时选进宫的秀女，是个天真烂漫的女子，虽然长得不是很漂亮，但是特别有种朝气。郦香雪自己便是艳绝天下的美女，不管后宫再有什么样的女子进来，没有哪个能从美貌上压过她，因此郦香雪也是格外地自信慕元澈不会变心。正因为这样，她对后宫的其他嫔妃并不曾打压过，这位丁昭仪进宫第二年有了身孕，当时她也是高兴的，毕竟她嫁给慕元澈多年，除了早些年小产过一次，从那以后再也没有过身孕，因此便想着要是其他的嫔妃能生下一儿半女，自己养在膝下也能对得起慕家的祖宗了。

谁知道丁昭仪是个没福气的，最后孩子却是小产了，从那以后丁昭仪就跟变了一个人一样，整日地躲在锁烟楼，也怪可怜的。

没想到世事轮回，兜兜转转，最后却要通过锁烟楼的人救自己的性命。丁昭仪跟前的大宫女紫丹是个心肠极好的，夜晚只盼着这回去领膳食的会是紫丹而不是旁人。

再怎么担心，终究还是到了锦鲤池，远远地就看到五彩琉璃瓦在阳光下散着耀眼的光芒。汉白玉做成的栏杆散着幽幽的光芒，一池碧水波光粼粼，映得周遭的花草也多了几分生气。

夜晚看着绿玉的脚步又加快了些，便开口说道："没想到这锦鲤池修建得如此漂亮，便是栏杆都是汉白玉的，果然是天家威严。"

绿玉听到这话便笑着说道："这算什么，孝元皇后喜欢锦鲤，皇上专门建了锦鲤池，为了讨皇后娘娘开心，自然是一切都是按照最完美奢华的建造。孝元皇后美貌无双，人又温柔娴雅，当年站在池边撒饵喂鱼，听说这些漂亮的锦鲤都不敢浮出水面跟先皇后争辉。只是听说过沉鱼的典故，倒是没想到在咱们大夏也有这样的盛事呢。只可惜当初我在当差未曾见过这一胜景，当时看到的人听说都是看呆了眼呢，只是想想都觉得神往呢。"

夜晚没想到绿玉忽然会提到这个，神色不由得一暗，传言都是有些夸大的。其实根本不是锦鲤不敢争辉，而是鱼被慕元澈喂饱了……死活不肯上来，当时都要气死郦香雪了，偏偏慕元澈为了讨她欢心还弄了这么一个美丽的"传说"。

　　往事都是甜蜜的，回忆都是苦涩的，夜晚的心情此时更是无比的复杂，尤其是从别人的口中听到以前的事情，更是有一种无法言喻的悲伤。郦香雪曾经以为这些是无比浪漫的事情，但是到头来却是一场笑话。

　　草木繁盛如往昔，极目望去更添清幽，锦鲤池依旧奢华如旧，只可惜已经物是人非。

　　夜晚的脚步不知不觉地就靠近了汉白玉的栏杆，触手生凉，望着那一湾碧水里瞧着人来的锦鲤蜂拥而来，千头攒动，好似妖艳的红梅点点花开。在这里曾有无数的美丽回忆，是郦香雪跟慕元澈的回忆，曾有一回也是因为她贪玩，不小心失足跌落池中，几乎溺毙。当时慕元澈大怒差点将这里填平，还是郦香雪几番劝说，实在是因为喜欢，这才保留下来。但是也因为这样，还被慕元澈逼着学凫水。

　　学凫水是很难过的过程，但是因为有他的陪伴，也是甜蜜的。

　　往事幕幕滑过眼前，夜晚沉浸在自己的悲伤里，浑然忘记了周围的危机。

　　绿玉并没有发现夜晚的异样，因为夜晚是一直垂着头望着锦鲤池的，她还以为夜晚是被池内的锦鲤吸引了心神，于是慢慢地靠近夜晚，站在她身后只有半臂的距离，谨慎地向四周望了望，又细细地听了听，并无人靠近这才安了心。

　　因为锁烟楼的宫女会经过这里去御膳房提膳，所以绿玉特意错过了锁烟楼的时辰，一切都是按照计划天衣无缝。

　　看着夜晚的背影，绿玉咬咬牙，伸出手用力地朝着夜晚的后背推了下去。

　　夜晚猝不及防，整个身子往前倾去，那汉白玉的栏杆并没有阻挡住她的身体，她只觉得一阵阵地头晕脑涨，然后冰冷的池水瞬间无所不在地包裹了她。恐惧像是藤蔓疯狂地侵袭了夜晚所有的感官，跟郦香雪落水时的恐怖的记忆一下子重叠在一起，夜晚完全忘记了该去做什么，只能任由手脚无意识地尽情地扑腾着，想要挽回自己的生命。

　　夜晚的口鼻渐渐地被池水掩盖，但是她不甘心啊，不甘心就这样死去，她还没有复仇，没有为郦香雪讨个公道，怎么能就这样再度死去。即便心里明白这一点，也无法阻挡曾经溺过水的可怕经历对她造成的惊恐，夜晚拼命地在水里挣扎，冰冷的湖水灌进她的口中，流进她的肚子里，那冰冷的触感让她浑身不由得颤抖。

　　所有的记忆完全重合，被池水紧紧包围的窒息感觉跟以前一模一样的惊恐，只是当时有慕元澈在身边，在这濒临死亡的前一刻，夜晚的脑海中唯一出现的就是慕元澈那一张似笑非笑的脸庞正在凝视着她，好像又听到他在说："雪娃娃，我们一生一世也不分开……雪娃娃，你听，我的心是为你而跳动的……雪娃娃，终有一天我会让你成为天下最尊贵的女人，我要携着你的手告诉全天下的人，你是我慕元澈一生一世

第九章　入宫深似海，步步藏玄机

捧在手心中的珍宝……"

郦香雪的记忆太美好，夜晚舍不得忘掉，所有的片段在大脑中不停滑过，恐惧让她失去了理智，但是残存的生存的信念还有自己的意识，让夜晚的口中不自觉地就喊了出来："阿澈，救我……"

严喜整个人似乎被冰封了一般，呆呆愣愣地站在水池边，他刚才幻听了吧，一定是幻听了，不然的话怎么会听到当年孝元皇后落水时喊出的话……

等到严喜回过神来时，慕元澈已经抱着夜晚从锦鲤池中走了上来。

是的，今儿个尊贵的皇帝陛下不知道抽的什么风，一定要来锦鲤池，两人刚走到锦鲤池外还有几十步的时候，便听到有人喊：阿澈，救命！然后尊贵的皇帝陛下一阵风一般地就消失了，再然后，等到严喜回过神来的时候自己也站在了锦鲤池边上，而皇帝陛下已经把人给救上来了。

当看清楚被救的人是谁的时候，严喜已经无法阻挡自己对神的崇拜，老天爷最近是不是太闲了，怎么好像什么事情都会跟夜二姑娘扯上关系。随意地陪着皇帝出来走走，也能恰好救了落水差点淹死的夜晚。

严喜这个时候哪里还顾得上其他的，立刻吩咐着周围的小太监去拿衣裳，去抬肩舆来，还忙着筑了人墙给皇帝陛下挡风，忙得不可开交。

此时，慕元澈却是抱着夜晚坐在亭子里，一双眼睛紧紧地盯着夜晚白中泛着铁青的容颜。阵阵春风吹过，却吹不散他眉间的忧伤。慕元澈侧头看着严喜，近乎于有些痴傻地问道："严喜，朕方才没有听错，她是在喊阿澈，救命，是不是？"

严喜大条的神经，听到这句话却也红了眼眶，只是这话却不知道该怎么接口，想了想还是很慎重地说道："许是听错了也不一定，夜二姑娘怎么会这样喊。"

严喜也觉得这事儿实在是太悬了些，怎么想也觉得有些令人脊背生凉。夜二姑娘怎么就会喊出这样一句话，这可真是要老命了。八竿子打不着的两个人，在同一个地方落水，居然还喊了同样一句话，太诡异了，实在是令人不寒而栗。

"不，朕听得清清楚楚，怎么会差了去。严喜，这世上怎么会有这样巧合的事情，是不是雪娃娃……"后面的话慕元澈没有说出口，许是自己也觉得有些不可思议，这样的事情太过于匪夷所思，但是那意思严喜却是明白了，腿也软了，汗也流得更厉害了些。

肩舆很快就到了，严喜看着慕元澈低声说道："皇上，您一身的水，还是先回明光殿小心着凉，春天的风尖着呢。"

慕元澈并未反对，弯腰抱起夜晚大步往肩舆走去。严喜一见唬了一跳，忙说道："皇上，夜二姑娘还不是后宫妃嫔，您这样做与祖制不合。"

严喜这回真是吓到了，这要是皇帝真的抱着夜二姑娘回了明光殿，只怕明儿个这事情就会传得沸沸扬扬。违了祖制，又会被那些世家揪着尾巴不放，到时候又是事情一大堆，够人心烦的。

慕元澈眉头紧皱，瞧着夜晚毫无生气的脸，紧抿的唇勾勒出刚硬的线条，咬着牙说道："传太医！"说着大步不回头地上了肩舆。

慕元澈走了，严喜的事情可还没有完，盼咐了小太监去太医院传太医到明光殿，又看着在岸边企图溜走被小辰子挡住的绿玉，严喜慢慢地踱步走了过去，眼睛似钢刀一样在绿玉的身上刮过几遍，这才似笑非笑地说："夜二姑娘落水，既然你在旁边少不得把事情说个明明白白，跟着咱家走一趟吧。"

绿玉的脸色煞白，打死她也没有想到皇上怎么会突然出现在这里，一双腿软得几乎挪不开步，干笑一声："严总管，奴婢……奴婢只是无意中路过这里，并不晓得出了什么事情，还请大总管高抬贵手，奴婢给您当牛做马以报恩情。"

这姑娘严喜是认得的，毕竟都是殿前当差的，但是这个时候严喜可不敢也不能徇私，要是旁人也就算了，偏偏是夜晚，偏偏夜晚嘴里又喊出那样一句话。真是造孽的，严喜深深觉得，这个夜晚就是一个灾难附和体。

但是深深一想，又觉得有些毛骨悚然。第一次见到夜晚是在相国寺的落霞峰，后来夜晚又救了小国舅，再后来夜晚居然还做出了当年先皇后亲自裁剪出的衣裳，如今又出现这样的事情，不想还不觉得，这一想觉得头皮都炸起来了，世上怎么会有这样巧合的事情，而且居然还都出现在一个人的身上，同样的地方，发生同样的事情，诡异得就好像是孝元皇后复活一般，难怪方才皇上都几乎说出那样的话。

有了这样的认知，严喜忽然觉得，这位二姑娘怕是再也走不出这座深宫了。即便是皇上在这之前有意放过她，有了这次的事情怕是再也不会松手了。

哎，真是不知道是福是祸。

严喜押着绿玉往回走，忽然觉得如果王子墨大人知道了这件事情……他忽然不敢想了，那个只怕会更疯狂吧。毕竟因为孝元皇后之死敢跟皇帝翻脸的就这么一个，如果他知道夜晚身上这么多跟先皇后相似的地方，只怕王子墨也会按捺不住探个究竟了。

回到了明光殿，太医已然到了，说来也巧了，今儿个当值的正是曾经给夜晚调养过身体的韩普林。

严喜盼咐小辰子去审绿玉，务必把事情问个明明白白。他自己急急忙忙地往大殿走去，不料却在殿门前看到了如铁塔一般的溯光。严喜顿时暗暗叫苦，真是流年不利，怎么就碰上了这位大爷。

心里这样想着，却是连忙上前行礼："奴才见过溯大人，您今儿个不是休沐吗？"

溯光冷冷地看了严喜一眼，八风不动的如棺材一般的臭脸上难得的划过一丝愤

第九章　入宫深似海，步步藏玄机

怒："本官不过短短几个时辰不在皇上身边保护，严公公就让皇上落了水，还真是尽职尽责。"

严喜汗流浃背，这祖宗平常能说一个字绝不说俩字，如今说了这一长串，严喜都在想着幸好自己是皇上的贴身大总管，这要是换成别的小太监，只怕这会儿已经躺在地上挺尸了，即便这样，严喜还没回答，脸上就挨了一拳头，身子一个趔趄，差点一屁股坐在地上。

溯光一身功夫强横忙着一拳头下去，严喜的半边脸都肿了。这严喜气得差点都跳脚了，瞪着溯光怒道："溯大人，你这是什么意思？我虽然是个奴才，但是我是皇上的贴身奴才，皇上有了事情我巴不得拿自己的命去挡着，今儿个的事情……今儿个的事情……"严喜恨恨地差点脱口说出，忽然又想到这事儿没有慕元澈的同意自己是万万不能说的，只得把这哑巴亏咽下去，但是还是看着溯光说道："这事咱家没办法跟你说清楚，总之一句话，这事儿跟我没关系，等皇上忙完了，咱们再论个公道。"

严喜气坏了，溯光这么多年了这狗脾气一点没改，动不动就咬人，真是倒了大霉了，按照皇帝的性子，自己八成是要白挨打了。尤其是抬头看着溯光不以为然的神情，四十五度仰望天空带着明媚的忧伤，我忍！

"只是给你个警告，身为皇上的贴身奴才，你居然滴水未沾身，皇上却是全身湿透了，就凭这一点，老子不是看在你伺候皇上多年的分上，我就一拳头打死你。"溯光僵着脸，今天第二句话好像也有点长了，因此说完这句，便再也不肯说一个字，更不肯给严喜一个眼角。

严喜顿时泪流满面，他得有多委屈啊，神啊，你睁开眼睛看看吧，没法活了……

韩普林从大殿走出来的时候，严喜跟溯光几乎是第一时间就迎了上去，几乎是同一时间开口，两人看了一看彼此，索性扭过头去。

韩普林瞧着眼前这一幕似乎已经是司空见惯，丝毫不以为意，淡淡地说道："皇上并无大碍，微臣已经开了药方，喝一剂药驱驱寒就没事了。至于夜二姑娘……却是有些不好。"

溯光才不去管什么夜二姑娘，他压根就忘了夜二姑娘是谁，只是听说皇上并无大碍，就继续走到一边当起了木头桩子，还是最尽职的木头桩子。

严喜恨恨地瞪了一眼溯光，拉着韩普林的衣袖走到一边，带着丝丝紧张，这才低声问道："夜二姑娘不会有生命之忧吧？"

韩普林白净的容颜带着丝丝慎重，酌量一番说道："还是多请几位太医看看，夜二姑娘陷入昏迷，落水之后受了惊吓，神思不属，脉象混乱，就怕……我已经尽力了，只怕我医术不高不如请院正大人再来看看。"

听着韩普林的话严喜心里一寒,韩普林的医术他自然知道的,韩普林这样一说,夜二姑娘怕是真的凶多吉少了。当下便有些着急起来:"不过就是落了水,而且很快也救了上来,怎么就会危及生命了,这宫里哪一年没有个十回八回落水的,也没见哪个救得宜时地丢了性命去,怎么到了夜二姑娘这里就这样凶险了?"

严喜想着不应该啊,这夜二姑娘真是多灾多难,随随便便掉个水池子,别人捞上来照样活蹦乱跳的,怎么到她这里反而要搭上小命了。

韩普林也没想到这么快就跟夜晚在宫里相见了,更没想到又是以救命的方式,心里叹息一声,真是个多灾多难的主儿,嘴上却说道:"只是落水救上来的宜时自然无大碍,但是夜二姑娘不会水,应该是猝不及防之下突然落水,导致惊吓过度,又喝进了不少池水,而且夜二姑娘……"说到这里韩普林似乎有些不好言说,皱紧了眉头不语。

严喜一见,顿时有些着急:"我的韩大人你倒是快说啊,而且什么?"

韩普林看着严喜的模样,心里一惊,没想到皇上跟前的大总管会这样着紧一个小庶女。韩普林眉目一沉,思量一番缓缓说道:"夜二姑娘当初为了救小国舅,本就伤及五脏六腑,虽然已然好转,但是脏腑之伤要好生调养一两年方能痊愈。如今旧伤未愈,又添新伤,且遭了惊吓……实在是不好说,只要能醒来便能化险为夷,就怕再也醒不来了。"

韩普林这话没有丝毫的掺假,夜晚的脉象的确不好,而且他把脉的时候夜晚不停地胡言乱语,言语中隐隐还提及先皇后,实在是令人惊惶,而且他看着皇上的神色格外的难看,据他所知凡是涉及先皇后的人,都没有善终的,就怕这夜姑娘能醒来也未必能安安稳稳地活下去。

韩普林对着明光殿的大殿又看了几眼,此时天已经擦黑,宫里已经点起了灯,站在高高的台阶上望去,就如同是漫天繁星点点。置身其上仿若在九霄空中,一步走不稳,便能跌落万丈深渊。

春天的风白日暖暖的,但是到了夜晚还是有些凉,韩普林紧了紧衣衫,这才大步往太医院走去,夜晚的病情较为复杂,他一个人自然不能担风险。而且最重要的是夜晚这样躺在明光殿并不是一件好事情,韩普林虽然还没有跟夜晚有什么联手的行为,但是瞧着夜晚现在身处危地,他还是决定搭一把手。

也许夜晚从此刻起能一路繁华走向鼎盛,也许是命丧黄泉永世不昌。

人生总是要赌一把,韩普林决定赌一把,虽然这个赌注相当的危险。

心里下了决定,韩普林的脚步越发地快了些,院正杨成是甘夫人的人,夜晚现在躺在明光殿并不符合身份,只要他将杨成请来给夜晚诊脉,很快的甘夫人就会知道宫里出了什么事情。身为后宫的掌权者,甘夫人绝对不会作壁上观。

只要甘夫人一出手干预,皇上必然不能等闲视之,自然要对这件事情有个说法……到时候就看夜晚的运气了，韩普林告诉自己，他能做的就只有这么多了。

乌黑的夜色掩盖了韩普林长身玉立的身影，渐渐消失在长街尽头的暗黄灯光下，溯光还在门外守着，严喜刚刚进了大殿。

大殿里一片乌黑，严喜亲手点了灯，大殿里空寂无声，鲛绡的帐子逶迤在地，像是安静美丽的少女。严喜快走了几步，走到通往内室的门口，隔着遍地织锦云纹的帘子低声问道："皇上，韩太医已经去太医院请院正杨太医过来，奴才也已经命人熬上了药。要不奴才把隔壁的小侧殿收拾出来，让夜二姑娘搬过去？"

夜晚住在明光殿成何体统？这里只有孝元皇后才留宿过，旁人可没这个荣耀。一旦夜晚破了这个例……严喜也不知道是好事还是坏事。没有根基的人却站在高处，这可不是什么好事。

屋子里良久没有声音传来，严喜也不敢贸然就掀帘子进去，只得弓着腰在外面等着，春寒料峭，他却是冷汗满身。

慕元澈已经换了一身明黄色九龙纹常服，此时掀起帘子走了出来，只是鬓发还带着湿气，映着那一张俊脸上凛冽的寒意，愣是让严喜大气也不敢出，心里也是紧张极了。

"不用，这里不要人伺候。永巷那边你知道该怎么去处理，我不希望有什么不好的流言传出。你去给我审那个宫女，我就不相信夜晚这样一个惜命的人会无端落水。"慕元澈的声音好像是冰雪峰上迎着阳光的那尖锐一角折射出的冷光，轻轻地刮过人的心口，让人浑身血液都似乎能冻结一般。

严喜拭了拭汗，忙回道："是，老奴已经让小辰子将人给关押起来，只等皇上旨意一下立刻审问。"严喜说到这里微微一顿："是交慎刑司去审还是在明光殿配殿？"

"不用去慎刑司，就在明光殿配殿，务必查出幕后主谋。"慕元澈半眯着眸，柔和的灯光明明是温暖人心的光源，他却只觉得一阵阵寒冷。

"是，奴才这就去。"严喜不敢多话轻手轻脚地退下了，更不敢多嘴问一句夜晚现在如何了。

严喜退下后，慕元澈没有立时回内室，一个人默默地立在这宽阔雄伟的大殿里，缓步走到窗前，仰望着星空，这才发现今夜竟无星光，一片暗沉，就好像他此时的心情。

今天他会去锦鲤池完全是自己一时兴起，所以根本不存在别人预设阴谋在其中。自己既然不是别人阴谋中的一环，那就只能猜测是针对夜晚而来的。她的落水是意外还是落入了别人的陷阱？

慕元澈绝对没有想到，居然会有人这般大胆敢直接对还没有入宫的待选秀女下手，更没有想到那个站在锦鲤池旁边的还是明光殿的宫女！这一切的一切都让慕元澈有一种十分强烈的危机感，什么人能伸手到明光殿来？看来自己久不问后宫之事，并不是一件明智的事情。

夜晚有过溺水的经历，这第二次的溺水无疑是一场噩梦，时时刻刻总觉得自己被冷水包围着，喘不过气，挪不动身，那种生生喘不上气来的感觉实在是太可怕，夜晚不停地在挣扎着，想要努力地挣脱这一切，拼命地想要去呼吸。

夜晚落水的事情很快地就在永巷跟后宫散播开来，严喜的手段自然是不用多说的，杜鹃和夜晨先后被传唤，因为两人都见过并跟带走夜晚的宫女交谈过，一时间人心惶惶，但是更多的大家都在关心夜晚是活着还是死了。

甘夫人从杨成那里第一时间得到消息之后，就立刻更衣梳妆前往明光殿求见。不仅是甘夫人去了，还有后宫的其他高位妃子，一同请求慕元澈将夜晚挪出明光殿，甘夫人甚至于提出将夜晚接去宜和宫养病，但是，慕元澈根本就没有回应，只有苦命的严喜来回奔跑传递消息。

"甘夫人，您还是带着诸位娘娘先回吧。皇上这会儿正在气头上，怕是谁的话也听不进去。"严喜看着夏吟月一脸无奈地说道。

夏吟月听着严喜的话，正容说道："严总管，并不是本宫多事，而是祖制不可违。夜晚也不过是一个待选秀女，如何能在明光殿夜宿，便是后宫妃嫔，无召也不得入内。本宫知道夜二姑娘曾经救过小国舅，但是皇上也得为自己的清誉着想。现在皇上一时想不周全，本宫现在管六宫事就不能视若无睹，只得强言谏君，望皇上收回成命。"

夏吟月说着竟是在明光殿前跪了下来，神色肃然，目视远方，巍峨不动。

夏吟月一跪，她身后的一众嫔妃也跟着跪了下来，严喜一看立刻头疼起来，看着夏吟月说道："甘夫人，此次夜二姑娘落水乃是被人暗害，此乃皇上震怒原因。夫人摄六宫事是不是先将这幕后黑手揪出来给皇上一个交代？"

"本宫失职，令待选秀女遭人暗害，现生死不明，本宫自会向皇上请罪。本宫不认为一个秀女的性命会比皇上的千秋声誉更为重要，严总管身为大总管也该好生地劝谏才是。"夏吟月冷声斥责，本来温婉的面上此时挂了一层寒霜，凛然正义不可侵犯之态。

严喜闻言面上一哂，瞧着夏吟月的眼神便是换了几换，不过还是赔着一副笑脸说道："甘夫人说的是，只不过咱们做奴才的听命行事是本分，又不是朝上的御史大夫，那不是咱们的职责，越权行事是要掉脑袋的。做奴才谨记本分就好，夫人您说是不是？"

夏吟月听着严喜的话，面上一寒："总管的话自然也是有道理的。"

严喜嘿嘿两声，弯腰说道："奴才这就去回皇上，甘夫人以及诸位娘娘，主子稍等。"

第九章 入宫深似海，步步藏玄机

严喜往大殿走去，慕元澈正坐在床前的圈椅上，凝视着躺在床上的夜晚，这会儿夜晚不再胡言乱语了，方才……方才说了好多奇奇怪怪的话，慕元澈眸光闪动黝黑难辨。

"皇上，甘夫人以及一众宫妃跪在外面，请您将夜二姑娘挪出明光殿。"严喜神色平静地将事情叙述一遍，然后低眉垂眼地垂手侍立在一旁。

慕元澈微微动了下身子，侧头看着严喜："你倒是越发有本事了，这样的事情都应付不了？"

严喜闻此言扑通一声跪下了："皇上可冤枉奴才了，甘夫人连皇上的千秋声誉都搬出来了，奴才……奴才实在是没有办法。更何况，皇上也得为二姑娘想一想，二姑娘醒了要是知道自己在明光殿宿了一夜，这……这……奴才可不知道她会做出什么事情来。"

严喜心里暗暗琢磨，二姑娘要真是平安无事了，知道自己居然在明光殿宿一夜，怕是要气疯了吧。

慕元澈冷冷地看了一眼严喜："朕有说让她在这里宿下？"

严喜一愣，一时不明白皇帝的意思，抬眼看着他。

慕元澈神情一暗，眼神似有若无地落在夜晚依旧煞白的面上："朕有生之年，这里不会再有第二个女子入住。"

严喜微怔，随即反应过来，忙应了一声："是，奴才明白了。"心里叹息一声，忙又问道："甘夫人自请将二姑娘接去宜和宫养病，皇上您看？"

慕元澈眉心一蹙："宜和宫就不用了，你将明光殿的偏殿收拾出来将人挪过去。另外让人好生地伺候着，韩普林以前就为夜晚调理过身体，这回还是让他来。"

"是，奴才遵旨。"严喜立刻出去宣旨，甘夫人面带微笑，看着严喜说道："皇上千古明君，本宫求见皇上，还请公公多跑一趟。"

严喜面带难色："甘夫人就别难为奴才了，现在皇上在气头上，一心要查出这事的真相，绿玉都被关押起来正严审呢。"

甘夫人面色一僵："皇上亲自审？"皇上竟如此看重夜晚居然要亲自审讯？

"当然是由下面的奴才去审。"严喜嘻嘻一笑，"各位娘娘主子，天已经黑了，还请各位都回宫吧。"

送走了各位大佛，严喜看着她们的背影，心里细细想着方才自己故意说出审讯的话，就是想要试探试探，谁知道居然一点端倪都没察觉。这些人都是后宫的老人了，个个都成精了。

摇头回去复了命，严喜便立刻指挥着人将夜晚挪到了偏殿，又指了人好生地伺候着。韩普林跟杨成都到偏殿候着，杨成跟韩普林商议了药方又呈给慕元澈过目，这才让人去熬药。

杨成是个胖乎乎的中年汉子，长得倒是不怎么出色，不过一手医术倒也不是吹出来的，不然也当不上院正。

此时杨成看着韩普林问道："这位夜姑娘就是之前你看顾的那位？"

"回大人的话，正是。"韩普林收拾好医箱坐在一旁，擦一把汗神情肃然。

"倒真是巧。"杨成淡淡地说了一句。

"不过是奉命行事，下官可不明白大人的意思。"韩普林神色凛然地看着杨成，杨成瞧了韩普林一眼，忽而一笑："皇上下旨由你亲自看顾夜姑娘的病情，我便先回了。"

"大人慢走。"

韩普林神色漠然地送走了杨成，殿前大宫女东篱亲自带着四名宫女进来，指派着她们守在夜晚身边。东篱的神色有些不好，因为被关押的绿玉是她带出来的，如今绿玉出了这样的事情，她还真有些后怕，真是想不明白绿玉怎就会做出这样的事情来。

韩普林退到外间候着，东篱看着躺在床上还未苏醒的夜晚，一时间心里真是五味杂陈，转头看着身后的两名宫女道："玉墨、陌研你们两个可要伺候好了姑娘，要是有个什么……你们知道的。"

玉墨一双大眼黑白分明，盈盈带着笑意，嘴角弯弯的一看就很讨喜，笑着说道："东篱姐姐放心，咱们绝对不会给您丢脸，定会仔仔细细好好地照顾夜姑娘。"

陌研话不多，跟玉墨是表姐妹，性子沉稳内敛，一张白净的鹅蛋脸上神色如常，开口道："东篱姐姐安心，再也不会出现绿玉的事情。"

东篱看着玉墨跟陌研叹道："绿玉自己作死，长胳膊拉不住短命的，那是她的命。我早就说过在宫里一定要安分守己，做好自己的分内事情，才能平平安安出宫，这就是个例子，你们可要记心里了。可惜了绿玉那丫头，多通透的人儿，怎么就犯了这样的糊涂。"

东篱又嘱咐两句这才抬脚走了，玉墨跟陌研守在屋子里，两人对视一眼，玉墨小声说道："陌妍，你说绿玉究竟是怎么回事？平常没看出什么，怎么一出手就要人命，亏得这夜姑娘是命大遇到了皇上，不然一条命就这样没了。"

陌研听到玉墨这样说，脑海中想起绿玉，这才缓缓地说道："各人有各人的造化，我们当奴才的管好自己的嘴不要惹事，管好自己的手不要多事，方能平平安安。你以后也不要跟以前一样大大咧咧的，多长个心眼吧。"

"心眼多有什么用，绿玉心眼倒是多，把自己作进去了吧？做奴才的就是要安分守己，别整天没的想三想四丢了性命。"玉墨冷哼一声，她就看不惯绿玉妖妖娆娆的样子，德行！

陌研听到这话有些起疑，忙问道："你是不是知道了些什么？"

"我哪能知道什么，不过我想绿玉宫外没什么家人了，她自己又是生得好模样，平常就有别的心思，这要是被人一撺弄，可不就会干什么蠢事。"玉墨快言快语，一把被陌研堵住嘴。

"你个死丫头，以后这种话不要乱说，没的把自己也搭进去了。"

玉墨撇撇嘴，不过终究没再说什么。一对表姐妹压低了声音说话又背对着床，一时间竟没有发现夜晚居然缓缓地睁开了眼，不过很快地夜晚又闭上了，静静地聆听两人的对话。

这两个小宫女倒是有趣得很，原来是表姐妹，难怪这样亲近。

这两人的对话倒是有些耐人寻味，夜晚刚醒来很是疲惫，昏睡的时候脑子里满是噩梦，让她沉浸在往事中不可自拔。夜晚不知道自己沉睡的时候有没有说些什么，想到这里又看着头顶的帐子，是上好的鲛绡帐，鲛绡帐轻柔绵软，千金难买，最是金贵。看着这帐子，眼角往四周一扫，夜晚没想到自己居然在明光殿的配殿，一时有些怔忪，自己不是落水了吗？

夜晚努力地去回想当时的情况，但是记忆很是模糊，隐隐约约只记得自己好像是被人救了起来，只是没想到这个人是慕元澈，按照夜晚最初的设想应该是锁烟楼的人救了自己才对啊。

夜晚正在想着，忽然听到那两个叫做玉墨跟陌研的宫女齐声喊道："奴婢见过皇上。"

"人还没醒？"慕元澈冰冷的声音传来。

"回皇上的话，韩太医说了已经用了药最迟明早最快今晚会醒。"陌研回道。

"你们两个是东篱指派来的？"

"是。"

"绿玉你们认识？"

"认识，都是东篱姐姐一手带起来的。"

"嗯，绿玉寻常可有什么异常之处？"

"回皇上的话，咱们虽然认识，但是并不住在一个院子里，因此不晓得她的事情。绿玉寻常当差还是很尽职的，做事也妥帖，很少挨罚，便是悠然姐姐都夸赞的。"陌研继续回道。

夜晚心里暗暗点点头，她并不认识这两个叫做玉墨跟陌研的，看来是后来选进宫的宫女。不过这陌研居然不做落井下石的事情，很显然方才玉墨是对绿玉不喜欢的，由此可见陌研倒是个敦厚的人。

"悠然一向严厉。"慕元澈道。

夜晚听着这声音里带着丝丝的疑惑，好像慕元澈正在调查什么一样，难道说慕元澈看到了绿玉将自己推下了水？

夜晚的心思起起伏伏，记忆中郦香雪落水也是慕元澈救了她一命，而现在居然又是这样。明明不想再跟慕元澈有任何感情上的纠缠，但是慕元澈却是一次又一次地闯进她的生活，做出一些让她惊讶的事情。

慕元澈为什么会亲自跳下水救了夜晚？

夜晚想不明白，以前救了郦香雪能说得通，因为郦香雪是慕元澈的妻子。可是他们之间没有关系，如果硬要说什么关系，就是自己设计的几次巧遇留下的印象。可是那些不足以让慕元澈做这样的事情，更何况慕元澈身边一定是有人跟着的，何至于让他自己亲自下水？

夜晚完全忘记了自己喊出的那句话，因为那个时候梦境跟危险一直在重叠，夜晚不知道是郦香雪喊的那一声，还是夜晚喊的那一声。夜晚想自己怎么会说出这句话，一定是郦香雪的记忆，所以夜晚自己主动忽略了这个事实，完全不知道正是这句话给慕元澈带来了多大的震撼。

慕元澈又问了几句话，便让玉墨跟陌研退了下去。

屋子里顿时又陷入寂静，夜晚只觉得眼前一片黑影，应该是慕元澈站在床前挡住了光线，夜晚忽然有些紧张起来，努力地让自己一如平常，假装昏睡。

良久，夜晚也没听到慕元澈说什么，做什么，心里紧绷的弦刚刚松下来，就听到慕元澈说道："夜晚，你究竟是夜晚还是她？"

她？是谁？夜晚微愣，发生了什么自己不知道的事情吗？

"我很难想象有一天，我居然还会听到这句话。"

皇帝不自称朕，夜晚听着有些别扭。不过听到什么话让慕元澈这样丢魂失魄的，她居然还能从声音里听到一丝哀伤。夜晚沉默，慕元澈你在为谁悲伤？你的甘夫人吗？苦尽甘来，所以赐给了夏吟月一个甘字作封号，多大的殊荣，多大的荣宠，你还有什么悲伤的。

"夜晚，你告诉朕，你为何会喊我的名字？不，你怎么会喊我的名字，那一定不是你，那个名字只有我的雪娃娃才会喊。"

夜晚猛地听到雪娃娃三个字，只觉得一口气差点喘不过来。转而又思量着自己什么时候喊了慕元澈的名字了，没有的事情啊。

"阿澈，救命……"这几个字忽然如炸雷般在夜晚的脑海中划过，难道说自己居然在落水几乎快淹死的时候，真的喊了这句话，而不是自己以为的是郦香雪的记忆？

夜晚的心跳几乎都要停止了，这可怎么办？

第十章
鸾凤将初鸣，帝心难猜疑

慕元澈看着床上依旧沉睡的女子，她面部柔和，一双眉毛又细又长，鼻挺且直，这样睡着倒是看着一团柔软，若是睁开眼睛便是换了一个人一般。她跟雪娃娃没有丝毫相像的地方，雪娃娃美艳天下，夜晚在她跟前顶多算得上是清秀之姿。雪娃娃的性子甜软温柔，夜晚的性子尖锐多角，雪娃娃的眼睛凝视着自己的时候满满的都是柔情，但是夜晚看着自己便好似那几辈子的宿敌一般。

完全不同的两个人，但是太多不可思议的事情居然会发生在夜晚的身上。

第一次在相国寺落霞峰的初遇，金羽卫赛场上夜晚对熙羽的舍命相救，上元灯会的以死相护，碧亭湖她穿的那一身衣裳……以前的过往走马灯一般在慕元澈的脑海中滑过，他看得出来，夜晚不知道他身份之前是讨厌他的，知道他身份后也没巴结过，在他的眼睛里夜晚一直就是那个夜晚，牙尖嘴利却又心软慈善的小女子。

但是就是在这样的小女子身上，有太多太多的巧合，有太多太多的雪娃娃的影子。

慕元澈并不喜欢夜晚这样尖锐的性子，但是又舍不下她身上那若有若无的随时可能会出现的雪娃娃的影子。所以听到那一声呼救的时候，慕元澈自己根本就没来得及多想，就已经跳进了水中。

夜晚的脸色惨白，她的病情不容乐观，这次落水让她上次被马踏伤的内腑又一次受了损伤，韩普林说以后只能好好地养着。慕元澈想起让严喜调查来的事情，如果夜晚落选回去，只怕也没什么好的出路了。

夜晚只觉得慕元澈的眼神太锐利，即便她闭着眼睛，依旧能感受到那如刀刮一般一遍遍地从她的面上划过，让她本就不安的心越发地忐忑起来。夜晚不知道该用什么借口搪塞慕元澈，这样的一个男人，你该用什么样的借口才能让他不去怀疑？

正当夜晚犹疑不定的时候，严喜的声音从外面传来："皇上，奴才有事禀报。"

严喜的声音很低，想来也是怕惊到了沉睡中的夜晚。

"进来。"慕元澈的眼神终于从夜晚的面上转开，让夜晚心里不由得松了口气，整个后背上汗淋淋的湿腻得难受。

夜晚听到了打起帘子的声音，细碎的脚步声，而后便是严喜的说话声："回皇上，绿玉已经承认是她将二姑娘推下水的，但是却不肯说是受谁的指使，受不得酷刑，咬舌自尽了。"

夜晚心里一懵，咬舌自尽了，那岂不是找不到幕后凶手了？虽然夜晚自己也有猜测，但是毕竟是一种猜测，没有真凭实据，绿玉一死，想要知道凶手是谁只怕更难了。

绿玉那样惜命的奴才居然会舍得自尽……夜晚心里冷哼一声，看来事情比自己想象的要复杂多了。

慕元澈的神情变得阴冷无比，眉眼中透出凛冽的威仪："自尽了？"

严喜的腰弯得更低了："是，是奴才没用，连个奴才也没审好，请皇上降罪。"严喜说着扑通一声跪下了，冷汗直流。

"你的确有罪，跟着朕这么多年，连个审人的手段都没有，要你何用？"慕元澈怒。

"奴才有罪。"严喜也不多说，只管请罪，他也是没有想到绿玉那贪生怕死的性子居然会舍得自尽，这才一时大意。正因为这样，严喜越发地将那幕后之人恨得牙痒痒，最好别让他知道是谁。

"别的线索呢？"慕元澈皱眉。

"跟二姑娘同住一院的杜鹃姑娘跟夜晨姑娘已经问过了，她们两人的口径一致，都说绿玉是奉了奴才的命令去请的二姑娘，这不是要了奴才的命吗？幸好奴才一直跟着皇上，不然可真是跳进黄河也洗不清了。"严喜真是觉得后怕，居然有人敢用自己的名头加害夜晚，这分明就是一石二鸟之计，现在回想起来真是后怕得很，今天本来是到了晚间他就要卸职，小辰子替班，亏得小辰子这兔崽子吃坏了肚子爬不起来，小明子又被自己派出去办差，自己这才不得不继续当差，如果真的按照原来的章程自己卸了职休息，那可真是满身是嘴也说不清楚了，这会儿只怕已经在慎刑司待着了。

第十章　鸾凤将初鸣，帝心难猜疑

不仅要害了夜晚的性命，忽然还要搭上自己，严喜能不怕吗？这么多年一直在皇上跟前当差，还真没有人这样明目张胆地算计自己。

严喜咬咬牙，当下就把这事叽里咕噜吐了出来，与其让皇上自己生疑还不如把他说个干净利落，免得他日有人在皇帝跟前嚼舌根，自己又无法辩白，真是要了老命了。

"……要是今儿个奴才真的卸了职，现在我可真是说不清楚了，亏得小辰子吃坏了肚子救了奴才一命，还请皇上给奴才做主。也不知道哪个丧尽天良的居然想要把这事诬赖给奴才，这亏得奴才命大躲了过去，但是有了第一次就有第二次，第二次奴才可未必就有今儿个的好运气了。奴才自己没什么本事，也没什么能耐，但是奴才好歹也是皇上跟前的人，没有功劳也有苦劳，居然这样被人暗中算计，奴才……奴才实在是憋屈，奴才一条贱命不当紧，死了就是为皇上尽忠了，我不冤。但是那背地里算计的黑心货今儿个敢算计奴才，指不定明儿个就敢算计到皇上您的头上，奴才想想都觉得后怕，还请皇上三思，这事可不能就这样算了。"

慕元澈的脸色越来越黑，便是躺在床上的夜晚此时听到严喜这么一说，忽然也觉得事情是有点严重，胆子太大了。

"通晓后宫，绿玉谋害待选秀女，不思悔过畏罪自杀，实乃罪大恶极。故，将其鞭尸示众以儆效尤，三族之内流放千里……"

慕元澈震怒之下，虽未能伏尸千里，血流成河，但是却也的确令人心惊胆寒，示威于众。别以为一个人犯了罪，自尽了就没事了，你的父母兄弟姐妹会替你接着受罪。

夜晚的心狠狠地撞了一下，慕元澈还是那个慕元澈，气魄超天，果毅狠辣。

"奴才遵旨。"严喜领旨退下，立刻将慕元澈的旨意通晓六宫，一石激起千层浪，谁也想不到夜晚不过落一回水，并未丧命，却也给后宫带来这样大的震动。

便是夜晚自己也想不到，慕元澈居然会这样做。

慕元澈绝对不会是因私废公的人，绿玉谋害自己，往大了说是后宫不宁，前朝震动，往小了说，不过就是一个秀女落了一回水池子，不是多大的事儿。哪一年后宫里没有十个八个落水的，但是也没见慕元澈有什么反应，怎么这事搁在了夜晚身上就不一样了呢？

后宫里大大小小的妃嫔也有几十个，还有永巷里一百多个待选的，旨意传出去，不知道摔碎了多少茶盏，撕破了多少帕子，像夜晚这样的还未真的进宫便能让天子一怒，举家遭殃的祸水，更是成为了众矢之的。

夜晚在慕元澈发出这道旨意之后，就有些喘不过气来，恨不得将慕元澈给大卸八块。慕元澈虽为自己出了一口气，却是无意中将自己架在了火上炙烤，这道旨意之后不晓得会有多少后宫的女人，还有即将进宫的女人只怕会恨不得将自己给凌迟活吃掉。

夜晚心里重重地叹口气，男人看到的永远是自己女人之间的一团和气，永远看不到这背后的残忍。

如果，如果慕元澈肯将一分的心思放在后宫，如果郦香雪当年不是故作大度，务必要做一个母仪天下的好国母，也许结局便不会是那样。

夜晚不会再犯同样的错误，但是慕元澈这样的男子永远不会以为自己是错的，就如同当年他对郦香雪说，我深信你，一生一世不疑。可是，终究还是起了疑心，动了杀机，再美好的爱情也抵挡不住流年的残酷，再深的誓言也只会是沧海桑田。

夜晚的情绪这一刻起伏得太强烈，沉浸在自己的情绪里忘记了伪装。慕元澈自然发现了夜晚的异样，眉眼间带着几不可察的欣喜："你醒了？"

夜晚心头一惊，但是这个时候却不好继续假装沉睡，只得茫茫然地看着他，努力做出一副神思恍惚的样子，眼神毫无焦距地游移一会儿，这才落在了慕元澈的身上。

对上慕元澈的眸子，黑如浓墨不见丝毫情绪展现，若不是亲耳听到方才他的旨意，只怕也是摸不到慕元澈的丝毫心绪的。

夜晚努力想要坐起来，奈何身子真的虚弱得很，只得作罢，看着慕元澈的一张俊脸，实在是不知道说什么，或许是记忆太过于深刻，两人以前朝朝暮暮相对的时日太多，以至于夜晚的神经暂时有些脱线，脱口说了一句："给我倒杯水。"

太过于肯定指使的语气，不要说夜晚，便是慕元澈也愣住了。

慕元澈的心思便有些恍惚起来，仿佛透过时光的隧道，看到了那个明媚娇艳的少女，每个清晨都会披着一头乌黑的长发，慵懒地拥着锦被，对着他嘟嘴撒娇地说："阿澈，给我倒杯水，睡了一晚上都要渴死了……"

慕元澈自认为不是一个对女人有耐心的人，儿女情长对于他不过是人生一道浅浅的风景。可是遇到他的雪娃娃之后一切都变了，他这样冰冷无心的男人居然会感受到血液穿流过心脏怦怦的律动，能感受到自己心底燃起的那一把熊熊的烈火。

彼时，他是不受重视的皇子，落魄寒酸，在他父皇的眼睛里，他这个儿子可有可无，从小到大不知道受尽了多少的欺侮。可是他从不是一个轻言放弃的人，他没有母族可以依靠，便为自己找一个实力雄厚的妻族。

郦香雪是大夏第一氏族郦家唯一的嫡出女儿。唯一的、还是嫡出的女儿，更让郦香雪的地位变得无比的尊崇，那时郦家只有一个女儿，熙羽还没有出生，郦丞相跟妻子伉俪情深，便是多年无子，亦不曾宠妾灭妻，便是家中的妾室都是世家中最少的。因为无子这便意味着郦香雪将会拿到郦家所有的力量，一个郦家几乎能抵得上其余的三大世家，一个郦香雪甚至于比皇室公主还要尊贵。

慕元澈动心了，深深地动心了，他就想着一定要将她娶到手。

无关爱情，只有权势的较量。

那时慕元澈依旧是一个众人眼中温润如玉与世无争的皇子，他没有可以跟皇兄皇弟抗衡的力量，就只能潜伏自己的雄心壮志，就只能折断自己的翅膀，那样的痛苦是深入骨髓，刻进骨血的。

郦家，是慕元澈日思夜想希望能借助的力量。但是郦茂林老奸巨猾，不管皇子党争多么激烈，他从不曾公然支持或加入哪一方，正因为这样众皇子对郦家更是趋之若鹜。

初见郦香雪是一个意外，那日他饱受讥讽一个人在街上乱逛，街上行人如织，可是他看不到自己的未来，一个没有任何可以依靠力量的皇子，几乎是没有出路的。将来父皇封给他一块贫瘠的封地，就会把他打发出去。他慕元澈怎么能过这样的日子，他要成为这天下的主人。

香风阵阵袭来，银铃悦耳动听，远远地就看到金饰银缡绣带的香车宝马逶迤而来，四匹全身雪白毛色纯正，通体油光水滑的高头大马让人移不开眼球，一看就是西域而来的纯种宝马。而那马车更是奢华富贵，连悬挂在马车四角的镂空繁花纹的香球都是纯金打造，那粉色的纱帘后，隐隐约约能看到一女子斜倚着车壁，形态慵懒，高贵典雅。

这就是郦家的贵女，听闻貌倾天下，举世无双。慕元澈心里很是有些不相信，若是真的貌倾天下，举世无双，怎么不见郦家贵女在京都四处走动，寻常宴会更是不见踪影，便是每年的皇家宴会也多以身体不适推拒，因此慕元澈就认为郦香雪一定是十分丑陋的人，这才遮遮掩掩不肯出现在人前。

不过这出行的架势，的确是引人注目，令人仰望。

这样的马车，如此奢华，便是身为皇子的他也不曾拥有一辆。

心里一种极难压抑的怒火在翻滚着，初见郦香雪，并未见真容，只是郦家贵女的威仪已给他留下十分深刻的印象。

郦家，那样令人仰望的家族，便是身为皇子的他也需要仰望的家族，成为慕元澈心里越发拼搏向上的一股动力，终有一天，这天下，这天下的所有的人，都会匍匐在他的脚下。

慕元澈一直以为郦家女一定是高高在上的，目中无人，骄傲异常，睥睨着所有的男人。让皇子都趋之若鹜的女子，自然是有资本，有资格骄傲的。

但是，慕元澈怎么也没有想到，他的雪娃娃会是那样一个活泼可爱，善解人意的人。让他一见，倾了心，再也无法自拔。

慕元澈下意识地给夜晚倒了一杯水，顺手放在她的唇边，夜晚十分机械地抿了一口，心口怦怦直跳，真恨不得让自己的舌头重新长一回，你怎么就记不住这教训，你不是郦香雪了。

"谢谢。"

夜晚的声音有些嘶哑难听，打乱了那满是甜蜜的回忆，慕元澈收回神思，心里叹息一声，夜晚终究不是他的雪娃娃，即便是夜晚的身上有那么多跟雪娃娃相似的地方。如果可以，如果上天垂怜，他宁愿折寿十年、二十年换得雪娃娃的复活。

这世上再也不会有另一个雪娃娃了，他的雪娃娃是唯一的，是永不可替代的。

想到这里，慕元澈的神色又恢复了常态，清清淡淡的，让人看不出深浅，瞧不到所思，像是那被山雾常年笼罩的山峰，朦朦胧胧的，越显得神秘，深不可测。

"难得从你嘴里听到一句谢谢。"慕元澈淡淡地说道。

夜晚一怔，没想到慕元澈跟他说话的口气倒是随便得很，没有一个皇帝的尊贵与威严。看来慕元澈还是觉得跟自己相处用以前的方式比较轻松，所以慕元澈对于自己要喝水并指使他的行为没有认为是他认识的夜晚的真实秉性，并没有因此而怀疑，夜晚猛地松了口气，一颗提着的心总算是放下了。

那么自己这个时候该用哪一面面对现在的慕元澈？

夜晚现在需要小心翼翼的，不能让慕元澈起疑心，还得让自己的行事不能真的触怒他。

夜晚几乎是心交力瘁，但面上依旧是疲惫中夹着锋锐，开口说道："我也没想到不过是来待选，居然还能把命差点赔进去。"

怒火夹着责问，情绪有些不稳，这样的夜晚才是慕元澈认识的夜晚。

慕元澈果然并未生气，看着夜晚的眼睛："所以这里不适合你，我之前就说过，你不该进宫来。"

他用的是我，而不是朕……夜晚的大脑快速地旋转着，这就是说现在对话的不是皇帝跟秀女，而是慕元澈跟夜晚。

夜晚的心里又松缓了几分，挣扎着坐起身来，拿过一个软枕倚在身后，这才微微喘着气看着对面的慕元澈："我并不想进宫。"

慕元澈挑挑眉头，很是怀疑，夜晚的确是说过几回这样的话，她并不想进宫。但是夜晚的确是作为待选的秀女进了宫，这说的跟做的可是完全两回事，可见是言不由衷的。

夜家送了两个女儿参选，而选秀前夕夜晚还搬到了族长的府中居住，从这些事情看来夜晚的话还是有很多的破绽的。

对上慕元澈夹着些讥讽的眼神，夜晚并没有生气，只是说道："你是高高在上的天之骄子，哪里知道我们身为庶女庶子的艰辛，有些事，有些话，不能说，不便说，有太多的不能不便，道德跟礼仪的条条框框将我们束缚得死死的，挣扎一下都觉得呼吸困难。这些你不懂，永不会懂，所以看不起瞧不上我的选择，我不生你气，因为不值当的。"

慕元澈差点气笑了，这普天之下敢这样跟他说话的，怕就只有一个夜晚了。居然敢说生自己的气不值当，也不知道什么人能值得她生气。

"你倒是直接，敢这样跟我说话？"

夜晚垂头微微沉默，把玩着手里的茶盏，然后才道："不是我大胆，而是你方才自称用的是我，而不是朕这个字。我便想许是此刻你没把自己当皇帝，我又何必把自己当待选的秀女。你我之间也曾有几次交集，虽然大多是不欢而散，不过能说句话透透气也是好的。毕竟死而复生的人，看着多么面目可憎的人也是有几分欢喜的。"

这回慕元澈真是气笑了，越来越大胆了，居然敢说他是面目可憎的人。给点颜色真的就开起染坊来，可了不得了。但是，不能否认的是慕元澈方才还有点郁闷烦躁的心，这会儿居然变得平顺起来。

"你想进宫？"慕元澈问。

夜晚沉默，她当然想，她要一步步地踩着夏吟月步步登高，她要让夏吟月为她曾经做过的事情付出代价。终有一日她要把慕元澈最重视的这天下从他的手中夺过来，让他眼睁睁地看着，他费尽心机利用郦香雪得到的一切，都会成为水月镜花。

可，唯独不能说出口。

静默片刻，夜晚没有悲伤只是平静得像是在叙述别人的事情一般，淡淡地说道："不想，但是我想活着，好好地活着。看着我哥哥娶妻生子，看着我哥哥能独立门庭，再也不用看别人的眼色过日子。"

慕元澈微愣，忽然像是明白了什么，看着夜晚说道："你在夜家过得不好？"

"没有好与不好，出身注定了命运，仅此而已。"夜晚的眼眶有些发红，是的，出身注定了命运。如果不是前世郦香雪出身太好，怎么会被慕元澈盯上。如果不是自己出身太差，怎么会费尽心机保住性命。

命好，或者不好，各有各的悲哀，各有各的不幸。

慕元澈却有些不悦起来，猛地站起身来，双目如鹰隼一般犀利，刺骨，几乎能透过肌肤穿进血液："出身从不能决定命运的，你若是这样，便也不是我认识的夜晚了。"

慕元澈扔下这么一句话居然气呼呼地走了，夜晚傻傻地看着慕元澈的背影，好一会儿才想起来慕元澈的出身虽然是皇子，的确尊贵。但是却是皇子中不受宠的，但是他如今也坐上了九五之尊的位置。

只是，这个男人跟自己说这句话是个什么意思？

夜晚头疼了，都说女人心海底针，其实男人更不易懂，尤其是猜错了，伴随而来的往往是杀身之祸。

慕元澈刚出去，紧接着就有两名宫女走了进来，手里还端着冒着热气的汤药，那浓浓的药香让夜晚皱起了眉头。

"奴婢玉墨见过夜姑娘。"

"奴婢陌研见过夜姑娘。"

两人异口同声给夜晚行礼，夜晚便知道这两人就是之前说话的人，忙说道："快请起，怎好劳烦两位伺候与我，还请将我送回永巷才是。"

御前宫女都是伺候皇帝的人，这样的宫女比别宫中的女子地位都要高些，不要说夜晚这样的待选秀女，便是各宫的娘娘主子也要高看一眼的。所以夜晚自然是要姿态做足一些，免得令人起疑。

"奴婢是严总管特意让东篱姐姐送来伺候夜姑娘的，姑娘这样说可是奴婢们做的有什么不妥当的，您只管说就是，千万别说回永巷的话，不然受罚的可是奴婢了。"玉墨端着药笑着走了过来，她素来是机灵的，自然看得出夜晚的不安，因此这才说这样的话安她的心。更何况回永巷这事儿可不是她们能做主的，皇上不开口，哪个不要命的敢撵人啊。

夜晚苦笑一声："是我没想周全，倒是连累姑娘了。"

"您千万别这样说，您是主子咱们是奴才，叫奴婢的名字便是奴婢的福分了。"玉墨笑眯眯地说着，就将药碗递给夜晚，又立刻拿过蜜饯来备着，是个手眼灵活的。

东篱教出来的果然是极好的，东篱……想起这个名字真是恍如隔世啊。

"甘夫人到。"

小太监的通报声乍然响起，夜晚手中的药碗不由得晃动了下，玉墨忙伸手捧住，陌研立刻拿过帕子来给夜晚擦手："姑娘不用怕，甘夫人是后宫里最和善的主子。"

最和善的？是了，夏吟月最会伪装了，如何会给自己树立贤良的名声，只是没想到御前的宫女也这般夸赞，可见夏吟月多么的工于心计。

再见甘夫人，已没有了上次的剑拔弩张，一脸柔和的微笑，一身浅紫色的曳地长裙宫装绣着精美的芍药花瓣，似是随意地洒落其上，越见奢华。

夜晚挣扎着要起身见礼，夏吟月忙过来扶住夜晚，温声细细："夜姑娘不用多礼，好生躺着就是。"

夜晚淡淡地说道："多谢甘夫人，倒是臣女失仪了。"

夏吟月细细地瞧着夜晚的神色，果见眉眼间带着疲乏，面色苍白，眼睛下方还带着青紫，握住夜晚的手说道："都是本宫约束不力，没想到居然会出现这种事情，

平白地让你受了惊吓。现在你醒了本宫也就放了心，夜姑娘大难不死必有后福的。你且好生养着就是，别的不用去多管。"

夜晚听着夏吟月的话里似乎想要说什么，什么叫做大难不死必有后福？什么别的不用去多管？自己能去管什么？夜晚心里存了疑心，嘴上却说道："甘夫人统领后宫，臣女自然不会多担心，想来夫人一定会秉公处置，还我一个公道。"

甘夫人神情微怔，听着夜晚的意思似是并不知道皇上的处置……想到这里夏吟月抿嘴一笑："宫有宫规，你且放心就是了。缺了什么少了什么只管开口，若是想吃什么只管吩咐下去，万万先把身子养好为上。"

"多谢甘夫人关心。"夜晚面对着夏吟月心里总是有团怒火在横窜，恨不能撕碎她这张假脸，可是她不能，就只能忍着。便是假装的温和相对也难以做到，只能这样淡淡的，已经算是极大的脸面了。

夏吟月看着夜晚对自己这般的冷淡，也不以为意，接着说道："太医说的凶险，你当时的情况也是不容乐观，先前就有旧伤，一整晚本宫也未睡好，如今见你醒来可是欢喜得很。日后你也不可大意，若是再有人传唤与你，必是拿着腰牌才作数，怎么能糊里糊涂地就跟着人走，以后可要精心才是……"

夜晚只管垂头听着，一声也不答，夏吟月也不觉得尴尬，只管笑意吟吟地说着。一旁的玉墨跟陌研垂手侍立在一旁，更是话也不接，但是两人都有些奇怪，这位夜姑娘看着是个性子好的，怎么对着甘夫人倒是这样不冷不淡的？如果是因为落水的事情，倒真是怪不得甘夫人的。

慕元澈并未让人通报，徐步走进来的时候，看到夏吟月也在便是一愣，不过很快地回过神来，笑："爱妃也在？"

夏吟月忙起身行礼，眼神落在慕元澈身上柔柔的，软软的，眉眼间全是浅笑婉约的妩媚："臣妾失职让夜姑娘落水受惊，心里实在是自责不已，听闻夜姑娘已然苏醒，便过来瞧瞧。"

"爱妃有心了，此事也算不得你的过错。"慕元澈走了过来说道，眼神落在旁边的小几上夜晚还未喝完的半碗药汤，眉头便是一皱，眼睛便落在了一直没有说话的夜晚身上。此时的夜晚好像跟之前对自己说话的夜晚又不一样了，整张脸上神情都是淡淡的，半垂的眼角还带着些许的不耐烦。

严喜站在门口，犹豫着自己是进去呢还是不进去呢。自己好不容易过来一趟，居然还碰上这么一个场面。新欢那个旧爱……他可不想成为最无辜的炮灰，心里想着脚就往外撤，还是在外面老老实实地待着吧，自己咋就这么倒霉呢。

夏吟月似乎并未发现尴尬之处，听到慕元澈的话感激之情溢于言表，颇有些激动："多谢皇上，话虽这样说，但是始终臣妾是失察。如今只盼着夜姑娘快快地好起来才是，我这一颗心也算是落地了。"

夜晚闻言心里嗤笑一声，实在是见不得夏吟月这般，当下便开口说道："是我自己不当心落了水池子，甘夫人不用自责。这后宫里的人多了去了，谁能每时每刻都派人守着个水池子。我听人说每年这后宫落水的没有十回也有八回，多我一个也不算什么。"

屋子里的空气一下子便紧张起来，夜晚似是毫无所觉，也没觉得自己这话让夏吟月有多难堪，好像是心直口快安慰人结果却是截然相反的效果。

事情发展得太快，严喜一只脚刚抬起来，猛地听到这话差点一个跟斗栽倒地上，哎哟我的娘啊，这话能说吗？不能！可是就是说了，还明晃晃地说了，一点都没做掩饰，严喜小心翼翼地去看慕元澈的脸，果不其然……青了，黑了，紫了……

夏吟月更是没想到夜晚居然这样不留情面，便觉得难以下台，眼眶一红，却强忍着很是委屈却又坚强地说道："夜姑娘真是有一双好耳朵，这样的事情本宫都不知道，你却能知道。"不管宫里发生多少肮脏的事情，对外永远有完美无懈可击的借口加以掩饰。夜晚这样一下子将这层皮给揭了开来，她要看看皇上怎么处置，夜晚怎么自圆其说。

慕元澈的眼神也落在了夜晚的身上，他也想知道，夜晚是如何知道的？

夜晚早就料到夏吟月会这样为难自己，一点也不着急地说道："原来甘夫人身为统摄六宫之人，居然连这样的大事都不知道，连一个宫女也不如，毕竟是人命呢。"说到这里顿了一顿，神色夹着些惊惧："我知道这些很简单，是因为绿玉领着我去锦鲤池，推我下水之前说过这么一句话，她说每年宫里掉进水里的没有十个也有八个，大多不了了之，所以多我一个不算什么。"

夜晚将这件事情推在了已经死去的绿玉身上，想查也没有办法查了。而且夜晚从不曾进过宫，这个借口也是相当的漂亮，即便是有人怀疑也是查无可查了。

夏吟月的脸色要多难看有多难看，站在那里倒是有些可笑的感觉，活生生地被人打了脸，却又无法辩驳。

慕元澈冷眼看着夏吟月："爱妃先回吧，这宫事你若是觉得吃力，朕可以找人与你分忧。"

这就是谴责了，夏吟月忙跪下请罪，心里却是泛着苦味，想着郦香雪活着的时候，初入后宫掌权多少事情都曾经闹过笑话，但是慕元澈从不曾苛责过一句，多是一笑置之。如今落在自己头上，却是要人与自己分权……她如何肯甘心。

"臣妾不敢贪图享受，必会尽职尽责。"夏吟月当然不会轻易地松手这宫权，这个时候自然是要表个态的。

慕元澈点点头："既是如此日后多多上心些，若是有阳奉阴违之辈，你也不用

第十章 鸾凤将初鸣，帝心难猜疑

心慈手软，只管依着宫规处置就是。"

慕元澈说着亲手扶起了夏吟月，夏吟月微微带着激动，忙点点头："臣妾明白了，日后不会再让皇上忧心。"

夜晚瞧着这一对男女在自己面前卿卿我我，顿时一阵恶心，恨不能立刻舞着大刀将他们给砍成肉酱。夜晚扭过头去看着床内的帐子上的花纹，玉墨跟陌研还有严喜三人立在一旁，玉墨跟陌研心里是惊疑不定，看着夜晚的神色便有些不同。这样一位还未入宫的女子，居然敢这样刁难统摄后宫之人，她就不怕进了宫处处受人辖制？

皇上不会时时刻刻看着后宫，她们这些做奴婢的是见惯了拜高踩低的人，那些不受宠的嫔妃过的日子，甚至于还不如稍微得脸一些的管事太监跟姑姑。真是不晓得这个夜姑娘是个真傻的，还是个太有心计的，没进宫就想着邀宠呢。

即便是玉墨这个心直口快的，这个时候也是嘴巴闭得严严实实的，陌研本就是沉稳的性子，此时也只是静静地听着，默默地站着，不喜不怒。严喜倒没有这么多的想法，反正就是见惯了夜晚的性子，除了有些头痛生怕自己会被波及以外，是一点也不觉得意外。毕竟夜晚跟甘夫人也算是有过节的人，真是和平相处，反而会令人觉得夜晚不真实了呢。

慕元澈打发走夏吟月，又看着那药碗一眼，吩咐道："重新煎碗药来。"

"是。"陌研立刻应了一声，抬脚就往外走，玉墨心中一凛，原以为方才夜晚的话一定会引起皇上的怒火，没想到这会儿皇上关注的居然是夜姑娘的药碗里没喝完的药汤……

夜晚也没回过头来，只是生硬地说道："我不想喝了，有些累，想要睡了。"

严喜顿时头大如斗，二姑娘这是不高兴了。忙拉了拉玉墨悄悄地退了出去，这个时候再不走就是真傻了，不走等着挨踹呢，保管一会儿皇上又被气得跳脚。

玉墨神情呆愣地被严喜拽了出来，好一会儿才回过神来，结结巴巴地说道："总管，这……这夜姑娘胆子真大，怎么敢这样跟皇上说话，不怕降罪吗？"

严喜嘿嘿一笑，心里说道，这算什么，你还没见过比这厉害得多的。不过嘴上却说道："少说话，多做事，总之记住一句话，对夜姑娘多恭敬点。"

能得到大总管这样嘱托，玉墨还真是唬了一跳，细细回想自己好像没什么地方得罪夜晚的，这才安了心。越是这样，越是对夜晚有些好奇了，连大总管都这样恭敬对她，听说不过是副将家的小庶女，救过一回小国舅而已。

严喜的徒弟小明子将他叫走了，陌研送了药进去，很快地又出来了。

玉墨看着表妹问道："你怎么出来了？不是得伺候着喝药吗？"

陌研神色一凝，抬眼看着自己的表姐，一字一字地说道："皇上亲手接过药碗去，让我出来了。"

玉墨大惊，顿时不说话了。

一对表姐妹就默默地站在那里，过了好久，玉墨才把方才严喜的话重复了一遍，接着说道："我觉得这个夜姑娘不简单。"

"简单不简单都不是咱们做奴才的去猜测的，毕竟也不过是临时过来照顾几天而已，等人一走，也就跟咱们没什么关系了。"陌研道。

"也对。"玉墨又欢喜起来，兴致勃勃地讨论晚上要吃什么。丝毫没注意到陌研的神情有些飘忽，陌研只想着临出来之前皇上那句话，对着躺在床上的夜姑娘说的："你别以为真的能无法无天，什么话都敢说……"

听东篱姐姐说，以前孝元皇后活着的时候，皇上心情好的时候极多，做奴才的也跟着享福，不用担心无缘无故地受罚。因此陌研就暗暗可惜自己没见过孝元皇后，听东篱姐姐说，孝元皇后美貌倾天下，这后宫里貌美的主子多了去了，但是跟孝元皇后一比，就好似萤虫与日月争辉。因此她就越发地好奇，孝元皇后那得有多美，才能让女子也能拜服。

除了传说中的孝元皇后，进宫这两年来，她还是第一次见到皇上对一个女子这样说话的。平日的皇上高高在上，永远是一张波澜不惊的俊脸，好像没什么事情能让这位年轻的帝王皱一下眉头。

可是，这位夜姑娘好似不一样。

陌研有种预感，如果这位夜姑娘真的进了宫，这宫里只怕是……

这些话自然是不能跟表姐说的，表姐的性子太随意，就怕高兴过了头就给说出了口，到时候她们表姐妹可都要完了。陌研看着表姐还在扳着手指头想着晚上吃什么，忽然又一笑，她就很羡慕表姐的性子，不像自己这样又闷又沉的。

严喜很快就回来了，看着陌研跟玉墨还在外面守着，松了口气，知道皇上还未出来。这口气刚出来，就听到脚步声传来，紧接着慕元澈一脸乌青地出来了，二话不说就往明光殿走去。

严喜忙跟了上去，心里哀号不断，二姑娘，给小的留条活路吧。得，今儿个晚上有的受了，又要熬夜到天亮了。

朝华初升，天地之间笼上一层金黄，巍峨成群的宫殿在这朝华的沐浴下，威严，华丽，五彩琉璃瓦闪闪生辉。偌大的后宫早已经开始了繁忙的一天，夜晚在明光殿养了五天病之后终于回到了永巷。

永巷里潮湿阴暗的房间，自然无法跟明光殿宽阔华丽的寝室相比，夜晚微微有些不适，但是很快就适应过来。再奢华的环境那也不是属于自己的，不是属于自己的东西，就不要给自己不切实际的妄想，免得最后受伤的还是自己。

就如同当年，如果不是郦香雪太有信心，又怎么会被慕元澈背叛，会被夏吟月

第十章 鸾凤将初鸣，帝心难猜疑

算计。可见有些错误不是别人造成的，而是自己造成的。既然是这样，现在夜晚就时时刻刻地告诉自己，不要走同样的路，犯同样的错误。

伺候夜晚的宫女小心翼翼问道："姑娘，您要不要喝水？"

夜晚摇摇头："不用了，你去忙吧，有事情我会叫你。"

那宫女明显地也松了口气，忙快步走了出去。在永巷里，不管是主子还是奴才都是临时凑成的，因此不存在忠心不忠心的问题，相安无事就好。

夜晚刚回来，第一个上门的居然不是夜晨而是罗知薇，只见罗知薇穿着粉色的宫装，满眼的泪水，一下子扑了过来："夜姐姐，你终于回来了，可担心死我了，如今见到你没事可就放心了。听说你出了事情的时候可把我们吓坏了，可是你在明光殿我们又不敢前去探望，你可别怪我们哦，真的不是不想去，而是规矩不让去，都快急死我了……"

听着罗知薇的话，夜晚真有一种恍如隔世的感觉，面上带着微笑，看着她说道："我这不是好好的，不用担心。"

"哪里能不担心，谁知道会发生这样的事情。"

说话的是徐灿，跟她一起进来的是夜晨，夜晚忙站起身来，笑道："徐姐姐也来了，大姐姐，你们坐，罗妹妹也坐，多日不见真是怪想念的。"

大家相对坐下，满屋子的姹紫嫣红，夜晚面上的笑容就没有变过，细细地打量过这几个人，只怕就是自己的亲姐姐也不是真心来探望自己的，都想要知道明光殿的情况呢。人情凉薄，这世上有几个像司徒冰清那样对待自己的？除了她再无旁人了。

"……当时其实我也不知道发生了什么事情，只是知道自己被推进水里了。我不会凫水，要不是皇上恰好路过，真的是要淹死了。"夜晚一脸的哀伤，"我这初进宫，又不是美艳天下的美女，也不是才情横溢的才女，真不知道碍了什么人的眼，居然这样想要置我于死地。"

"人心难测海水难量，这样的事情真是闻所未闻，从没听说过还在待选的秀女居然会被人暗下黑手的。"徐灿幽叹一声，看着夜晚说道，"亏得你命大，躲过这一劫，以后多长点心，再有人找你出门的时候，可不要这样大意了。"

夜晚点点头："我也没想到，更料不到，这才差点丧了命。"

罗知薇拍着胸口说道："是有点吓人，听说那人还是御前伺候的，想想都会害怕。"

"是啊，谁会想到御前伺候的人居然会出现这样的事情。"夜晨皱眉轻声说了一句，眼神一直在夜晚的身上打量，她早就说过，她这个妹妹运气好得很，不管在什么地方，都有本事能让自己出彩的。

这一百多名待选秀女，没想到第一个住进明光殿的居然会是夜晚。而且听说明光殿便是如今的甘夫人也不曾过过夜的，虽然夜晚住的是偏殿，但是也是明光殿的地盘不是吗？

掉了一回水池子，倒是捡了个大便宜。

"委实是想不到，正因为认为是御前的人这才没有丝毫的防范，哪想就差点丢了性命。"夜晚垂着头声音里还带着后怕，一副可怜兮兮的样子。

众人都有些沉默，是啊，谁会去防备御前的人。

罗知薇抬起头来看着夜晚，小声说道："姐姐不在的这几天，这永巷里可热闹了，说什么的都有，居然还有人说是姐姐自己故意落水想要勾引皇上呢，气得我差点跟她大吵一架，世上怎么会有这样不要脸的人，自己想这样做不敢去做，就去认为别人也会这样做。谁会拿着自己的性命去赌的，更何况姐姐初次进宫，又哪会知道哪里有水池子，又哪里能知道皇上会不会路过那里，这些人真是小人之心度君子之腹，可真是气死我了。"

夜晚的神色就有些难堪，看着众人说道："亏得罗妹妹理解我，不然的话这天下之大真是无处诉冤了。我并无进宫之心，却被人如此中伤，真是令人伤心难过。人心如此，世态悲凉，令人失望。"

"夜妹妹不用担心，清者自清，更何况绿玉已经自己认罪，那些人现在什么都不会说了，你放心就好了。"徐灿拍拍夜晚的手，让她放宽心。

夜晚幽叹一声："只可惜没有查出指使绿玉之人，真是令人难解心头之恨。不过我想着咱们永巷里一定有跟那幕后之人联手之人，不然的话绿玉怎么会知道我的性子，顺着我的话头说话，打消我的疑虑，将我引到御花园深处的锦鲤池去的？"

其余三人面上一惊，很显然都没有想到夜晚会说出这样一句话来。其实夜晚是经过深思熟虑的，因为她的确怀疑有人出卖了她，必须要把这个人抓出来，不然的话只怕日后同样不得安生，只是这个人究竟是谁……夜晚一一扫过眼前三人的脸，她只能是探一番，如果真是她们三人中的一个，夜晚是绝对不会坐以待毙的。

皇宫的夜晚俯瞰下去，星星点点好似空中繁星，绚丽，多彩，令人眩晕。

这样美丽的夜色下，不知道隐藏着多少的杀机。夜晚刚捡回一条命，坐在窗前仰望着天空，一动不动，细细地回想白天的事情。最终也没有从几个人的脸上察觉出有什么破绽来，无奈之下只得放弃。

夜晚不是神仙，掐指一算就能知道是谁在背后对自己不利。如果这件事情连慕元澈都不能查清楚，那她又有什么办法，为今之计只有走一步看一步了。

花落枝头碾成泥，这样的事情夜晚再也不会让自己重新经历一回了。

夜晚落水进而留宿明光殿侧殿的事情，没几日的工夫像是长了翅膀一样，洒落得到处都是。一时间后宫里现有的主子对这位还未进宫就已经深受皇帝爱护的女子倍感兴趣,而在这一百多名待选的秀女中,夜晚也已经感受到了无数的敌意,每日的碰面不知道要听多少难听的话。

这些夜晚都可以忍,即便是忍不下,也得忍,总得长点记性不是。

夜晚的生活又恢复了原样,每日起来学规矩,辛苦又劳累,但是夜晚从不会借口自己大病初愈躲懒,让很多原本想要借机生事的人大失所望。待选的秀女太多,乌压压的一站便是一大群人,大家三五成群地分成很多的小团队,夜晚跟夜晨、徐灿还有罗知薇自然是在一起的。

今儿个是进永巷后第一次筛选,今儿个将会有二十人离开,如今所有的人都立在这里等着旨意下来。这一回的选拔是根据各位管教姑姑传递的信息上头做的决定,将会去掉规矩礼仪做得最不到位的二十人,而剩下的八十人会直接参加最后的殿选,皇帝亲自留牌。

夜晚站在队伍的中后面,身边的罗知薇有些紧张,因为她跟她的教引姑姑有些不愉快,生怕就这样被踢出去,因此拉着夜晚的袖子一直在说个不停,一张小脸全无血色。

夜晚轻声安抚她,徐灿站在夜晚的身边,侧头看着夜晚,怎么看也并未发现夜晚有什么出众之处。但是就是这样的一个女子却屡次跟皇上有了交集,这样的幸运是她们这些人没有的。

夜晚似乎是感受到了徐灿的眼神,不安地转过头来,下意识地摸摸自己的头发跟脸颊:"徐姐姐,可是我哪里不得体?"

徐灿猛地回过神来,忙笑道:"没有,我只是瞧着夜妹妹这样耐心地安抚罗妹妹一时竟看迷了眼,像你这般温柔如水的人儿,真是少见得很。"

夜晚便有些不好意思地垂垂头:"徐姐姐过誉了。"

罗知薇这个时候却接口说道:"徐姐姐说的一点也不错,我就喜欢跟夜姐姐说话,再烦躁的心也能静下来。"

夜晨闻言心里嗤笑一声,她是见识过夜晚厉害的人,她这个妹妹可不简单,只怪她以前小看了她,以至于养虎为患,不过以后再也不会了。

夜晨的心思也是百转千回,听说当今圣上在女色上一向是冷情,除了已经故去的孝元皇后能让他肯费一点心,便是如今盛宠的甘夫人也是远远及不上的。夜晨心里想着,其实没有了孝元皇后也是极好的事情,若是皇后还活着,她们这些女子即便是进了宫也无出头之日。如今中宫悬空,皇帝还没有嫡子出生,谁要是能生下嫡长子,这荣华富贵一辈子算是稳住了,只要能耐心,那皇后的宝座终有机会坐上的。

想来甘夫人盛宠多年,除了生出一个公主再无动静,应该是生养不出了。

一个不能生育的妃子,便是有再多的圣宠又有什么用。夜晨从来都是最实际的人,她没有阮明玉的倾国之貌,也没有杜鹃的妖娆舞姿,但是她有一颗比任何人都冷静的心。

听着上面的名字一个个地念出,被念到名字的秀女哭哭啼啼地被送出宫去,夜晨的眼角动也不动只是冷冷地看着这一幕。

罗知薇终于松了口气,这里面并没有她的名字,面带欢颜地拉着夜晚几个去她的屋子里玩,四个人斗了一会儿叶子牌,又打了双陆,天色黑了这才各自散去。

夜晚跟夜晨同路,两姐妹并肩走在这冰冷阴暗的宫道上。这么多日子了,她们两人还真没有几回单独地说说话,徐灿跟罗知薇总是无处不在。此时只有两人,两边的石壁上,远远的便有一盏宫灯照路,晕黄的灯光让这冷冷的夜色也多了几分温暖。

"你倒是个命大的,三番两次都危及生命,最后硬生生地又活转回来。"夜晨开口了,出口的话却是这样令人毛骨悚然。

夜晚一点也不意外,甚至于都没有动怒,神色一如往常的和缓,嘴角甚至于带着浅笑:"真是让你失望了,你只怕是巴不得我就此死掉,只可惜……上天垂怜,我命不该绝。我跟你是亲姐妹,而从小到大你对我都是冷冰冰的,我自问没有什么地方得罪于你,你为何要如此?"

夜晚一直想不明白这一点,她对夜晨算得上恭敬,但是她总能察觉得到夜晨对她的厌恶跟排斥,那是打从心里蔓延出来的。

夜晨闻言脚步一顿,侧过身子,借着灯光细细打量着夜晚,忽而说了一句:"你应该庆幸你没有长出萍姨娘那一张脸。"

夜晚眉心一蹙,紧抿的唇微微泛白,双眸看着夜晨,缓缓地说道:"我母亲又如何得罪了你?她是一个无福的人,早早地就没了,母亲过世的时候,大姐姐年岁也并不大,怎么地如此厌恶于她?"

夜晚凝眉,她真没想到夜晨居然还这样憎恶萍姨娘,在她的记忆里萍姨娘一直是一个温和的人,而且随着夜箫驻守在外,几乎算是跟夜晨并无交集,后来回了京也没几年就病死了,怎地怨愤这么深?

夜晨盯着夜晚,忽而冷笑一声:"一样的狐媚子!"

扔下这句话,夜晨扬长而去,只留下夜晚伫立风中沉默不语。

永巷初选过后,紧张的气氛便蔓延开来,殿选就在三日后,这三日里也不用学规矩了,只是好生地休息,等着最后的一战。

夜晚现在也不着急了,慕元澈的心思她摸不透,不知道自己会不会留在宫中,那日两人之间的对话并没有后续。慕元澈再也没有去过自己的住处,而夜晚也在养病的那几日没有开口询问。

她能做的,能说的,都已经尽力了,如果还不能留下……那她真是没办法了。

与其去整日担忧，倒不如轻轻松松地放过自己，所以这几日夜晚倒是过得挺舒服。闲来无事品品茶，虽然这茶水的确不好喝，再不然的时候就绣两针针线，这针线还被罗知薇狠狠笑话了一番，的确夜晚的针线实在是无法见人。难得的徐灿也跟着笑了几声，明明绣的是一对黄鹂鸟儿，别人愣是认成了野鸭子，怎么不是个可笑的事情？

　　夜晚也不恼怒，只管自顾自地说道："人生来就没有完美的，我对针线实在是没有天分，那又有什么法子。小的时候为了学针线，手指头不知道挨了多少个血窟窿，就是这样也就学了这般模样，你们要笑便笑，我可不觉得丢人，我尽力了只是结果不如人意，对得起自己的心就成了。"

　　徐灿听着夜晚的话若有所思，再看着夜晚的神色又有些不同了，这话倒是有几分道理。便开口应道："夜妹妹倒真是极好的心境，要是人人都如你这般，这世上不知道少了多少纷争。"

　　夜晚嗤笑一声，想要说什么又忍住了，只是眉眼间的那一份愤然却完全没有消去。

　　罗知薇一见便缠着问夜晚想要说什么，不依不饶的，夜晚被缠得没有法子，只得叹口气说道："我怎么遇上你这么个磨心的，真是上辈子欠了你的。"

　　"哎呀，夜姐姐这么喜欢我，连上辈子都跟我是姐妹啊，可见真是缘分颇深呢。既是这样那就更要非说不可了，是不是？"

　　徐灿抿嘴轻笑，夜晨冷眼看着这一切，并不答话。

　　夜晚被磨不过只得说道："我原本是想说，龙生九子还各有不同，更不要说凡夫俗子了。人生下来本就是各不相同的，追求的自然也是不一样的。就如同罗妹妹性子如此活泼，徐姐姐沉婉温柔，可不是各有各的美，谁也替不了谁，谁也不是谁，自然就是纷争不断，有什么可奇怪的。追根究底，追求的也不过就是那些东西，只是这世上又有几个人能看得透，荣华富贵转眼成空，倒真不如自自在在地过好每一天，让自己快快乐乐的才是正理呢。"

　　夜晚经历过了生死磨难，自然是看得通透多了，荣华富贵算什么？但是别人眼睛里却未必这样去看，不然的话这世上又怎么会有"人为财死鸟为食亡"这句话呢？

　　"果然夜妹妹跟咱们这些俗人就是不一样的，咱们想的也不是能吃好的穿好的吗？"徐灿浅浅一笑，随意地开了个玩笑一般。

　　夜晚听到徐灿的话倒是带几分认真的颜色，神色也严肃了许多："说的都是虚的，好听的话谁不会说？有句话不是说'路遥知马力，日久见人心'，年岁长了，姐妹们自然便知道我这话的真假了。"

　　夜晚这辈子是真的不在乎荣华富贵，郦香雪生来就是金玉堆里的娇娇女，后来又是母仪天下的皇后，谁还能尊贵过她去？谁还能比她的荣华富贵享受得更多？别人见识过的，没见识过的，听过的，没听过的，她全都见过听过，可是人一死，还不是烟消云散一切成空。

如今更加不会在乎这些，只不过要想为郦香雪复仇，这些东西却是必不可少的，也着实令人烦恼。

夜晚的忧愁无人能懂，但是夜晚的话这里的几个人并不相信的，要真是不是为了荣华富贵，为了那至尊的身份，何苦跑到宫里来。心里有疑虑，嘴上不说就是了。

夜晚也不求别人相信，反正时日一长，大家都清楚了不是吗？

徐灿看着夜晚觉得也有些没意思，叹道："明儿个就是殿选了，大家也早些散了，好好休息才是。即便是咱们不是爱慕荣华的，但是……大家都有家人不是吗？"

这话一出口，便是最爱笑的罗知薇都笑不出来了，夜晨率先告辞离开，紧接着徐灿也走了，最后才是罗知薇，夜晚送走了几人，这才松了口气。卸了钗环，换了衣衫，这才躺在床上，被寝之间潮潮的，反转来去也睡不安生，直到后半夜这才沉沉睡去。

殿选这一日，不用穿一模一样的宫装了，可以穿上从家里带来的美丽衫裙各展风姿。夜晚包袱里准备的是一件天蓝色的素色衣衫，还有一件族长夫人为她准备的华美衣衫，专门为她定制的，格外的漂亮，打开一看就见织锦满目奢华无比，穿在身上都能想象出那种美丽风姿。

族长夫人的确为了夜晚费心了，但是夜晚却不打算穿这一件。这段日子跟慕元澈几次碰触，都能感受到他对郦香雪的那种十分复杂的感觉。夜晚一直认为慕元澈并不喜欢郦香雪，所以才会最后下了赐死的旨意，但是如今冷眼旁观又觉得这件事情有些疑虑，分明有时候她听到慕元澈喊出雪娃娃三个字的时候那种无奈、愤恨跟纠结的情绪，如今便是夜晚也不知道，也弄不清楚，郦香雪在慕元澈的心里究竟算什么。

手里紧紧握着那天蓝色的衫裙，只在裙摆还有袖口、领口的位置绣了一小溜很简单的双衡比目的图案。除此之外，整件衣衫上再无半点花样，简单得不能再简单了，素净得不能再素净了，往人群里一站绝对会被繁花艳草给掩盖了去。

夜晚将所有的赌注都押在这一件衣衫上，如果……如果慕元澈真的对郦香雪还有半分的眷恋之情，只要见到这件衫，应该……也许……不会狠心地将自己逐出宫去了。

夜晚如今凭借的也不过是郦香雪的影子，这是多可笑的事情，而她自己也并没有十成的把握一定能成功。

女人最悲哀的事情便是，一直以为自己是所爱之人的全部，但是到头来却只是一道转眼即逝的风景。

如今，自己只能凭借那一丝丝的风景，试图能唤起慕元澈对郦香雪的丝丝愧疚，自己将所有的转机押在这里，夜晚只能赌一赌了。

并没有用身边的宫人伺候，夜晚自己对着镜子梳了一个简单清爽的反绾髻，烧

第十章 鸾凤将初鸣，帝心难猜疑

蓝点翠蝶形银钗的压鬓与衣衫相互辉映，额前戴了米粒大小的珍珠做成二指宽的抹额，耳上明月珰，裙边垂着吉祥如意的玉禁步。

一旁的宫女睁大眼睛看着夜晚，良久才说道："姑娘，这……是不是太素了，奴婢方才出去看了看，别家的姑娘都是打扮得光彩夺目，您……"

这宫女能这样说夜晚倒是有些意外，半垂了头，浅声说道："不过是走个过场而已，用不着这样麻烦，倒是我这些日子烦累你不少。"

那宫女看着夜晚就像是看着一个奇怪的物件，就没见过夜晚这样参选的。嘴里谦逊几声，送走了夜晚，自己摇摇头，亏得严总管每日亲自过来问夜姑娘的情况，敢情看着这位夜姑娘好像并没有留宫的意思，难不成被那一场落水给吓到了？眼睛落在了被夜晚放进包袱里的那一件华丽衣裳上，越想越觉得是这么回事。

宫女轻轻摇了摇头，胆子也太小了些，这样的人倒真是不适合在宫里呢。

所有的秀女都会在永巷的大殿集合，然后一同前往待选的大殿，夜晚到的时候大殿里已经有了不少的人，果然入目便是一片璀璨霞色，越发衬得夜晚毫不起眼了，往人群里一站，便好似隐形人一般，毫不惹人瞩目。

"夜姐姐，你……你怎么穿成这样？"罗知薇口无遮拦地喊道，一把拉着夜晚的手说道，"我备有两件衣衫呢，姐姐若是无衣可换不如穿我那件。"

罗知薇说道无衣可换的时候，眼睛微微地扫过夜晨的面颊，颇有不满。夜晨今儿个的衣裳倒也别致，夜晚姐妹两人一比较，便有些让人唏嘘，各种猜测便立刻充斥了大家的脑子。

反正大家都会以为，这样的场合便是个傻子也会将自己打扮得美丽一些，夜晚这样的素净肯定是无衣可换。夜晨的面上一片绯红，气得胸口起起伏伏的，看着夜晚的神色恨不能将她给吞吃下去，咬着牙说道："二妹妹，你进宫前都是在族长夫人那边，母亲给你备好的衣裳也送不过去，没想到大祖母居然忘记为你准备衣裳了，我那边还有，不如穿我的。"

夜晨这是要对大家解释清楚，免得真的被人误会了去。

夜晚忙说道："大祖母自然为我备下衣裳了，只是太过华丽穿不惯，所以……还请大姐姐见谅。"

夜晨看着夜晚只得挤出一个笑容："妹妹可别忘记了夜家的颜面。"

"并不敢忘呢，夜晚本就无与姐姐相争之意，衣裳素些没关系。"夜晚低声说道，幽幽一叹，多有无奈之色。

周围的人冷眼旁观这一幕，并无人上前，倒是徐灿跟罗知薇笑着解了围，罗知薇拉着夜晚站到另一边，低声说道："哼，谁不知道她故意这样说是为了给自家长颜面，夜姐姐你别灰心，咱们快些回去时间还能赶得及，我那有现成的衣裳。"

夜晚忙摇摇头："罗妹妹你误会了，我是真的有衣裳，我真的不喜欢那种太奢华的。"

罗知薇瞧着夜晚并不像是说谎，更何况她也不是真的想给夜晚换衣，毕竟夜晚已经这样大出风头了，今天殿选不过是只留下二十人，能少一个敌人也是好的。如此这般罗知薇只是笑了笑，也没有再让。

眼看着秀女已经全部到齐，大殿里一片嘈杂之声，很快地教引姑姑就到了，让众人噤声，排好了队，这才往候选的大殿而去。

以前选秀多是在明光殿的配殿举行，自从慕元澈登基后，就把选秀的大殿改在了明光殿左面的瑞锦殿，因此众人要从永巷一路穿过四五个宫殿，才能到达。都说庭院深深，听闻有些妃嫔一年难得见君王一面，如今这一路行来，方知此言一点也不虚假。这样大的后宫，面对着森严的制度，要面君真不是易事。想要让君王记住一名女子，更不是易事，看着这么多的如花美人儿，每个人的心里都有一种深深的危机感。

夜晚对这道路很是熟悉，一路上却不时地听到有人抱怨怎么还未到的话。这些娇娇女何曾走过这样长的路，而且穿的都是软底绣鞋，走在青石板上还好些，若是走在鹅卵石铺成的小路上，那才真是要了命。

亏得夜晚早有准备，脚上穿的并不是软缎鞋，而是硬底的鞋子，走起路来可要舒服多了。

徐灿脚板也是痛得很，但是看着大病初愈的夜晚居然没什么疼痛之色，打探一番之后，眼睛不由得落在了她的脚下。夜晚的裙摆几乎曳地，想要看到鞋子很不容易，只有步履微快的时候才能见端倪，果然徐灿终于看到了，神色不由得一凛。

越发觉得这个夜晚令人捉摸不透，轻咬着唇望着夜晚的背影，心里一横，微微地落后一步，跟身边的秀女慢慢地靠近，然后在别人不注意的时候轻轻地踩住了她的衣摆。那秀女猝不及防，脚下一个不稳，顿时往夜晚的后背扑去。

这样的意外，夜晚完全是猝不及防，只觉得后背被人猛地一撞，自己不由自主地便扑向前面的夜晨，而夜晨反应也是极快，一下子拉住了自己身边的秀女稳住身子，即便这样也是摔落地上，哀呼出声。

一连几个人摔倒，顿时引起队伍大乱，夜晚摔倒的时候双膝先倒地，此时只觉得膝盖火辣辣的疼，衣裳本就轻薄，哪里能当什么事儿。夜晚痛得脸都青了，一旁的夜晨显然也伤得不轻，因为都是猝不及防的意外，没有丝毫的准备，便是夜晚这样心思缜密的人，也在意外之下没有丝毫保护自己的办法，只见她捂着脚踝，额头冷汗淋淋。

那扑倒夜晚的秀女满脸是泪惊慌地看着四周，嘴里杂乱无章地喊道："我不是故意的，不是故意的，不关我的事儿，不知道是谁踩了我的裙角，真的不关我的事情……"

这秀女吓坏了，要是扑倒别人也就罢了，偏偏是夜晚，谁不知道一名殿前宫女陷害夜晚落了水，全家三族被流放千里，谁还敢吃了熊心豹子胆这样明晃晃地算计夜晚。

徐灿距离夜晚最近，此时忙奔到夜晚身边，柔声问道："夜妹妹你没事吧？可伤到哪里了？"

夜晚摇摇头："并无大事，只是膝盖有些疼痛。"

罗知薇这个时候也跑过来了，蹲在夜晨的身边，看着这姐妹二人狼狈的样子，伸手将夜晨搀扶起来，谁知道夜晨痛呼一声竟是无法站立，轻轻掀起裙角一看，竟是都肿了，罗知薇也有些怕了，着急地说道："这可怎么办？眼看着选秀就要开始了，这……"

是啊，眼看着就要上殿参选，结果万人瞩目的夜晚连同她的嫡姐都受了伤，连站都站不住，怎么上殿？

夜晨死死地盯着夜晚，眼眶里含着泪珠，紧咬着唇一句话却也说不出来。她准备了这么久，费尽了多少心思，结果……结果却是这样，她怎么不恨？怎么不怨？

夜晚感受到夜晨冰冷怨恨的目光，捂着疼痛不已的膝盖，眼神看向了将自己撞倒的那名秀女，那名秀女早就吓得胡言乱语起来，居然有些神志不清的模样。领事的姑姑一看不成体统，便令人将她架下去，这才看着夜晚跟夜晨说道："两位姑娘，可还能行走？如果不能行走，也不好耽搁旁人，眼见得就要到时辰了，误了点这个责任谁也当不起。"

要是换做旁人，这领事姑姑早就令人将人架到一边，带着其他人走了。但是，令人头痛的是受伤的偏是夜晚，要说夜晚真倒霉，接二连三地受伤。

夜晚其实能走，但是能走又怎么样？她的衣服也被磕出了洞，发髻也散乱了，疼痛引得冷汗连连，脸上的脂粉也糊了。这般模样如何面君？如何谋取那本就是渺茫的一线机会？

夜晚强忍着悲伤，强忍着酸楚，强忍着想要对着贼老天怒吼的悲愤，她的路怎么就走得这样的艰难，为什么这些乱七八糟的意外总是伴随着自己。她已经很小心地保护自己，很小心地为自己谋算，很小心地……很小心地……可是，为什么结果总是这样的残酷？难道老天爷真的不让她复仇吗？真的就这样处处阻挠她吗？

想到这里悲从心来，垂着头，泪珠一颗一颗地滴落下来。

一直以来，她几乎不哭，哭是弱者的表现，她告诉自己要坚强，一定要坚强。

可是，面对这么多的意外跟灾难，她要怎么坚强？如何坚强得下去？

晶莹剔透的泪珠，滴在青石板上，慢慢地氤氲成一片。夜晚就那么瘫坐在那里，无助、悲凉、无人能体会她的绝望。明明只要过了这一道坎，她就能手刃仇人，可是如今被硬生生地阻止在外，就这样一线之隔。

第十一章
寻春去较迟，
惆怅怨芳时

周围有嘈杂的声音不断地传来，大家都在催着领事姑姑赶紧走，不能因为一个人耽误了大家的事情，这个时候没有人去关注夜晚跟夜晨的心情，她们只会开心少了两个劲敌。

周围乱成一团，夜晨无力地靠在徐灿的身上，罗知薇扯着夜晚的袖子，在安慰着什么，但是这些声音都无法让夜晚听到耳朵里去，听到心里去，膝盖上流出的血迹已经染透了碧蓝的衣裳，看着触目惊心，火辣的疼痛缠绕着她的心扉，勒得她几乎喘不过气来。

周围令人烦躁的声音一下子消失了，夜晚泪眼朦胧，看着一双明黄色的靴子出现在自己的视线内，彩色丝线绣出的龙纹苍劲有力。对面的人似乎蹲了下来，大片的明黄色映入眼帘，让夜晚不由得眯起了眼睛，如此的刺目，如此的绚烂，这样的颜色只有皇帝才能拥有。

夜晚的脑海中突然就撞进了"慕元澈"三个字，猛地抬起头来，就对上了他正紧紧蹙起的眉，还有那双漆黑的眸子。夜晚想也没来得及想，自己的双臂像是一下子有了自己的主张，一下子抱住了慕元澈的脖颈，所有的委屈像是有了倾泻的地方，整个人扑进他的怀里，失声痛哭起来。

慕元澈身子一僵，下意识地要将人推开，从没有人会这样抱着他哭，哭得这样的撕心裂肺，毁天灭地。

严喜看着这一幕，那声"皇上驾到"，硬生生地被憋回去了。本来下朝之后就直接往瑞锦殿去，谁知道半路上便远远地看到这边乱成一团，皇帝陛下难得有心情过来看看出了什么事情，结果便看到了一身狼狈的夜二姑娘。

严喜仰头望望天，二姑娘真是多灾多难啊，这才出了水池养好了病，结果今儿个又弄成这样，他还看到了那裙子上的血，虽然不知道出了什么事情，但是有一点是肯定的，二姑娘一定是又被人算计了去，这回都流血了，闹心啊。二姑娘，好歹也是被人算计过的，你怎么就不长点心呢，你这样地进了宫，严喜都怀疑明年的今日能不能再见到她。

慕元澈本来不过是想看看出了什么事情，这么多女人叽叽喳喳地乱成一团，着实不成体统。今天朝政顺畅，他心情本来挺好，才肯挪了尊步过来，结果……

慕元澈没想到夜晚居然会在众目睽睽之下，就这样抱着他的脖颈，哭得这样的天崩地裂的。要不是他瞧着夜晚身上的衣服微微出了神，绝对不会让夜晚得逞的，结果一晃神儿，居然就成了这样尴尬的样子。

慕元澈浑身僵硬如铁，便是他有着后宫佳丽三千，却也没有哪个女人这样大胆抱着他……他的脖子哭成这样的。

周围的人惊恐地望着这一幕，个个胆战心惊，一动不动，唯有夜晚的哭声在这小天地里飘荡，那样委屈悲戚的声音，着实令人有些心酸。想想夜晚的经历，真是可怜，三天两头的无妄之灾，今天的事情可是大家都看到的，夜晚真是无辜的。

这怎么说呢？只能说自认倒霉呗。

慕元澈觉得这样实在是不成体统，想要推开夜晚，偏偏她抱得死紧，想要开口斥责，却在一低头看到她膝盖上浸染出的血迹染透了那蓝色的衣衫，心口处有个地方一下子软了下来。

"不过是摔了一跤，至于哭成这样？"出口的话带着浓浓的无奈，慕元澈觉得遇上夜晚他就没有省心过，她一倒霉，自己就跟着倒霉，这叫什么事儿。

众人都存着看热闹的心，毕竟夜晚这样可算是当众失仪，而且那失仪的对象还是九五之尊，便是甘夫人只怕也不敢在众人面前这样做吧。

甘夫人等人得到消息赶来的时候，就刚好听到慕元澈说出口的那一句无奈至极的话，脸色顿变。夏吟月怎么也想不到夜晚居然这样大胆，而……皇上居然这样纵容……

夏吟月身边一起来的正是惠妃，她们两人本就是今天主持选秀的，没想到出了这样的意外。

惠妃的眼神在夜晚的衣服上转了转，唇角抿得紧紧的，又是跟孝元皇后相似的服饰。

夏吟月强忍着心里的怒火，上前一步，看着慕元澈说道："皇上，夜姑娘受了伤不如先让她下去休息，让太医过来诊治，这里人来人往毕竟不妥当。臣妾瞧着还有位姑娘也受了些伤，便一同看看吧。您国事繁忙，这里不如交给臣妾？"

夜晚的理智随着夏吟月的声音慢慢地归位，窝在慕元澈的颈边只留啜泣声，她没想到自己居然会这样激动，激动地抱住了慕元澈的脖子。幸好，幸好慕元澈没有一脚把自己蹬开，不然可真是无颜苟活于世了。

她……好像每次见到慕元澈总会做一些自己也控制不住的事情，尤其是她的情绪波动太大时，见到他，瞧着他，总会不由自主地像郦香雪一样去依赖他。这个时候她总会忘记了自己是夜晚，不是郦香雪，忘记了这个男人是不能依靠的。

夜晚一想到这里，越发地委屈了，泪珠一颗颗地滚落下来，顺着慕元澈领口内麦色的肌肤滑落下去，几番灾难过后越发瘦弱的身子，蜷缩在他的怀里瑟瑟发抖。

慕元澈感受到脖颈间的温润湿意，刚抬起准备推开夜晚的手颓然滑落下去，眼神复杂地瞧着在自己怀里发抖的女子，那么小的一团，仿佛自己一用力气，就能截断她的呼吸。

慕元澈叹息一声，轻拍着夜晚的脊背："别哭了，别人以为发洪水了，你要泪淹朕的皇宫不成？"

四周一片寂静，复杂多样的眼神在夜晚的身上滑过。

皇上居然这样柔声轻哄夜晚这样一个样样不出色的女子，她们怎么甘心？

夜晚，哪里好，值得皇上这样对待。

"疼。"夜晚抽泣地说道，伸手指了指自己的膝盖，然后一个多余的字也没说，依旧不放手地圈着慕元澈的脖颈，无声地哽咽着。

慕元澈听着夜晚的话，又见她不敢哭出声无声地抽噎，越发地令人心疼。慕元澈便有些气急："明明自己是个爱倒霉的，走路也不看着些，这会儿知道疼了。不摔几次你不长记性，朕真不晓得你怎么活到这般大的。"

夜晚本来都已经不哭了，一听这话又哭了起来，想要说什么却又撇撇嘴没说，埋头藏在他颈边的时候，张口咬了他一口。

慕元澈一疼，脸色越难看了，这女人居然敢咬他！一时口不择言，怒道："你个没出息的，别人欺负了你，你便欺负回去，拿我撒什么气……"

全场皆愣，震撼无声。

夏吟月身形微晃，差点站不住脚，她身边的碧柔忙一把扶住她，脸色也格外的难看，皇上这话也太令人寻味了，什么叫做欺负回去？如何欺负回去？而且居然没有自称朕……

慕元澈瞧着夜晚闯了祸缩头乌龟一般藏在他怀里，真是又气又笑又疼，只是个窝里横的，对着别人什么也不敢做，对着他倒是下得了嘴，还真疼。转过头吩咐严

第十一章　寻春去较迟，惆怅怨芳时

喜："传韩普林到明光殿。"说着就将夜晚抱了起来，大步离开。

夏吟月一见就欲阻拦，却见慕元澈又停了下来，头也不回地说道："选秀的事情就交给两位爱妃了，朕相信两位爱妃一定能办好这差事。"说到这里一顿，不等甘夫人跟惠妃应答，又接着说道："善后事宜也交给你们，伤了的让太医来诊治。"

同样是受伤，待遇却是天地之别。

毕竟是亲姐妹，众人看着夜晨的眼神便多了些幸灾乐祸，从头至尾可没见皇上对她关切地询问一句呢。

夏吟月双拳紧握，强忍着怒火，努力保持着平静，她又不是中宫皇后，有些话是不能说的，但是今天这一幕给她的冲击实在是太大了。

韩普林拎着医箱匆匆忙忙地被召到明光殿，一看到又是夜晚便是一愣。夜晚也有些难堪，垂着头不说话，这三天两头地看太医，也着实……

"微臣参见皇上。"韩普林行礼，不敢有丝毫的错处。

"免了。"慕元澈的声音可不怎么开心，凝神看着韩普林，"给她看看膝盖，这个多灾多难的，怕是你这个太医也没见过比她更倒霉的吧。"

韩普林不晓得出了什么事情，这话可不好接，也不敢接话，忙躬身走到夜晚的身前，只见裙摆上一片血渍，伤的地方又是膝盖，需要卷起裙子，然后将裤子挽上去，他一个太医哪里好看见人家姑娘的身子。忙退后一步说道："皇上，太医院有医女，夜姑娘这伤还需要医女上药并看一看有没有伤到骨头，如果没伤到骨头，微臣这里有上好的药膏，并不用吃药，敷个四五天药膏也就好了。"

慕元澈一愣，他倒是忘了这一点，便又命人换了医女来，细心地看过，给夜晚敷了药膏这才退下。夜晚大声哭了好一阵，忙活了好一阵子才消停，本就是大病初愈，元气不济，便有些倦怠，居然昏昏然睡了过去。

慕元澈坐在床边看着夜晚，眼神便有些恍惚。轻叹一声，作为一个帝王，他今天的行为违背了他一贯的原则，他从不会轻易地为一个女子这般地牵动心绪，也从不会轻易地为一个女子违背了原则。

他从来都是将规矩看得比什么都重的人，无规矩不成方圆。后宫的女人可以宠却不可以纵，可他今天……居然纵容了夜晚。

他该拿她怎么办呢？

慕元澈并不认为自己很喜欢夜晚，他告诉自己只是留恋夜晚身上那一丝丝雪娃娃的气息，那天夜晚昏迷的时候，他听到夜晚呼喊自己的名字，居然在昏迷中还在骂自己，而且还提到了雪娃娃，虽然夜晚没说什么多余的话，但是……夜晚为什么会无缘无故地提及雪娃娃，夜晚跟雪娃娃明明是毫无交集的两个人。

再加上夜晚的穿衣打扮，言行举止，如今细细想来倒真是有很多地方跟雪娃娃相似，这一切的一切都让慕元澈为之疑惑。

越来越多的疑惑，便让他无法维持之前决断放她出宫的决定。不管，不管夜晚跟雪娃娃之间有怎么样的关系，抑或者是没有关系，没有弄清楚之前，夜晚只能待在宫里。宫里并不多她一个，她既然要安稳无忧的生活，他就给她，只要她本本分分地待在自己跟前就好。等他把事情弄清楚，然后再作打算。

夜晚睡得并不安稳，睡梦中还紧紧地蹙着眉头，慕元澈瞧着眉头越皱越紧。

严喜悄悄地走了进来，弯腰在慕元澈跟前低声说道："皇上，甘夫人跟惠妃娘娘遣人来回话，夜家大姑娘伤了脚踝，怕是三四日无法下床，殿选也已经选得差不多了，这是名单，请皇上过目。"

大红色的花笺放在慕元澈的面前，慕元澈拿起来双目一扫，好一会儿才指着名单上两个人的名字说道："去掉这两人，将夜晨跟夜晚的名字加上。"

严喜大惊："皇上，咱们宫里可素来没有姐妹同时入宫的事情……"

慕元澈抬眼看了严喜一眼，严喜浑身一僵，忙跪下请罪："奴才该死，奴才该死，请皇上恕罪。"

慕元澈冷冷地瞅了他一眼："去吧。"

严喜见慕元澈并没有怪罪，这才松了一口气，这些日子可见是太顺了，他居然忘记了规矩，以后可不能这样大意了。皇帝做什么决定，是一个太监能质疑的吗？这就是自己找死了。

严喜拍着胸口让自己静下来，这才去宣旨。

夏吟月跟惠妃听到严喜的话同时一愣："严公公，宫里从没有姐妹二人同时进宫的例子，皇上真是这样说的？"

严喜刚死里逃生，这个时候听到夏吟月的话，板着脸说道："回甘夫人的话，奴才只是传旨不敢非议，还请夫人恕罪。"

夏吟月碰了一个软钉子，心里气急，嘴上却说道："既然如此，本宫明白了。不知道夜二姑娘身子可还好？"

听着夏吟月打探的话，严喜微微松了口："二姑娘已经睡着了，遭了大难，膝盖上摔得不成样子，皇上还等着甘夫人的调查结果呢，奴才这就回去复旨了。"

严喜走后，夏吟月神色不明蹙眉凝思，惠妃却是一脸的欢愉，笑着说道："咱们皇上真是个怜花之人，本宫早就看着夜二姑娘是个有福气的，如今可不是福气到了么？"

听着惠妃的风凉话，甘夫人垂眸半晌，再抬起头来面上依旧是一如往常的微笑："惠妃姐姐说的是，今年这么多如花似玉的美人进宫，想必宫里更热闹了。"

"热闹些好，偌大的后宫就那么几个人也着实不像样子。想当初孝元皇后在的

第十一章 寻春去较迟，惆怅怨芳时

235

时候，后宫里和和气气的，就不知道现在还会不会有当初的福气了。"惠妃笑，眼睛直直地看着甘夫人，眼中夹着讥讽。

夏吟月最讨厌惠妃这副模样，好像什么事情都不放在心上，却唯独处处与她作对。也不知道皇上是怎么想的，自从郦香雪死后，居然将惠妃重新重用起来，倒是让她多有不便。偏偏惠妃的资历比她还要深厚，有些话也真是不好说，只得硬生生地咽下一口气去，着实憋屈。

"福气可不是别人给的，是自己挣来的。就如同惠妃姐姐的孩儿就跟你没缘分是一个道理不是吗？"甘夫人狠狠地往惠妃的心窝子里捅了一刀，小产永远是惠妃的心头痛。

果然惠妃的脸色一变，但是紧接着惠妃就抿嘴一笑："那也抵不过甘夫人圣宠优渥，却生了玉娇公主后再无动静。"

甘夫人的脸色也变了，她多想再生一个皇子，但是……这么多年了，也不是没有圣宠但是肚子就是没有动静。听到惠妃的话，甘夫人如何不恼火，两人四目相对，互不相让。

惠妃在皇帝潜邸的时候就在了，如今也算是后宫里的元老，自然不能跟小姑娘花朵一样的年纪相比。再说了惠妃也早就不在乎那些虚的，她在乎的是……冷眼看了甘夫人一眼。"甘妹妹还是想想怎么给皇上一个交代吧，夜二姑娘真是可怜，这才几日的工夫先是落了水差点没了性命，如今又有这无妄之灾。看着皇上那一股子心疼劲儿……啧啧，没个交代，只怕甘妹妹这日子便有些不好过了。"

看着惠妃远去，甘夫人这才往自己的宜和宫走去。

殿选已经落幕，被选上的姑娘已经送回家等着进宫，没被选上的也遣散回乡。这些都不重要，重要的是皇上对夜晚究竟是个什么心思。

夜晚盯着帐子不说话，夜风拂动，帐影摇摇，耳畔还能听到烛光的噼啪声。不远的地方，慕元澈正坐在御座之后批览折子，寂静的夜里，相安无事。

今天天将黑的时候韩普林来给自己诊脉，又送来一瓶上好的药膏，顺便告诉自己这一届留下的秀女都是哪些。夜晚其实不用去猜也能想到有几个是必须会留下的，第一个便是名动京都的第一美女阮明玉，还有天子帝师的孙女傅芷兰，且不说傅芷兰一副好样貌，便只是冲着她祖父也会留下的，听说还是个才女。还有善舞的明溪月，能歌的杜鹃。徐灿也被留了牌子，让夜晚有些意外的是罗知薇也留了牌子，还有一个比较令人瞩目的是都司许国璋的女儿许清婉，听说是个样貌出挑的。

这几个家室都是比较强的，还有些家世不显的，但是品貌才艺都是极好的也被留了牌子。

然而，最令夜晚震惊的不是这些。

而是，夜晨居然也被留了牌子。

夜晚弄不明白，慕元澈这是要做什么，以前并没有姐妹同时进宫的例子，这些虚虚实实的招数，便是聪慧如夜晚，也一时间弄不清楚慕元澈究竟要做什么。

各家女儿册封的旨意还没有下去，也并不知道这一入宫谁的地位会是最高的。

夜晚想，也许旁人会猜自己这个风头大盛的人一定是拔得头筹的人。但是以夜晚对慕元澈的了解，他是绝对不会这样做的。夜晚猜想着，这回新进宫的秀女，地位最高的应该是天子帝师的孙女傅芷兰，跟第一美女阮明玉。

这两人家世都不弱，一个有才，一个有貌。

反观自己，无才无貌，夜晚心里嗤笑一声，男人再怎么样也是看重美色的。

只是……夜晚的眼眸微眯，如今她冷静下来细细一想，自己跌倒这件事情究竟是谁下的手？自己身后的那名秀女，自己瞧着都眼生，她绝对不会无缘无故地拿着她自己陷害她，那么就很有可能是那秀女说的有人踩了她的裙角，害得她跌倒撞了自己，而自己又撞了夜晨。

那秀女周边的人夜晚细细地想了想，其中有两个熟面孔，一个是杜鹃，一个是徐灿。

杜鹃对自己本就厌恶，很有可能会做这样的事情。另一个是徐灿，不管怎么看徐灿都不像是会在这个时候下手的人，可是夜晚心里总是有一种不安，她的直觉徐灿比杜鹃危险多了。

夜晚受伤的事情随着新人进宫敕封渐渐地不再受关注，果然不出夜晚所料，这回敕封位份最高的是阮明玉，正五品嫔。傅芷兰是从五品的小仪，加封号"慧"。宫中凡是有封号的都是比同品级的更有地位，因此傅芷兰虽然是从五品，阮明玉是正五品，但是傅芷兰有封号，也就等同于跟阮明玉平起平坐了，甚至还更尊贵一分。

除此之外，徐灿获封从五品的良媛，明溪月获封正六品的贵人，杜鹃获封从六品的美人，罗知薇获封正七品的常在，许清婉获封正七品的娘子，夜晨获封从六品的才人，夜晚是从七品的选侍，而夜晚是除了傅芷兰之外第二个有封号的人，赐号"雪"。

听敕封圣旨的时候，夜晚还在床上养伤，特许不用下跪接旨。

"二姑娘大喜，哟，瞧奴才这张嘴，您现在是雪选侍了，是新进宫的小主中仅有封号的两名中的一个，这份殊荣可是不多见的。"严喜笑眯眯地将圣旨恭恭敬敬地递给夜晚，一脸的谄媚，那笑得满脸的褶子跟天津狗不理包子似的。

夜晚神色平静，无喜无忧，双手接过圣旨放在身边，却并未说话。

严喜挠挠脑袋，本以为这位祖宗会开心的，谁知道居然是这副模样，忙又笑着说道："小主，皇上说了，以后玉墨跟陌研就跟着伺候小主了，皇上御赐宫女这可真

第十一章　寻春去较迟，惆怅怨芳时

真是头一份的殊荣了,奴才恭喜您了。"

夜晚微微弯了弯唇角:"我也喜欢她们,看着顺眼。"

瞧着夜晚终于笑了,严喜抹了一把汗,又低声说道:"皇上已经命人将芙蓉轩收拾出来,小主以后就住在芙蓉轩了。"严喜说着伸手指了指东方,压低声音说道:"芙蓉轩跟皇上的寝宫可是只有一墙之隔,小主真是好福气。"

夜晚咬了咬牙,的确是一墙之隔,可是要从明光殿走到芙蓉轩那也得绕一个大圈子,没有一炷香的时间走不到。前朝跟后宫是完全隔开的,所以就算是柔福宫的配殿芙蓉轩跟明光殿只有一墙之隔,但是也绝对不会在墙上开个洞意图行走方便的。

更要命的是,要到芙蓉轩,必先经过甘夫人的宜和宫。

夜晚觉得这不是一个好地方,但是旁人看起来可真就是个好地方了,毕竟距离皇帝近啊,隔墙说个话,吟吟诗,赏赏月,弹弹琴神马的多浪漫诗意啊。

夜晚的膝盖上还包着厚厚的白布,明儿个拆掉后便能下床走路了。其实今儿个已经能下床了,为了表示自己身子孱弱,弱不禁风,夜晚还是决定多躺一天。

让慕元澈瞧着自己的膝盖,就得想起夏吟月管理后宫的失职,才能出一口气。

不过瞧着严喜这么卖力讨好自己的分上,夜晚还是挤出一丝笑容:"多谢公公指点。"

严喜嘿嘿一笑,以后您看好点自己,别弄得隔三差五地就受伤,让咱们做奴才的也跟着不安生,那就是谢天谢地了。这话严喜可不敢说,不过严喜估摸着尊贵的皇帝陛下把雪选侍放在自己眼皮子底下,估计也是跟自己差不多的想法,这位主太多灾多难了,不看着不行啊。要是扔在后宫远一些的地方,说不定哪天看到的就是一具尸体了,真是没见过这样倒霉的人,走个路都能落水摔跤的,你能指望她有多大的气运罩着自己?

夜晚看着严喜,问道:"不知道我什么时候能从这里搬走?"

夜晚觉得住在明光殿的配殿实在是很风光,但是人啊千万不能风光过了头,不然会遭天谴的,所以还是要低调做人,高调做事的好。如果不从这里搬出去,如何给夏吟月添堵?如何为自己报得大仇!

严喜嘿嘿一笑,觉得这位二姑娘脑子真是不好使,这么着急搬出去做什么。不过还是小声说道:"这个奴才可不敢做主,小主得问皇上。"

夜晚点点头,看着严喜说道:"你去忙吧,知道你忙。"

"小主体谅,是奴才的荣幸,皇上说了今晚上过来用膳。"严喜最后留下这么一句,这才屁颠屁颠地走了。

夜晚仰头看着豆青的帐子顶,暗色的花纹华贵大气,果然一切事情不出她的预料之外,慕元澈绝对不会因为自己而破例的。自己的家世身份摆在那里,不可能有更高的册封。原本夜箫没有被降位还是将军的话，也许能封个正六品，现在是从七品也已经不错了，更何况出乎夜晚预料的，慕元澈居然给了她封号——雪。

夜晚忽然很想笑，慕元澈一定是觉得自己很多地方跟郦香雪相似，所以才给了自己这个封号，真是莫大的殊荣呢。

可她，只觉得无限的讽刺跟心酸。

只是……想要靠近慕元澈的心不容易，想要利用慕元澈扳倒夏吟月更不容易。毕竟现在夏吟月是陪了慕元澈多年的人，又圣宠优渥，而自己不过是有了几分好运得了慕元澈的青睐，想要真的复仇，就得先让慕元澈对自己比现在还要上心，还要看重，要一步步地爬到跟夏吟月相同的地位，到那个时候才能有一拼之力。

她的路还很漫长，更何况扳倒夏吟月之前，她的敌手就有那么多有貌有才的名门淑女，夜晚只要想想就觉得前途一片荆棘。

慕元澈本就是多疑的人，对于女人向来是只宠不爱，能做第二个甘夫人，让慕元澈放在心口可不容易。更何况这些日子夜晚冷眼旁观，夏吟月倒是够受宠，也掌着大权，但是并不是事事慕元澈都会随了她的心愿。

从这里更能看出慕元澈这个人的冷酷无情，即便他能为夏吟月出口气，为她肚子里的孩子讨个公道废黜了郦香雪的后位，但是他依旧不会只爱美人不爱江山。不然的话现在甘夫人就不是甘夫人而是母仪天下的皇后了。

如果夜晚被慕元澈迷了眼睛，那结果只怕比郦香雪更凄惨。

慕元澈怎么会是一个为了女人而忽略江山的人呢？

她不会觉得慕元澈上回因为自己放弃亲自选秀，是真的对自己有多么的喜欢，更不会觉得他是喜欢自己。如果说他对自己特殊一点，夜晚宁愿相信，那是因为自己身上郦香雪的一丝痕迹让慕元澈愧疚。

毕竟，再怎么样郦香雪跟慕元澈也是相伴了十年，经过了坎坎坷坷，生死相随，多少次死里逃生，慕元澈要是真的对郦香雪没有丝毫的愧疚，夜晚是不信的，不然的话，她也不会凭借跟郦香雪的几分相似而能进宫了。

但是愧疚有什么用？人都死了不是吗？在夜晚看来，这就是男人有了新欢又觉得对不起发妻做的无聊的举动。

人有多恨，才能让自己忍受无边的痛楚只换了一个复仇的机会？

玉墨跟陌研小心翼翼地走了进来，看着夜晚正在发呆也不敢出声打扰，默默地站在一旁候着。她们以后就要跟着雪选侍了，自然不能招新主子的厌恶，而且看来皇上对雪选侍还是很上心的，她们表姐妹也不求大富大贵，只盼着能平平安安活到放出宫。

玉墨看了一眼表妹，陌研轻轻地摇摇头，示意她不要说话。玉墨有些着急，眼看着就到了晚膳的时辰，皇上就要过来了，这总得让小主准备着不是。

陌研神色坚定不许表姐开口，这些日子她留神看过，皇上对小主有着对旁的嫔妃没有的纵容。小主说话经常是直来直往，也不管皇上能不能招架得住，会不会生气，反正就是有什么说什么，他们两人之间的相处很是奇怪，好像认识了很久一样，皇上居然不在意小主的冷言冷语，甚至有的时候还是加着讥讽，更有甚者，她还无意中撞见小主居然很随意地让皇上给她倒茶……

如果说小主对皇上一片痴情，那绝对是眼睛坏掉了。如果说皇上对小主情根深种，那眼睛更是坏掉了。明明看着没有情意的两个人，为什么会给人一种相濡以沫的感觉。

陌研打心眼里已经认定，雪选侍绝对不是一个简单的主子，既然皇上已经把她们表姐妹给了小主，以后她们自然更要机灵点才是。

聪明的主子跟前不需要蠢笨的奴才，只有摆对自己的位置，才能活得更长久。东篱姐姐能在御前那么多年，听说当年孝元皇后也是极夸赞的，她的话一准没错。

玉墨虽然是个当姐姐的，但是拿主意的却是表妹，自小这个表妹就沉稳，她也乐意听她的，因为她的性子更无拘无束一些，是得有个人约束着才不会闯出大祸来。这两年御前能平安到现在，也是这位表妹的功劳，虽然心里有些担心，不过玉墨还是没有说话，跟着陌研一起慢慢地等着。

明光殿有自己的小厨房，寻常时日皇上的小点心什么的都是小厨房做的，因为夜晚在这里养伤，这才做起了正经的饭菜来。饭菜随时都在熏笼里暖着倒不怕凉了，因此陌研才沉得住气。

慕元澈到的时候，夜晚正对镜梳妆，玉墨笑吟吟地拿着梳子给夜晚梳头，梳的是今年宫中的流行式样。夜晚正嫌麻烦，让玉墨拆开来梳个简单的，玉墨性子爽直，又跟夜晚熟悉的，陌研去厨房了不在，只有她们两人的时候说话便随意得多，慕元澈一进门就听到玉墨抱怨道："多好看啊，做什么要拆掉，小主，您得打扮得鲜亮点才漂亮啊。"

慕元澈不由得顿住了脚，想要听听夜晚怎么回答，女人对容貌应该是很在意的。在后宫这个美人成堆的地方，夜晚的确不是最出色的。

夜晚轻笑一声，透过铜镜看着正努着嘴的玉墨，瞧着她倒是想起了乐笙，以前乐笙总爱给郦香雪梳头，也总爱梳些华贵大气的发髻，郦香雪每每嫌麻烦的时候，她总是这样表达自己的抗议。

许是因为这样，夜晚看着玉墨便格外地亲近起来，心情高兴，说话便随意多了："你家小主再打扮还能美得过阮嫔去？人家可是正经八百的京都第一美人。没有那个倾国倾城的容貌，别学人家花枝招展，免得东施效颦徒惹笑柄而已。玉墨，你没见过我哥哥，我哥哥可比阮嫔好看多了。"

玉墨一愣，瞧着夜晚这样说笑，也放开了性子，好奇地说道："要是按照小主这样说，小主的哥哥这般俊美，为何小主……"

后面的话玉墨不敢说了，傻傻一笑，她又犯傻了，她表妹在这里又要骂她了。

夜晚却没有在意，开口说道："有什么不敢说的？美就是美，不美就是不美。我娘很公平啊，把她的美貌无双给了哥哥，把她的聪明才智给了我。"

玉墨笑抽了，捂着肚子笑个不停，她觉得自家主子真的太有意思了，您真的没把话说反吗？

门口的慕元澈无奈地摇摇头，也就是夜晚连自己的哥哥都这样地调侃，抬脚走了进来开口说道："若是夜宁知道你背后如此说他，他在金羽卫每日的挥汗如雨可真是白费了。"

夜晚没想到慕元澈会突然进来，脸上一红："你怎么偷听别人说话？不知道非礼勿听吗？"

玉墨忙把夜晚的发髻挽好，蹲身行礼，悄悄地退了下去，小心肝扑通直跳，小主这话可真是……吓人。

慕元澈丝毫不觉得这事有什么不对的："朕回自己的寝殿难道还要通传不成？"

夜晚对不上话来，转眼就看向了跟在皇帝身后的严喜，严喜小心肝一抖，这姑奶奶瞧自己干什么，皇上不让通报，他有几个狗胆敢出声的……做奴才真不容易啊。

陌研立刻领着人摆上膳食，夜晚挪动不便，因此是在临窗大炕上的炕桌上摆饭，夜晚坐在那里不动，玉墨溜进来将铜镜等物件收走，又摆上碗筷，便听到夜晚对慕元澈说道："我想回自己该去的地方待着。"

屋子里顿时一静，慕元澈坐在夜晚的对面，抬头打量着她，那眼神夹着探究跟微微的不悦，良久才说道："你想去哪里？"

"就是我该去待着的地方。"夜晚垂头说道，慕元澈心知肚明却偏偏要问出口，未必不是探查在内，但是夜晚知道自己早晚都要离开这里，与其等着别人撵走，倒不如自己主动离开，还能留有几分尊严。

至少，在慕元澈面前，不管什么时候，夜晚都想要保住自己那仅剩的属于自己的自尊。

"圣旨已下，你现在是朕的嫔妃，应该自称臣妾。"慕元澈面色平淡地看着夜晚，眸深如海，瞧不见端倪。

清清冷冷的话，令人听不出任何的情绪，但是却有一种巨大的压力迎面而来。

夜晚心中一紧，自己之前在慕元澈跟前表现出的一直是不想进宫的样子。现在突然留宫，得了敕封，想必慕元澈也很想知道自己有什么反应的。这个男人太多疑，夜晚不得不小心行事。

想到这里，夜晚神色也是十分的平静，淡淡地说道："臣妾领命就是了。"

瞧着夜晚的神色，慕元澈也有些看不透她在想什么，他一直觉得自己看不透夜晚，现在依旧是看不透。之前口口声声不进宫的是她，现在留宫之后这般平静的也是她，这可不像夜晚该有的做派。

"朕以为你会不高兴留在宫里。"慕元澈道。

夜晚挑挑眉："生活总是不如意，难道因为我不愿意或者我愿意，就会改变事情的结果吗？皇上会下旨放我出宫吗？"

"不会。"天子无戏言，慕元澈绝对不会做这样的事情。

"既然结果不能改变，哭闹有用吗？既然没用，我为什么要这样做？"夜晚道，抬头对上慕元澈的眸子，毫不退让，"既然无法改变事情的结局，就只能去接受，我没有改天换地的本领，没有左右君心的本事，但是至少我会想法子让自己开心，会想法子让自己好好地活下去。"

慕元澈皱起了眉头，看着夜晚努力装作一脸平静的样子，但是眼睛深处却有着深深的无奈，忽而想起在夜家她的日子也不好过。许是被压制惯了，服从也会成为一种本能。

忽而又觉得有些不舒服，夜晚这样性子的人，怎么能这样憋屈地过日子，真不晓得这么多年她是如何努力委屈自己的。

心头，淡淡地有点难受。

"用膳吧。"慕元澈转开话题，严喜闻言立刻上前试毒、布菜。

陌研也立在夜晚的身后正要为她布菜，却听到夜晚说道："你们退下吧，不用服侍了。"

严喜跟陌研都是一愣，夜晚抬头看着严喜："严总管先试毒，试完毒后也下去吧。"

严喜转头看着慕元澈，见慕元澈虽有些不悦却还是点点头，立刻上前拿着银针一道道地试完毒，这才带着其他人退下去了。

夜晚这才微微地松了口气，看着慕元澈不解的目光，自嘲地一笑："不过就是两个人吃饭，这么多人站在一边，我可不习惯。"

慕元澈发现夜晚依旧没有自称臣妾，眉心不悦，真是倔强。冷着一张脸说道："进了宫，就得习惯这样的排场，这是必须要的。"

夜晚夹菜的手一顿，抬头看着慕元澈："人多的时候我自然会在意，如今就是只有你我二人，做什么那么拘束？我不喜欢，那么多人围着，就好像是笼中鸟，喘不过气来。我又不是一只鸟，吃个饭还不能舒心地吃吗？"

"你总是有这样那样的理由，眼尖嘴利，一点亏也不肯吃。"慕元澈气得心肺直疼，怎么就碰上这么混不讲理的，哪家的闺秀吃饭身边没有几个奴才伺候的？怎么到她这里好像成了牢狱一般了。

好像他亏待虐待她一样了，简直就是窝火至极。

夜晚自然晓得慕元澈生气的原因，看着他，一字一字地说道："不是我事多麻烦，如果你知道你周围的人都是不存好心的人，受别人的指派看着你的，你能安心地吃饭吗？我那时年龄小跟着母亲刚回京城，每每到吃饭的时候，总会有很多奴才围着，对我说，二姑娘吃饭不能出声，二姑娘吃饭不能吃得太饱，二姑娘奴才给您夹菜，您吃什么只管瞧一眼就成。可是不管我看什么菜，这些奴才夹给我的永远不是我看的那道菜，吃饭永远不能吃饱，吃饭永远不能出声，别人说这是规矩，淑女闺秀就应该这般做派。可是淑女闺秀就要挨饿吗？淑女闺秀就不能吃自己喜欢的菜吗？淑女闺秀就要看奴才的脸色吗？如果连你也这样，把我留在宫里，就是要一群奴才看着我吃饭，那就直接饿死我算了。我也想能自由自在地吃口饭，想自由自在地喘口气。"

慕元澈怔怔无语，眉心皱成一团，他……没听严喜说过这些。说来也是，这样的事情是打探不出来的，除非像是夜晚亲口说出来，不然当奴才的会自己四处宣告欺负主子吗？

"朕是皇帝，你不怕吗？"慕元澈觉得很不可思议，多少女子在自己面前都是战战兢兢的，唯独夜晚从未变过。

夜晚的身形一僵，看着对面的慕元澈，他的眼睛也带着探究疑惑跟不解，是的，天下臣民对着九五之尊应该是恭敬的，膜拜的，尊崇的。可是……如果这样，自己费尽心机接近他又有什么意义？夜晚就是要做慕元澈心里那个独一无二的，才能与甘夫人一较高下。

夜晚眉眼微垂，嘴角轻抿，忽然露出一个微笑，看着慕元澈："不一样的，从你我初见，到后来无数次的偶遇，在你面前我从来都是那个出来偷偷换口气的夜晚，是那个我心里最想去做的自己。既然已经在你面前展现出最真实的自我，我又何必入了宫假惺惺地改头换面讨你的欢心，说不定反而被你鄙视表里不一。我就是我，是你一开始就看到的那个夜晚，不是别人面前那个假的夜晚。也许你留我进宫只是因为可怜我，可是我的确需要一个安定平静生活的地方，不管什么原因你留下我，我总是要谢谢你，再也不用去担心我的人生被别人操纵，不知道会被嫁给哪一个家里联姻的对象，我要的也不过是一隅偏安。更何况，我还有一个哥哥，我总得为哥哥想想，人活着不是只有自己，你还有亲人可眷恋，可依赖，想要去保护的。"

慕元澈一愣，倒是没有想到夜晚居然能看出来自己留她进宫并不是因为喜欢

第十一章 寻春去较迟，惆怅怨芳时

她。也没想到，夜晚为了夜宁倒是能这般的委曲求全。

这女子很聪慧，这份聪慧却又让人觉得如此可怜。一个夹缝中求生存的小女子而已，养着就养着吧。

慕元澈觉得想通了，心情也舒爽了几分，脱口说道："每一回遇上你，都被你气个半死，还要自认倒霉。"

夜晚听着慕元澈这样说话，心里暂时松了口气，知道慕元澈至少眼前是相信自己了，相信自己进宫只是为了求得一个安静的地方度过余生，是一个想要借着皇帝的威严，给她的哥哥找几分庇护。夜晚将自己贬到尘埃里，也不过就是为了换取慕元澈的这一份怜惜跟信任，可悲，可叹，可怜。

"明明是你自己不好，每回见到我都那样凶神恶煞的，谁耐烦给你好脸色，还跟我抢东西，一个大男人也好意思。"夜晚横了他一眼，拿起勺子慢慢地喝着汤。

慕元澈失笑，觉得放下心防的夜晚其实挺有趣味，很少有人敢这样跟自己说话。若是有人敢的话……可惜也不在了。许是因为这样，慕元澈对夜晚因为有了怜惜跟信任，倒是越发地宽容了些，你你我我的便直接称呼起来，少了拘束，多了欢喜，一顿饭吃得尽带笑颜。

"难怪你这样瘦弱，居然是饿出来的。"

饭后一杯茶，夜晚捧着茶杯靠着弹墨软枕慢慢地喝着消食，猛不丁地听到慕元澈的话，随口应道："倒不是饿的，而是小的时候饿惯了，胃口就小了，后来习惯了总是吃那么多，吃得多了就觉得积食难受，不过是习惯而已。"

不过是习惯而已……简简单单的几个字，不知道里面有多少血泪在其中，慕元澈很难想象夜晚那样小的时候怎么样忍住饥饿的。

"你跟你姐姐关系似乎很不好。"慕元澈道。

"何止是不好，从来就没有好过。"夜晚长舒一口气，口气里夹着淡淡的哀愁，"刚回京的时候，我总是努力讨好她，可是不管我怎么样讨好她，她总是冷冷淡淡地看着我。一开始我不明白是为什么，后来渐渐长大了才知道是因为姨娘生得貌美，夺了嫡母的宠遭了嫉恨。自从知道后我便不敢往她跟前去了，即便这样……"

夜晚冷笑一声没有再说下去，只是看着虚空默默发呆，是啊，即便这样夜晚也没有想到黎氏跟夜晨会想要自己的命。

慕元澈没有再说话，饮完茶后，看着夜晚说道："明儿个你能下地了，便直接搬去芙蓉轩居住。那边我让严喜都收拾好了，嗯……你不用出宫在家候着了。"

夜晚微愣，凡是被选中的都要回家等着敕封的旨意降临，然后按照地位尊卑会选择进宫的日子。一般来说，越是位份高的越早进宫承宠，除了夜晚两姐妹在宫中养伤，其余的早就回家候旨了。会有教引姑姑跟随回去，讲解宫中规矩，以及各项注意事项，夜晚原以为会回家的，因为夜晚的位份不高，等到她进宫应该是一月以后的事情了。

"可我想哥哥了。"夜晚低声说道。

慕元澈本来都挪动了脚步，听到夜晚这话又顿住了脚，拧眉看着她："你怎么这么多事儿？你要回家指不定又生什么是非，我可没有十只八只手一直护着你。"

碰上这么个倒霉蛋，慕元澈的确头疼，就说夜晚身上碰到这些事儿，别人十年八年也不一定遇得到一回，她倒好，就跟喝水吃饭一样容易。而慕元澈绝对不会想到，也不会去想，夜晚的灾难源头正是源自于他。

夜晚咬咬唇："我没说回家，只是说要见见哥哥，等到妃嫔全部入宫，可就真的没机会了。"回家省亲可不是谁都有的殊荣。

慕元澈无奈地叹口气，话也没说一句大步就走了。

严喜瞅着皇帝陛下，分明吃饭的时候隔着窗子还能听到笑声不断，怎么这会儿又被气得脸皮铁青地出来了。真是不佩服二姑娘都不行，这本事也忒大了，眨眼间就能翻天覆地啊。得，别人宫里都是嫔妃看皇帝的脸子，受皇帝的气，怎么到了二姑娘这里什么都变了。

要说还是自己火眼金睛瞧得准，打从根上就没跟二姑娘作对过，现在也不用整天担心哪天大祸临门了。大腿抱得牢，不仅要有勇气跟胆量，还要有一双慧眼哪。

回了明光殿主殿，慕元澈平下怒火，看着严喜问道："宣王子墨。"

严喜心里咂咂舌，可怜的王大人，尊贵的皇帝陛下气不顺的时候，怎么头一个想起的总是您？哎呀，真得去庙里烧烧香，拜拜佛才行啊。

严喜屁颠屁颠去宣人了，很快地王子墨就到了。一身朝服还未换下，可见是严喜匆匆忙忙就把人拽来了。

"微臣参见皇上，吾皇万岁。"

"起来吧，没外人，不用那些虚礼。"慕元澈不耐烦地挥挥手，看着站起身的王子墨问道，"夜宁在金羽卫待的怎么样？"

"回皇上的话，人肯吃苦，也很卖力，训练从不偷懒，便是微臣手下的那个愣头巴脑的常力德都喜欢得不得了，如今带在身边亲自训练着。微臣也观察了一段时间，觉得这个夜宁的确是可塑之才，稍稍磨炼，能当大任。"

慕元澈很是有些惊讶，能得到王子墨这般夸赞不容易啊，挑眉看着他："难得你还能这样夸赞一个人，倒真是让朕出乎意料。这样说来这个夜宁还不错？"

王子墨是个一根筋，就事论事，于是点点头："是挺不错，少年得志倒也不骄不躁，比起同龄的世家子弟还多几分沉稳。不知道皇上怎么会突然问起他？"

慕元澈负着手在大殿里走来走去，几番深思之后，还是说道："今年御前三等侍卫不是要换走一批？"

王子墨忙应道："是，按照规矩是要调防，不只是三等侍卫，便是二等侍卫今年也一起调防，这事儿溯光没跟您回禀？"

御前侍卫的事情基本上不是王子墨的事情，都是溯光在管着，他跟溯光分工不同，一个管着御前，一个管着金羽卫。

"倒是前几日提过。"慕元澈随口说道，看着王子墨又道，"今年三等侍卫加上夜宁一个。"

"啊？"王子墨一愣，"这能行吗？夜宁进了金羽卫这才没半年，这距离调防也就只剩下不到四个月了，是不是太快了？"

一般来说都是要在金羽卫至少待够一年半以上才能升任御前侍卫一职，王子墨看着慕元澈，猜测一番问道："是为了那个夜二姑娘？"

慕元澈皱眉："胡说，朕是公私不分的人吗？"

王子墨撇撇嘴："难说。"

慕元澈顿时无言，瞪了王子墨一眼："这事就这么定下来，你去安排吧，溯光那边要是有什么不满的，你负责搞定。"

"什么？"王子墨顿时头大如斗，他就知道皇帝陛下没安好心，溯光那根木头桩子，脾气比牛还犟，谁敢招惹啊。就他手下那帮兔崽子，个顶个的大螃蟹，都敢横着走路，没事谁敢招惹他？

"皇上，微臣可不愿意跟溯光那家伙打交道，就他那臭脾气，要是以为夜宁是走了什么门路进去，不把人折腾死。要是您新封的雪小主心疼哥哥，把这笔账算到微臣头上，我这是不是冤枉死了，不干，不干！"王子墨又不是傻子，夜晚那姑娘又爱记仇又小气，鬼心眼极多，不定什么时候枕边风一吹，自己就要倒霉了。丢了命不至于，就怕被折腾得掉了半条命，你还得对着人家笑，那得有多憋屈啊。

坚决不干！

慕元澈颇为头痛，瞪了王子墨一眼："朕没有跟你商量，这是圣旨！"

夜晚自然不知道这里面的曲折，与此同时宫里也发生了一些事情。

夜晨在早上的时候就被送回夜府待旨回宫，夜晚却是在这一天搬进了芙蓉轩。

宜和宫。

甘夫人看着碧柔："你说什么？"

碧柔神色不安，低声重复了一遍："皇上下旨让夜才人回家待旨，雪选侍在今天一早就搬进了芙蓉轩。"

所有留牌的闺秀都回家待旨，夜晨也受了伤养了三天伤今儿个也被送了回去。

凭什么夜晚却不用出宫，直接搬去了芙蓉轩？

芙蓉轩的主殿柔福宫里连一位掌宫的嫔妃都没有，夜晚虽然是个从七品的选侍，却是一个人住在偌大的柔福宫，虽然只是偏殿芙蓉轩，但是上头没有正位嫔妃管治着，这日子要多惬意有多惬意，最重要的是跟明光殿只有一墙之隔。

这回进宫的秀女，便是阮明玉也要住在惠妃的衍庆宫偏殿蕊珠殿，而自己宜和宫的偏殿忘月居，也被皇上安排进了傅芷兰，其余进宫的秀女哪一个不是头上有主位压着的，偏偏到了夜晚的身上，自己一个人住着柔福宫，正殿没人也就算了，偏殿出云殿跟漱玉殿也都没安排进人……

夏吟月越想越是恼怒，银牙一咬，伸手将桌上粉彩缠枝花的茶盏挥落地上。那精致的眉目此刻一片铁青，面带狰狞之色，令人心惊。碧柔从未见自己主子这样生气过，忙跪了下来，说道："娘娘，您可要注意自己个儿的玉体。凭她有什么本事，也不过是一个小小的选侍，如此恩宠在身也未必是好事。今届进宫的都是极为出色的，娘娘到时候只要稍加点拨，还怕没人跟那位争吗？但凡是这宫里头位份不高的，就没几个活得长远的，您实在不必担心。娘娘是后宫里位份最高的，又诞育了唯一的公主，皇上对您多年荣宠不衰，实在不用担心。"

夏吟月扶着额头，默默出神，听着碧柔的话心绪平静了些，眼神望着远方，幽幽说道："这几年从未见皇上对哪一个嫔妃这般上心，这个夜晚未进宫就跟皇上纠缠不清，如今进了宫不仅独住柔福宫，还有了封号……"

雪，只有她知道，皇上会在无人的时候喊郦香雪雪娃娃，那是他们之间亲密的称呼。

可是如今，皇上居然给夜晚的封号为"雪"，她如何敢不当心呢。只是有些话，便是自己身边的侍女也说不得的。

"你们下去吧，本宫自己待会儿。"夏吟月挥挥手，轻叹一声，随即又把碧柔唤住，"既然雪选侍已经迁宫，如今又是皇上心尖上的人，本宫也得有所表示。去库房里取两匹上好的云锦，外加上一对白玉如意，两支赤金嵌宝石三尾凤簪。"

碧柔一愣，三尾凤簪可是只有一宫主位才能戴的，心中一凛忙道："是，奴婢这就派人去。"

"你亲自送去，登高必跌重，皇上捧着她，本宫自然也要捧着，还要高高地捧着，等哪一日摔下来才知道疼呢。"夏吟月轻笑一声，这回进宫的个个不是省油的灯，她就稳坐高台，冷眼旁观添把火就好了，实在不必生气，倒是她自己糊涂了。

芙蓉轩夜晚自然是知道的，坐北朝南三进小院，院中花木扶疏，廊道有致，种着应景的鲜花，满眼望去姹紫嫣红倒是一片繁华之象，是个极好的兆头。

屋子里布置得很是精致，迎面就是紫檀边座嵌鸡翅木四扇山水大屏风。藕色的窗纱随风飘荡，地面上铺就着大红织金芙蓉花的地衣，踩在上面绵绵软软的很是舒服。寝室里是一架黄花梨镂空雕花床精美大气，挂着粉色虫草花纹的帐子，令人一眼看着就十分的舒心。

外间的临床大炕上铺着红猩毡，毡上又摆了姜黄色弹墨锦褥，石青缎遍地织锦云纹的靠背，盖着葛布套。大榻前摆着青铜珐琅象耳香炉，旁边的博古架上摆着奇石玉器，十分的精致，墙上还挂着几幅画，夜晚近前一看，皆是前朝大家之作。

芙蓉轩的确布置得很是雅致，少了些金银俗气，倒是多有书香兰室之雅致。夜晚一见便十分的欢喜，须知道郦香雪乃是腹有诗书的才女，最喜欢舞文弄墨，这一切都很合她的心意，如果再有一个满满的书架便更好了。

夜晚刚安顿下来，茶还没喝一口，碧柔便来了。

"奴婢见过雪小主，给小主请安。"碧柔笑着蹲身行礼。

夜晚自然知道她是谁，笑着说道："起来吧，怎么这个时候过来了，可是甘夫人有什么吩咐？"

"没想到小主倒还知道奴婢是谁，真是奴婢的福气。"碧柔垂眸笑道。

"碧亭湖宴会，自然是见过，虽不知你的名字，倒是认得你的人。"夜晚轻笑。

"奴婢碧柔，今天是小主迁宫之喜，娘娘特命奴婢给娘娘贺喜来了。"说着就转身从身后的小丫头手上拿过盛着锦盒的托盘，一转头看到了玉墨不由得一惊。

玉墨浅浅一笑，看着碧柔的神色解释道："皇上将我跟陌妍赐给了小主，以后我们就是小主跟前的奴婢了。"

碧柔压下心里惊疑，面上却笑道："小主福泽深厚，圣宠优渥，他日必是有福之人。"

玉墨将托盘放在夜晚面前的炕桌上，这才回头看着碧柔笑道："还盼借你吉言才是。"

"你替我谢过甘夫人，谢谢夫人赏赐。夜晚身子不适，过几日再去谢恩。"夜晚淡淡地笑道，脸上并无欢愉也无怒意，越是这般的平淡，碧柔反而越发地看不透了，忙说道："小主不必如此多礼，来之前娘娘就嘱咐过，说是小主身上有伤不用去谢恩了，只管好生地养着才是，若是缺什么便只管开口，万不能委屈了小主。"

"多谢夫人体谅，夜晚不胜惶恐。"夜晚瞧着玉墨说道："好好地替我送碧柔姑娘出去。"

"是，奴婢遵命。"玉墨道，转身看着碧柔说道："碧柔姐姐请吧。"

碧柔朝着夜晚行礼后，这才退了出去，两人走到门外，碧柔低声笑道："万没有想到居然会在这里遇到你，我一直以为你们在御前会一直待到出宫呢。"

听到碧柔的打探之意，玉墨傻傻一笑："嗨，当奴才的还不是主子说什么就是什么，皇上的旨意我们遵着就是了。"

"这倒也是，行了，别送了，没事的时候去找我玩去。"

"有空是一定会叨扰的，碧柔姐姐走好。"玉墨笑着送走了碧柔，这才转身回去，不想一抬头就碰上了陌妍，拍着胸口说道："死丫头，走路也没个声音，吓死我了。"

"方才那个我瞧着是甘夫人跟前的碧柔？"陌研低声说道。

"是啊，表妹你的眼神真好，是奉了甘夫人的命给小主送赏的。"玉墨笑着说道，"没想到甘夫人倒是个大方的，我瞧着那锦盒足足有三个呢，还挺沉重的。"

陌研一脸肃然，眼神有些凝重，看着表妹说道："小主两次在宫里遇险，头一回差点魂归地府，你可还知道？"

"当然知道，人人都知道。"玉墨觉得表妹有些怪怪的，无端地说这些做什么。

"甘夫人手掌六宫之权，难逃失察约束不严的嫌疑。"

"……我说你到底想说什么？"玉墨忽然有些不安。

"你没注意到？小主每次提及甘夫人神色也都有些淡淡的，可见是对甘夫人心生嫌隙，毕竟两次受伤，谁心里没个芥蒂的。你以后跟宜和宫的人少来往，莫要惹了小主不悦。"陌研叹息一声，细细地跟表姐解释一番。

"啊？不至于吧？"玉墨觉得有点小题大做了，这事也怪不得甘夫人。

"总之你现在是芙蓉轩的人，是雪选侍的奴才，就要为主子着想。这宫里刀光剑影的别人不晓得，你还不晓得？长点心吧，别哪天当了别人的替死鬼，就跟绿玉一样。"陌研深深叹口气，从御前到了芙蓉轩，这以后的日子还真不好过了。

玉墨神色一凛："你别吓我，让你说得我毛骨悚然的。"

"总之一句话，芙蓉轩的事情不管是要紧不要紧的，一个字都不能往外讲，就算不是为了小主，为了自己的性命吧。"陌研端着茶盏这才往正殿走去。

玉墨看着表妹的身影良久无语，只觉得心跳得厉害，怎么好像有种刀枪剑雨的感觉，表妹太夸张了吧。

夜晚中午在软榻上小憩一会儿，醒后软软地靠在榻上，心里默默地盘算着，这宫里除了夏吟月跟惠妃之外，这几年并未选秀，还是那些老人的话，只要没有人过世，还有从二品丁昭仪，从三品的尤婕妤，正四品的赵容华，从四品的孙婉仪，这宫里的主子其实也不少，只是到现在一个贸然出现的都没有，可见这么多年可算是都历练出来了，沉稳得很。

也是，有了一个夏吟月，再不沉稳些，性命可就没了。

午后的阳光温暖惬意，大片的阳光透过窗子洒了进来。院子里忙忙碌碌的是芙

第十一章　寻春去较迟，惆怅怨芳时

蓉轩严喜新挑选进来的奴才，这管事的太监叫冯乐秋，看着倒是个稳重的，还有个小徒弟杨立也是个聪慧的。宫女除了玉墨跟陌研在近前伺候，还有两个在门外听候使唤，还有两个粗使的。因为位份较低，相应的奴才也是有定数的，不能越了规矩去。

不过，这宫里没有个管事姑姑倒是个紧要的事情，夜晚一直想着把云汐再弄回来，只是……慕元澈下了令，长秋宫的人不得轻易外调，这可真是个难事。更重要的，自己现在无宠无孕的，又没有碰上个恰当的时机让慕元澈自己提出这件事情来。

想到这里夜晚便有些烦躁，云汐跟了郦香雪多年，最是忠心不过，若能有她在身边便能安心许多。她不会让云汐知道自己的身份，但是也自会有别的法子收服她。

只是欠缺一个机会。

但是这个机会想要得到实在是太难了。

而且以目前的情形来看，慕元澈很有可能真的就是把自己安置在宫里，一隅偏安。或许慕元澈根本就没想过真的把自己当成他的妃嫔对待，正因为这样，夜晚自己也有些矛盾。

夜晚自己现在也不知道该怎么办，如果按照眼前这样走下去，她只是皇帝说话的一个对象，如何能在后宫立足？什么时候才能复仇？如何能将云汐她们一个个地弄到身边，如何能寻找合适的机会把她们放出宫去，过上更好更快乐的日子。

所有的问题都压在夜晚的身上，一件一件地让人喘不过气来。

但是她不能着急，只能走一步看一步了。

晚膳的时候慕元澈来了，夜晚一愣，这已经是连续两晚陪着自己用膳了，难道他都不去看望他的爱妃们吗？毕竟甘夫人巴巴地送了礼来，可不仅是恭贺自己大喜，也是想要提醒慕元澈，别忘了后宫里还有其他人呢。

于是，晚上的时候夜晚就说到这话了："今日甘夫人派了她跟前的大宫女碧柔过来，送了贺礼，十分贵重，居然还有一支三尾凤钗，你说该怎么办才好？"

慕元澈一愣，抬头看着夜晚，就见夜晚正拿着汤匙慢慢地喝汤。脸上带着些不安的神色，眉心皱得紧紧的。

"你在害怕？"慕元澈忽然想笑，她敢对着他大呼小叫的，居然会怕一支凤钗。

"我并不害怕，只是……这后宫的饰品可是有严格的品级界限，我不过是从七品，哪里就能戴步摇了，还是三尾金凤钗。宫规所言，从五品以上才可戴银步摇，配短流苏。从三品之上才可佩戴金步摇，这礼物送得一下子到了从三品的品阶……"夜晚叹息一声，抬眼看着慕元澈，"并不是我怕，而是我不想招惹麻烦。若是被人知道了，不知道要生起多少是非，不知道多少人背后要骂我不知道天高地厚呢。一个小小的将军府，只有几个女人，我便要忍气吞声地过日子，这后宫家世比我强的，比我美貌的，位份比我高得多了去了，这礼物……着实太贵重了，人一旦到了风口浪尖上，总是危险多于安全，我不想过风口浪尖上的日子，你是知道的。"

慕元澈本来不知道一支金钗竟会这样的麻烦，不过就是一支钗子，此时听到夜晚这样解释一番，倒还突然觉得怎么会有这么多的猫腻。想到这里看着夜晚说道："没想到一支小小的金钗，被你这样一说，倒像是个极大的麻烦。"

夜晚心里嗤笑一声，以前后宫的事情大大小小都是郦香雪帮着慕元澈打理，什么时候让他费过心，什么时候让他去猜度过女人的心思跟争斗，自然不知道这里面的猫腻。

女人不可太要强，刚强易折。

此时听着慕元澈这话，夜晚不由得去想，如果郦香雪什么事情都跟他说一说，会不会就是不同的结局？

心里难过，嘴上却问道："如今你知道了，这钗可怎么办好？甘夫人倒是出手也大方，却只是……太贵重了。"

夜晚在最后几个字上微微地加了重音，甘夫人管理后宫多年，这样的事情应该是再清楚不过了，但是依旧送了自己这支钗……夜晚故意在慕元澈跟前这样说了一句，没有说半句甘夫人的不是，但是这话里的意思，就凭个人去想象了，正因为没有说透，至于想成什么样，夜晚可管不到，慕元澈这样多疑的人，就算是他跟夏吟月感情再厚，也一定会起疑，水滴石穿，贵在持久，将其击破。

郦香雪和他十年的患难与共生死相随的夫妻感情，都能被夏吟月破坏掉，夏吟月跟慕元澈之间的感情，她就不相信比顽石还要坚固。

水滴石穿，绳锯木断，她有的是耐心。

慕元澈的眼神就闪了闪，看着夜晚说道："你想如何？"

夜晚失笑一声："我正是没主意才跟你讨主意的，你倒是问起我来，这不是瞎子摸象胡言乱语吗？"

慕元澈早已经习惯夜晚随时随地的言语打击，只是瞪了她一眼并没有多言，反是自己沉思一番，良久才道："这钗你就留着吧，大不了不戴便是，回头我自会跟甘夫人说，以后不会有这样的事情了。"

到底还是护着夏吟月，若是换做别人只怕慕元澈就会将金钗给退了回去。现在不过是这样一句话，不过夜晚也不失望，毕竟这才是个开始，心急吃不了热豆腐，要是惹得慕元澈对自己不满可就得不偿失了。

想到这里浅浅一笑，微带落寞地说道："随你就是了，也不是要命的事情，是我自己想得多了些，行事太小心。"

慕元澈看着夜晚带着寂寥的神色，想要说什么并未说出口，默默地夹了些菜放在夜晚的碗里。好像跟她两人吃饭的时候，顺手夹菜这活干得是越来越顺手了。

"我不吃辣，这是给你做的菜。"夜晚将菜夹了出来，她的体质偏热，吃辣容易上火，因此从来不沾辣椒之类的东西。

"就你事多，这个不吃，那个不吃，不是说以前过的日子不舒心，怎生还如此挑食？"慕元澈皱眉，颇为不悦，他发现夜晚很难养活，事太多。不过，雪娃娃以前也不爱吃辣，吃饭的时候事情也挺多，也是爱挑三拣四的，总爱把她自己不吃的东西推给自己。

正想着就看到夜晚将那盘辣子鸡丁推到了自己面前，笑眯眯地说道："皇上威武不凡，何惧小小辣椒，定能横扫千军，消灭殆尽。"

慕元澈的神情便有些微妙的变化，仿若看见雪娃娃将不爱吃的菜，放进他的碗里，嘴里还说道："我的阿澈威武不凡，何惧小小的萝卜，定能横扫千军如卷席，消灭殆尽扬我威风。"

夜晚看着慕元澈的眼神怔怔地望着自己，夜晚忽然有些心酸，她知道慕元澈定是想起了以前的事情，她的脑海里也回荡着很久以前，自己歪着头，使着坏，半强迫地让慕元澈吃干净了自己不爱吃的萝卜。

想起慕元澈当时无可奈何又气又恼最后还是吃干净的样子，眼眶便是一热，忙垂下头遮掩自己的失态，使劲地眨着眼睛将温热的眼泪逼了回去。不能哭，不能哭，郦香雪已经被你眼前的男人杀死了，你要保持清醒，保持清醒。

如此重复数遍，夜晚的情绪才稳定下来，让自己努力装作如平常的模样，再抬起头来已是平静如波："看什么呢？"

清脆的声音拉回了慕元澈飘远的思绪，看着夜晚如花的笑颜，竟然隐隐有份失落，如果……如果真的是雪娃娃回来就好了。再无心情用膳，慕元澈道："朕吃饱了，你慢慢吃。"

慕元澈脚下生风迅速地消失在门口，夜晚望着他的背影，隐忍许久的泪珠，再也止不住地滚落下来。

慕元澈，你这是内疚？自责？你想起郦香雪的时候，你的心会不会如我一般如尖刀剜肉般的剧痛。你不会，你永远不会知道她有多恨你，你永远不知道你的背叛对她造成多大的伤害，让她有多痛。

她爱你，曾经用尽她全部的生命去爱你。

如今，我恨你，用我全部的生命在恨你。

不多一分，不少一分。

第十二章
帝心难猜度，百花竞相妍

严喜不晓得发生了什么事情，但是看着皇帝陛下这样脚下生风地离开，心里还是唬了一跳，立刻追了上去。抹了一把冷汗，这怎么每次来见二姑娘，最后的结果都是要被气得离开，哎哟，我的皇上啊。您这不是自找没趣吗？早知道这样您还不如应了甘夫人去宜和宫用膳，瞧瞧这可怜的，肯定没吃饱就被气得跑出来了。

可怜的，尊贵的皇帝陛下，这世上能把您气成这样的，也就只此一家别无分号了，二姑娘威武！

慕元澈一路回了明光殿主殿，伸手打开暗格，拿出里面的卷轴，徐徐打开来。只见上面一名蓝衣少女拈花微笑，却是人比花娇，艳倾天下。画工极好，将这女子的眉毛、鼻子、眼睛、嘴角的微笑，画得简直就是栩栩如生。

严喜气喘吁吁地跟进来，就看到慕元澈正对着那幅画发呆，忙顿住了脚，一声也不敢吭了。这画是皇上亲笔所画，画上的女子正是自缢身亡的孝元皇后。

严喜看着慕元澈昂起头，对着日光，眼角还有泪光闪烁。他这老脸老皮的忽然也是眼眶一酸，忙背过身去，抹一把眼角。

孝元皇后……严喜重重一叹，说什么好啊。

"严喜。"

"奴才在。"严喜忙转过身来躬身应答。

"你说这世上会不会有一个人，无缘无故地就会跟另一个人很像。说的话，穿的衣裳，便是无意中的动作都很像……朕好像觉得她真的回来了，就在我身边，可她不认识我了。她会对着我笑，对着我发火，会抱着我大哭，会在用膳的时候挑三拣四，将自己不爱吃的推到我的面前，会说一些我很熟悉的话，可唯独她什么都不记得。"

严喜只听得毛骨悚然，尊贵的皇帝陛下魔怔了吧。他怎么浑身发冷呢？被皇帝陛下这么一说，严喜脚底板都发麻了。

"皇上，鬼神之事奴才也不敢妄言。不过奴才想这事也太玄，许是碰巧而已。"

"碰巧吗？可是也太巧了些……"慕元澈看着画上的少女，笑容依旧，眉眼灵动，怎么会是碰巧呢？

"雪小主的性子倒是真的跟孝元皇后有些相像，但是孝元皇后更稳重大方仁善，雪小主率性耿直一些。"严喜觉得人生真是一件很悲催的事情，尤其是皇帝陛下的话更令人心里发憷。把活着的人看成已经过世多年的人，吓人不带这样的，日后他只怕一看到二姑娘就会有心理障碍了。

"率性耿直？"慕元澈冷哼一声，"分明就是小肚鸡肠，爱斤斤计较，尤其是爱跟朕计较。"

严喜心里不由得吐槽，这能怪得了谁，谁让你三番四次地找人家麻烦。不过二姑娘的性子也的确太那啥了，人前是温柔宛弱的娴静女子，怎么人后尤其是还当着皇帝的面，当着他这个大总管的面，这么的野蛮，别人都是在君前好好地护着脸面，怎么到了二姑娘这里彻底掉了个个儿。

"这也正说明雪小主跟别的女子不同，若是人人都见了皇上一个模样还有什么趣味？"

听到严喜的话慕元澈的神情缓和了些，垂头看着画中的女子，眼神幽深夹着丝丝落寞，低喃一声："若得来生常相伴，宁负苍生不负卿……"

严喜闻言身子微微一震，一句话也不敢多说立在一边，皇上一直自责当初不该一怒之下把皇后娘娘贬到栖凤宫去。如果不把人贬去那里，皇后娘娘也不会想不开自缢了。其实皇上也是在怒头上，一时没想明白，皇后娘娘怎么就这样烈性，真是天意弄人。

也不知道过了多久，严喜才小心翼翼地上前将那幅卷轴收起来，看着慕元澈说道："皇上，夜深了，该就寝了。"

"嗯。"慕元澈亲自将画轴放起来，这才任由严喜宽衣。

"皇上今儿个不翻牌子？您可有半月没翻后宫的牌子了。"严喜小声地提醒道，神色间带着小心翼翼，皇帝总是不驾临后宫也不是个事儿，今儿个中午甘夫人还委婉地找人跟自己说了说，这后宫怨气大，皇上在前朝也不容易不是。

慕元澈皱了皱眉:"不用了。"

"可是,今儿个甘夫人派人跟奴才说了一声,这半个月皇上不驾幸后宫,只怕人有怨言。"严喜吞了声口水,额头上隐隐地出了一层汗珠。快入夏了,这天热的。

"朕去不去后宫岂是别人能左右?你这个大总管当得真是窝囊!"慕元澈气急,给了严喜一脚丫子。

这一脚倒是不疼,严喜却依旧皱巴巴地苦着脸说道:"且不说后宫,这前朝多少双眼睛看着呢。皇上这段日子的心神都在雪小主身上,未必见得就是好事。"

"嗯?你这是什么意思?"慕元澈皱眉看着严喜,跟夜晚有什么关系?她只管住在芙蓉轩就是了,谁还能欺负了她去。

严喜抹一把冷汗,天纵奇才,威武英明的皇帝陛下,居然连这个都不明白,忙低声说道:"皇上,今年的新近宫嫔还未进宫,这一个个地进了宫承了宠,势必都要去宜和宫请安的。到时候这么一群主子,雪小主又是个那样的性子,到时候真怕是……"

严喜这是隐晦地提醒慕元澈,夜晚这么一大活人在宫里呢,你要是不愿意去找别的妃嫔,去芙蓉轩也行啊。至少先得宠的总能早些稳住脚跟,也有底气,本来夜晚的家世就不是很强,这日后进来的,还有这宫里已经有的,哪一个也不是省油的灯,您看着办吧。

慕元澈忽然有些烦躁起来,冷冷地瞅了一眼严喜,良久才道:"夜晚那里……朕,另有打算,不用多言。"

严喜当奴才最是有眼力的,瞧着皇上生了气也就不多说了,忙上前给慕元澈宽衣,落了帐子,低声嘟囔道:"也该用两个御前司寝,司衣服侍着才合规矩。"司寝是铺床的,司衣是宽衣的,这差事可真是好得不能再好了,最能一步登天,麻雀变凤凰了。

慕元澈听到这话忽然笑了,转头看着严喜:"这事儿朕没意见,你不怕熙羽进宫追着你满皇宫里抱头鼠窜,你就安排吧。话说好久没见他了,这小子也不知道进宫来请安,明天宣他进宫。"

严喜的脸瞬间就绿了,尊贵的皇帝陛下,您老确定您不是公报私仇吗?话说,自从孝元皇后走后,这明光殿是个女的都不能进来,要不是东篱跟悠然是在孝元皇后在的时候就在御前伺候的,只怕这铺床叠被的活儿都是自己的了。

有一回,甘夫人前来觐见,不巧皇上正在召见群臣商议政事,便想着进明光殿等着,小国舅那是死活挡在门口不让人进来,当时闹得可大了,甘夫人哭得那叫一个凄惨,小国舅闹得那叫一个撒欢。

因为皇后就是因为甘夫人小产才被斥责降位,因此小国舅对着甘夫人总是没好脸色，几次都让她下不来台。偏偏皇上对小国舅溺宠无边，居然都给纵容了，从那后明光殿就形成了一个禁忌，后宫的嫔妃都不可擅闯，连伺候的都是太监。

严喜估摸着，自己要是安排两个如花似玉的宫女进了明光殿，大约明儿早上就该给自己收尸了。

皇上果然是杀人不见血，太小心眼了，分明就是跟二姑娘天生一对，遇上这样俩主子，做奴才的太糟心了。

慕元澈独宿明光殿，多少也让后宫的人放了心，只要是不去芙蓉轩一切好说。这后宫里不知道多少双眼睛盯着，就看着夜晚哪一天承宠呢，这眼看着新人一个个地就要进宫了，夜晚再不承宠可真是失了先机了。

不过大家都乐于看到这个局面，本来皇上对夜晚就已经足够重视，就差没捧在手心里了。这要是承了宠生下个一儿半女的，谁还能挡得了她？

衍庆宫。

宫里的小太监都轻手轻脚地做着洒扫，这两天惠妃娘娘的脾气可真是不好，个顶个地都怕撞了枪口。

"皇上依旧宿在明光殿？"

"回娘娘的话，是的。昨天听说甘夫人派人去找了严总管，按说严总管应该禀了上去，谁知道皇上还是宿在了明光殿。"冰琴低声说道，轻轻地给惠妃捶着肩膀。

"瞧着夜晚是个机灵的，怎么也不想法子让皇上留宿，这等到新人进宫，哪一个不比她颜色好有手腕，到时候只怕时日一长，她就被遗忘在芙蓉轩了。君恩最凉薄，只见新人笑，这个夜晚本宫看着也是个糊涂的，你今儿个寻个机会拿着些新鲜的水果走一趟，把话点给她听，让她自己多上点心。"惠妃颇有些气恼，原以为夜晚一鸣惊人，会紧跟着荣宠无限，皇上都没让她出宫待旨不是吗？这已经是极大的恩宠，位份低却给了封号，安排在芙蓉轩那样的好地方，这是多少人求不来的，怎么就不知道趁热打铁的道理，真真是气死她了。

"娘娘，您对雪选侍是不是太寄予厚望了？奴婢瞧着她虽然圣眷隆重，却是个多灾多难的，但凡是个机灵的，都不会让自己陷入险地。您这样扶持她，只怕她也斗不过那一位，倒不如扶持别个。奴婢瞧着徐良媛倒是个好的，人又温柔也识大体，最重要的是聪慧。永巷里出了那么多事情，唯独徐姑娘纤毫不沾。"冰琴低声劝导，她总看着夜晚是个没福气的，自己又不是个顶聪明的，这样的人就怕是个扶不起的，白费心机。

"任凭她再聪明不得帝心也是白搭，夜晚绝对不是一个蠢笨的。"惠妃相信自己的眼睛，就凭着在碧亭湖那一回，她就知道夜晚是个不简单的。只是这回怕是夜晚自己聪明过了头，太托大了，真的以为可以掌握帝心呢。

此时的惠妃也并不知道，夜晚也正在为此事发愁，不是她不肯去争取，而是慕元澈根本就是把她置身于嫔妃的范围之外，根本没对她起什么心思。便是要争也得有恰当的时机不是？

冰琴得了惠妃的吩咐，果然就提着新鲜的水果走了一遭，话说得很委婉，夜晚也听得明白，只是这个时候夜晚却不能在任何人面前露了行迹，只得半垂着头，作娇羞地说道："多谢娘娘万忙中还记挂着嫔妾，只是嫔妾……这样的事情并不是嫔妾能做主。"

"小主自己也得多用些心才是，娘娘说了，这后宫里最不缺的便是美人，眼看着新人一个个地就要抬进宫，阮嫔可是京都第一美人，慧小仪是大名鼎鼎的才女，小主到时候……您自己多想想吧。"冰琴放下水果便躬身告退了。

夜晚让陌研将人送了回去，很快地陌研又回来了，玉墨看了表妹一眼，这一对姐妹垂手侍立在一旁，一言不发。

夜晚看着她们说道："你们也别拘束了，我这里没这么多规矩。冰琴的话你们听听也就算了，不用说出去，我自是我。"

玉墨嘴快，夜晚待她极好，心里便为夜晚想得多了些，脱口说道："小主，冰琴的话也不是没有道理，您可要拿好主意才是。"

陌研这回没阻止表妹说话，因为陌研更懂得一个道理，在后宫里奴才只能有一个主子，只能长一条舌头，不然的话只有死路一条。既然已经是芙蓉轩的人，自然要为新主子谋划，看着夜晚并不说话，陌研垂眸说道："方才严总管派人送话来，中午皇上会来用膳，而且还会带着小国舅一起来，请小主做好准备。"

夜晚腾地一下站了起来，熙羽要来？心口一下子怦怦跳了起来，她的弟弟，熙羽要来……

陌研跟玉墨瞧着夜晚这副样子，还以为是紧张的，玉墨嘴巧，笑着说道："小主不用紧张，小国舅是最和气的一个人。更何况小主还救过小国舅，更不用担心呢。"

"正是，皇上肯带着小国舅来芙蓉轩用膳，可见皇上多看重小主。奴婢这就去准备两样小国舅爱吃的菜色，保证让小国舅开开心心的。"陌研更注重实际，郦熙羽可不是一个好相处的人，别看他在皇上跟前跟个娃娃一样，其实却是极有主意的人，为了避免在芙蓉轩出现尴尬的一幕，陌研自然是要为夜晚想得周全。

陌研这么一提醒，夜晚才缓过神来，想起熙羽爱吃的东西，忙说道："我亲自去准备。"

"这可使不得，芙蓉轩没有自己的小厨房，奴婢要去御膳房走一遭，小主怎么

第十二章　帝心难猜度，百花竞相妍

能去那种地方。"陌研忙道，尽力安抚道，"小主放心，奴婢知道小国舅喜欢吃什么，一定准备得妥妥当当的。"

夜晚这才想起来，是啊，这里不是长秋宫，没有自己的小厨房。神色便是一暗，只能点点头："那就去吧。"

陌研点点头转身便去了，玉墨看着夜晚的神色也能猜到几分，她虽然性子直一些，但是很聪慧，不然的话也不会被选到御前当差。在御前当差，最要紧的便是能看主子的脸色行事。

想到这里玉墨上前一步，替夜晚整理妆容，便说道："小主不用着急，以皇上对小主的恩宠，早晚也会有自己的小厨房，不过是迟早的事情，小主不用伤怀。"

夜晚透过铜镜看着玉墨真诚的笑脸，忽然想起冬晴，原本想着许是位份封得高一些便能带着一名丫头进宫，谁知道夜箫被贬了官，她的位份也并不高，冬晴是不能跟着进宫了，以后就只能让冬晴去他哥哥那里当差了，总能保住一条命，以后还能配个好人家。没了冬晴，这些日子处下来，倒是觉得陌研跟玉墨这对表姐妹真是伶俐人，最重要的分得清主次，夜晚还是很满意的。

夜晚本就对玉墨很是怜惜，许是觉得她跟乐笙有几分相像，此时听到玉墨的话，便笑了笑："是啊，总会有的。你们姐妹本是御前的，风光无限，如今被派来伺候我，难免有些委屈了。"

"那可没什么委屈，奴婢不觉得委屈。小主对奴婢甚好，宽纵着比御前当差可轻松多了，奴婢喜欢这里呢，也喜欢小主，能伺候小主是奴婢的福分。"玉墨翻了翻妆奁盒，拿出碧绿的玉梳插在发间，小主不喜欢烦琐的发髻，因此玉墨梳的都是简单的，看着倒也清爽大方。

夜晚最喜欢玉墨的性子，闻言笑了笑："你们真心对我，我自然不会负了你们。日子长着呢，咱们走着看看吧。"

玉墨倒是一愣，没想到夜晚会这样说，后宫里的主子见得多了，哪一个不是出身大家，对待奴才就跟看一根狗尾巴草一样，谁会把奴才的生死放在心上。没想到夜晚居然会这样说，而且并不是随便说说，是啊，日子长着呢，日久才能见真心。

玉墨笑了笑："奴才为小主尽忠本就是分内之事，当不得小主这样的话，折杀奴才了。"

"什么当得当不得，我眼睛里都是一样的，都是鲜活的一条命。"夜晚伸手抚了抚发髻，站了起来，看着玉墨说道，"你跟我说说小国舅都喜欢什么，免得等会儿我做错了什么就不好了。"

这个世上还有谁比郦香雪更了解她的亲弟弟的？可是为了不让人怀疑，夜晚必须要问上一问，等到旁人问起也可有个交代。玉墨在御前伺候，自然是知道很多旁人不知道的事情，她就是性子活泼的，打探来的消息也着实不少，一股脑地都倒了出来。

夜晚听着玉墨说着自己走后这几年熙羽在后宫里闯的祸，听着慕元澈气得跳脚却舍不得处罚，听着夏吟月被赶出明光殿，心头有种说不清楚的滋味在蔓延。慕元澈你能狠下心将她赐死，又何必对熙羽这般的纵容？这是你的另一个铲除世家的计谋，还是对郦香雪心有愧疚？

夜晚想不明白，但是有一点她知道，慕元澈绝对不是一个做无事功的人。熙羽，郦香雪的弟弟，不管怎么样，这一生她绝对不会看着郦家，看着她唯一的弟弟，有什么差池。

慕元澈对世家动手她不反对，但是如果害了郦家人的性命，她绝对不会善罢甘休。

芙蓉轩在夜晚住进来后几经打理，如今已经很是有模有样了。

郦熙羽随着慕元澈走进来，探头探脑地说道："姐夫，你说上回我热脸贴个冷屁股，这回她不会把我赶出去吧？"

慕元澈没好气地说道："不会，你放心吧。上回是在宫外，她有很多顾忌，这回自然不同了。"

夜晚绝对想不到，慕元澈能猜透她上回对郦熙羽冷淡的因由。或者说夜晚想不到，慕元澈会对她的事情这般的上心，进而回去认真地想夜晚每做一件事情是为了什么。

如果夜晚知道，不知心头又是何般滋味。

夜晚早就在等着了，看着两人进了门，忙迎上前来，眼睛不由自主地就落在了郦熙羽的身上，再也挪转不开。长高了，也胖了些，脸上的稚气也慢慢地退却，跟她记忆中的弟弟已经大有不同。上回在灯会上不敢细细地打量，此时也不敢，但是毕竟是能正眼相看了，强压着心头的激动，笑着跟慕元澈行礼："嫔妾见过皇上，见过小国舅。"

慕元澈盯着夜晚说道："今儿个可是太阳从西边出来了，居然知道行礼了，怪哉怪哉。"

夜晚笑容一僵，压抑了半天的情绪听到这句话差点崩溃，紧紧地抿了唇，夜晚扫了慕元澈一眼，不搭理他，眼睛又看向了郦熙羽，嘴角的笑容不由得就勾了起来，眉眼间全是暖暖的笑意。

郦熙羽正打量着夜晚，那天在灯会上也没看清楚这个豁出命去救了自己的人，此时初看觉得就是个平常的女子，长得……没他姐姐漂亮。他还记得那天被她护在怀里，听着她说的那句话，一直觉得他跟自己的姐姐一样，但是看到这张脸便有些失望，跟她姐姐一点都不像。

可是夜晚笑起来的时候，眉眼间就带着暖暖的、无限的温柔，透过这双眼睛里的温暖，竟让郦熙羽一愣，抓着慕元澈的手便用力地收了收。

慕元澈吃痛，眼神从夜晚身上收了回来，转头看向郦熙羽："怎么了？"

"姐夫，你有没有觉得……夜姐姐笑起来的时候，那双眼睛里的……跟我姐有些像……"郦熙羽痴痴地望着夜晚，下意识地吐出这么一句话。

慕元澈浑身一僵，下意识地去看夜晚，却见到夜晚有些慌乱地摆摆手："嫔妾哪能跟孝元皇后比肩，小国舅言重了，嫔妾可当不起。"

夜晚心头有些慌，太过牵挂弟弟，眼神流露出来的心思没有遮挡，没承想就这样被郦熙羽一语道破。夜晚生怕慕元澈起疑心，忙着解释一番，额头上已是冷汗淋淋。

太大意了，怎么如此的不小心，夜晚就知道看到熙羽她会失去冷静。

手指狠狠地掐着手心，提醒自己不要忘记了身份。

慕元澈看到的是夜晚已经转变的眼神，怎么看也没看出什么，便有些失望，垂头看着郦熙羽说道："这世上没有一个女子能与你姐姐比肩，雪选侍跟你姐姐并不像。"

郦熙羽疑惑地在夜晚的脸上看来看去，果然没有了方才的柔光，难道是自己眼花了？

"熙羽还没有谢过夜姐姐的救命之恩，请夜姐姐受我一拜。"说着郦熙羽竟是深深地鞠了一躬，礼节周全，端肃大方，颇有第一世家的风范。

夜晚侧身只受了半礼，嘴里说道："小国舅言重了，那日我不过是担心哥哥会被惩罚，并不是真的拿命去救你，那天换做任何一个人，夜晚都会扑过去，因为马上的人是我哥哥。"

夜晚违心地说着这些话，她多想告诉熙羽，你是她的亲弟弟，便是我的性命不要，也要护你周全。可她不能，只能硬生生地跟他保持距离。

熙羽，这一生，我还能有正大光明跟你相认的一天吗？我多么希望，能听到你再喊我一声姐姐，哪怕只有一声。

"叫什么夜姐姐，以后要唤……"唤什么？慕元澈竟有些发愣，一时之间真不知道怎么称呼了。

郦熙羽这个时候却突然开口说道："要唤小嫂嫂吗？"

慕元澈跟夜晚都是一愣，小嫂嫂？

"不要！"

"不要！"

260

夜晚跟慕元澈几乎是异口同声拒绝。

这样坚决，郦熙羽倒是被吓了一跳，看着两人有些诡异的神色，问道："为什么？"

夜晚怎么能接受这个称号，这是她的弟弟，怎么能唤她嫂子？更何况，这是皇后才能享受的尊荣，这话要是传出去，这件事情要是应了下来，只怕后宫真的要起滔天大浪了。

慕元澈只是觉得，郦熙羽是他的妻弟，小舅子，怎么能喊他的妃子为嫂子，这不是乱套了吗？而且……慕元澈有种很奇怪的感觉，好像郦熙羽认同了夜晚，他会觉得对不起雪娃娃，这样诡异的感觉，让他几乎是下意识地就开口反对。

只是慕元澈没有想到夜晚也会有这样激烈的否决，不由得转头看向她。

夜晚看着慕元澈跟郦熙羽四道目光落在自己身上，心口跳得厉害，强压住心里的恐惧，努力保住一副平常的模样，开口说道："嫔妾位份低微，如何敢应了小国舅这一声嫂嫂，更何况……小国舅是皇上的妻弟，这岂不是乱了辈分？要是小国舅不嫌弃，便喊一声嫔妾的封号，或者……还跟方才一样，叫我夜姐姐也可以。"

听到夜晚的话，郦熙羽便挠挠头，好像真的是自己莽撞了些，不好意思地笑了笑："那我还是喊你夜姐姐吧，叫封号觉得怪生分的，夜姐姐毕竟救了我一命呢，不管是什么原因，反正我这条命是你救的不假。最重要的是我喜欢夜姐姐的真诚，若是换做别人，巴不得邀功呢。"

呃，夜晚只觉得汗颜，这小子的性子还是这样，不过……心里舒坦多了，脸上的笑容也舒缓了些。

慕元澈奇怪地看着郦熙羽，很难看到他对自己后宫的女子这般和颜悦色的，许是真的因为夜晚救过他一命，这小子心存感激呢。心里没了疑惑，慕元澈也跟着轻松起来，几人相对坐下，郦熙羽的眼睛却在屋子里看来看去，摸着下巴说道："没有那些金银的俗气，还入得眼。"

夜晚被噎了一下，抿抿唇，说道："没有金银这些俗气之物，小国舅可拿什么买吃食长这么大的？金银之物固然俗气却是必不可少的。"

郦熙羽撇撇嘴，不屑地说道："我家自有良田千顷，哪需要买粮食菜蔬？"

"虽有良田千顷，却也需要购得种子方能收获，这种子便不需要金银去买了？"

"我姐姐跟我说过，田庄之农事尽可自己留种育播，也不需要年年购买。农事乃是国之根本，我可不是纸娃娃什么都不知道。"郦熙羽很是得意地看着夜晚。

夜晚抿嘴一笑，心里暖暖的，没想到熙羽把郦香雪的话记得这般的牢固。郦香雪对农事一开始也不了解，是后来跟着慕元澈行军打仗，粮草不继之时去农庄征粮才

第十二章 帝心难猜度，百花竞相妍

跟人学的。那时才真正知道，一米一饭来之不易。

只有真的知道民之所苦，为民解忧，这江山才能坐得稳固。郦家也一样，家里庄田甚多，只有知道庄上佃户的苦处，才能更好地安抚他们，免得他日生变，自家人先反了自己，祸起萧墙。

只有饱经忧患，才能杜绝隐忧。

郦香雪深谋远虑，时时教导弟弟，自然更希望看到熙羽茁壮成长。

"先皇后博学多才，令人拜服。"夜晚微微一笑，当着慕元澈的面，有些话自然是思量再思量才能出口。

郦熙羽神色一暗："我姐姐自然是世上最好的姐姐，最厉害的姐姐。"

慕元澈的笑容便有些不自然，看着夜晚说道："天也不早了，摆膳吧。熙羽缠着朕一定要来看看你，今日总算是如他所愿了。"

夜晚扬声让陌研跟玉墨传膳，自己则亲自去摆了碗筷。慕元澈看着郦熙羽说道："没想到你今儿个来了，朕的待遇倒是提高了。"

"哦？这话怎么说？"郦熙羽好奇地问道，看了一眼夜晚，"难道夜姐姐往日不是这样温柔的？"

"温柔？你哪里看出来她温柔了？"慕元澈嘴角一僵。

严喜恰在这个时候进门，正听到郦熙羽这话，差点摔了个跟头，温柔？二姑娘要是温柔，这都能六月飘雪花，腊月赏荷花呢。

夜晚回头看了慕元澈一眼，又对着郦熙羽说道："小国舅能跟皇上一样吗？小国舅可没跟我抢过东西，也没对我冷嘲热讽。"

郦熙羽摸着下巴眼睛在两人的身上转来转去，瞧着这两人之间的对话，忽然想起了以前姐姐也是跟姐夫这样，想到这里便有些落寞，若是姐姐还活着……

夜晚的眼睛正看到郦熙羽那一抹落寞，心口一紧，忙说道："快来坐吧，饭菜马上就来了，我出去看看。"

慕元澈牵着郦熙羽的手坐下，夜晚却是快步走了出去，站在门口紧咬着唇，努力压抑着心里狂风大浪。眼眶变得有些发红，他在思念她的姐姐，那么痛苦哀伤，她却只能看着……真的很难受。

屋内，慕元澈正拍着郦熙羽的手说道："怎么又不高兴了？"

"姐夫，如果姐姐还活着，你说她会不会喜欢夜姐姐？"

"什么？"慕元澈有些惊讶地看着郦熙羽，"怎么突然问这样的话？"

"不知道，我总觉得看着夜姐姐，就好像是看到了姐姐。姐夫，以前姐姐在的时候，你们就是这样说话，很随意，很温馨，我在长秋宫就觉得跟在家里一样，一点都不觉得像是在皇宫。"

"你姐姐自然是不同的,我跟她是结发夫妻,别人如何及得上。"慕元澈轻叹一口气,一时间不知道是开心还是忧伤,没想到熙羽居然跟他一样,真的也有这样的感觉,真的不是他自己才有这样的感觉,夜晚的身上真的有雪娃娃的影子。

这样的幻觉,也是能传染的吗?

"熙羽,你也觉得夜晚跟你姐姐有点像?"

"不像,一点都不像。她没有我姐姐貌倾天下,没有我姐姐才艺双全,没有我姐姐温柔大方,没有我姐姐智谋多端。"郦熙羽一口气说了这么多,接着又说了一句,"她明明没有我姐姐好,什么都及不上,可是姐夫,我怎么瞧着她行走坐卧,说话举止,就跟看到了姐姐一样呢?"

慕元澈呆呆地说道:"你也这么感觉的吗?"

"姐夫也这样觉得?"

慕元澈沉默不语,良久才道:"她终是不及你姐姐的,没有人能与你姐姐比肩。"

郦熙羽笑了,神态中带着轻松,方才他是故意这样说。他怕真的有人取代了他姐姐在皇上心中的地位,他也喜欢夜晚身上那似有若无的神似他姐姐的气息,可是,他不希望夜晚能代替他姐姐。

"姐夫,那我以后能常常找夜姐姐玩吗?"

夜晚一脚踏进来,就听到郦熙羽这话,竟有些紧张地看着慕元澈,她希望他能答应,她多想能时常看到熙羽。因为紧张,差点踩到自己的裙角出丑,幸好玉墨及时扶住了她。

慕元澈听到动静,回过头来看了夜晚一眼,又回过头去对着郦熙羽说道:"你瞧瞧她,自己走个路都能摔跤,你不怕被她连累得倒霉就来吧。到时候可别找我哭诉去!"

"不会不会,绝对不会,夜姐姐不会嫌我麻烦吧?"郦熙羽笑望着夜晚,那双跟郦香雪几乎一模一样的眼睛里带着淡淡的期望。

夜晚半垂了头,努力地让自己保持淡然,不让慕元澈瞧出自己的欢喜,微带讥讽地说道:"正如皇上所言,嫔妾可不是个吉利的人。走个路都能摔跤,逛个园子都能落水,小国舅可要想好了,千万别被嫔妾连累了。"

慕元澈无奈地摇摇头,看着郦熙羽说道:"你看看我说的没错吧,我说一句,她有十句等着呢。你若常来,可有得罪受了。"

"不怕不怕,孔圣人不是说唯女子与小人难养也,我是男子汉大丈夫,不跟女子一般见识。"郦熙羽拍着胸口说道,一副小大人的模样。

慕元澈大笑出声,朝着夜晚直乐。

263

夜晚却是神色不动，一点也不恼火，一盘盘地将饭菜摆上，这才缓缓地说道："没有女子哪来的小国舅？小国舅瞧不起女子，你可曾想过你的母亲，你的姐姐都是女子呢？"

郦熙羽顿时哑口无言，愤愤地说道："我母亲跟姐姐自然是不一样的。"

"那当然，我跟她们也是不一样的，但是有一点我们是一样的，那就是都是女子。"夜晚为两人盛了汤放在跟前，看着郦熙羽吃瘪的脸心情甚是愉悦。

"我才发现夜姐姐还是个口齿伶俐的，净会欺负小孩子。"郦熙羽狠狠地夹了一块冰糖肘子放进嘴里。

"小国舅虽然是小孩子，但是能言善辩强似很多大人，嫔妾可不敢把您当小孩子看，不然可真就成了女子中的小人了。"夜晚抿嘴一笑，为两人布菜，又道，"这些菜色是陌研专门吩咐御膳房做的，都是小国舅爱吃的，可还喜欢？"

"我就说这桌上怎么都是我爱吃的菜，原来是陌研的功劳。"郦熙羽不满地说道，"夜姐姐就没关心我爱吃什么，不爱吃什么，只交给奴婢去做了，可见是没把我放在心上的。我看着桌上还有姐夫爱吃的菜，定是你亲自吩咐的。"

慕元澈伸手弹了郦熙羽的头一下："快用膳，就你话多，有的吃，还能得到你夜姐姐的亲自布膳，可比你姐夫的待遇高多了。我来这用饭，她何曾这般殷勤过。"

夜晚径自坐下只吃不说话，眉眼间带着盈盈笑意，就听到郦熙羽说道："姐夫是来得频繁，我这是第一次来，自然要郑重些。"

慕元澈无奈地一笑，郦熙羽看着夜晚问道："是不是夜姐姐？"

"是，嫔妾巴不得小国舅多来几遭呢，怎能不巴结着？"夜晚夹了菜放进郦熙羽的盘中边笑边说。

旁边的严喜却觉得这一切真是神奇，太神奇了，小国舅怎么能跟二姑娘这样的亲近呢？须知道小国舅可是对后宫的女人从没好脸色的，乖乖，真是有了救命之恩就是不一样的。

慕元澈带着郦熙羽在芙蓉轩用膳的事情，很快的就如同一阵风刮过后宫的每一个角落。能得到郦熙羽认同的……以着皇帝对郦熙羽的宠溺，只要有脑子的便能知道，夜晚……真是前途无量。

又过两日，便是新册封的阮嫔跟慧小仪同时入宫的日子，因为两人是新封小主中位份最高的，因此便最先进宫以示恩宠。而在这之前，慕元澈并没有留宿过芙蓉轩，后宫中各种流言遍布，大家都在猜测，这个雪选侍究竟是得宠还是不得宠。

初夏时节，天气并不燥热，早上的微风凉爽沁人，有风轻送，花香弥漫，整个芙蓉轩都沉浸在花香之中。宫人忙碌穿梭，将整个院子打扫得干干净净，花枝修剪得整整齐齐，极目一望，令人惬意舒畅。

玉墨正在给夜晚梳妆，小心翼翼地看着夜晚的神色，之前表妹嘱咐她今日少言。因为今天是阮嫔跟慧小仪同时入宫的日子，阮嫔小主赐住惠妃娘娘衍庆宫的侧殿蕊珠殿，慧小主赐住甘夫人的宜和宫侧殿忘月居。

皇上的心思真是深不可测，这回进宫的小主里面最拔尖的两个，却是安排在如今后宫里最瞩目的两位妃子的宫里。也不知道甘夫人跟惠妃娘娘心里是个什么滋味，整日地面对着比自己年轻美貌的嫔妃，心里不晓得多难受呢。

玉墨摇摇头，这些可不是做奴婢的该去想的，她们更感兴趣的是，今天晚上皇上会先宠幸哪个？阮嫔是京都第一美女，慧小仪是第一才女，两人又是同时进宫，自然是要争个高下。

夜晚透过铜镜看着玉墨有些心不在焉，心里明白她在担心什么。不过就是自己为什么不得侍寝，分明就是皇上对自己恩宠不断，但是再多的恩宠，如果不能侍寝终究是一场笑话。这后宫里不仅拼的是家世宠爱，最重要的是还要诞下皇子，这才是最坚固的根基。

夏吟月能管理六宫，不仅是因为自己是皇帝的宠妃，也跟她诞下玉娇公主有很大的关系，毕竟这是慕元澈目前唯一的子嗣。

夜晚下意识地抚着肚子，郦香雪曾经怀过身孕，只可惜当时时局混乱，整日劳心费神，导致小产伤身，以致后来多年无孕。不承想好不容易又有了身孕，还不等告诉夫君这个好消息，等来的却是废后的诏书。

玉墨瞧着夜晚的神色有些不悦，便有心逗她开心，笑着说道："小主，不如等会儿出去走走吧，这柔福宫有很多美丽的景致呢，奴婢陪着您赏赏景去。"

夜晚透过铜镜看着玉墨有些小心翼翼的神色，淡淡一笑："也好，整日在屋子里真是闷死人呢。"

柔福宫开阔疏朗，主殿尤其大气中透着雅致，飞檐拱角，长廊檐柱，处处精美。红墙彩瓦，在阳光下熠熠生辉，行走在其中，夜晚真是心中千滋百味。物是人非，徒增凄凉。

陌研一溜小跑地走了过来，对着夜晚行礼："奴婢给小主请安。"

"急急忙忙的可是出了什么事情？"夜晚难得看到陌研这个样子，倒也觉得好奇。

"回小主的话，也不是什么大事，只是有些好笑而已。"陌研低声回道。

"既然事情不大，说出来当解闷的也好。"

听着夜晚的口气一如平常，陌研轻轻松了口气，这才扶着夜晚的手往前走，边走边说道："今儿个不是阮嫔小主跟慧小主进宫的日子吗？可也真的巧了，两人竟是在宫门口遇上了。阮嫔品级高些，但是慧小主有封号，在宫门口遇上倒是说了些似是而非的话。虽然并没有闹将起来，只怕以后也是难以和睦的。"

夜晚没想到两人居然在宫门口就遇上了，想了想便凝眉问道："前去宣旨的太监应该是有先有后，按照道理来讲，两人不该在宫门口遇上的。"

陌研听着夜晚这话问得明明白白，可见自己的主子并不是什么都不知道的人，越是这样越发不敢大意，低声说道："小主说的是，是阮嫔小主的马车在路上耽搁了时辰。"

原来是阮明玉的马车路上出了故障，看来皇上还是先传旨给的阮家。

貌与才之间，男人可不是先选貌？这是男人的通病，慕元澈又怎么会是例外？

夜晚心里嗤笑一声，面上却是一片郑重，看着玉墨跟陌研说道："回去后叮嘱芙蓉轩的奴才，没事少出去走动，这些日子各家的小主会一个个地进宫来，这后宫一旦热闹起来，是非也就多了。你们主子现在的情形你们也知道，谁要是撞在哪个正当宠的身上，我未必救得了你们一命，自己多当心，命是自己的，自己都不珍惜，也别怪别人狠心。"

陌研跟玉墨心中一凛，只觉得后背生凉，看着自家小主明明笑靥如花，可是说出来的话却是这样的冰冷无情。

不过细细一想，小主说得倒是实实在在，小主现在自己都是立于危墙之下，想要护住旁人自然是力不从心，狠话说在前头，不过是希望大家越发的小心而已。

"是，奴婢自会通传下去，小主放心就是。"陌研躬身应道，话当然要说，只是却不能这样硬邦邦的，总不能让芙蓉轩那些糊涂的一时想不明白，真的跟小主离了心去。

而夜晚故意这样说，故意这样做，也是存了探查陌研跟玉墨的意思，这两人是自己的贴身奴婢，若是她们对自己有二心，这以后行走宫中更是越发地艰难了。所以收服她们是势在必行的事情，自己能在慕元澈跟前伪装一时，却不能在这些奴婢跟前十二时辰不停地戴着面具，得让她们习惯自己的处事方法。

新人入宫，果然是花团锦簇，满园争春，便是隔着厚厚的宫墙，也能听到那些轻声笑语徐徐传来。立在宫墙之下，便能听到她们在谈论今天哪个小主侍寝，谁又进了位份得了圣宠。

一连半月，夜晚未见圣颜。

而这半月中，各家的小主已经陆陆续续都进了宫。阮明玉跟傅芷兰斗得是平分秋色，阮明玉抢先于傅芷兰侍寝，拔得头筹。但是傅芷兰却是连续侍寝两晚挽回了颜面，侍寝过后按照规矩各升一级，阮嫔已经成为阮婉仪，慧小仪也变成了慧嫔。

明溪月、杜鹃、徐灿、夜晨、罗知薇等一众秀女相继进宫，这几人中最得宠的便是善舞的明溪月跟善歌的杜鹃，侍寝过后两人也都升了位份，一个是小媛一个是贵

266

人了。

再见到徐灿、罗知薇跟夜晨，夜晚恍如隔世一般，三人携手而来，言笑嘻嘻。此时夜晚正挽着袖子摆弄着花圃，额头上还沾了尘土，迎着阳光瞧着三人广绣长裙，衣饰鲜艳地立于跟前，夜晚这才起身笑着行礼："嫔妾见过徐嫔、罗常在、夜贵人。"

徐灿上前一步一把扶起夜晚，嗔道："就你礼多，没的生分了，倒显得我们姐妹之情淡薄。"

明媚的阳光下，一身浅蓝色宫装的徐灿越发地娇媚，眉眼之间带着浓浓的春意，可见生活倒是如意。

"就是就是，夜姐姐可不能跟我们生分了。我还想时常找你说话，就怕你嫌我烦把我赶出去呢。"罗知薇挽着夜晚的胳膊撒娇，浅粉色的衫裙上银线织就的团花纹，映得人的眼睛一晃一晃的。

罗知薇此时尚未侍寝，眉眼间尚带着少女的天真。

夜晚伸手点了下罗知薇的额头："就你作怪，爱来便来，不爱来我也不会去请。"

"那我可是厚着脸皮时常要来的，一个人待在宫里真是没意思。夜姐姐，你的芙蓉轩可真是宽敞，我的茗香阁便小得很，而且阳光也不怎么好，一到阴天便很是难过。"

罗知薇进宫后入住茗香阁，茗香阁地处偏远的确清冷一些，难怪此时很是失落。

"等你获了圣宠，会有好房子住的，着什么急。"夜晚浅笑，招呼着三人进了屋。

夜晨打量着夜晚，半月未见，她倒是脸色好了许多，便是身子也比以前稍微胖了些，可见生活得极好。宫中最近全是夜晚的传闻，无外乎皇上对她溺宠却并不召其侍寝，各种猜测喧嚣尘上，好的坏的每日都要听到许多。

"母亲很是惦念你，让我进了宫转达她的关切，你的膝盖可好了？"夜晨看着夜晚终于说出了第一句话，外人眼里她们终究是姐妹，打断骨头连着筋，她必须要跟夜晚和睦，哪怕是做给旁人看的。

"已经好多了，多亏了韩太医呢。我也记挂母亲，母亲的身体可还好？姐姐的脚踝可好了？"夜晚笑着问道，眉眼间一片关切，又让陌研送上茶来，让玉墨端上茶点。

另有小宫女端了铜盆进来让夜晚净手，茶香袅袅，一闻便是极好的金坛雀舌，茶点还是热乎的，香气扑鼻，从这到御膳房虽然路近一些，但是端来还冒着热气，可

第十二章 帝心难猜度，百花竞相妍

见御膳房对夜晚是一点也不敢轻慢。

都说夜晚失宠,可是看着眼前一切,谁敢说夜晚失宠了?

夜晚笑吟吟地招呼着众人:"还没恭喜徐姐姐跟姐姐大喜,如今再升一级,日后定会步步登高,满堂富贵。"徐灿跟夜晨都承了宠,两人都各自晋封了一级,自然是值得贺喜的事情。

徐灿的眼神却是落在陌研跟玉墨两人的身上,看着她们手脚伶俐地伺候着,却是一点也不曾出错,皇上能把自己跟前得用的宫女赐给夜晚,这是多大的脸面,不由得心生羡慕。此时听到夜晚的话,面色微红,不着痕迹地收回目光,半垂了头露出一截雪白如凝脂的脖颈。

夜晨也难得带了些娇羞,看着夜晚说道:"你总会有这一日,你身体本就孱弱,又连番几次受伤,圣上是体恤你,你要珍惜这份情谊。"

夜晚心里有些吃惊,没想到夜晨居然会说出这样的话来,倒真不像是她认识的夜晨了。既然夜晨当着徐灿跟罗知薇的面,这样的给她脸上增光,她自然不会上演姐妹失和的戏码,抿嘴浅笑,嗔道:"姐姐便知道打趣我,我才不着急呢,这里有人伺候着,有花赏着,华美的宫殿住着,如意得很呢。"

几人都是一笑,但是这笑却不知道是不是真的笑进了心里去。

玉墨看到外面有人影一闪,便悄悄地退了出去,却是院子里洒扫粗使宫女,一看玉墨出来了,忙上前说道:"玉墨姐姐,不得了,不得了了。"

玉墨听她说话夹杂不清的,忙拉着她躲到一边说道:"急什么,慢慢说,谁还能吃了你去?出什么事儿了?"

"阮婉仪跟慧嫔在御花园偶遇,赏了会儿花,便朝着咱们这里来了。"

玉墨心神一凛,忙问道:"就这两位小主?"

"不是呢,还有明小媛,杜贵人跟着。柔福宫主殿没有掌宫嫔位,只怕要到芙蓉轩落脚。"那小宫女有些着急,自己小主还没侍寝便先声夺人,这些人怕是来者不善呢。

玉墨抿抿唇,咬着牙说道:"等会儿你机灵点,若是看着事情不对,便去找东篱姐姐,让东篱姐姐寻严总管。"

"严总管?"小宫女腿一软,"严总管会帮忙吗?"

"帮不帮不知道,但是事在人为,你记住了。"玉墨也不敢大意了,在宫中这两年见惯了拜高踩低的人,自家小主又是这里面位份最低的,还未承宠,怕是要吃亏。

"是,奴婢记下了。"小宫女忙退下了。

玉墨深吸一口气,尽力让自己的神色看起来跟之前一样,这才抬脚进了屋,对着夜晚还有夜晨几个人说道:"回各位小主的话,方才有宫女来回报,说是阮婉仪跟慧嫔在御花园偶遇,又恰好遇见了明小媛跟杜贵人,赏花怕是乏了,要来柔福宫落脚。"

夜晚黛眉轻蹙,罗知薇却是先惊呼一声,嘟着嘴说道:"好没意思,早不来晚不来。"这就是说这几个人是随着她们的脚步来的,这讥讽之意谁听不出来,只是无人接话。

徐灿浅笑:"没想到夜妹妹的芙蓉轩今儿个倒真是热闹。"

夜晨看着夜晚,伸手拉着她起来:"还愣着干什么,准备着吧。"说着却是用力捏了捏夜晚的手心。

夜晚能感受到夜晨有些紧张,毕竟夜晨的位份也不高,在宫里位份的高低便决定了一个人的地位,丝毫马虎不得。没想到选秀时一直没有遭遇到的人,居然会在这个时候一股脑地来了。

夜晚对着夜晨一笑,这个时候她们姐妹还真是一体的,转头对着陌研跟玉墨说道:"柔福宫主殿没有主位,也不好让各位小主白跑一趟,准备茶点。"

"是,奴婢这就去。"陌研躬身退下,下去时看了玉墨一眼,玉墨朝着她点点头,陌研放了心,这才退下了。

玉墨看着夜晚说道:"小主,初夏阳光明媚,这个时辰日头不烈,坐在庭院中喝茶赏花正得宜。"

玉墨的话徐灿首先明白过来,笑着说道:"正是,方才我便想让妹妹带着赏一赏这柔福宫的景色,不如现在吧。"

玉墨很显然不希望别人在芙蓉轩撒野,倒不如到外头去,柔福宫里处处是景致,找一处喝茶也是简单得很。徐灿却是在想,玉墨这样护着芙蓉轩,她是御前的宫女,只怕明白一二分皇帝的意思,心中便是一凛,立时便有了一个主意。

罗知薇眼睛一眯,便拉着夜晚的手往外走:"我也想看看柔福宫的风景,都说这里好,还没看看呢,夜姐姐咱们走。"

徐灿跟夜晨相视一笑,这才紧跟着出去了。玉墨轻轻松了口气,这芙蓉轩里一草一木都是严总管亲自挑选的,这要是损坏了,谁知道皇帝陛下会怎么想。总之柔福宫没有主位,她们小主就是唯一的主子,想在哪里待客自然是随意的。

玉墨冷眼旁观,今儿来的三位小主可也不简单,自己只说了上半句,一个个地都明白了自己的意思,这样的心思只要是帮着自家小主的,想来出不了大事。

玉墨带着宫女太监紧跟着出去了,临走前还吩咐自己近前新调教的一个小宫女守好门户,不得放任何人进去,这才安心离开了。

柔福宫有一片极大的紫藤,支了架子,架下打整得干干净净,桌椅一应之物俱

全。四周还摆了各色鲜花，后来夜晚喜欢这里，还让内廷府支了一架秋千，很是惬意。夜晚便带着大家来到这里，阳光透过枝叶间的空隙细细碎碎地洒落进来，不会因为日头升高而觉得酷热，也不会有初夏花阴下的寒凉之感，果然是个极好的所在。

罗知薇便直奔着秋千去了，坐在上面荡来荡去玩得不亦乐乎。

夜晨则跟徐灿随着夜晚坐下，陌研已经带着人奉上茶点来，紫藤花架下的桌子并不是寻常的石桌，而是原木随着树根原本的形状雕琢而成，很有些原野气味，配上根雕的木凳，颇有些意趣。

徐灿叹道："只是听说柔福宫处处精致，今日一见果然开了眼界，便是这样模样相差无几的树根雕成一个样子的木凳，凑齐只怕也不是易事。"其实最令人羡慕的是夜晚独居一宫，没有其他的人在跟前碍眼，这日子过得舒心。不像她居住的永宁宫，虽然同样没有主位，但是却有一个姿色芳华都不差自己的许清婉，现在许清婉还没有承宠自然是不显眼，对自己也还客气尊重，等哪一日飞上枝头，可未必就能清净了。冷眼瞧着那许清婉，可不像是一个省心的人。

夜晚听到徐灿这样说随意一笑："是前朝留下来的，我不过是占了一个巧字。这柔福宫我也是喜欢的，没有奢华的颓靡，只有雅致的风景，倒也舒心。"

"雪选侍自然是觉得舒心了，这偌大的柔福宫只有你一个，如何能不开心呢？哪里像别人，一个宫里挤挤歪歪的好几个小主住着。"

夜晚没想到人来得这般的快，这声音很熟悉，便是在永巷一个院子里住过的杜鹃。

抬眼望去，入目的便是一大片绚烂云霞般的锦缎，当先的两人，一个身穿淡紫色广袖曳地长裙，裙摆上的花纹用银线勾勒出来，更给人一种栩栩如生的感觉。华丽的瑶台髻上插着一支银步摇，垂着细细的到达耳边的短流苏。

另一人，一袭水蓝色束腰曳地长裙，袖口领口皆绣着繁复的花纹，层层叠叠垂落下来。百合髻上同样簪着银步摇，垂着到达耳边的流苏。

紫衣女子眉眼甚是精致，一颦一笑仿若天人，只见她薄粉敷面，盛颜仙姿，柳眉如烟，粉白黛绿。一双眸子若秋水，雾里看花探不清。真真是艳丽无双。夜晚自然认识，是见过却并没有交集的阮明玉。

蓝衣女子并没有这样夺人魂魄的艳色，却别有一股恬静娴淑的气质。眉眼盈盈一弯，便会令人觉得再烦躁的心也会瞬间安静下来。这自然是才名远播的傅芷兰，依旧是腹有诗书气自华。

剩下的一个便是明溪月了，明溪月善舞，因此她的体态婀娜，风姿绰约，行动间袅袅娜娜，姗姗作响，真是赏心悦目。

一个个的本就是如玉般的颜色，此时精心打扮收拾过后，越发衬托得夜晚倒是庸脂俗粉了。夜晚四人上前行礼，夜晚位份最低，自然是个个都要行礼，徐灿仅次于阮婉仪跟有封号的慧嫔，明溪月跟杜鹃反而要向她行礼，因为人太多，这礼来礼去好一会儿才消停下来。

夜晚尽地主之谊，请众人坐下，看着陌研说道："给各位小主上茶。"

"是。"陌研应了一声便吩咐身边的人速去准备，自己则跟玉墨将准备好的茶点一盘盘地摆好。动作优雅，举止快速，真是赏心悦目。

大家的眼神便落在陌研跟玉墨的身上，现在谁不知道这两人是皇上专门赐给夜晚的，又看到行事如此伶俐周全，眼生羡慕。

夜晚扫了一眼，将众人的神态放在心里，嘴上却是接着杜鹃方才的话说道："贵人姐姐方才那话可有些不妥，这安排各位姐姐居住哪座宫殿是甘夫人一手布置的，莫非姐姐对甘夫人有什么不满？若是觉得委屈尽可跟甘夫人提出来，何苦来挖苦我，这柔福宫又不是我自己的，安不安排人进来更是轮不到我说话，你说是不是？"

杜鹃听到夜晚这话，脸色顿变："雪选侍莫要胡言乱语，我可没说甘夫人如何如何。"

"是吗？这话这里这么多人都听到了，又不是我编造污蔑与你，姐姐怎么说便怎么是吧，反正不是我说的话，我自然是不怕的。就是不知道甘夫人听到这话，心里是如何的滋味。"夜晚进了宫，有了位份，虽然还是最低的那个，但是已经不是在夜府受人辖制的夜晚了，在夜府隐忍委屈是因为自己的前程还未定，还有牵肠挂肚的哥哥。如今哥哥进了金羽卫，而自己也已经进了宫，命运已经不被黎氏左右，还有什么可怕的。

如果夜晚进了宫还要缩头缩尾的，如何能与夏吟月争斗？

虽然说出头的椽子先烂，但是过于的被动挨打也是蠢货才会办的事情。更何况现在夜晚还有个计划，是要一步步地得到慕元澈的支持，在后宫站得稳稳的，如果一味地避其锋芒，如何能让慕元澈看到他的妃子们的心思跟动作？

夜晚，要动，一定要动，但是怎么动，如何能赢得慕元澈的支持跟怜惜，如何能让慕元澈心里的分量加在自己这一边，这一点才是夜晚衡量的。受这些女人的气根本就不在计划之内，反正为了这一天，夜晚早早地就在慕元澈的心里树立一个睚眦必报，小心眼却又心存良善的形象。有了这个小基础，夜晚才能更好地发挥。

所以，这回夜晚并没有打算忍气吞声，一出手便是夹着雷霆之势，逼着杜鹃认输退让。

杜鹃如果还将夜晚当成在永巷的夜晚，那真是大错特错了。

夜晨垂着眼眸不说话，这样的夜晚她已经领教过了，丝毫不觉得意外。但是徐灿跟罗知薇吃了一惊，在她们心里夜晚一直是温柔和善的，怎么说话这样的犀利？

第十二章　帝心难猜度，百花竞相妍

杜鹃紧抿了唇，没想到自己这样一句话，都能被夜晚找到空子戴上了一顶大帽子："我不过是艳羡妹妹这般自在惬意的生活，何曾对甘夫人不敬，莫不是妹妹自己有这样的心思，却是推到我的身上。"

明溪月那双妩媚的大眼看了杜鹃一眼，轻轻一笑道："杜妹妹一向是心直口快，倒是让夜妹妹误会了。我们一众姐妹中夜妹妹进宫最早，之前知道妹妹受了伤，如今可是好些了？"

夜晚看着明溪月，说话滴水不漏，既替杜鹃挽回了面子，垫了台阶，打消了她的尴尬，又把话题重新落到自己身上，不知道打的是什么主意，当下便越加的小心了。

夜晚对上明溪月的眼睛，嘴角带着标志性的浅笑，淡淡地夹着冷漠："多谢小媛关怀，已然好了，不过是膝盖上破了一点皮，并无大碍，原是皇上太大惊小怪了。"

明溪月听到夜晚提及皇上，这话竟是不好接，周围人的脸色也是微微有些异样，敢这样明着说皇上如何的，夜晚倒真是头一个。此时又不好不接话，不管夜晚有没有显摆的意思，涉及皇帝，都要万分谨慎，因此明溪月只得干笑一声："那也是皇上关心雪妹妹，旁人求也求不来的福气。"说到这里一顿，又看向夜晨："夜贵人那天也伤了脚，现下可也好了吧？"

明溪月故意提起夜晨，也不过是希望这两姐妹对比，让夜晨心生怨气，毕竟同样受了伤，一个被留宫养伤，一个却回家待旨。一个赐住芙蓉轩，独占柔福宫，另一个却是住在偏远的清漪居，比罗劝薇的茗香阁还远了些。

夜晨听到明溪月挑拨的话面色无异，一如平常，缓缓地说道："多谢小媛的关心，嫔妾无甚大碍，其实并算不得受伤，不过是受惊多些早已经无碍。"

"夜贵人还真是姐妹情深，令人感动，就是不知道有些人会不会看重这姐妹之情。自己住在宽阔宫殿，却看着嫡亲的姐姐委身在清漪居那种地方。"杜鹃看着夜晚笑中带着鄙夷之情。

夜晨神色一正，看着杜鹃，她们两人品级相同都是贵人，夜晨自然不憷她，冷笑一声说道："杜贵人年纪轻轻记性却不怎么好，我妹妹方才已经说过，这分配居住之地乃是甘夫人权责，杜贵人要真是怜惜嫔妾，倒不如去甘夫人跟前求个恩典，我妹妹不过是一个选侍，这分配殿宇的事情与她何干？她便是有心也是无力，宫规所在，便是亲姐妹也不得违逆，杜贵人还真是一片'好心'！"

连续被两姐妹斥责，杜鹃自然是面上无光，看着夜晨说道："我也不过是一番好心，夜贵人不领情就算了，这宫里谁不知道皇上对雪选侍上心得紧，她若肯在皇上跟前美言几句……"

"杜贵人慎言，皇上天纵英才岂会被一介妇人所惑！"夜晚怒道，胸口起伏得厉害，"还是在杜贵人眼里，皇上是这样容易被人左右的人，若真是这样，倒真是要好好地问一问了。"

"问？听说雪选侍已经半月不得见龙颜，不知道怎么个问法？"杜鹃嗤笑一声，讥讽甚浓。有些人真是不知道天高地厚，还真以为自己无所不能呢。

"杜妹妹，这话可不能乱说。夜妹妹是皇上看重之人，如今不过是略忙些，等过些日子自然会想起妹妹。"傅芷兰看了杜鹃一眼微带不满，转身看着夜晚安抚地说道："夜妹妹不必伤心，皇上对妹妹自是不同，必然不会忘记妹妹的。"

"慧嫔姐姐不用安抚嫔妾，嫔妾并不在意这些。"夜晚只是笑，眼睛扫一圈在场的人，接着说道，"嫔妾不过是图个生活清净，并无意跟诸位姐姐争宠，我在这芙蓉轩自在惯了，怕也是不习惯宫里的严苛规矩，所以素来不怎么爱出门。今日诸位姐姐能来夜晚自然是好好地招待，只是大家好聚好散，以后也好相见不是？"

"夜妹妹真是气急了，这样的话也能说得出来。这种话可不好乱说，既进了宫便是皇上的人了，妹妹怎可言出无状？"一直未说话的阮明玉开口了，话音极是亲切，一脸的笑容，让人觉得暖暖的。

徐灿此时接口说道："婉仪姐姐说的是，夜妹妹性子柔顺，从来不曾说过这样的话，可见真是气得很了，有些人就是见不得旁人好。说话夹枪带棒的，令人堵心。"

"谁说话夹枪带棒了？谁又堵心了？"

突如其来的说话声让众人一惊，谁也不想到这个时候慕元澈会突然驾到，众人忙急匆匆地跪地行礼，口呼万岁，拜了下去。

"平身，诸位爱妃不用多礼，朕一进来便听到此处甚是热闹，不想这么多人在此。雪选侍素来爱清静，朕倒不知道她今日如此好兴致，请你们来喝茶。"慕元澈大步走了进来，垂头看着夜晚神色不悦，小身板还有些僵硬，可见是被人惹恼了。

慕元澈正欲坐下突然看到夜晚额头上的泥土，习惯性地拿出帕子替她轻轻拂去，柔声笑道："今儿个又亲自摆弄花了？怎地额头上也弄得满是尘土，跟个孩子似的。"

慕元澈很少笑，此时温柔一笑凝视着夜晚，周围的诸位嫔妃便是有些微愣。她们眼中的皇帝一向是严肃，面色冷淡的性子，真是未见过如此柔情的一面。

严喜努力垂着头当着隐形木头桩子，当小宫女找到东篱，东篱又找到自己的时候，他就有种很不好的预感。此时看着二姑娘隐隐透着铁青的脸，便是哀号一声，忽然感觉自己又要倒霉了。所以严喜特意往柱子后躲了躲，恨不能变成那根柱子，心里祈祷着二姑娘千万别犯二，这么多人呢，好歹给尊贵的皇帝陛下留点颜面，这要是闹僵了，主子们自然没事，倒霉的可是他们这些奴才，呜呜呜呜，早知道，早知道二姑娘的脸黑成这样，他就该装病不来的。嗯，装死也是可以的……

想要看尊贵的皇帝陛下的笑话，果然是要付出代价的，严喜又往后挪了挪，西天诸神拜了一圈，霉运千万别找上他，他还想多活个几年。

夜晚嘴角一勾，眉眼间甜甜的笑，就那样看着慕元澈。慕元澈眉头轻蹙，这样的夜晚让他有些……有些不妙的感觉，正想着转个话题，就听到夜晚开口了："嫔妾本就是庶出，上不得台面，今儿个被人训了又训，没想到不过几日居然也入不得皇上的眼了。果然是人心凉薄，见异思迁。"

慕元澈嘴角抿了抿，脸色很是难看。私底下他倒是能忍得了夜晚的性子，如今当着这么多的嫔妃，居然丝毫不给他颜面，他这个皇帝还有何威严？

严喜抽一口气，果然被他料中了，二姑娘果然气急了，这话说得……手心里满是汗，哎哟喂，二姑娘啊，您老可得看看是什么地再发火啊。

完了，尊贵的皇帝陛下真的被气到了。

所有的人都没有想到夜晚居然这般的大胆，敢这样跟皇上说话，简直就是胆大包天，忤逆犯上。

夜晨扑通一声跪下，忙道："请皇上息怒，妹妹并不是有意冒犯圣颜，实在是事出有因，请皇上明察。"

徐灿一见也上前一步，盈盈施礼，开口说道："夜贵人说的是，雪选侍如此失仪实在是事出有因，请皇上息怒，万要以身子为重，查明事由再处置不迟。"

罗知薇好像这个时候才缓过神来，可怜兮兮地望着慕元澈，神态中夹着些畏惧。不过却也跟着为夜晚说情，只是声音有些发抖，楚楚可怜之态，倒是别有一番风韵。

"请皇上息怒，夜姐姐绝对不是有意冒犯圣颜，皇上息怒，皇上息怒……"

除了反复说皇上息怒，罗知薇似是被吓坏了，竟再也说不出别的话来。

"事出有因？"慕元澈开口，眼睛依旧看着夜晚，他希望能借坡下驴，给她自己一个台阶，随着众人的意思把事情揭过去，也就算了。

夜晚心里也是紧张极了，她这一步走得极险却不得不走。她深知道慕元澈的性子，的确不喜欢有人当众触犯龙颜。可是她是夜晚，不是那个事事为他考虑周全的皇后娘娘，她凭什么要委屈自己全了他的颜面。

这样的事情有一就有二，夜晚不愿意，也不再肯退后一步。若不得宠也就罢了，她会慢慢地寻别的法子为自己报仇。可若要得宠，便是隆宠，便要独占后宫。

便是被人厌恶怒骂又如何？她自活得恣意飞扬，再也不要委委屈屈的，再也不要。

夜晚这一步是在试探，她要试一试慕元澈对自己的容忍会到什么程度。以前的时候这样多的美人还未进宫，没有足够的吸引力吸引着慕元澈，夜晚也就没法去试探，今儿个有了这个机会，便不能轻易放过。

一脚天堂，一脚地狱。

可是夜晚不得不去冒险，这将关系着她以后在这宫里的生存之道。

夜晚比任何人都要紧张，都要害怕，只是她无路可退。面对着这样多的如花玉颜，若无特别之处，只怕早晚会被皇帝遗忘，与其到时候被人践踏，夜晚宁可殊死一搏。

她的性子，便是这样的刚烈果决。

正因为有了这个想法，因此听到慕元澈这句话，夜晚也拿定了主意应对。若是换做旁人，必定会顺着皇帝的意思脱了这尴尬的处境，可是她不会。对上慕元澈一如往昔黑黑的眸子，此时还隐隐夹着怒火，夜晚随意一笑，故作无所谓地说道："皇上爱怎么想就怎么想，嫔妾无话可说。这世上的事情，一千双眼睛看到的就能说出一千种原委来，清者自清，不屑解释。"

"你……"慕元澈原以为夜晚一定会就着台阶下来，谁知道说出的话越发地不成体统，简直就是挑战他的威严，"你可知道自己在说什么？"

夜晚知道慕元澈生气了，心里也有些不安，夹着丝丝惧怕，可是她没有退路。夜晚没有转开自己的眸子，就那样凝视着慕元澈，一字一字地说道："嫔妾是什么人皇上最清楚不过的，你若信我便会信我，若不信便是解释又有何用？两人之间一旦起了疑心，便是永无止境的各自揣测，与其相看两厌，倒不如早日解脱。"

夜晚最后一句声音很轻，轻得只有两人才能听得到。

慕元澈气得厉害，听到最后一句更是怒火丛生，尤其是那句"两人之间一旦起了疑心，便是永无止境的各自揣测"，更是一语击中了他心中的某个地方。这几年来，他无时无刻不在谴责自己不该疑心生暗鬼，没有问清楚雪娃娃便下了废后的旨意，当时被怒火冲了头脑，此时听到夜晚这话，一下子戳中了他的肺管子，慕元澈如何不恼，好像自己被看穿了一般。

"你当真以为朕不会处罚你？"

"随皇上高兴吧，嫔妾一条贱命，在这宫里也已经是被人算计了几回了。"夜晚叹一声，仰头对着慕元澈的眸子一笑，"死在你手里，总比死在旁人手里强些。瞧瞧今儿个的芙蓉轩多热闹，这么多人给我送行，我也算是没有白活一回了，这些人可都是皇上的新宠，哪一个是我惹得起的？我不过是认命罢了。"

夜晚故意点出了新宠，又说了惹不起，已经是在委婉地告诉慕元澈，我就是被委屈得不行，我就这样小肚鸡肠的性子。你的宠妃找我的麻烦，我干什么就得打落牙齿和血吞？我偏不要，你爱咋地咋地。

严喜可装不下去了，再这样下去，二姑娘非倒霉不行。这祖宗，就不能软和一下，真是要命了。

严喜垂着头走到慕元澈的身边，低声说道："皇上三思，雪小主的性子最是率直不过，您是清楚的，这事情许是真的有隐情，还请皇上明察。"

慕元澈何曾不知道夜晚的性子，何曾不知道这女子温顺的表面下有一颗满是锋锐的心。打从开始，他见到的夜晚便不是众人眼中的夜晚，此时夜晚不屑于解释，不屑于跟人争宠，倒真是跟她的性子符合。

可是，他毕竟是皇帝，在这样的时候，最先顾及的总是皇帝的威严。不然何以服后宫？何以服天下？

慕元澈盯着夜晚，夜晚却也是倔强地看着他，往日见到自己总是带着欢笑的眸子，此刻满是冰冷，那眼中的锋锐，便似那摔碎的冰碴，处处皆能伤人。这样冰冷决绝，这样桀骜不驯，这样高傲的姿态，像极了那一日进冷宫前跟自己对视的雪娃娃。

冰冷中带着绝望……

慕元澈被这样的眼神给击败了，他再也没有办法忽视，如果当初他能看出雪娃娃眼中的决绝，及时加以制止，也不会酿成当时的悲剧。

夜晚的性子本就比雪娃娃刚烈尖锐得多，慕元澈颇有些头痛，一时竟左右为难起来。

严喜跟在慕元澈身边多年，这个时候自然瞧出了慕元澈微微的松动，忙扑通一声跪下："皇上，雪小主自入宫后便是几次受伤，心境大有不同，言语也多尖锐，还请皇上看在雪小主这般际遇上多加怜惜，查明事情真相再处置也不晚啊。"

夜晨一看机不可失，忙伏地哽咽跪求："请皇上息怒，往昔妹妹的性子最是和顺，若不是受了刺激，万不会做这样的事情，请皇上开恩。"

"雪妹妹命运多舛，进宫后几遭变故，性子难免有些锐利，实乃情有可原，令人怜惜，请皇上息怒。"徐灿再度为夜晚求情，言语多恳切，几度哽咽，令人动容。

"徐嫔姐姐这话可有些不妥，这后宫嫔妃多了去了，要是每一个都让皇上处处迁就，处处忍让，处处怜惜，置宫规何地？至天子威严何地？这股歪风万不可纵容，若是人人效仿，岂不是乱了规矩，没了约束。皇上，此风不可长，雪选侍出言不逊，蔑视皇威，请皇上秉公处置，以安众心。"杜鹃声音严厉，面带悲愤，字字句句咬紧宫规毫不放松，竟是跟夜晚耗上了。

慕元澈转头看了杜鹃一眼，便是这么转头的一瞬间，夜晚忽然拿起桌上的茶盏，朝着杜鹃便掷了过去……